中华传世藏书

【图文珍藏版】

李渔全集

李渔全集

[明]李渔⊙原著
王艳军⊙整理

第三册

线装书局

目　录

凰求凤

奈何天

合锦回文传

·李渔全集·

凰求凤

[清]李渔⊙原著

王艳军⊙整理

序

生人之大患有三：一曰淫，一曰妒，一曰诈。淫者不顾身而遑顾名；妒者不容己而遑容人；诈者不恤死而遑恤生？吾友笠道人深忧之，以为此非庄语所能入，法拂所能争也，必也以竹肉为针砭，以俳优为直谅，则机圆而用捷矣，其惟传奇乎？于是《凰求凤》之书又出焉。问何以止淫？曰：请观吕哉生。夫世之之无仅识，形骸略具，而自以为宋玉者多矣。佻兮达兮，不自知其丑也，大抵造业耳，佳人安在哉？而哉生者，男子中之夷光也。向令稍示目成，可使世无贞妇，而乃防温柔如暴客，指门限为死关，

卒至感动文星，掇上第之荣，而拥三妇之艳，哉生之志亦得矣。然则哉生非不慕色也，惟知夫非不淫则色不可得而好也，其识高耳，则淫与不淫之得失明矣！问何以已妒？曰：请观乔氏。夫许仙俦归心吕郎，代求正室，无他肠也。而乔氏妒心一起，遂生无限之戈矛，其才又非许敌，遭折辱焉。庞涓死于孙膑，乔氏之不死于许，幸耳。曹氏清净无为，独坐而享其成；乔氏之妒，曹氏之资也，则妒与不妒之得失又明矣！问何以息诈？曰：请观何妪。当许仙俦之弄乔氏，何异张仪之欺怀王；殷四娘之说吕郎，何异陆贾之调平、勃？乃好胜者，必遇其敌；专利者，必丧其本。而何妪木强人也，寻行数墨，规规媒妁中，不使一智，不画一策，起而收功集事，朱提之赏，直扼殷四娘之喉而夺之。殷虽枭，无如之何也。则诈与不诈之得失又明矣！且夫三妇始而参差，终归一致者，何也？岂非由其起见，俱从爱惜吕生

一人故耶？真爱吕生，自不得不各蠲私忿，理势固然哉！向使东汉诸君子有此，则可无甘陵之祸；北宋诸君子有此，则可无元祐之祸。奈何倾辀覆辙，前后相寻，勇私斗而怯公战，以至于糜烂不可收拾者，盖其智曾不若此数妇人耳！此又余所以观乐而泣也。

楚弟杜濬于皇氏题

第一出 先 声

【天仙子】蠢煞男儿乖煞妇，酸是蜜来甜是醋。只愁两妇不同乖，智一路，愚一路，非类如何牵得附？　　若使两才俱足妒，貌可并驱争独步。能保参商不到头，始则怒，终相慕，醋味变来甘似露。

【意难忘】吕子才容，虑风流太过，敛锐藏锋。青楼人不舍，绣户意偏钟。谋反间，设牢笼，无计不纵横；乔输许，高才捷足，好事成空。　　曹姬坐享乘龙，悔无端漏泄，暗里兴戎。一番乔做作，头脑忽冬烘。消妒癖，酿和风，三美并中宫；效关雎，不淫而乐，事在伦中。

绝风流的少年，偏持淫戒。

最公道的神明，勿钟私爱。

极矛盾的女子，顿结痴盟。

至乖巧的媒人，反遭愚害。

第二出　避　色

【临江仙】（生巾服，带丑上）孽障愁恨天付与，避情懒上潘车。耻凭才貌作穿窬，才多能败德，貌美易伤躯。

【如梦令】人恨才容不足，我怪身名太馥。无故惹情氛，到处红颜追逐。眉蹙，眉蹙，不是生人佳福。小生吕曜，字哉生，三山二水中人也。际皇明全盛之世，处六朝最胜之区。新移白鹭洲边，旧住乌衣巷里。避纨袴之积习，羞言家世簪缨；具榖玉之兼才，一任年华丰歉。不幸早背椿萱终鲜花萼乡功名未偶，姻事难谐。这都不在话下，

只可恨耳目之前，有许多消不去的孽障。止因小生的相貌，生得过于丰美，又有藉甚之才名，引得人家女子个个倾心，人人注念。不但明央媒妁，显送丝鞭，要与小生联姻缔好。还有那些不正气的妇人，或是暗递佳音，约我去做逾墙之张珙，或是妄投信物，说他愿做私奔之文君。小生是个风流少年，却不是个轻薄子弟。虽不好拂人之情，也还要自爱其鼎。曾读《感应》之篇，极守淫邪之戒。做了别样歹事，那些轮回报应，虽然不爽，还有迟早之不同；独有奸淫之报，一定要现在本身，决不肯限到来世。淫人妻子，就将妻女还人，却象早晨借债，晚上还钱。只因打算不来，所以不肯胡行乱走。是便是了，小生负却这种才华，又生就这副躯貌，“风流”

二字，是分明受之于天。这个道学先生，如何做得到底？只除非娶个绝代佳人做了妻室，使风流愿饱，色欲途穷，才能勾守义终身，不走邪路。所以年将弱冠，不肯轻议朱陈，就是为此。如今会场在迩，要想杜门谢客，做些静养的工夫。不免叫园丁过来，分付一番。园丁那里？（丑应介）（生）我从今日闭关，一步门也不出，一个客也不会。我这园亭里面，常有附近的女子借游玩为名，不时进来走动，旁人观看甚是不雅。从今以后，须要严词拒绝，不可放他进来。

【二郎神】修垣堵，葺藩篱把柴关紧锢，洁净苔痕防点污。瓜田履迹，不分莲瓣飞凫。一任他笑板憎迂还厌腐，我这蠢男子甘心学做。要风流，除非是跨凤鸾，不将身作雄狐。

（丑）请问相公：良家的女子来此游玩，一总不放他进来。若还有青楼姐妹，平日相与熟的，或是亲自到门，或是遣人问候，还该见他不见他？（生）与歌妓往来，无伤于名节。只是近来的姐妹，没有几个中看的，要他来也没用。止有一个名妓，叫做许仙俦，不但貌美，兼有诗才，是在社友里面算的，只有此人不在所拒之列。（丑）知道了。（生）风流权且学迂儒，年少无赢老不输。好色每将妻子换，止因错打算盘珠。（暂下）（丑笑介）好诧事，好诧事！做男子的倒被妇人淘漉不过，竟要闭起关来。我且到门前去立着，若有打发不去的，做我园丁不着，丁他一丁就是了。

【啭林莺】（小旦扮梅香上）佳人命过才子居，要我私订欢娱。（见丑介）阿叔，烦你通报一声，说邻家侍妾，要进来问候相公。（丑）他与你并无瓜葛，为甚么要问候起来？（小旦）三生石上曾相遇，无瓜葛也共桑榆。老实和你说，那对门楼上的人儿，有好意到他，特意叫我来通信的。（丑）那好意我知道了，不过要与他如此如此、这般这般罢了。不是区区夸口，我家这位相公，只因标致不过，不知把没头没脑的相思，害杀人家多少女子，不曾见他说声可怜。落花有意，当不得流水无情，不如免劳也罢！你这等私情密语，他耳边厢只愁恹弃。（小旦）这等，有封书在这里，烦你送进去罢。（丑）这样书，日日有几封送来，他也看不得许多。

都拿来做了火情书，造尽个秦皇孽障，只少得未坑儒！

古语说得好：传书人不可怠慢。走来，等我替了主人，赏劳你一赏劳。（扯介）（小旦）呸！佳人空有意，才子太无情。（下介）（净扮平头上）罗巾作纸偏多韵，彤管题诗别有因。（见丑介）我是院子里面许校书的平头，要见你家相公，烦你引进一引进。（丑）这等随我来。（同进介）启相公：许家有人在此，快请出来。

【啄木鹂】【啄木儿】（生上）来芳讯，自彼姝，定有鸾笺倾肺腑。（净见介）（生）你家姐姐好么？（净）姐姐好。有新诗一册寄上相公，要求直赐针砭铁可成金，切不要浪褒扬瑕反称瑜。切磋虽为怜香阻，疼他更要施斤斧。【黄莺儿】莫相诬，要看他情真意假，只在笔底辨亲疏。

【黄莺儿】（生）雅意自难孤，锦回文，敢浪涂？须将手盥蔷薇露。准备着名香一炉，清茶一壶，沉心批阅楼东赋。顾不得笔尖枯，也要微加润色，做个纸上画眉夫。

（净）姐姐说，相公闲暇的时节，还要过去走走，不要冷淡了他。（生）我时常要来望他，当不得走到青楼，被那些寻常姐妹扯拽不过。我如今立了重誓，再不进院子来了。以后要会，倒请他过来。（净）这等极好。只是一件，万一那些寻常姐妹看了样子，也都要就教起来，又怎么处？

好色之心人所同，不分男妇与雌雄。

才郎既有佳人貌，处女皆生浪子风。

第三出　伙　课

【字字双】（副净扮村妓上）姐妹容颜我最娇，妆造；胭脂衬粉面如桃，得窍。睡到天明再一瞧，变了；旧时主顾不来嫖，知觉。

自家非别，院子里面一个会打扮的妓妇，叫做钱二娘的便是。往常嫖客最多，生意极是闹热。独有今年不济，等上三五日，不见有个嫖客进门。家家如此，不独我一个。昨日约了赵一娘、孙三娘一同过来商议，要生个法子出来，好招揽嫖客。此时也该到了。

【前腔】（丑扮肥妓上）姐妹肌肤我最饶，双料；肚皮吸起弄虚乔，波俏。到晚伸开五尺腰，欠袅；旧时主顾不来嫖，难抱。

（见介）（副净）孙三姐到了。赵一姐在那里，为甚么不约他同来？（丑）有客打钉，少刻就到。

【前腔】（净扮老妓上）姐妹年庚我最高，近耄。补牙染发赚儿曹，似少。近身才觉面皮焦，兴扫；旧时主顾不来嫖，怕老。

（见介）（副净）赵一姐、孙三姐，我请你们过来，不为别事，只为今年的生意，比往年大不相同，真是冷淡不过。大家商量商量，用个甚么法子，好招揽嫖客？（丑）没生意的原故，我们竟不知道。大家猜一猜，只要猜得着，就好医治了。（净）也说得是。就从钱二姐猜起。（副净）我预先就想过了，只为近来的男人都好私偷，不喜明做。如今半开门的女子，倒多似我们，那些嫖客都去走小路了，所以把我们的生意，弄得这般冷淡。如今没得说，到礼部衙门去动张呈子，也弄得他出来当官。大家明做，自然没有偏区了。

【大迓鼓】输他垄断高，招牌不挂，主顾偏招。我和你当官枉纳抽分钞，怎似他不掣的私盐价转高。快打官司，图将气消。

（丑）私窠子虽多，他的嫖钱、东道，也替我们一样，还有贵似我们的。更有男风一路，最是惹厌。他的价钱又贱，东道又省；近来的风俗，又作兴这一桩。我们若要生意大行，倒不如女扮男装闭了前门，只开后路，包你钱财广进，主顾多招，不象这般冷淡了。

【前腔】风运太蹊跷，后庭炎热，前庭萧条。无端避湿争趋燥，做个狗尾儿郎去续貂。我和你改换门间，定在这遭。

（净）没生意的来由，也不单为这两件。只因姐妹里面，假装标致的极多，没有真才实学。那些嫖客都不肯轻易上门，定要访一访名声，方才下手。要晓得妓妇的招牌，都挂在文人墨士口上，他们说好，就使你兴头起来。所以遇着那些名下之士，定要周旋一番，要求他说个“好”字。近来的嫖客，又老到不过，口里说好，他还不信，说是买出来的批评；定要那说好的人，自己嫖过几夜，方才作准。你若不信，只看隔壁的许仙俦，自与吕哉生相处之后，他的名声就大噪起来，车马填门，好不闹热。即此一个，就是榜样了。

【前腔】（净）文人口是刀，一经批削，没处翻招。近来花案无公道，西子名低嫫姆高。正好夤缘，取做特超。

（丑）这等不难，吕哉生的面貌，是我们认得的。终有一日，在门前走过，大家扯他进来同宿几夜。挤得不要嫖钱，再把些甜言蜜语叮嘱叮嘱，他自然称赞我了。（丑摇手介）休想，休想，我也曾会过一次，好意捏他一把，他倒变下脸来，说了许多歹话。二位的嘴脸，也与我差不多，不要讨个没趣。（副净）既然如此，近来名士也多，不希罕他一个，我就另扯别人。（净）定要是他才好。我有道理，他近日闭关静坐，再不出门。闻得也冷静不过，要许仙俦去陪伴他。难道小许陪伴得，我们就倍伴不得？只怕他不肯收留，倒弄出个没意思。须要问他相好的人，讨得一封荐书，再办些礼物带去。往常是男女嫖妇人，我们翻起案来，妇人倒去嫖男女。这样凑趣，他难道还不收留？（丑、副净）有理，有理！既然如此，各人去讨荐书，且看他留那一个？

风月场中益美谈，倒翻常局女嫖男。

从来旧例该如此，输髓赢钱不叫贪。

第四出　情　饵

【虞美人】（老旦带末上）烟花孽障何时了，恨不回头早。同心喜得遇名流，倘辱相收，甘与抱衾裯。奴家许氏，小字仙俦，留都歌院中一个知名的妓女是也。心似天高，命如纸薄。才思可侔道韫，生涯偏类薛涛。岂真前世前生，负却千人孽债，致令今生今世，落此万丈深坑？还喜得一件，并无鸨母拘身，可容自家作主。一向有从良之愿，未得其人。近来幸遇吕哉生，是当今第一个名士。若是单论才学，或者还有并驱之人；若论才貌相兼，莫说当今没有敌手，就与潘安、宋玉比并起来，只怕也还是后来居上。我这终身之靠，一定要依着此人。他近来杜门不出，要我过去就他，已曾把家中之事，付与侍儿掌管。不免叫平头领去，与他盘桓几日了来。（行介）

【一江风】下朱楼，抛却针和绣，去把心交就。步芳洲，怪杀行人，把虚誉相加，尽道是何处云归岫？教人听转羞，教人听转羞！这就是生来薄命的由，我也曾终日把红颜咎。

（末）园公在那里？许家姐姐到了，进去通报一声。（丑内应介）就出来了。

【前腔】（生上）正凝眸，伫盼云軿久，果得仙姬就。呀，仙俦到了。（老旦）"一日不见，如三秋兮。"这两句毛诗，怎么恁般有味？似三秋，追数佳期，不过是昨日前朝，原不多时候。（生）"花径不曾缘客扫，柴门今始为君开。"这两句唐诗，都象为卿而作。关门避众咻，关门避众咻。把莺花当做仇，这柴关钥止为伊家授！

（老旦）谢绝秾桃艳李，单收野蕙萧兰，足见嗜痂之爱。只是一件，既蒙你不弃烟花，收入金兰之谱，何不推此一念，缔就姻盟？奴家虽则才疏技短，不敢自任校书，也还识字通文，尽可为君捧砚。若得长离舞榭，永弃歌楼，无论操箕帚以终身，固无遗憾；即使抱衾裯以没世，也有馀荣。未卜郎君意下如何，乞赐尊裁，勿虚贱意。

【金络索】我身躯得自由，并没个人掣从良肘。虽则是年过芳春，还不到莺老花残候。我当日命名之际，原有深心，这"仙俦"二字，就为从良而设。私心望好逑，谢凡流，不是神仙不与俦，如今才把衷肠漏。（生）待小生商量回话。（老旦）吕郎，我老实对你说，许仙俦的身子，生是吕家人，死是吕家鬼，已立定主意，定要随你的了，你落得不要踌躇。不嫁伊行死不休，我先向神明咒，省得你三心两意费躇踌。既要相留，又要相丢，打腹稿，辞婚媾。

（生）芳卿既有怜才之念，小生岂无慕色之心？只是眼下功名未遂，家计萧条，还不是买金屋贮阿娇的时节。求你姑待几年，等我功名到手，然后缔此良缘，未为晚也。

【前腔】年华尚未秋，两下都堪守。但得身荣，便是相从候。如今呵，饥寒兀自忧，便相留，也难使佳人字莫愁。文君空辱当垆手，犊鼻相如只卖羞，贫难救。你仙俦到底是仙俦。怕甚么减却温柔，删却风流，恩与爱，分前后。

（老旦）我为才貌两件，爱你不过，故此要相托终身，并不是贪图富贵，何须要等功名到手。你若许我相从，莫说我的衣食，不要你照管，连你一家的薪水，我都还措置得来。奴家止有一身，并无鸨母，生平的积蓄虽然不多。也将就过得日子。富贵便怎么样？贫贱便怎么样？你这句话分明是推托之词。

【三换头】休开诳口，故意把婚姻迟逗。有几个夫人未嫁，凤冠先上头？不瞒你说，有多少青云贵客，要我去做现在的夫人。我因他才貌欠佳，不肯以彼易此。非是我弃凤偏恋鸥，戴乌纱同木偶，翻不若多情的楚囚。你休得要负杀人儿也，恋新甘弃旧。这段真情，只怕也难将笔勾？

（生）不瞒小娘子说，小生是个循规傍矩的人。婚姻是桩大事，难以草草，要娶个名家之女做了正室，然后娶你做第二位夫人。只要实意相均，不妨把虚名奉屈。但不知尊意若何？

【前腔】真情出口，望娘行原宥。也只为新人未娶，怕安头上头。（老旦）既然如此，我先到你家做了偏房，待新人进门，让他做个正室，也未尝不可。（生摇头介）正妻未至，侧室先来，分明是埋伏争端，为后来矛盾之地，这也欠妥。既然订了婚约，迟早总是一般，小生决不食言，略等一等就是了。把好事权逗遛，耐春光迟共早，少不得还伊并头。若虑我改变心肠也，有前忘却后，请向神前，及早把盟言共修。

（老旦背介）这等看来，他的心肠是决不改变的了。只是一件，万一娶个妒妇回来，

不容他娶妾，却怎么处？（想介）我身边这些蓄积，终久是他的，何不预先做个畅汉，娶一房正室与他，使那先来的人，知道这番情节，就不好拒绝我了。有理，有理！（转介）既然如此，连你娶亲的事，我也一力担当。新人是我代相，财礼是我代出，不使你破费分文。只要不背今日之言，我就死而无怨了。（生）多谢！这样盛情，叫我如何当得起？

【东瓯令】（老旦）沽恩誉，费私赇，不怕新人不见收。将钱买作伊家后，也只为割不断丝牵藕。怪无端才貌把人钩，身去意偏留！

【前腔】（生）蒙青盼，注情眸，错认村郎做阮刘。输钱代觅裴航臼，感大德

如天覆。请从今日置情邮，便去觅温柔。

【尾声】（生）今宵权署中宫籥。（老旦）只怕后来人要追算更筹？（生）少不得平分得半从公剖。（合）虽然算得清，既往也难追究。

第五出　筹　　婚

【一剪梅】（小旦扮夫人上）孀鬓从来易得霜，风烛难防，婚嫁宜忙。（旦扮小姐上）眼前谁可效鸾凰？偌大名邦，没个才郎。

【长相思】（小旦）鬌飞蓬，鬓飞蓬，羞对菱花理旧容。呼儿课女红。（旦）爱眉峰，惜眉峰，欲画修蛾又苦慵。阿谁堪代侬？（小旦）妾身曹夫人是也。自背先夫，孀居十载，遗资颇厚。但恨无儿，止生得这一女，容貌才华，都是当今第一。要赘个风流佳婿，甚难其人。我儿，你今年十六岁了，正是及笄之年，朱陈大事全然未讲。

我做娘的好不替你担忧，你反宽胸大度，绝不关心。但有媒人来作伐，就把难题目去难他，定要貌比潘安、才同子建。这两种人分开来寻，尚且难得；你又要合成一个，方才肯许。当今之世，那有这位才郎？劝你将就些罢。（旦）母亲在上，听孩儿道来：

【解三醒】非是我假道学恢宏私量，背情理强制柔肠，要把潘曹付与炉锤匠，使他才与貌，得成双！古语道得好，取法乎上，仅得乎中。要选第一等才郎，选到其间，只可得个中平之婿；若把求亲的题目太出容易了，只怕招来的人，不是奇形怪状，就是俗子庸夫，岂不误了终身大事？乘龙仅得鱼虾伴，跨凤才招燕雀行。倘若把心儿降，少甚么泥鳅伴鲤，山雉求凰？

（小旦）我儿，你这些话尽说得有理，只是做女子一世，最难得的是二八青春，过此以往，就是摽梅之候了！

【前腔】越三五当正当佳况，逾二八渐减容光。不比男儿三十才为壮，须未白，尚呼郎。娇花隔宿能铺径，粉蝶随春易过墙。好教我心难放，怎能勾舒开笑口，撇却愁肠？

那些议亲的媒婆都说，金陵城内尽有才貌兼全的。等他到来，问是那一个好？（旦）母亲，婚姻大事，切不可信任媒婆，倒要在闲人口里讨个下落。无意中露出的才是真情，一有做媒之心，说来的话就不足信了。（小旦）也说得是。近来有一名妓，叫做许仙俦，诗才极好，名流韵士，大半与他往来，不日要来访你。等他一到，就留心访问便了。

【尾声】辨雌黄，分中上，要在佳人队里访才郎。（旦）定有个檀口传来的姓字香。

家室纷纷失所宜，相传大半受媒欺。

从今自主婚姻籍，月老无烦浪主持。

第六出　倒　嫖

（丑上）好笑好笑真好笑，近来世事偏宜倒。男子开门接妇人，头巾变做烟花料。自家非别，吕相公的园丁是也。他一向闭关谢客，原是要躲避妇人。谁想良家的女子便躲得脱，那些娼家姊妹是遣不去的冤魂。你越躲，他越来，倒弄得其门如市，又做下个新奇不过的例子，叫做倒嫖。只因他的相貌生得标致异常，院子里的姊妹与他宿过一晚，门前的生意就热闹起来。都说吕哉生那样面貌，那样才情，若不是第一等妇人，他如何看得上眼？所以那些妓女要图这个名声，各人讨了荐书，把轿子抬上门来送与他睡；还要倒贴钱财，反赔东道。我家相公，却不得朋友的体面，只得留在花同耽搁一晚，也有同房各铺的，也有同床各被的，总不曾有粘皮靠肉之事。不过使他冒个虚名，说在吕哉生身旁宿过一晚，好替他扬名的意思。谁想做到后面，竟打发不开，每到一晚，定有几个进门，都说别人嫖得，我就嫖不得？几个妇人结做一党，不肯单冒虚名，定要亲沾实惠。你说这样横事，叫他如何当得起？所以近来没法，只得躲避出去，留我看守花园。那些妓妇里面，知道他出去的，就不来缠扰；还有不知道的，一般带了钱财，携了东道，上门来做嫖客。我自从相公去后，妇人不见面，酒肉不沾唇，其实有些熬不过。不免想个法儿出来，有上门的生意，骗他一宗到手，莫说追欢取乐，就弄个东道吃吃也是好的。有理，有理！相公虽然出门，他的方巾、衣服都锁在书房，不免捺将开来，把衣服穿了，扮做他自己的模样，等妓妇走到，竟出来招接他，有何不可？自古道看山吃山，看水吃水。看了这座风流靠山，也要吃些风流汤水。

【普贤歌】（副净上）做成妙计女嫖郎，谁料天灾遇血光。经期忒煞长，猩红满裤裆，特来包染朱红棒。

自家钱二娘的便是。自与赵一姐、孙三姐大家商议定了，正要去嫖吕哉生，不想好事多磨，忽然行起月经来。往常行经，不过三五日就住，偏是这遭惹厌，涓涓滴滴，流了半个多月，还不肯住点。赵一姐又在腿缝中间生了一个大毒，叫做骑马痈，也耽搁至今，不曾去得。今早着人知会，说他备了东道，约我一同去嫖。此时也好到了。

【前腔】（净带末，携酒盒上）做成妙计女嫖郎，谁料天灾不可禳。无端起毒疮，偏生碍那桩，教奴忍痛兼熬痒。

（见介）钱二姐，我们想了那个计较，只便宜得孙三。他自从嫖了回来，如今的生意比往常大不相同了。（净）正是。不但他一个，还有许多姊妹学了他的样子，都兴头起来，只有我们不济。如今说不得，大家带些脓血去了心愿罢。（副净）正是。就请同行。（行介）今夜鸳鸯被上，鹅黄色间猩红。只当携了颜料，去画着色春宫。（到介）（末）里面有人么？

【孝南歌】【孝顺歌】（丑飘巾、艳服，作娇态上）施乔扮，学艳妆，风流宛然才子腔。是那一个？（二净）是我们。（见介）（丑）二位贤姐，到此何干？（二净）

久慕吕相公，特来拜访。因慕姓名香，输心欲相傍。携资带镪，赔酒赔浆，奉租鸳帐。伴得他一刻春宵，胜拜千金贶。（丑）这等说，二位是要嫖的了。（二净）正是。有两封荐书在此，烦你代传一传。（送书介）（丑）书倒不消，只是嫖钱、东道要从厚些。（二净）东道是备来的，嫖金十两，烦你先送进去。（送银介）（丑）这等，把东道摆下，待我拿了银子进去，就出来奉陪。（虚下）（副净）这个主子，不知是他甚么人？（净）想来是篾片，我们的东道，一定少他不得了。【锁南枝】（丑上）钱上腰，食近嗓；这欢娱，自天降。

二位既然同来，今夜的好事，一定是要同做的了。有限的工夫，不可耽搁，快斟酒来吃几钟了好睡。（二净）等吕相公出来，一同上席。（丑）我就是吕相公了，还有甚么吕相公？（二净）吕相公的面貌，是我们认得的，好不风流标致，那里是你这副嘴脸？

【前腔】风流态，俊秀庞，如何变成这粗蠢腔？（丑背介）被他认出来了，却怎么处？哦！我有道理。（转介）老实对你说，我是他的替身。往常女客来嫖，都是区区替代。只要他肯认个虚名，就是作兴女客的去处了，难道当真要同睡不成？止卖姓名香，身躯不容傍。伊休妄想，别有襄王，代赴高唐。与你握雨携云，了却风流账。从直言，非掉谎；请伊家，自筹量。

（副净拉净，背介）或者原是他替代，也不可知。（净）睡便同他睡。只要弄得些东西拿回去，做个证验，就好对人夸嘴了。我有道理。（转介）你既做他的替身，一定是知书识字的了。我们有两把金扇，求你写一写，落上他的名字，做个证验，何如？

（丑背介）我虽不会写，他也未必识。待我信手涂他一涂。（转介）这个不难，你们磨起墨来，待我就写。（二净磨墨，丑乱涂介）

【醉罗歌】【醉扶归】学他道士书符样，连挥一阵笔头忙。草字从来易包荒，纵然写错也难查账。【皂罗袍】蛇身龟颈，故将怪装；蝇头凤尾，好将拙藏。这是书家的秘诀从来尚。写完了，待我用图书。（二净）既有图书一发好了。求你多印几方，使人好信。（丑）这个容易。每一把上面印他七八方。（连印介）（二净）有心是这等了，再加几方完了齐头数罢。【排歌】（丑又印介）他也真知窍，忒在行，使添几颗凑成双。

（二净收扇介）取酒过来。（同饮介）（丑狂饮大嚼介）

【前腔】（二净）想他想得心儿荡，念他念得口儿张。谁料伊家把身藏，将人代已无情况。可惜了凤衾鸳被，空馀洞房；辜负了莺声燕语，频呼玉郎。兴来要把村夫当。怎奈他倾杯勇，下箸忙，没些闲空效鸾凰。

夜深了，请睡罢。（丑）有一句要紧的话，讲明白了上床，省得临时争论。你二位呵！

【尾声】（丑）谁先谁后从公讲，（副净）少不得是姓钱的从来居上。（净）只怕序齿还该我赵一娘。

第七出　先　　醋

【夜行船】（外扮衰老仕绅扶杖、带小生上）白尽头颅愁未已，身后事说起攒眉。有女将婚，无人堪婿，只为才容太美。

老夫乔国用，号益庵，秣陵人也。由科第出身，官拜奉议大夫之职，退居林下，已经二十馀年。妻妾俱亡，并无后嗣。老年生得一女，齿已及笄，还不曾赘有佳婿。只因他的才学，倒反强似男人，把近来这些名士，都看不上眼；又兼那姿容太好，竟没有一个男子可以配得他来。有许多名门之子，央媒灼来议亲，老夫才有个迁就之心，却早被他看破，做出许多愁容怨态，使老夫许不出口。我想婚姻是桩大事，一念之差，便有终身之悔，这也怪他不得。若论“四德三从”的道理，在家从父，原不合使他与闻；只是老夫年衰智短，两耳龙钟，做来的事，都有些不合时宜。倒不如把婚姻之事索性丢开，任凭他自家做主，省得后来埋怨。叫院子，以后有媒婆来说亲，只叫他见小姐；小姐肯许，我就许他，不要来聒絮我。（小生）晓得。如今现有一个媒婆来在门外，还是见他不见他？（外做耳聋不听见介）你说些甚么？（小生附耳高声重说介）（外）这等，一面唤媒婆进来，一面请小姐出来。（小生向内外传请介）（副净扮媒婆从左上）来往朱陈里，奔驰王谢家；做媒为活计，作伐是生涯。乔老爷，媒婆见礼。（外）不消。（副净）有一分绝好的人家，来替小姐作伐。（外摇手介）我的耳朵不便，待小姐出来，你对他讲。

【前腔】（小旦扮小姐，丑扮梅香，从右上）半臂湘痕初睡起，凭绣榻软步难移。鹦鹉传言，高堂唤你，强对菱花盘髻。

（见介）（外）我儿，你二八将盈，正值于归之时；我七旬已过，适当谢事之年。昏聩双眸，不辨屏间雀影；龙钟两耳，难听冰上人言。开东阁以招亲，虽则要我高堂代举；制彩球而择婿，原该是你玉手亲抛。我从今日起，把家务事情都交付与你，让我做个局外闲人，连你自家的婚姻，也凭你自家选择。只到议成之后，请我出来替你完成好事便了。

【高阳台】我无子无孙，多愁多病，生前万事成灰。乘此未尽天年，好将家事传伊。（旦附耳高声介）怕没有这个道理？（外）休疑，你坚心自去求凤侣，怕甚么越检弛维。只要我创家风，高堂有命，便是成规。

（指副净介）媒人现在这里，你要选甚么才郎，不妨明对他说，我如今倒要回避了。年高眼力愧疏庸，择婿难教杖短筇，世上姻缘多错配，只因月老近龙钟。（带小生下）（副净）小姐，我如今来说的，是南京城里第一分富贵人家，劝你应许了罢。

【前腔换头】（旦）休提，囊比陶朱，家同王谢，声名镇压皇畿。有几个纨袴儿郎，生来识饱知饥？良媒，从来忌说声势也，只要是才郎也不须荣贵。告君知，遴才选貌，不问他门户高低？

（副净）那位郎君极是多才多貌。听我道来。（小旦）不消道得，

你们做媒的口角，最善形容，一分好处，就要说做十分；还要把白丁夸做才子，魑魅赞作神仙。就说得天花乱坠，我也不信。你既然会作伐，我有一位选中的才郎，只要你去说一说。若还说得来，我一样把媒钱谢你。（副净）不知是那一家？（小旦）这位才郎姓吕，是当今第一个名士，他生平的著作是我见过的。前日在门前走过，邻舍人家的女子都认得是他，曾指与我看。只有这位郎君才上得眼，但不知他家在那里？可曾定过婚姻？先要你去访一访。（副净）哦！我知道了，莫非是吕哉生么？（小旦）正是。（副净）这头亲事做便做得来，只有一句碍口的话，要说过在先，恐怕你未必肯允。

【前腔】难提，不近人情，能伤心窾，听来易得攒眉。是从来未有，伊行新立的芳规。（小旦）是句甚么话？你且讲来。（副净）这头婚姻，不是他自家作主，另有个知情识趣的人，赔了银子替他纳聘；只要成亲之后，不许抛撇了他。小姐，你肯是这样么？（小旦）这等说起来，是个疏财仗义之人了，自然不该忘他。有甚么不肯？（副净）这等，是极妙的了。休违，佳言出口难自悔，愿写张亲笔的遵依。老实对你说，这个疏财仗义的人，不是男子，是当今第一个名妓，叫做许仙俦。他与吕相公订了私约，惟恐新人进门，不容他娶妾，所以要订过在先，容他来做小，方才肯下聘的。莫思量，他将银买妒，任你施为。

（小旦变色、高声介）岂有此理。做大的不曾进门，他先要图谋做小。这等看起来，是个极会钻刺、极会逢迎的人了。清平世界，那里容得这样妇人？若还遇着我，不但不容他做小，还不许他与男子见面。（副净笑介）小姐，亲事还不曾起影，为甚么就吃起醋来？（小旦）自古道，乱臣贼子，人人得而诛之。听了这不公不法的话头，叫我如何忍得？（副净）这等说起来，料想不是姻缘，劝你另讲别头罢。（小旦背介）这样男人，当今没有第二个，叫我如何丢得手？须要想个法子出来。我有道理。（转介）你叫做甚么名字？（副净）在下姓何，排行第二，大都叫我何二妈。（小旦）何二妈，我想这头亲事要说得成，须要用个反间之计，使男子心上疑惑那个妇人。你做媒的话，方才说得入耳。只要招得进门，就是我的世界了，怕没有本事断绝他？（副净）这等，用个甚么计较？

【前腔】（小旦）图维，星眼微睃，修蛾一蹙，行看计上心脾。一任他如漆如胶，能令形合心离。非欺，拚把这心机织尽求凤侣，怕甚么良缘难遂？只要你赚鸳鸯，引他入彀，便是良媒。

有三个妙着，你须要紧记在心。第一着，说亲的时节，不要上门去讲，只在路上候他，要在有意无意之间使他听见了，自然会着紧。第二着，不可说我央你，倒说是许仙俦的意思，借此入门，才好说到他身上去。第三着，不要把我说起，先拿几个将就女子去搪塞他，使他看不中意，然后来相我，一见了面，我自有妙法处他。（副净）既然如此，连那反问的话头都教我一遍，省得说差了。（小旦）到里面去，和你慢慢的讲。叫梅香，备酒饭伺候。

堪笑男儿不正经，遍收娼妇伴伶仃。

纵教掬尽西江水，难洗烟花满面腥。

第八出　遇　　贤

【青玉案】（老旦带末上）日来访遍闺中秀，非故向，各场走，要与仙郎求配偶。选娇遴艳，不教遗漏，此意君知否？

奴家许仙俦，自与吕郎订约之后，把他择配的事，时刻放在心头。但凡选择妇人，毕竟以色为主，有了绝色，方问其才；况且吕郎的面貌，岂是寻常女子可以配得来的？我闻得金陵城内，绝色者只有两名，一个叫做乔梦兰，一个叫做曹婉淑。婉淑有母无父，梦兰有父无母，都有绝美的诗才，又都不曾许配。我今日先往曹家看起，曹家不就，再往乔家。迤迤行来，此间已是。平头敲门。（末敲门介）（副净扮梅香上）隔花小犬牢牢吠，应是门前有客来。（开门介）呀，原来是位女客。（末）院子里面许家娘娘，来拜你们夫人、小姐。（副净传介）

【前腔】（小旦上）老来多恙眠清昼，才离枕，闻清嗽。（旦上）名媛诗笺犹在手。伊人亲至，传来非谬，把锦字忙归袖。

（小旦见介）这就是许校书么？久慕仙才，不胜渴想。（老旦）素瞻慈范，幸得皈依。

（小旦对旦介）我儿，你终日赞诵他的诗篇，如今亲见其人了。（见旦介）快睹芳容，胜在诗中谋面。（老旦）骤垂娇盼，犹疑梦里识荆。（对小旦介）夫人，好一位才德兼长、姿容并茂的小姐，真个是人间第一，绝代无双。（小旦）多蒙虚誉。

【玉芙蓉】（老旦）向只道才华据上流，姿貌当原宥。便西施道韫，也未说兼优。又谁料才肥不碍腰肢瘦，笔劲翻宜指节柔。但不知那一位郎君消受得起？难消受，这鸾交凤俦。问谁行，把温柔美福向前修？

请问夫人，贵小姐青春多少？曾有佳婿了么？

【前腔】（小旦）才逾二八秋，正值桃夭候。奈心高志大，与世为仇。衡才既说潘安丑，评貌常为子健羞。空僝僽，把婚姻逗遛。叫我到何年，把向平愁担撇肩头？

（老旦）有这等一副才容，也怪不得他心高志大。（小旦）仙俦，闻得你交游最广，海内文人墨士，都在你金兰队中。若有才貌兼长的，求你做一位冰人也好。（老旦）才貌二项难得相兼，就是相兼了，还要看他的德性。但不知小姐生平喜那一种性格？（小旦）我儿，你不要害羞，有话对他直说。

【前腔】（旦）虽然不害羞，也碍逡巡口。只好把《关雎》雅什，诵到河洲。虽然背地祈佳偶，耻向人前说好逑。词难溜，请娘行自筹。念从来，佳人才子性相投。

（老旦）有倒有个人儿，姿才、性格都与小姐配得来。只是一件，他与奴家已曾订了终身之约，那第二个坐位，是我预先定下的。小姐若肯相容，就等奴家作伐。（小旦）姓甚名谁？年庚多少？就请见教一番。（老旦）姓吕名哉生，年庚未满二十。（旦暗点头，作喜色介）（小旦）我儿，你依允不依允？趁早讲来。

知已经面前，不消十分忌讳。

（旦扯小旦背介）母亲，此人的才貌是各处知名的，一妻一妾事理之常；况且又是文字知己，有甚么难容？不如允了罢。（小旦转对老旦介）小女说，你的眼力自然不差，与知己同归，也是一桩好事，但凭作伐便了。（老旦）好一位贤慧小姐。

【前腔】如天度量优，似地恩情厚。喜相逢倾盖，便尔绸缪，（旦）从来知己难分手，何处名花不并头！（小旦）机缘凑，把愁肠暂丢；便难成，也一时三刻展眉头。（老旦）这等暂别，待与吕郎说过，就选吉日送聘过来。

女伴怜才志不携，笔花香处许同栖。

愿从韵士分馀宠，不作专房俗子妻。

第九出　媒　　间

（副净上）十个妇人九个妒，不曾见吃胎里醋。老来学做醋媒人，反拜个乳臭孩儿做师父。我何二妈为何道这几句？只因乔家小姐一心要嫁吕哉生，闻得许仙俦预先有约，就不觉咬牙切齿，吃起醋来。造下三条奇策，教我依计而行。又说这桩亲事不要上门去讲，只在路上等候。闻得他今日出关，少不得要进城拜客，不免在这总路头上，要截他便了。

【锁南枝】（生带丑上）离群久，叹索居，柴关闭来三月馀。再来城市访金兰，怕与裙钗遇。过朱门，经绣庑，步趋忙，懒回顾。

（将下，副净唤介）前面走的可是吕相公么？（丑）禀相公：后面有个妇人叫唤。（生）最怕的是妇人，不要理他，快走。（副净）我是做媒的，不比别样妇人，请立住了讲话。（生转见介）有甚么话讲？（副净）院子里许家娘娘，央我寻一头亲事，说是娶与相公的。我如今寻了一头，正要来说，因为不曾见过，所以要认一认尊容。（生）寻的是甚么人

家？有多少年庚？几分姿色？你且讲来。（副净）是个二婚，年纪不过二十四五岁。他父亲开牛肉铺，颇有家私，并不借债。若论他的面容，准准有三分半把将近四分的姿色，相公娶了一定是中意的。（生大怒介）呸！放你的狗屁。八九分姿色的，我尚且不要，何况三四分？又经得不是处女，这样的亲事也要来讲！（副净假作惊疑介）甚么？八九分姿色的尚且不要，这等说起来，竟要十全的了。（生）怎么不要十全，你睁开眼来看一看，难道我这样男子，肯娶个将就的妇人？（副净）呸！这等说起来，我竟被他骗了。（生）被那一个骗？（副净）被许……（生）许甚么？难道是许仙俦不成？（副净）说来怕结冤仇，不若住了口罢。

【前腔】今朝得相晤，才知话近诬。若是依他行去，空使奴费辛勤，致把生涯误。这等说起来，相公的亲事是有原故的。我是个老实媒人，做不惯这样歹事，教他另寻别个罢。谋已成，难改图；笑郎君，堕云雾。

（欲下，生扯住介）是个甚么原故，定要求你讲一讲。（副净）自古道疏不间亲。你同许家娘娘已订了终身之约，我若还说出来，这段姻缘就有些不稳了。如何讲得？（生）定要你讲。若还说得象，我有银子送你。（副净）既然许了银子，这个死冤家也只得做了。老实对你说，他央我做媒，只要寻个将就些的。想是怕娶了标致夫人，要把他比并下来，所以只要丑似他的，不要好似他的。我是个老实人，那里知道这些原故？（生大惊变色介）哦！原来是这个原故。还喜得遇了你，不然我竟信杀了他，把婚姻大事，听凭他做主，万一娶个丑妇回来，悔又悔不转，退又退不去，岂不误了终身？也罢，我从今日起，再不听他说话了。若有绝色的女子，配得我来的，你竟来寻我，切不可再去见他。（副净）绝色的尽有，我只说相公不要。既然如此，眼睛面前就有一位，何不去说起亲来？（生）是那一家？（副净）乔益庵老爷的小姐，名字叫做乔梦兰。那副面容是爱得人杀的，又有满肚文才，你难道不晓得？（生）我也闻得人说，闺秀里面有个乔梦兰。只是宦家之女，未必肯许人面相，我却是不信耳闻，单凭目力的，却怎么处？（副净）这个不难。他父亲年纪老迈，一些家务不管，连婚姻的事都是自作主张。他正要相才郎，还要当面考试；不可说你去相他，只说送与他相，自然出来相见了。（生）既然如此，可好就去？（副净）他的宅子不远，既然要相，快随着我来。（同行介）（生）莫听旁人误，婚姻自主持。（副净）早知灯是火，饭熟已多时。此间已是，你在厅上少坐，待我进去请他出来。（下）（生叹介）有这等奇事？我只说他替我娶亲是一团好意，那里知道这种情形？我虽然是个贫士，这几两聘金也还设处得出。为甚么因小失大，教别人定起亲来？（副净先上）小姐出来了，你办着眼睛相一个仔细。

【忆秦娥】（小旦带净上）心如炬，机关设定人遭遇。人遭遇，只愁不至，不愁飞去。

（副净）小姐，才郎在这里，相也凭你相，考也凭你考，一毫假借是没有的。（生、旦各觑介）（生背介）好一位佳人，果是目中仅见。

【集贤宾】蛾眉皓齿冰霜肤，羡尘气全无，初下瑶池来月府。玉纤纤长爪麻姑，腰围胜楚，嗅不尽他衣边香雾。疑洛浦，重遇水仙江浒。

（副净）小姐，面貌身材是相过的了，再出个题目考他一考？（小旦）取笔砚、诗笺与他。（净付介）（生）求小姐命题。（小旦对副净介）就把今日的事，即景赋来便了。（副净传介）（生研墨写介）（副净背对小旦介）小姐，今日的相法，又比前日不同，愈加看得仔细了。容貌如何？

【前腔】（小旦）仪容细观今胜初，喜风韵萧疏，越看教人心越妒。甚淫娃擅把婿字轻呼？（生）诗成了，送过去请教。（副净送小旦看介）“自是琼花种，还须着意栽。今宵归别业，先筑避风台。”好诗，好诗！才称绣虎，卖弄出怜香家数。

何二妈，你去对他说，避风台倒不消筑得，只是那棵章台柳却用他不着，要移开去避我的。（副净）这样文诌诌的话，我那里讲得来。你不如和他一首，做在诗上就是了。（小旦）也说得是。（副净磨墨，小旦写介）随步武，把心事向笔端倾吐。

（写完介）我的意思尽在诗中，叫他看就是了。闭门不管窗前月，分付梅花自主张。（下）（生看诗介）"有意怜春色，还须独树栽。灵和宫畔柳，岂屑并章台。"这诗中的意思，叫我断绝那个青楼，单娶他一位。你进去说：依命就是了。（副净虚下）（生）好一位聪明小姐！只嫌他醋意重些。论起理来，许仙俦那种好意，原不该负他。只是既要相从，不该把这样心肠待我，就做个薄幸人也不为过。

【琥珀猫儿坠】非侬疏汝，汝自惹侬疏。初意原非薄幸徒，只缘饮恨变中途。天扶，别有桃源，遂我情逋。

（副净上）小姐说你既然仰遵，他自当俯就。只是一件，乔老爷无子，只有这位小姐，不肯嫁他出门，要你过来入赘的。（生背介）我想要他过去，许仙俦决不甘心，定要来跟着我，倒不如赘在这边，另做一分人家，省得他来缠扰。（转介）你进去回复，说我原是孤身，尽堪入赘，一发依命就是了。（副净虚下，即上）小姐说既然如此，今日这两首新诗就做了婚券；三茶六礼都不必行，只拣一个好日，过来成亲就是了。请问你的意思要在几时？（生）春闱在迩，目下就要进京，中与不中，总在场后成亲便了。

（副净）就是这等。小姐还说，不但聘礼不消，连过来的时节，肩舆都不消雇得。他自然把花花轿子抬你过来，总要你做个现成新郎，不费半分钱钞。（生）多感盛情。

【前腔】（副净）一文不费，来做现成夫。这样风流天下无，温柔乡里可称孤。难图，早别寒酸，来享荣肢解朊。

【尾声】（生）从今断绝烟花路，早避入朱门绣户。（副净）那怕他做蹑影随形的九尾狐。

第十出　冥　　册

（末扮香案吏上）生多武库缘［掾］，死作文昌吏。虽侍玉炉边，绝无香火气。小神非别，文昌星梓潼帝君座下一个香案吏是也。帝君将要升殿，则索伺候去来。（外扮朱衣使者，持册籍上）堪笑儒生不听命，临场百计求侥幸。谁知暗里点头人，胜似明中强项令。小神非别，文昌星梓潼帝君座下一个掌册籍的冥官，叫做朱衣使者的便是。帝君将要升殿，则索伺候去来。（相见拱手介）（末）请问使者，你怀中所抱的是甚么册子？俺知您在天上为官，只免得些案牍之烦，似这等簿书鞅掌，何异人间俗吏？求你见教一番。

【北赏花时】天上人间自不同，说到清虚事事空。有甚么钱谷与兵农，致令得书繁簿冗，怀抱恁重重。

（外）天上的政务与人间一般，兵、农、礼、乐各有专司，得失兴衰岂无归咎？古语有云，郎官上应星宿。下面有一位郎官，上面就有一位星宿。幽明上下，相辅而行，并不曾少了一名，旷了一日。咱们这位帝君，管的是文章德行之事。今岁乃大比之年，不久就要临凡典试。科场里面的事宜，又该是咱家执掌。故此把阳间应试的举子，攒造一部花名册籍，好等他携带入场。你是个新进书生，那里知道这些成例？

【幺篇】地隔幽明政治通，有部一定的全书在暗中。此处略冬烘，便替人间作俑。教他何处辨鱼龙？

（末）典试的事，阳间自有帘官。咱们这位帝君，只好在空中照

瞭罢了，难道也要亲入科场，做那监临、批阅的琐事不成？（外）科场是桩大事，岂有不去亲临之理？闲话少说，里面的法鼓传过三通，想是要升殿快了，咱和你分班伺候。（内鼓吹介）

【北点绛唇】（小生扮文昌星执如意，二旦扮天聋地哑，众扮神从，幡幢引上）位镇离方，姿容秀朗，威仪壮。配帝侔王，休比做那没记数的郎官象。

（升座毕，外、末参见介）（小生）下有词华上有星，群言列宿共荧荧。文章若到精微处，天与才人互乞灵。吾乃文昌福曜梓潼帝君是也。位列高明，职居清要。辟人心之暗昧，予世道以昌明。笔墨不亲，因虑聪明太过；韦弦自惕，只教聋哑相随。秉千年不夺之权衡，为万代斯文之宗主。人但知俺文昌所管之事，单能益人的词采英华。殊不知俺星光所射之方，先要看他的暗室屋漏。只今大比之年，少不得要临凡典试。那些怀才饱学的举子，不怕没有锦心绣肠，只怕没有嘉名硕行。所以上帝设有成规，每到临场，就命俺在暗中典试。经俺中过的卷子，就有许多暗圈、暗点加在字句之旁，替他增了气色，不怕那些主考不在锦上添花。经俺丢过的卷子，就有许多暗尘暗土，盖在笔墨之上，替他掩了菁华，不怕那些帘官不似眼中着屑。这叫做：窗下休言命，场中不论文；试题犹未出，胜败已先分。唤朱衣过来。（外）在。（小生）科场取用的册籍，可曾造完了么？（外）造完了，求帝君略验一验。（送册，小生验介）

【混江龙】这是本求贤的私账，向主司夹袋暗收藏。并无隐漏，绝少遗忘。俺这里不向空文筹去取，只从实履辨低昂。抵多少避嫌疑，黜贵示公平；费精神，查卷收名望。这的是难假借的身言书判，没夤缘的方正贤良。

（末）禀上帝君：小吏是新来服役的，科场事例全然不晓，求帝君指示一番。闻得阳间专考文章，俺这阴间单查善恶。但不知德行之中，何者为大；罪恶之内，甚事居先？（小生）朕懒于应对，朱衣使者对他讲来。（外）万恶淫为首，百行孝为先。这两句成语，就是上

帝所颁的条律，叫做约法两章。地狱中理刑问罪，也用他做了爰书，俺这里取士求贤，也用他做了资格。任你取异求新，离不得这十个字眼。（小生）说的不差。

【油葫芦】这是取士求贤的简便方，不怕你卖字眼，漏关防。从来实话近荒唐！丢了这眼前太岁无人撞，听了这口头关节翻疑诳。情愿去送黄金，丢白镪，一朝败露连身丧！也只为神鬼在科场。

（末）子道为五伦之始，孝亲一事，自与诸善不同。这种道理，容易明白。独有奸淫一案，列在万恶之首，凡人不解，都说过当了些。求帝君开示其详，以解下方之惑。（小生）朱衣代讲。（外）但凡罪恶之重轻，由于仇恨之深浅；五刑之设，罪莫大于杀人。只把杀人之事，比并一比并就知道了。古语云：父母之仇，不共戴天。到了杀人的父母，也是重大不去的罪，切齿不过的仇了。殊不知受害的人，胸中虽有仇恨，还可以发泄出来，做那声罪致讨之事。这是说得出的仇恨，虽深而不谓之极深。至于奸邪之事，快一己之淫心，败两家之名节。为妇人者，一经玷污，终身不能湔洗；为男子者，长抱羞惭，没齿无由伸泄。这是说不出的仇恨，似浅而实谓之极深。以极深之仇，致极重之罪，又使愤恨之气，上通于天。那种彰明较著的报应，自然不求而至。所以杀人之罪，阳间的法网密似阴间，这是容易败露的原故。奸邪之罪，阴间的法网密似阳间，这是难得昭彰的原故。（小生喜介）好！这些言语，真个说得理明义畅。尔等切记此言，科场之内，切不可容此辈成名，犯了上帝之深忌也。（外、末）谨遵法令。

【天下乐】得失全凭这一桩，加详，不比那寻也么常。叹年来士行衰，节义亡。慕的是美相如，盗卓姬；笑的是蠢梁鸿，守孟光。一个个把阐风情的学问讲。

（末）除了忤逆、奸淫，还有什么罪大？求帝君再示几条。

【哪吒令】（小生）戒图谋不臧，把无辜命戕；忌施为不祥，把彝伦故妨。怪存心太刚，把天和重伤。害愚民，设暗机；取私赇，张密网。少不得要犯天刑，抵命追赃！

（末）照帝君说来，“福善祸淫”四个字，是纤毫不爽的了。只是一件，如今世上的人，为善而得福者，十中虽有八九；为不善而得福者，百中也常有二三。莫说别样，就是科场大事，每一次放榜，难道没有几个侥幸的？这是甚么原故？（小生）朱衣讲来。（外）善人得福为之赏，恶人得福为之殃；祸中之祸小，福中之祸大。只因他罪孽深重，寻常的果报，不足以尽其辜，特地假之毛羽，使他飞得极高，方才跌得极重。这也是造物不仁，过于刻薄的去处。

【鹊踏枝】（小生）您道是飞不高，跌不伤；福不远，祸不长。特地把厚禄荣名，酿就奇殃。这造物不仁的原故，也有些来历，你却不知道哩。都是他自悬榜样，造尽了奇谋幻想，因此上把天公教得无良。

（外）此理说得极精，非臣辈所能测识，又进一番学问也。（末）帝君的执掌既然单在德行，就与文昌的尊号，绝不相关了。命名之义何居？也求略道其概。（外）既有德行，自有文章，二者相需，岂有偏废之理？方才那些议论，是要务求有德之文，不是单管无文之德，你不要认左了。（小生）极说得是。

【寄生草】德少文无色，文兼德始昌。几曾见好花枝无蒂从空放？美醍醐少糯凭虚酿？净琉璃没炬能生亮？俺待要学医家内外各分科，当不得究根原彼此难

分谤！

（生扮天使，捧金牌上）人间开贡举，天上聘闱官。实事无人晓，将来作戏看。（见介）天帝有命，今当举士之年，时屑春闱，屈帝君临凡典试。（小生）此系从来定额，又且职分当为。已束云装，伫闻天语，敢烦使者复命，道微臣即日临凡。（生）这等告别了。驾雾来青汉，乘风入绛霄，（下）（小生）叫神从们，携了册籍，就此启行。（众应、行介）

【煞尾】士欲上云霄，神反辞蓬阆。颠倒却平时升降，都只为天与才人关痛痒。虑钱神布满科场，较多寡不辨低昂。因此上遣一个骨肉斯文到下方。信得过狐悲兔也伤，才免得不遭魔障。仰体得上天心，才坐得至公堂。

第十一出　心　　离

【传言玉女前】（生带丑上）订就良姻，只待御花簪鬓，向华堂双双合卺。

小生幸遇良媒，得逢佳偶。当面定下婚议，许他考后完姻。方才有几位朋友，约我同上公车，只得料理行装，待明晨早发。叫园丁，把出门的行李，快收拾起来。（丑）收拾完了。方才许仙俦家着人来知会，说他备了酒席，一来饯行，二来贺喜。即刻就到了。（生）贺甚么喜？（丑）说替相公寻了一头亲事，已说成了，目下就要行聘。（生冷笑介）他寻的亲事我知道了，不是半老佳人，就是少年丑妇；只有蠢似他的，没有好似他的。不如免劳也罢。（丑）请问相公，昨日那头亲事，还是对他讲不对他讲？（生）照媒婆说来，他竟立定主意，要娶个丑妇与我。若还知道，定然不喜。万一我去之后，他暗使诡计，央人去破起亲来，怎么了得？还是不说的好。（丑）也讲得是。

【传言玉女后】（老旦带末携酒上）携壶备贶，料仪物难伸私悃。壮他行色，

全凭佳信。

（见介）吕郎，闻得你的行期就是明日了，奴家备有斗酒奉饯，还有赆仪百两，稍助舟车，请收下。（送介），（生背介）他日后从良之事，料想是不稳的了。我既然不娶他，如何受此重礼。（转介）领了尊席，盛仪决不敢收。（付还介）（老旦）怎么，妻子送礼，做丈夫的也要写起璧谢帖来？这也可笑极了。（复送，生固辞介）（老旦）叫平头，塞在他行囊里面。取酒过来。（送酒介）

【降黄龙】衽席交情，鱼水相知，不比闲人。为甚的藏肝匿胆，免俗无由，仍尚虚文？吕郎，宽饮几杯。（生）多谢。（作冷面相对，持杯不饮介）（老旦背介）你看他愁多话少，冷气侵人。今日这番光景，全不是往常的面目，却是为何？无因，眼边眉上，何处飞来愁闷？谎人杯虽擎在手，全未沾唇。

相别在迩。自有一种凄然之色，这也怪不得他。待我把曹家的亲事，对他一说，自然破涕为笑了。（转介）有个天大的喜信，报与你得知。须要先饮一大杯。我方才出口。（生）盛使讲过了，不过为婚姻之事，这个喜信也甚是平常。况且我未必情愿，不如不讲的好。

【前腔换头】辞婚，盛意难叨，展转思量，怕乖名分。（老旦）他做正室，我做偏房，并没有干名越分之事。（生）有多少凶终吉始，刎颈初交，将来矛盾。（老旦）他有十二分才貌.不是个寻常女子，你不要错了主意。（生）春闱在迩，且到放榜之后，再议婚姻，此时也无暇及此。良姻，稍迟纳彩，但徐候春闱佳信。料没个无妻的吉士，少配的佳人？

酒多了。小乍还有些书籍，不曾收拾得完。仙俦在此少坐，待我进去一会，就出来奉陪。酒逢闷事难归口，话不投机且脱身。（下）（老旦）好奇事！奴家费尽心机，不得他感激，反是这般冷落我，教人怎么气得过？仔细想来，其间必有原故。且待园丁出来，问他便了。（丑持衣上）衣绽没人补，方知在客中。许家娘娘，这是相公的衣服，有一根带子脱了，烦你钉一钉。（老旦）园丁，我有一句话正

要问你。（生内唤介）园丁快进来收拾行李。（丑应、急下）（旦）正要盘问一番，又被他唤进去了。且待我缝起衣带来。（缝介）

【黄龙衮】疑衷吐又吞，疑衷吐又吞，愈觉心头闷！这袖子里面有些甚么东西？待我取出来一看。（取出笺介）原来是一幅诗笺，前面一言，后面又有一首，却是两样的笔迹。待我看来。（念生诗介）呀！这是吕郎的亲笔，分明是赠妇人的，难道他自己心上，有了那一个不成？分明是一纸供词，把乖叛亲招认。再看后面一首，就知道了。（念小旦诗介）呀！这就是那妇人和的，竟叫吕郎断绝了我，单娶他一个。是甚么淫妇，这样毒情？可不气死我也。（顿足介）任情骄蹇，毫无谦逊。说不得了，待我唤他出来，问个明白，拚了性命结识他。拚头触，不周山，舒奇愤！

（向内欲唤又止介）且住！看这诗巾的口气，分明是议定婚姻，中止不得了。他巴不得寻些事端好断绝我，若与他吵闹起来，反要好了别人，歹了自己。不是一个长策，倒不如权且隐忍，只当不知。待他出门之后，央人查访，看是谁家的女子？那个媒人？约在几时做亲？还是过门，还是入赘？弄些计较出来，与他各显神通。俗语说得好，先下手为强。有理，有理！他如今冷落我，我反要亲热他，没有可乘之隙，且看他如何断绝得来？

【前腔】（生上）匆匆欲去身，匆匆欲去身，俗事犹难摈。辜负娘行，坐守萦方寸。（老旦）吕郎，你虽然行色匆匆，不顾远来之客，当不得我绨袍恋恋，难忘旧日之情。今晚来在这边，料想不肯回去了。求你略垂青眼，稍展愁眉，欢欢喜喜过了这一夜罢！（生）小生正要如此。只是一件，背乡离井，不无愁闷。倘若是较平昔，减欢娱，须怜悯。

【尾声】（老旦）我把真心一片充微贶，当不得牛肝马肾。（生）怕的是外貌中肠冷热分。

（旦）今夜同床各梦魂，（生）半床衾冷半床温。

（旦）真欢能使形无间，（生）强笑应知倩有痕。

第十二出　入　场

（老旦、副净，各扮神役上）莫把科场看得易，幽明两处来官吏。功名若道不由天，请看今朝这出戏。咱们非别，梓潼帝君座下两个神从是也。自从随了帝君来到红尘世界，闻得阳间的主考是今日进场；咱们这位帝君，也就是今日进场。一样簪花鼓吹，只差得一前一后。闻得阳间的职事俱已摆齐，想是要起身快了。咱们把阴间的职事，也摆列起来，好候帝君起驾。（内鸣金、鼓吹介）

【北新水令】（小生、外俱照前扮，簪花引众上）（小生）帘官今日尽朱衣，貌神装无分真伪。（外）点头须是俺，穿鼻不同伊。（小生）一任把势挈财媒，有一管摇不动的衡文笔。

（齐下）（末、净、丑各冠带、簪花引众上）（末）举子荣枯属总裁，谁言文运自天开。（净、丑）栽培还藉房官力，桃李无根那得开？（末）下官叨知贡举，翰林院大学士是也。（净、丑）下官五经房考，翰林院编修是也。（末）今乃进帘吉日，例该迎入科场。叫左右，职事齐备了么？（众）齐备了。请列位老爷起马。（末、净、丑上马行介）

【南步步娇】（合）帽上添花增荣贵，彷佛初登第。涂东更抹西，却便是半老佳人，重新娇媚。举子误攒眉，道是主司预占琼林会。

（齐下）

【北折桂令】（小生引众上）非是俺秘行踪不露端倪，也只为恪守官箴，虑泄天机。怕的是耳目昭彰，虽没有贿赂公行，也须防祈祷纷集。受一炷不情香，难辞

俗累，敛一分无名纸，也玷清规。更虑他榜上名题，眼底春回；抹煞天工，归美神祇。

（齐下）

【南江儿水】（末、众上）恃得双眸炯，何愁五色迷。试题不自今朝拟，批词早向衙斋摭，程文但仿元魁式，半点精神不费。只凭着几笔蓝圈，收尽公门桃李。

（齐下）

【北雁儿落带得胜令】（小生引众上）热烘烘士气随，闹嚷嚷人声沸。都道是看三年一度的春，抵多少赴两日三遭的会。又谁知眼矇眬，望不见捷旌旗，耳龙钟听不见真箫笛。俺又不曾禁人看，向他眼上贴封皮！当不得他乏仙缘，在俺影上施蒙翳。撑不起天低，你若是猛抬头，就见了玉皇尊帝。使不着攀跻，恁若是稍萦心；又隔了，焰摩天三万里！

（齐下）

【南侥侥令】（末、众上）人间佳气集，天上彩云飞。预卜今科人才好，一榜尽贤始见奇。

（齐下）

【北收江南】（小生引众上）呀！都似您网真才，使海底没珠遗，何用俺费深心在天上把头低！怕的是莲心蜜口两相违，说将来罕稀，做将来惨凄，弄得那刘蕡有泪下和泣！

（齐下）

【南园林好】（末、众上）羡吾侪多欢少戚，比登科神情更适。怪不得旁人睥

睨。经识取便生翼，经识取便生翼！

（齐下）（小生引众上）（众）已进科场了，请帝君止驾。（小生下车介）

【北沽美酒带太平令】驻云车翔露舄，止龙鞭回凤翼。御炮三声轰霹雳，惊散了财神利鬼，好待俺秉公道主场闱。采芝菌不遗葑菲，取松柏兼收三蕙；遇瑚琏复求簠簋，来虎豹更搜骐骥。抡得个真元、实魁，也使俺，做文昌的名儿不愧！

（齐下）（末、众上）（众）已进科场了，请列位老爷下马。（众下马介）

【南尾】（合）这是当年舍命求荣地，身到处复生惊畏。想起了得失关心果是危。

第十三出　报　　警

【不是路】（旦扮探子，骑马急上）坐失封疆，一报能令举国狂。自家非别，边疆上面一个打探军情的便是。瓦剌也先领了数十万人马，攻破边关，一路杀进内地，口称要取京师。只得飞马前来，报与朝廷知道。沿途望，怕的是烽烟不举罪提塘。朝廷之上得了这个信息呵，只怕也费商量，病归脏腑难筹养，贼到门庭怎议防？一路行来，已到京师地界。闻得近来的朝政，都是太监王公公执掌。凡有机密重情，都要报过了他，然后使朝廷知道。这是做定的例子，不要违抗了他。难违抗，若还擅把登闻撞，祸从天降，祸从天降！

（暂下）

【步蟾宫】（净扮太监引众上）遗君自把威权掌，任独断纶言私降。故生端，启衅扰边疆，要把渔人利享。

咱家非别，大明正统朝中一个总理朝政的太监，姓王名振的是也。气焰熏天，威权震世。太阿旁落，仅存共主之名；神器将归，羞窃假王之号。朝中大小官员，除了于谦、刘球、李时勉等，不肯受俺约束，其馀尽属我党。料想寡不敌众，不怕他强到那里。只是一件，从来篡位之事，毕竟要立些军功，使海内的人知道他兵力有馀，方才不敢违抗。被咱家生个计较，弄些边衅出来，眼下就有军功可立。只因瓦剌也先前来入贡，献了三千匹名马，不想来到中途，死了一千馀匹。其实是无心之过，被咱家认做有心，说他以少作多，欺玩中国，斩了贡使，绝其往来。他得了这个信儿，少不得要称兵犯界。分付孩子们，但有报边疆大事的，就着他进来。（众应介）（旦急上）军机忙似箭，探马快如飞。露水难医渴，干粮不疗饥。（下马介）门上快传，说边上的探子报封疆大事。（众）随我进来。（引进介）禀上公公：报边疆大事的到了。（净）那一处失事？慢慢讲来。（旦）听禀：

【不是路】祸起遐荒，忽动干戈扰北方。（净）莫不是瓦剌也先么？（旦）正是。（净）边上有许多重兵，难道挡他不住？（旦）兵难挡，未经一战尽消亡。（净）这等，可曾入关？近边的城池失了几处？再讲来。（旦）入疆场，边关重地皆沦丧，席卷长驱没限量。难支抗，人人尽把援兵望，但愿天威早降，天威早降！

（净）知道了，再去打探。（旦应下，净喜介）好了，好了！咱老子的军功建得成了。只是一件，拚了自己的身子走去立功，做得来便好，万一做不来，岂不失了名望？不如把皇上做个孤注，劝他出去亲征。做得成功，谁不知道是咱的主意；万一有些不妥，就往他身上一推，就说皇上自要亲征，与我无涉。就到了战败的时节，那瓦剌也先只要寻着对头，就不来追究咱了。这个有吉无凶的计策，岂不美哉！岂不妙哉！

【大迓鼓】邀功计太长，福无人夺，祸有人当。自来没有痴操莽，全凭虚术把君诓。成败安危，屈他试尝。

叫孩子们快传旨意，着兵部官儿，一面点兵，一面发饷。说皇上就要亲征，不论大小官员，凡有阻驾者，就以不轨论。（众应介）（净）是便是。目下正有科场大事，还不曾放榜；若要耽搁几日，又怕误一兵机。也罢，叫孩子们，再传一道旨意，叫那礼部官儿先出一

张榜文，说待圣驾回銮，另期揭晓。把考过的举子，都发回本籍，不许潜住京师，怕有奸细混在其中，不当稳便。（众）晓得。

【前腔】（净）阴谋不厌刚，最防犹豫，切忌商量。若还稍示逡巡样，魔衰渐使佛高强。正气输邪，只为善良。

从来边衅不开，世上阴谋难遂。

只消两字亲征，送去一名皇帝。

第十四出　拐　婿

【女冠子】（老旦上）薄情打点将人弃，听巧妇，赚愚姬。不提防，反堕愚人计，看今日做那家女婿？

奴家费尽苦心，代吕郎寻了亲事。指望他非常感激，谁想听了谗言，把我一片热肠，付之冷水。还要抛撇了我，独自一个到乔家去赘亲。你说可笑不可笑？自从他出门之后，被我用心查访，才晓得那个女子就是乔梦兰。闻得吕郎许他入赘，约在场后成亲。奴家愤恨不过，只得便宜行事，与曹小姐商议定了，也约在场后做亲，又寻了一所同亭，做个隐藏之地。等吕郎一到，用个法子，骗他进门，把新人交付与他，不怕他走上天去。闻得会试的举子，只因皇上亲征，不曾放榜，一概都发回原籍。如今吕郎现在家中，闻得就是今日成亲。不免唤平头出来，把拐骗新郎的法子，传授与他。自已走将过去，跟着那个负心郎，且看他临行之际，怎生发付我？平头快来。（末上）收拾洞房成好事，安排妙计赚新郎。姐姐，有何分付？（老旦）园亭里面可曾打扫一番？（末）打扫过了。但不

知用甚么法子，才骗得新郎过来？（老旦）这是极容易的。你可另雇一乘轿子，别唤两位轿夫，抬到吕相公门前，只说是乔家的轿子，差来迎接新郎的。他自然欢欢喜喜走进轿子去。着他抬进园亭，只说是乔家的别院，略坐一会，新人就来了。待我走到，自然有法子处他。（末）知道了。（老旦）计就月中擒玉兔，（末）谋成日里捉金乌。（俱下）

【前腔】（生带丑上）避愁勉向朱门赘，愧男子，效于归。怕临行，尚有多情累，早寻个脱身之计。

小生赶试回来方才两日，就蒙乔小姐定了婚期，约定今宵入赘。是便是了，这头亲事原是瞒着许仙俦的，他今日不来便好，万一闯了进来，知道我去就亲，故意扯扯拽拽，不放我出门，那却怎么处？（丑）园丁倒有个计较。（生）甚么计较？（丑）他不来就罢，万一闯来，你寻些闲话对他讲一讲。待我立在门前伺候，等轿子一到，只说朋友人家请你去吃酒，他自然不好拘留。你上了轿子就走，连我也跟了过去。这座花园正没有人照管，且屈他看守几日，到后来再作区处，岂不是个妙计？（生）有理，有理！等他一到，就依计而行。（老旦带末上）暗招无义客，明送薄情郎。（进介）（生假作笑容，接见介）仙俦来了，小生寂寞不过，正要着人奉请，来得甚妙。（老旦）吕郎，你春闱试毕，文字甚佳，大魁的捷音料想不远了。我劝你把洞房花烛与金榜题名这两件好事，一齐结果了罢。

【江头金桂】【五马江儿水】（生）谢得你终朝留意，向朱门遍问奇。把良缘代觅，好事频催，这婆心难故违。**【柳摇金】**当不得分少缘稀，心口作祟，暗使牙关牢闭。要学那点头朱衣，怎奈这红丝倒将强项羁。**【桂枝香】**不教人许配，不教人许配，多应是年庚不利，星辰多忌，因此上负良媒。我便要强作襄王梦，怎奈巫山隔九嶷！

（净、副净抬肩舆上）空轿迎仙客，虚名赚阮郎。明婚容易却，暗计最难防。来此已是，门上有人么？（丑）你这轿子是乔家唤来的么？（众）正是。时辰到了，快请新郎出来。（丑）轻说些，里面有人阻婚，不可使他听见，待我用个法子，去弄他出来。（众）依你就是。（进介）相公，王家差人邀酒，说许多客人都来齐了，只等相公一位。（生）叫他少待。（对老旦介）仙俦，有你在此，本不该去赴席。只是这位主人拘执不过，请客不到，就要怪的。这桩事却怎么处？（老旦）既有贤主相招，自然要去。只是一件，你今晚回来不回来？好待我点灯相候。（生）有你在此，自然要来奉陪。只怕夜禁森严，不便行走。你等到一二更天，不见回来，就吹灯睡了罢。（老旦）既然如此，你上轿去罢。（生）这等，恕罪了。怕将好事担迟，故把佳人欺诳。（上轿介）（丑）屈他看守半年，待我回来发放。（随轿下）（老旦叹介）好一个薄情郎，好一个负心汉！亏得是我家的轿子，若还当真抬入乔家，我这一生一世，就不能勾见面了。少刻相逢，待我狠狠的骂他一场，重重的咬他几口，不然，那里恨得过？

【前腔】我待要称名相詈，把银牙犯玉肌；又怕啮伤潘岳，咒杀王魁。好教我害心疼难罪伊！我如今千恨万恨，只恨那妒妇不过，拐了他的新郎，还不叫做畅快，须要再生一法，羞辱他羞辱才好。罚少刑亏，难免遗戾。我还有事南山之竹，代把名题，仇深不教留面皮！我还有两计在此：第一计，假冒吕郎的名字，写下一封休书，等他轿子一到，寄转去离绝他；又怕他不肯见信，竟把那幅诗笺裁下前半幅，把后半幅粘在书上，他见了自家的笔迹，自然信杀无疑了。第二计，假冒那妒妇的名字，写下几十张招子，说他自不小心，失却新郎一个，往各处粘贴起来，把他无耻的名头，扬于通国。用了此二计，不怕这个妒妇不活活的气死！招子还可以迟得，待我写起书来。（写介）教娘行短气，教娘行短气，免不得悬梁赴水，早寻个避惭之地。莫怪我太相欺，既受伤心醋，应偿绝命醯。

远远闻见鼓乐之声，想是轿子来了。我且进去，叫平头出来打发他。（暂下）

【不是路】（众鼓吹、花灯，引肩舆上）好事稀奇，倒娶男儿往就妻。全无费，迎亲的彩轿也是女家赔。把妆催，何郎出嫁谁匀面！张敞临行自画眉。（到介）已到了园亭内，缘何寂寞无人迹？好生奇异，好生奇异！

里面有人么？（内不应，众连叫介）（末上）谁家生事仆，那个惹拳奴。你们是那里来的？没缘没故，闯进人家花园，看看景致也罢了，还要高声大喊。亏得相公不在，若还在家，每人一顿肥打，还不快走出去！（众惊介）怎么？我们奉主人之命，抬了花轿子上门来迎接新郎，怎么认做闲人，倒呵叱起来？（末）我家相公并不曾定甚么亲事。（众）我们是乔老爷家。你相公未考之先，亲自上门来说亲，两下订了婚议，约定考后成亲。怎么装聋作哑，竟不认起来？（末想介）哦，是了！他出门的时节，曾分付一句，说乔家有人来请，你回他转去，道有几个好朋友，约我去斗马吊，没有工夫过来。有封书信在桌上，叫他取了去。想来就是这桩事了。你们少待，等我去取出来。（下取书，即上）书在这里，你们快些出去。我也同几个朋友在里面斗牌，不要打断牌儿，弄输了我的东道。（推众出门，急下）（众）好没趣的事。既然如此，只得要请回了。（行介）

【北清江引】迎亲不见风流婿，反受豪奴气；匆匆赶出来，急急将门闭。这样好马吊的新郎，也奇得没道理！

（齐下）（老旦大笑，带末上）好个处妒妇的法子。他有神机，我也有妙算；他是个女庞涓，我也是个女孙膑。且莫说后来的事，只是这场羞辱，也勾他受用了。叫平头，替他锁了园门，快些回去，好迎接新人。

时人莫怪计谋多，恶妇须遭恶妇磨。

酸酒酿奁奁酿醋，从来妒法不嫌苛。

第十五出　姻　　诧

（外上）代妓司阍听指挥，做来的诧事世间稀。男儿枉自多谋略，不出闺中女范围。自家非别，乃是名妓许仙俦央来招接新郎的。他只因费尽苦心，替吕相公寻了亲事，是个绝代佳人。吕相公听信谗言，反要赘入豪门，又且瞒他做事，他愤恨不过，竟与乔家小姐斗起智来。那边用了反间之计，把他一个如胶如漆的情郎，弄做仇家敌国；这边用了掩袭之计，把他一个入槛归笼的娇婿，变做失马亡猿。那一边的计策，妙在弄巧设奇，使人出之意外；这一边的机谋，妙在装聋做哑，却象堕入计中。那一边的阵势，使他人得来出不去，好一似入门金锁；这一边的着数，料他没生机有死路，分明是十面乌江。眼见得这场输赢，就在今日了。闻得他雇了轿子去拐骗新郎，只因自己的平头是吕相公认得的，恐怕露出马脚，特地央我前来，冒认做乔家的院子。等新郎一到，就好招接他。远远望见轿子来了，不免洞开重门，待他抬进里面去。（二人抬生，丑随上）

【忆莺儿】【忆多娇】（合）抬上肩，一溜烟，离了冤家便谢天，不怕追来把袖牵。【黄莺儿】朱门占先，青楼乏缘，顾不得东家笑喜西家怨。到门前，华堂未入，莫把轿围掀。

（住轿介）已到中堂了，请相公出轿。（生出轿，四面瞻望，作惊疑状介）我那日相亲，另是一所门面。为甚么不到原处去，忽然抬进这里来？（外）禀相公：这是家老爷的别墅。只因相公与小姐是两位雅人，不好置之俗地，所以还在这里成亲。（生）哦！原来如此。

这等，小姐过来了么？（外）请相公少坐，小姐的轿子即刻就到了。（生背喜介）好一个园亭，奇石参差，画栏曲折，正好位置佳人，送在此处成亲，又添我许多妙趣！这位岳丈，真可谓体贴人情。（内鼓吹介）远远听见鼓乐之声，想是小姐到了。待我换起服色来。（更衣介）

【前腔】（众花灯、鼓乐，旦乘绿轿，净扮宾相，丑扮梅香随上）箫鼓喧，珠翠阗，别引仙姬占好缘，硬把郎君拐上天。西施那边，嫦娥这边，误投月关也无嗟怨。便他年，同为伉俪，也让此居先。

（到介）（生对外介）成亲是桩大事，少不得要同拜高堂，你家老爷为甚么不来受礼？（外）家老爷年高有病，起不得床，就在家里成亲，也不能受拜。行礼的时节，设个虚位罢了。（生）也说得是。（生设虚位，净赞礼照常介）掌灯，送入洞房。（行介）

【前腔】（合）行碧阡，经翠轩，鸟作笙歌花作毡，不是兰房是洞天。新人太妍，才郎似仙，一双白璧良工碾。并香肩，评姿比貌，秋水共长天。

【隔尾】天台误入同刘阮，堪附入神仙列传。只可惜那妄想的凡姬眼欲穿。

（到介）（外）新郎既已入房，大家且去赴酌。莫管闲是闲非，让他将错就错。（齐下）（生）众人去了，叫梅香快取合卺杯来。（丑应介）（生）代我揭去纱罩，预先温存几句，才好劝他吃酒。（代揭纱罩，细看惊背介）呀！我前日面相的不是这副姿容，怎么隔了几时竟改变了？你看花容妩媚，玉质嫣然，另是一种消魂之态。这桩事情着实有些费解。

【渔灯儿】亲玉面好教我喜还疑，想象从前为甚的换境界？隔时光连这姿貌也移迁。似这等昨日今朝别是妍，还只怕转睛处又生他艳？眼见得不寻常是个变体神仙！

且待梅香出来，问他一个明白。（丑持酒上）暖罢交欢酒，来斟合卺杯。只愁郎性急，先把睡来催。（生）梅香过来，我且问你，你

家这位小姐，不象我前日见过的。面貌不同，风姿各别，难道另是一位不成？（丑背介）被他认出来了。不要管他，他说不是，我偏说是，再哄他细认一番。（转介）前日相的就是这位小姐，怎么说个不是。难道这等一位佳人，还有甚么不中意，疑心那个换了不成？（生）也说得是。姿态虽然稍异，娇媚总是一般。这等说起来，是我眼花了。看酒来。（丑斟酒，生劝介）娘子，我和你是会过一次的，比初见不同。大家欢饮一杯，不要落了做亲的常套。（旦背介）他原来认我不出，还只说乔家女子。我想这桩事情，料想瞒不到底。他虽说是，我偏说不是，且等他惊骇一番！（转介）奴家生长深闺，步门不出，从不曾见过男子。谁与你“相会一次”？说出这般没影的话来！

【锦渔灯】（旦）轻佻子，平白地、将人凌贱；我是个贞洁女，甚来由、受此奇冤。（生）多蒙小姐不弃，许我当面相亲。小生赋诗一首，又蒙小姐面和一首。诗中之意，叫我撇却许仙俦，单娶小姐一位。小生依了尊命，怎么倒反不认起来？（旦）天地之间。那有这等不贤之妇。既然如此，你把那首和韵的诗念来我听。（生念介）（旦）呸！这样不通的诗，我那里做得出；这样没理的事，我那里行得出？想是你见鬼了。一定是九尾狐狸肆野禅，引你做、薄幸子把心偏！

这样负心人我家容不得。叫梅香，推他出去，关了房门。（径下）（丑推生出门，生大惊气介）这是甚么原故？我做负心人，都是为你，怎么倒反变起卦来，做这般的假道学？难道我来了一场，又好转去不成？（想介）且住。他这副面貌，原与相见的不同，毕竟有些原故，待我再唤院子进来，盘问他一番。院子那里？（外上）忽地闻呼唤，连忙放酒杯。多应知就里，打点话来回。相公有何分付？（生）今日这位小姐，与前日会面的大不相同。我问梅香，梅香说是。我问小姐，小姐又说不是。使我愈加鹘突起来，故此唤你来问，你对我说句真话，毕竟是不是？（外背介）待我把梅香、小姐的话掺合起来，说个是与不是之间，再等他猜疑一回，等那女军师到来，自有区处。（转介）相公，老实对你说罢，我家老爷有两位千金，前日会面的是大小姐，今日成亲的是二小姐。只因二小姐害羞，不肯出来见男子，故此要大小姐代相新郎。这是一句真话，你不消疑惑。快请成亲，我要吃酒去了。再弄巧中巧，添他疑上疑。枯肠搜索尽，才见智谋奇。（径下）（生）怎么，三个人的说话竟是三样的？弄得我颠颠倒倒，竟象做梦一般。

【锦上花】弄得我意倒颠，气得我愁闷填，怪元端梦祟把人缠。只道是缔好缘，只道是跨彩鸾。谁料是翻云覆雨的怪神仙，内妒外装贤。

既被他逐出房来，没有转去之理。还喜得仙俦在家，有个退步。不免转去与他叙叙旧情，遣过了今宵，再作道理。来此失新欢，回家敦旧好。（欲下，净、副净扮二丫鬟，持鸾带上）来锁薄情人，登堂去受拷。你就是吕哉生么？（生）正是。（二净）我们奉夫人之命，特来拿你。（生）拿我做甚么？（二净）说你背义忘恩，做了不良之事，拿你去听审。（缚生，带走介）（生）好奇事！一向说他有父无母，这位夫人是那里来的？一发是做梦无疑了。（到介）（老旦、旦暗上，坐帘内介）（二净）负心汉拿到了，请夫人发落他。（老旦）你这汉子，好没良心。既与许仙俦订了衾裯之约，又与曹小姐通了媒妁之言，就该死心塌地与他两个联姻。为甚么又央了媒人，要到我家来入赘？既来入赘，也该对许仙俦说明，使他断了从良之念，为甚么临行时节一字不提，还骗他看守书房，是何道理？他方才赶到这里哭诉前情，我替他气愤不过。你待他如此，日后待我女儿，料想也没有好处，故此拿你来处治一番。叫梅香，替我重打三十，赶出园门。再叫几个家人，押他去就曹家的亲事。（生背介）这位夫人却象会过几次的，他的声音，我有些认得。（二净扯生欲打介）

【锦中拍】（老旦）把无情棒拉伊拷谳，我与他同病合相怜。（生）念小生罪不至此。（老旦）欺诳罪应该配迁。（生）看我这皮肤那里受得棒起。（老旦）既晓得皮肤嫩为甚的自干刑宪？（生）这等，小生情愿领打，曹家的亲事决不就的！（老旦）你道是愿辞他配，忍疼受鞭，（生）不但曹家的亲事决不去就，宁可多打几下，府上那头亲事是决要做的。（老旦）又道是宁加罪谴难分燕婉。试问你一样门楣，又不是迥别良贱，为甚的分彼此将人恋？

（生）那头亲事，不是甚么好姻缘。许仙俦的意思，恐怕娶了美貌妇人，要夺他的宠爱，故此分付媒人，寻个丑妇搪塞我。我方才见了令爱，真个是绝代佳人，怎肯当面错过？故此情愿加刑，不肯改配。（老旦）这等，是你疑错了。那曹家女子，虽不是绝代佳人，也还将就看得过。他如今也来这里，你要见他么？（生）既然来在府上，就借一观。（老旦）叫梅香，卷起帘来。（二净卷帘介）（生见老旦大惊介）呸！只道甚么夫人，原来就是你。（老旦指旦介）不但夫人是我，连曹家小姐也就是他。你睁开眼来看一看，比乔家女子差些甚么？要你这等用心，做出许多不良之事，使我抱了不白之冤。你道那三十棍子，还是该打不该打？（生笑介）莫说三十，就是三百三千也是该受的。如今没奈何，只得请罪罢了！（揖介）

【锦后拍】愧杀我，没清头听谗言，把好事认作恶姻缘。这罪名不浅，这罪名不浅！便是罄竹书，擢发数，也说不尽许多不善。也知道你害心疼，不忍实加鞭；就是虚雷厉，也不是你中心情意。但我要，心肠改悔过反从前。

（老旦）我还有满肚牢骚不曾发泄，当不得成亲是桩好事，不便耽搁佳期。也罢，看新人面上，权且饶你，快去成亲。

【尾声】徇情假看新人面，便是没好事也要收雷掣电。见了这爱得杀的姿容呵！就是铁打心肠也自会软。

洞房休羡烛生花，此处欢娱彼处嗟；

莫怪今宵更次短，东家损漏益西家。

第十六出　酸　报

【海堂春】（外冠带、吉报，小生扶上）画堂今日神仙降，添半颗明珠入掌。未得寸心宽，先令双眸痒。

老夫乔国用，只因病躯羸弱，老眼昏花，故此把婚姻大事，都叫女儿自家选择。他已曾相中才郎，约定今宵入赘，要老夫出来做主。叫院子，请小姐出来。（小生请介）

【前腔】（小旦艳妆上）眼看鸾凤归罗网，更不怕乘风别飏。（副净扮媒婆上）缔就百年姻，来受千金赏。

（小旦见介）（副净）乔老爷，我把天下第一个才郎，送到府上来人赘，这场功劳也非同小可。今日的赏赐，是轻易不得的。（外对小生介）他说些甚么？（小生附耳代说介）（外）且等新郎进门，若果然出众，我自然赏你。（小生）远远望见轿子来了。叫傧相、吹手出来伺候。（众上，吹打介）（净引二人抬空轿上，叫众不要吹，众做听不见，吹打照前介）（丑扮傧相赞礼，请新郎出轿，众揭轿帘一看，大惊止乐介）呸！原来是乘空轿。（净）叫你们不要吹打，你们偏要吹打。如今新郎不见面，难道与轿子成亲不成？（众）一片箫鼓之声，那里听见说话。我且问你，新郎为甚么不来？（净）若说新郎动静，只愁恼杀娇娃。入门无酒亦无茶，倒受一场肥骂。预把良缘躲避，不知逃往谁家？叫人望得眼儿花，且去寻人吊马。（众惊介）怎么有这等奇事？（外）新郎在那里？为甚么原故抬了空轿回来？（小旦背慌介）这怎么处？方才那些话，岂是对他说得的？叫院子过来，你去回复老爷，只说圣驾回銮，目下就要放榜。凡是考过的举子，都进京去候殿试了。吕相公也要起身，故此不来入赘。（小生对外重说介）（外）原来如此，功名事大，原是该去的。这等说起来，又有几时耽搁了，我且进去罢。为求金榜题名，暂缓洞房花烛。（小生）全亏阿丈耳聋，不受新郎耻辱。（扶外下）（小旦）叫家僮过来。他为甚么原故，竟有这番举动？（净）我那里知道。（小旦）这等，你见他不曾？（净）轿子不曾到，他先躲出去了，那里能勾见面！只留下一封书，说他的意思尽在书中，拆开一看就知道了。（副净）既然有书，一定是个好意。想是有事耽搁了，要你改期的意思？（净递书介）（小旦）既然如此，你们都去罢。（众应介）（小旦拆书细看，大惊介）怎么有这等奇事？兀的不气杀我也！（作气闷欲倒介）（副净）呀！为甚么原故气得这等利害？小姐，劝你耐烦些。

【九回肠】【解三酲】（小旦）费周旋耻从天降，怪儿曹毒自中藏。无风忽起滔天浪，施暴戾肆轻狂。良缘变作仇千叠，好事翻成梦一场，真无状。（副净）这等说起来，是一封退亲的书了。（小旦）岂止退亲，还有许多放肆的话，说我妒心太重，面皮忒老，全不象个处子，竟与重婚冉醮的一般。这等看来，不是一封书札，竟是一篇檄文了。叫我怎生气得过？【三学十】你既然不屈男儿项，为甚的愿遵依，面具招详？到如今反问我何年学就的争锋技，那处传来的酿醋方？【急三枪】终不

然教我图虚赏，受实罚，做个痴呆妇，才得你怜箕帚，纳糟糠！

（副净）小姐，据我看来，这封书札还不可尽信，或者象《荆钗记》的故事，被人套写了休书，也未见得？（小旦）我起先也道如此，当不得书札后面，又有一件示信的东西。你看，这幅诗笺竟是我的亲笔。这样有凭有据，难道还不是真的？（副净）这等讲来，就没有疑心处了。

【皂角儿】缴情诗分来半张，只怕你忆鸾笺又生他想，毁姻盟题来数行。只要你受丝鞭莫将伊强，骂几句狠潘安，乔子建，歹鸾凰，痴虎豹，玉面豺狼。便做道朱陈别讲，也须把温语相商；又何用，烧琴煮鹤，躏玉蹂香！

（副净）小姐，这样狠心男子，就嫁了他也不是桩好事。古语道得好，不是姻缘莫强求。我劝你丢了他罢。

【尾声】既无缘，难再强，从今莫说负心郎。（小旦叹介）虽则如此，也教我难改柔肠做石肠。

第十七出　贴　　招

（末持招子、糊、刷等物上）莫怪佳人计策多，只缘一事系心窝；是仇尽有消弭法，只有妒块填胸永不磨。许平头为何道此几句？只因我家姐姐，怪那姓乔的女子，离间他的情人，故此设下奇计，把新郎拐骗过来。这也罢了，他还说气愤不过，又写下许多招子，叫我糊在通衢。只说是乔家贴的，使那小姐闻之，羞惭不过，好另嫁他人的意思。又有一事差我，这边有个女待诏，叫做殷四娘，极会按摩修养；又且口嘴利辩，人都叫他女苏张，常在我家走动的，如今移了住处，怕他认不得，叫我去通知一声，要他常来走走，替吕相公捶腰掐背，说话消闲，使他乐而忘忧，不想着乔家小姐。自古道受人之托，必当终人之事，我且带了招子，替他一头念一头贴将起来。（贴介）

【驻马听】大众齐听：失去新郎事不经。多愁少乐，有女无男，好事难成。广求亲友念伶仃，寻来急救红颜命。不负高情，酬资早已安排定。

招子贴完了。且喜天色尚早，正好去唤殷四娘。只是一件，拐骗新郎之事，虽然瞒不得他，这假贴招子的话，却使他知道不得。万一传播开去，弄出事来，就是我的干系了。不免藏了家伙，然后去寻他。（藏介）

【前腔】莫露赃形，拿到官司罪不轻！谁叫你私粘谤帖，假扮豪奴，冒诉闺情。纵然指使属娉婷，我杀人现执钢刀柄；况从来官府加刑，妇人的罪犯都是男儿顶！

来此已是，殷四娘在家么？（丑上）按摩指节娇如笋，敲背拳头软似绵；捏得男儿高兴发，倒来替做女陈抟。呀！原来是许阿叔。我昨日进院子来，不见你家姐姐，正没寻处。请问搬到那里去了？（末）

住在旱西门里，地名叫做小西湖，有一所极大的花同，就是他的住处。（丑）为甚么原故，丢了朱楼翠馆，去住绿野青山？难道他从今以后，不做这桩生意了么？（末）听我道来：

【玉抱肚】离嚣居静，伴多才藏形匿影。赚鸳鸯共栖笼槛，系鹍鹏不使飞腾。倩伊搔痒更摩疼，免使愁多疾病生。

（丑）原来如此。只是一件，我这双妙手，摩得着身上的疼，搔不着心头的痒。他的心事，还要你家姐姐自医。

【前腔】男儿通病，纵心猿南驰北骋，对夭桃更思秾李，入蓝桥又想蓬瀛。按摩按不着意中情，倒不如贴肉的医生识痒疼。

这等，你去回复说，我明日就来。

青楼有志实堪夸，倒整夫纲室作家。

百计调停无别意，只愁男子抱琵琶。

第十八出　囚　鸾

【一剪梅】（生上）好事磨人直恁奇，既得便宜，又失便宜。身心两处受羁縻，此既难离，彼又难遗。

【忆秦娥】眉蹙蹙，温柔乡小愁拘束。愁拘束，红丝系紧，反同刖足。东家虽住黄金屋，西家更有人如玉。人如玉，一般情意，忍教孤独。小生误就良缘，已经数日。且喜这位新人，不但姿容绝世，又且贤淑异常。若不是许仙俦赚到这边，几乎失了一房佳偶。只是一件，那一晚乔家小姐见我不去就亲，不知怎么样嗟怨？我欲待走将过去，把被赚的情由细说一遍，叫他另选才郎，省得误了终身大事。当不得这两个妇人，终日行监坐守，使我脱身不得。连这所花园的门户，都被他重重上锁，处处加封，竟象防守罪人一般，只怕我要逃监越狱。你说可笑不可笑！我又要写封密书，叫园丁送去；又当不得这两个妇人，预先行了贿赂，选个极标致的丫鬟，赏他做了妻子。如今连这个狗才，也与他们串通一路，不但不肯寄去，还要骗我的书札拿去请功，故此不敢擅作一字。如今没奈何，只得权做罪人，听他们囚禁罢了。

【前腔】（旦上）到手良缘更怕谁，已赋于归，稳效于飞。（老旦上）只缘妒妇

太心欺，天夺欢喜，人付凄其。

（见介）（老旦）吕郎，你棘闱事竣，好音就在目前。人生第一桩乐事，就是新婚燕尔；人生第一桩苦事，就是束带加冠。你如今出仕在迩，不久就有愁担上肩。这几日的光阴，才叫做千金一刻，须要及时行乐，切不可把别事萦心。（生）娘子极说得是。（旦）此时节当盛夏，到处皆苦炎蒸，独有这水榭中间全无暑气。你看葵日方中，柳荫欲暮，远树微闻蝉咽，轻罗尽染荷香，是好一番清况也。（老旦）炎热天光，不宜饮酒。叫梅香快煮泉水，把各种的茶叶都取出来，待我们品第一番，做些茗战的工夫罢了。（内应介）（净扮丫鬟，取各种茶具上）

【梁州新郎】【梁州序】（生）驱除酞郁，流连清味，要使风生双腋。（旦、老旦次第斟送，又自饮介）（旦）这是天池。（生咀咂介）甘同仙露，佳名雅称天池。（老旦连斟二盏，双手送介）这是松萝，这是龙井。（生各咀咂介）清输龙井，馥让松萝，二美难偏废。（旦斟送介）这是阳羡。（生咀咂介）好！数者之中，当以此种为最。香清而别，味厚而圆，非沉酣于此者，不知其妙。古语云，天子好尝阳羡茶。这等看起来，“饮食”二字毕竟要让帝王，总是尝得遍的原故。异香能健帝王脾，陆羽无烦浪品题。【贺新郎】（合）肆茗战，成清醉，怪羊羔美酒空肥腻，玷口腹，俗肠胃。

（旦）取棋子来，待我们手谈一会，消此永日。（净取棋上，生、旦对着，老旦旁看介）

【前腔】（旦）鸾凰交斗，雌雄相背，同心暂尔相违。休嗔骄横，枰间不认夫妻。你便盈盘输却，让我赢来，也不算夫纲坠。还只怕女师难胜也易披靡，依旧在枰间效唱随。（合前）

（生）呀！倒是我输了。（老旦）你的棋子一向是好的，为甚么会输？可见是心不在焉的缘故。叫梅香，取笔砚过来，大家联韵做诗，省得他东想两想。（旦）说得有理。每人一联，周而复始。大家不许停留，直做到晚间才住。（生笑介）怎么，到了晚间就忽然肯住起来，想是又有别样功课么？（旦作羞容，微笑介）不要多讲，快些起韵。（净取笔砚付生，生写介）

【前腔】（老旦）诗狂齐发，愁魔惊退，若个容他作祟？（生写完，老旦取付旦介）吟诗先后，输来也照房帷。（旦写完，付老旦写介）前茅虽让，后劲难辞，这是派定的椒房位。（写完，仍付生介）（生）怎么，又轮着我了？（老旦）已经一唱两相随，不付伊行付阿谁？（合前）（丑上）因受佳人托，来娱才子情。只愁摩弄处，又惹妒心生。（老旦）你来了么？（丑）来了。（老旦）快替相公捏背，捏得相公爽快，就与我们爽快一般。（丑）也说得是。你二位爽快的时节，相公也曾爽快过来。痛痒相关，足见你们的恩爱。（代生按摩介）

【前腔】才郎神爽，佳人心醉，按东只当摩西。（生）果然做得好。（旦）再加意些。（丑）知音相赏，工力自然加倍。（对旦介）你以前是小姐，如今该叫大娘了。大娘，我笑你腮边遗粉，发上奇香，现在郎君臂。则这枕头温润也世间稀，别样的风流总莫提。（合前）

（老旦）如今做完了，随我们到回廊底下，散步一番。（同行介）

【节节高】行行过小堤，怪凫鹥，避人飞入汀鸥队。桐花坠，柳线垂，松涛沸，凭栏不止荷风媚，奇香百和争来会。（合）人比鸳鸯乐事多，双飞更有相从翼。

（丑）请问二位大娘，为甚么原故，把宅门封锁了？我方才叫了半日，才开得进来。

（老旦）我家这位相公，有些狼子野心，不肯知足；另有个痴心女子，要想赘他。故此锁住园门，不放他出去。（丑）原来如此。（旦）这个消息是走漏不得的，切不可对人乱讲，说吕相公藏在此处。

（丑）晓得。

【前腔】（二旦）逢人莫漏机，有差池，终须究你通番罪。我这里无奸宄，少祸媒，疏防备。只要伊行不作风流祟，更无人搅鸳鸯睡。（合前）

【尾声】（生）几时得脱拘挛罪？（二旦）都是那仇家害尔受羁縻。（丑）少不得有个恤部清监来把犯提。

（旦）手谈茗战未消愁，（丑）更把檀郎玉体揉。

（生）欢入樊笼皆变苦，圜扉一启便忘忧。

第十九出　揭　　招

（外、末、小生扮地方上）不开铺面不耕田，惯走街坊趁野钱。管得一桩闲事着，妻孥几日做神仙。我们是地方上面一班游手弟兄，终日在街坊之上走来走去，弄些闲事管管，好趁各处的钱财。今日约齐众人，一同出去。众兄弟，我们走路的时节，大家带着眼睛，凡是墙壁上面有粘贴的东西，都要留心看一看，不可忽略过了。（众）极说得是。（同行介）

【月上海棠】（外）频带眼，但逢字迹须留盼。（末）念墙间壁上，最有波澜。（小生）揭招词代缉逃亡，持冤帖预收公案。（合）这是真词翰，比不得书画单条，难充饥饭。

（外）有张招子在这里，大家看一看。（同看介）（丑持篦头家伙上）主顾沿街有，何劳问旧新。且将捏背手，权做篦头人。呀！那壁上贴的是张甚么东西？许多人挨挤了看。（近众窃听介）（小生念介）“立招子妇乔梦兰，今因自不小心，失去新郎一个，名唤吕哉生。头顶有带飘巾，身穿蝶色纱袄，脚踏红鞋，身边并无财物。忽于赘亲之夜，憎嫌丑貌，兼怪妒心，忽地逃亡，不知下落。倘有四方君子收留送出者，愿出谢礼银三百两；知风报信者，愿出谢礼银五十两。此系急切要用之人，实难久待。广祈亲友，速赐哀怜。所许并不食言，请揭招子为证。（外）呀！怎么有这等奇事？新郎不肯成亲，竟逃走了。（末）我们揭张招子，带在身边，各处去访问。万一访得着，就有一注横财可得了。（揭招子介）（外）才说饥来字可餐，果然壁上起波

澜。这是从来不见的奇文字，莫作招词一例看。（齐下）（丑惊笑介）这等说起来，就是吕相公了。他的踪迹只有区区知道。这注横财为甚么不取？倒把别人弄去了！

【沉醉东风】叹年来生涯甚艰，怪世上钱财难撰。好容易过贫关，把横财轻盼。这招词料非虚诞，那注钱财呵，得来不难，得来不难！只消吐出真情，他便破悭。

是便是了。那两个女子，把我再四叮咛，叫不要替他泄漏。我如今走去报信，银子便趁了来，这一门主顾就要断绝了，却怎么处？（想介）不妨！我自有巧话说他，管叫银子又得了，主顾又不断绝；还要两边感激，这才叫做女苏、张。招子还有在壁上，待我也揭一张下来。（揭介）

女学孙膑妇学庞，谁知又遇牝苏张。

饶他六国交相妒，自有弭酸止醋方。

第二十出　阻　　兵

【绕红楼】（小旦带净上）一肚牢骚满面羞，三五日不展眉头。自怪情缘，已成恨薮，何事尚难丢？

奴家乔梦兰，自从那日虚燃花烛，枉设洞房，不但好事不成，还受了许多郁气，教人恨又恨不过，丢又丢不开。我想这桩怪事七分可信，还有三分可疑。一来书上的笔迹，与那题诗的笔迹不同；二来那封书札，又不是亲手递出的。已曾叫院子、媒婆一齐出去打探，还不见回音转来，好生系念也呵！

【小桃红】从来创见这般愁。倒喜他脱故套，离窠臼也，不似那腐烂的相思，今古相犹。休得把恩义变成仇。须是要历惊疑，少苛求；忍羞惭，无归咎也，才算个死同心，死同心活难丢！

（丑上）为想非常利益，权丢本分生涯。赚得肥钱到手，强似去走千家。一路问来，已到乔家宅子。且喜得门上无人，不免径入。（进见介）这一位佳人，就是乔小姐么？净）正是。（小旦）你是何等之人，到此何干？（丑）区区是个修养婆，俗名叫做女待诏。只因

府上失去新郎，各处贴了招子。这位官人的下落，只有区区知道。故此揭了招子，走来报信的。（小旦惊背介）又是一桩怪事了！我何曾贴甚么招子？（细看大惊，气介）呀！是那个奸人，造出这些恶话来羞辱我？可不气死人也！

【下山虎】大张晓谕，卖尽奇羞，一线何曾漏？贼子，贼子！我与你有何世仇，造此讹言，代人出丑。若还查出来呵，我舍命和伊作对头，状题忒煞有！尽着你浊财多，善使赇，也逃不尽多般罪，此遗彼收，预倩官司捕恶囚！

且住，招子虽假，如今寻出人来，或者有些天意也未可知。我权且认做真的，等他说出情由，再做道理。（转介）既然如此，新郎在那里？快些说来。（丑）那位相公呵！

【五般宜】他为你入牢笼受拘囚，他为你眉暗锁泪私流。（小旦）拐他去的是个甚么样人？（丑）是个青楼女，与他交情厚，恩义稠，怪娘行争他凤俦。因此上特把佳人明娶，才郎暗里偷。到如今孤凤不敌双鸾，权被羁留，终日价忆前盟难聚首。

（小旦惊介）呀！这等说起来，他已别有人了，怎么了得？既然如此，那个女子可有些才貌，与我比并起来，还是他好我好？（丑）你的面容与他比并起来，一些高下也没有。他胸中的才思，我虽不知道，只见他一男二女坐将拢来，不是吟诗就是作对，想必也是来得的。（小旦大怒介）反了，反了！天地之间，竟有这般异事？叫梅香，一面点齐伴当，做了男兵；一面鸠集丫鬟做了女将，各执器械，随我出兵。

【江头送别】分头去，招师旅，莫教逗留。擒窝主，捕逃人，预防惊走。把风斤伐尽章台柳，这恼人的春色难留！

（净）知道了。（急下）（丑）怎么妇人家不出闺门，况且又是个小姐，竟要出起兵来？我且问你，你既要出兵，知道他住在那里？（小旦）你来报信，自然知道地方。就用你做个乡导，那怕寻不着他？

（丑）小姐，小姐，你只顾自己的婚姻，不管别人的死活。那分人家，是我定门主顾，若为这注钱财，做出那般歹事，我这桩生意就做不成了！宁可银子不要，这乡导是做不成的，不如去罢。（欲行，小旦留住介）你既不做乡导，只消说了地方，待我自家去罢。（丑）也成不得。若还弄出事来，不是害他，倒是害你了。名节所关，岂是当耍的事？（小旦）为甚么原故，倒害起我来？（丑）那两个女子，都是极有智谋的，任你千算万算，再算他不过。只消拐骗新郎一件事，就见他的手段了。你如今要去征剿，焉知他们不预先防备，埋下伏兵？两下打起仗来．只怕主客之势有些不敌。弄到其间，你是闺中的处子，他是青楼的娼妇；你要顾体面，他不惜廉耻；你说他拐你的丈夫，他说你夺他的孤老。旁人听见，那里辨得清？这是许仙俦的胜着了。那位新人已做了半月夫妻，又是明婚正娶，莫说私下讲他不过，就告到官司，也没有拆散了他，断来还你之理。他是两张嘴，你是一张嘴，他把两分家私并出来拼你一分，还是救兵请不来，还是人情央不起？我劝你这枝人马只是不动的是。

【五韵美】非是我抑偏师，骄全寇。也只为行兵胜算在强敌手，念双熊独兕难相斗。既道是奇谋自有，为甚的失计算把前车轻覆？他那里机谋少，拙似鸠，倒还坐得稳，不怕你鹊占原巢，逐归败柳！

（小旦）难道我相中的才郎，白白被他占去，就罢了不成？既然如此，就烦你代想一想，这头亲事可还争得过来？倒说一句实话，省得我枉费心机。（丑背介）这头亲事全要掀动得他，使他一心要做，方才用得着我。（转介）你这头亲事，若论起大势来，是没有想头的了。只是男子心上，死也丢你不开，则这新婚燕尔的时节，尚且眉头不展，面带忧容。若还再过几日，把新人看旧了，少不得害起相思病来。他这条性命，就送在你身上了。（小旦）怎么他对了那样新人，难道还想着我？（丑）想，想，想，想得极！（小旦）呀！这等说起来，竟是个情种了，如何负得他！不如拚了性命去做一场罢！

【山麻秸换头】难丢！等不得燕尔衰，新人旧，乘彼初婚，夺我原俦。拼一个破面伤情，也难避娇羞。我还愁，斗争无已，加他僝僽！怎得个昆仑神使，倒施义侠，盗出千牛。

你方才所说的话，句句中听，字字入耳，可见是个有用之人。就烦你做个主意，这头亲事该用甚么计较，才争得过来？（丑）只有调停一法。要用个两边相熟的人，在里面调处。这位男子，你也休想独得，他也不许自专，竟拿来三股均分，才是个万全之策。（小旦）既然如此，两边相熟的人莫过于你了。（丑）不是我夸嘴说，区区的别号，叫做“女苏张”，极会做说客的。只是大小之间有些难定。请问你的意思，还是要做大做小？（小旦）自然是大，岂有做小之理？（丑摇手介）这等说起来，神仙也讲不拢。劝你不要思量。（小旦）怎见得？（丑）莫说这位小姐，他结发在先，自然不肯做小；就是那个妓妇，他以前订了私盟，后来又把恩义相结，也是根深蒂固，摇动他不得的。只要说得他来、搭得你上，就是一桩好事了，还出这样难题目？

【江神子】娘行忒自由，则这三分势尚费图谋，竟思吞并曹刘？让你这周郎自去把功收，我只好从旁袖手。

（小旦）尽着你的力量去做了看，且等做不来，再作区处。（丑）

既然如此，把谢礼的数目也要逐项说开。第一房是不能勾的，不消讲得。只说第二房是多少？第三房是多少？预先讲明，省得后来争论。（小旦）若做得第一房，我情愿出三百两。（丑）第二、第二三呢？（小旦不说介）（丑）你既不说，我也不去讲了。别过罢。（小旦）你也忒煞唠叨，说出一项来就明白了。难道那两句话是讲得出口的？（丑）这等说起来，是要逐项议。除了第二房，减去一百；第三房又减去一百。小姐可是这个意思么？（小旦微笑点头介）（丑）小姐，你这头儿一点，口儿一开，就算一张欠票了，以后是赖不得的！

【馀文】有一张朱红的欠票在你樱桃口，料不怕将来遗漏。（小旦）但愿你不取轻财把重利收。

第二十一出　翻　卷

【霜天晓角】（小牛带天聋、地哑，外扮朱衣使者，执簿随上）征文考行，二者难兼并。若个堪居绝等，推敲不厌详明。

朕自入场以来，默相主司衡文，暗助监临察弊。务使科名不滥，阴骘堪凭。怎奈这些举子，文章中得的尽多，德行取得的亦复不少，但要二者相兼，就不能多得。所以甄别之际，大费苦心；传胪以后，俱得其人。就是榜眼、探花，也经拟就，只有状头未定，须是第一等文章第一等德行，方足以充其选。不免趁试官不在，把他取过的卷子，再拿来品论一番。（取卷翻阅介）

【黄龙醉太平】【降黄龙】殿最群英，谁下谁高，絜重量轻。当不得才称鲁卫，莫辨低昂，难称荣名。这卷做得榜首。叫朱衣，查他德行如何？（外）此人并无失德。只是平日口齿不谨，最喜谈人闺阃之事。（小生）这也欠于长厚，做不得状元。（丢卷另阅介）这一卷如何？（外查介）此人为善之念极坚，望报之心也甚急。因他做了几件好事，自己预先拿定说今科必中状元。（小生）为善而望报，已自不该，何况预窥榜首。论理不该中他，只是为善不昌，恐怕塞人向往之路，放在二甲罢。（置卷，另阅介）这一卷如何？（外查介）此人有极美的姿容，最为妇人所爱慕。他却能禁止邪心，不做淫荡之事。止因择婚一节，稍涉轻狂，未免多了些事，却是他无心之过，应为上帝所原。【醉太平】非骋，被人勾引入天台，原不是自投坑阱；况由前定，暗里红丝系就，事合相成。

（小生）既然如此，就把他定了状元，放在各卷之上，等试官进呈便了。能为世上无双事，便是场中第一人。（登高坐介）（末扮试官，带门子、书吏上）留取奇花酬国士，非关爱惜上林春。下官大总裁翰林学士是也。自从典试以来，阅卷未终，忽遭国难。皇上亲征不返，遂尔蒙尘。目下新主登极，首重文科，命下官速封试卷进呈，以便亲定元魁，风示天下。不免把取过的朱卷，仔细查阅一番。（取卷阅介）呀！这个卷子是我取在二甲的，为何反在上面？待我看来。

【黄龙衮遍】新评间旧评，新评间旧评，赤字蓝圈映。文字原做得好，只是词采过艳，意致飞飏，恐怕是个风流佻㑊之人。状元为宰相之先声，那文字之中，也要带些相度才好。这卷文字拟不得状元，依旧放他在二甲。文藻英华，泄尽无遗剩。有意抡魁，反输高等。留成案，不用翻，依前定。

另取一卷拟了状头。叫左右，好生封固了，待明日进呈。（吏）嗄！（封介）（末）不寝听金钥，因风想玉珂。明朝有封事，数问夜如何？（带众下）（小生笑介）好一个倔强试官，能与神道作梗，则其不徇情面可知。难得，难得！是便是了，文字的好歹，你便得知；素行的低昂，你那里晓得？还要让我这目光似电之人。叫朱衣，替他拆开封来，依旧把那一卷束在上面。（外）禀上帝君：这个举子既负殊才，又有绝色，他若不肯积德，做起淫荡的事来，世上那一个妇人不被他污到？如今取做状元，虽是极当的了，只怕世上的人，还说是文字中来的，与素行无涉。求帝君略显神通，使人知道：才与风教有关。（小生）也说得是。待我在卷面

之上，另写几句批语，待人皇见了，将他取做状元，又好风示天下。（写介）“有诲淫之色，无纵欲之心；虽涉风流，无伤名教。请从次甲，拔置巍科。”批完了。依旧替他封好，以便进呈。（外应，封介）

【尾声】（小生）这番不负皇天命，喜才德科名相称。也有几个作恶的登科要与他伏后刑。

第二十二出　画　策

【普贤歌】（丑上）苏张名号世无双，说得男儿个个降。天生手一双，又加嘴一张。只怕钱多屋少难安放。

我殷四娘揭得一张招子，换了五十两真纹。这桩生意也做得过了，谁想还有甜头落在后面。乔家小姐一心要嫁吕相公，求我做个说客，说得成亲，还有论百的谢礼。你说侥幸不侥幸？我想这头亲事男子是情愿的，只是妇人不肯。论起理来，只消单说妇人，用男子不着。当不得这两位娇娃，都是一双铁耳朵，料想是说不转的，这篇文字须要在男子身上做起。况且这一男三女，都是有钱的主儿，须要使他个个输财、人人纳贿，弄得老娘满载而归，方才替他完成好事。来此已是花园，且喜得妇人不在，等吕相公出来，与他商量便了。

【忆秦娥】（生上）神虽王，躯骸无病心多恙。心多恙，几时盼得，笼开鹤放？（丑见介）吕相公，我这几日穷忙，不曾来看你，身体可安逸么？（生叹息介）身体倒安逸，只是……（住口介）（丑）只是怎么样？（生）倒是我失于检点，多说出两个字来，亏得他们不在；若在这边，又有许多盘诘了。（丑）吕相公，我看你的光景，着实有些不象意。二位大娘面前，说不得真活。我是个局外之人，有何心事，不妨对 我直讲，或者替你分得些忧、做得些事，也未见是。（生）听我道来：

【红衲袄】我是个爱飞抟的凤鸟行，我是个任浮沉的鸥鹭长。到如今把常悬弧矢的男儿样，做了个不出闺门的妇人腔。又不是犯官刑，苦闭藏，又不是坐禅关，求内养。为甚的铜雀春深，倒锁着周郎也，空教我怨东风搅闷肠！

（丑）吕相公，你的心事不消说得，都在我腹中。不过因这两位

佳人，将你霸占住了，不肯公之同好，所以有这段愁烦。我且问你，乔小姐那头亲事你心中还要做么？（生）呀！这等说起来，你竟是个解人了。那头亲事我岂不要做？只是这两位大娘恨他不过，终日价切齿腐心，叫我如何开得口？我如今不想别样，只要寄封书信过去，使他另选才郎，不可误了终身大事。只是没有个寄信之人，你肯替我去么？（丑）这等说起来，你不是假负心，竟是真薄幸了！乔家小姐为你害了相思，弄得不死不活。你不感激他也勾了，还叫他嫁起人来，"另选才郎"四个字，也亏你说得出口！（生惊介）呀！你这句话是从那里来的？是真是假？不要取笑。（丑）为甚么取笑起来？他为寻你不见，到处贴了招词，被我揭得一张，走去报信，受了五十两谢仪。又托我寄信与你，叫你早筹善策，缔此良缘；若再等几日，没有好音过去，他就要寻自尽了！（生）怎么他不怨恨我，也勾得紧了，还有这般的好意？既然如此，他再说些甚么？你一发对我讲来。

【前腔】（丑）他教你且开怀莫过伤，他教你勉加餐图自养。休得在鸳鸯梦里惊风浪，休得在羔酒筵前搅胃肠。你若肯忆山盟，记不忘，就使他戴盆冤，也甘受枉！只求你早定良图，做一个缩地长房也，休使他隔巫山盼楚王。

（生）这等说起来，竟是真话了。这场冤孽怎得开交？毕竟要想个计策，或是救我出去，或是娶他过来，弄在一处才好。你是个多谋善虑之人，何不替我筹度一番，行了这个方便也好！（丑）这个方便，我倒是行得来的。只是一件，古语道得好，无钱卦不灵。须要许我一许，才好替你画策。（生）若能遂得此心，当以百金为筹。（丑）既然如此，我肚里的计较就滚出来了。有个绝妙的方法在此，你且猜一猜看？

【前腔】（生）莫不是煮仓鹒的疗妒方？（丑）不是。（生）莫不是变羊形的弭妒谎？（丑）也不是。（生）莫不是歌诗预把和风酿？莫不是说礼潜将妒念防？（丑）一发不是。（生）这等，是个甚么法子？（想介）我要在意中猜，又虑泛常，我要在身外求，又愁诞妄。哦，我知道了，多应是剽袭成言，希冀着我见犹怜也，直待要借琼姿转百肠！

（丑）老实对你说，这个法子，想便是我想，做却要你做。这两位佳人，钱财又广，计较又多，没有一件事可以难得他，只除非把心窍上的东西，去治他一治。他两个的精神命脉，都钟在你一个身上，有你则生，无你则死，须要把你去难他。你又没有别样难法，只得一个"死"字；你若肯死，包你一激就成。（生）岂有此理。一个男子汉大丈夫，也要立些崖岸，难道为着一个女子，好去投河、上吊不成？（丑）不必如此。这个死法全要做得婉转，倒不十分激烈。你且听我道来：

【前腔】不要你赴凶涛把命伤，不要你举愁杯将药仰，不要你把悬梁刺股的辛勤状，变做了刎颈投缳的激烈肠。不过是学风魔，假病狂，说一个赚棺衾，留命谎。便做道少救无援，致使你弄假成真也，我自有返离魂的续命香。

（生）是个甚么死法？明白对我讲来。（丑）你从今日起，对了二位大娘不住的长吁短叹，做个心事不足的光景。做了几日，就要装起病来，终日不言不语、不茶不饭，口里只说要死。他们见了自然会着忙，着起忙来自然用着我。到那时节，我自有引他上路之法，还你好事必成。只是要做得厮象，不可露出马脚来。（生喜介）此法极妙，就当依计而行。只是一件，别样事都做得来，那"不茶不饭"四个字却有些难讲，好好一个人，若断了茶

饭，岂不饿死？（丑）只怕没有银子，若有银子，替你赎些人参补药放在床头，不住的吃些下去，难道不熬他几时？（生）有理，有理。待我取些银子，放在你身边，只管便宜行事便了。

此法他人那得知，真情却害假相思。

焉知世上多情种，不是乖人故弄痴！

第二十三出　传　　捷

（外、末、小生扮报人，持鞭、带包袱上）买报虽然费小财，一钱使去万钱回。休言我辈心肠狠，多少人家盼不来。咱们非别，京报人的便是。今岁乃大比之年，例该我们报捷。只因御驾亲征，被北人掳去，直待新主龙飞，方才揭晓，故此迟了半年。往常买报，都在礼部衙门，自从新君即位以来，朝内关防谨密，里面的消息，一时不得出来。咱们恐怕迟了报期，故此广费钱财，嘱托了守门太监，叫他一有消息就递出来。今日乃揭晓之期，故此吃饱了饭，喂好了马，来在这边伺候。此时的消息，也该出来了。

【不是路】（小旦扮内官上）漏泄天言，止卖春风一着先。（众）呀！公公出来了，榜上的名字都曾见过了么？（小旦）都曾见。（众）这等，状元出在那里？叫做甚么名字？（小旦）南都吕曜在榜头悬。这个状元非同小可，有许多奇异事情，说与你知道好去报他。（众）甚么事情？（小旦）圣恩偏，只因神鬼将他荐，因此上破格怜才答上天。他这个状元不是人中的，却是天中的。（众）这是甚么原故？（小旦）试官阅卷，原把他取在二甲。谁想进呈的时节，被神道显灵，把他的卷子，忽然翻在上面，又加两行批语。皇爷见了，只说试官写的。传到面前，正要查问，不想那两行批语又不见了。故此皇爷十分诧异，知道是阴骘使然，就把他定了状元。又传一道旨意，说他家住南京，先着南京礼部安排御酒一筵，赐他游街三日；到赴阙之后，再宴琼林，（众惊介）有这等奇事？既然如此，那两行批语是怎么样的？求公公念一念，待咱们记了，好去报他。（小旦）抄得有纸条在，连草榜带去就是了。蝇头健，榜中名字都抄遍。并无讹舛，并无讹舛！

（先下）（众）快些上马，星夜赶去报来。

神明拟就榜头名，铁案如山未易更。

上帝亲栽桃李树，不教天子认门生。

第二十四出　假　病

【女临江】【女冠子头】（旦上）儿夫抱恙妻难代，愁与闷一齐来。【临江仙尾】（老旦上）病根何用费疑猜，他沉疴犹未发，我私虑已先胎。

（旦）妹子，我和他成亲一月，甚觉绸缪。不知为甚么缘故，忽然生起病来？坐卧不宁，神情恍惚，连水米都不沾唇，眼见得是场大病了。万一有些差池，却怎么了？（老旦）他的病根我原知道，一向防备他就是为此。我想这场大病，终久是要害的，就保得眼前，也保不得后日。倒等他害过了，也丢下这条肚肠。（旦）昨日殷四娘说，有一位国手医生，随你甚么险症都医得好。又有个瞽目道人起得好课，说来的话，就象看见的一般。我已曾着他去请，为甚还不见到？（老旦）我又闻得人说，玄妙观里有几个道士，法术最高，凡有生病的人，只消用他禳解，连药也不消吃得。我也叫殷四娘去请，想必好就来了。

【水底鱼儿】（小生扮医生，末背药包随上）遇病能猜，人人羡我乖。这番先

说，连猜也不用猜。

一路行来，此间已是。药僮敲门。（末）殷四娘分付的话，要记得明白，不要说错了。（小生）句句是记得的，依他说去，自然不差。（末敲门，净上开介）大娘、二娘，医生到了。（旦、老旦）请坐。待我们两个去扶他出来。（同下）

【不是路】（生假装病态，旦、老旦扶介）病剧难挨，伏枕愁慵怎下阶？（二旦）真疲惫，才看东倒又西歪。（小生）只见他瘦如柴，细腰堪与佳人赛，四手难将玉面抬。（二旦）请先生过来，用心替他诊脉。若还医得好，我们两个每人五十两谢仪，决不敢少。偿医债，捐囊共解同心带，有加无赖，有加无赖！

（小生一面诊脉，一面摇头叹息介）（二旦）请问先生：是个甚么症候，可医得好？（小生）病人在这边，不好就讲，且扶他进去。（二旦扶生下，即上）先生，病体如何，可医得好？（小生）听我道：

【黄莺儿】此病有由来，为愁多结病胎。（二旦）这等讲来，是七情所感的症候了。他原说有个痞块结在胸前，先生倒说得着。既然如此，该用甚么药方，才攻治得去。（小生）仙方难下多情块。（二旦）既然消导不去，可用得补药么？（小生）慢道是参苓不谐，卢医费解，就是娲皇也难补他心头坏。（二旦）这等说来，竟是不起之症了。（小生）命难挨，多凶少吉，大事早安排！

只好看看罢了，不敢用药。（二旦）讲便这等讲，毕竟求你医治一番。（小生）药便撮几帖与你。只是这药方里面，要用一件引子，得了他就有效；若还不得，吃了也是枉然。（二旦）甚么引子？（小生）叫做心头草，出在他心窝里面。（二旦）又来奇了！心窝里面的东西，怎么取得出？（小生）老实对你讲，我看他的脉息，却象有一件东西，横在心窝里面，终日眠思梦想，求之不得，所以有这个病症出来。你们走去问他，看是件甚么东西？他若说了，就要千方百计去寻来治他。古语道得好，心病还将心药医。他得了这件东西，自然爽快；然后用些药饵去调摄他，还你一朝两日，就会霍然。请收了药方，我要到别家去了。（净送药金，小生收介）仙方一味心头草，起尽沉疴效似神。可恨卢医思独秘，不将传与后来人。（带末下）（旦）照他讲来，这一味心头草毕竟是要用的了。（老旦）他的心头草，就是夺你婚姻、间我情意的人了。难道这一味狼虎药，是用得他的？（旦）医生的话也全听不得。且等占卜的到来，再作区处。

【水底鱼儿】（外扮瞽目道人，小旦搀上）瞽目难开，心思也欠乖；全凭瞎撞，骗尽世间财。一路行来，此门已是。课僮敲门。（小旦）殷四娘分付的话，不要忘了。（外）记得。（净）大娘、二娘，起课的又来了。（二旦）请他进来。（外进，取课筒付净，净转付二旦，通诚介）通诚过了，求先生起课。（外照常卜介）原来是坤卦，第六爻发动，易象云：龙战于野，其血玄黄。此乃阴盛之极，致与阳争，两败俱伤。其象如此，是个极凶的卦。请问是占甚么事的？（二旦）占病人的。（外）若占病人，一发凶了。里面有两重白虎冲着本身，课书上面有四句诗云：白虎爻动主刑伤，问讼须忧见血光。家宅占来防孝服，病人得此哭凄惶。据课断来，这位病人是不能勾起床的了。

【黄莺儿】爻象费疑猜，有几个狠阴人，显降灾，又有个阴人暗里将他害。（二旦）明处降灾的，或者有几个；那暗里害他的，却断然没有。你不要详差了课。（外）不差，不差，明中是祸阶，暗中是祸胎，阴谋更比阳奸大。（合）命难挨，多凶少吉，大事早安排！

（二旦）既然如此，可还解得么？（外）喜得有兄弟上卦。若还解释得好，这个阴人不但不能为害，还可以变做恩星。又有一说，那课书上云：灾星未炽，见喜成祥。须要寻一桩好事，替他冲一冲喜，或者还会起床也未见得。话已说完，把课金见赐了，待我去罢。（净送课金，外收介）病人个个思冲喜，不但才郎想阿娇。只有父母临危儿娶媳，这桩好事要求饶。（带小旦下）（老旦）他这句话一发是行不去的。难道好把那个妒妇，娶来冲喜不成？（旦）正是！不要理他，如今一心一意只是禳解罢了。

【水底鱼儿】（副净、外、末、小生，同扮道士，各持法器随丑上）法少灵衰，能禳没祸的灾，家神授诀，来趁自然财。

（丑）已到门了。列位先生，方才那些话儿，须要照我说去，他自然信服你。只是趁来的银子，要分一半送我的。（众）那不待讲。你先进去通知一声。（丑进见介）二位大娘，禳解的先生到了，三牲纸马可曾备下了么？（二旦）备下了。快请进来。（众进见介）（副净）告过二位大娘，我这禳解的法子比别个不同，到那法事做完之后，竟要伏在地上动也不动，就象个死人一般，要得几个时辰才能勾苏醒。你们看了，却不要害怕。（二旦）那是甚么原故？（副净）这叫做过阴。凡问病人的吉凶，先要到阴司里面去查他的寿数。若还寿数尽了，只好苏醒转来，劝人备办后事；若还阳寿又未尽，灾祸又难解，就要查他得病的原故，还是解得来解不来？然后好转来回话。（二旦）这是极妙的了。你若到了阴间，连我们的寿数也要带查一查，看有几十岁过？（副净）顺带公文，不是甚么难事，也查一查就是了。徒弟们，快动法器，待我好上坛。（众鸣法器，副净上坛做诸般法事介）（做完，俯伏在地介）（丑）这一会不动，想是过阴去了。列位先生，请到后面少坐，待我与二位大娘说些闲话，等师父醒了，再请你们出来罢。（众应下）（丑）请问二位大娘，闻得医生、卜者都来过了，他说病人的凶吉如何？

【琥珀猫儿坠】（旦）医家卜士，交口说难挨。既道情人是病胎，又言喜事可弭灾。难猜，喜事情人，何处飞来？

（丑）他们的说话我知道了，想是叫寻个心上人儿，替他冲喜的意思么？这桩难事，莫说二位不肯，连我也不敢撺掇相公的。性命固然要紧，难道二位大娘是不要过日子的？弄将过来终日吵吵闹闹，只怕三条性命都要送与阎王。这句伤心话儿断然听他不得！（老旦大喜介）你这几句话极讲得有理，不枉是我心腹之人。我从今以后，愈加要信任你了。

【前腔】道同义合，不枉是吾侪。事在心头不用猜，说来句句畅幽怀。堪偕，以后今生，莫想分开！

（副净翻身叹气介）（二旦）师父醒了，快请起来问他。（丑扶副净起介）师父，你去了半日，查得他的寿算何如？（副净）听我道来：

【六幺令】他时违，运乖，平地风波，酿此奇灾。可怜阳寿未全衰，生葬送，把身埋。（合）急筹妙计将危解，急筹妙计将危解！

我到阴间，破了几分小钞，把判官手里的簿子借过来一查，只见他的寿数还有三十多年，不该就死。我就问那判官，说此人阳寿未终，如何染了不起之症？那判官道，只因有个妇人为耽误婚姻的事，恨他不过，终日在神道面前咒他；又有一张阴状，告在玉皇殿下。玉皇准了，批与第十殿阎罗审究，故此把这场大病先降与他，等他害到临危，好去赴审。还说那状词里面，又告了两个妇人，不日来提，也要带他同去。这些情由不知合与不合？叫他自家去想。（二旦大惊。扯丑背介）这等说起来，竟是那乔家女子咒出来的病了，怎么了得？起先占卜的时节，也说有一个阴人在暗地里害他。如今两处合来，总是一般的话，就不由人不信了。（丑）他又说状词上面，还有两个妇人。是那两个？

（旦）一定是我们了，还有甚么疑得。（丑假作慌介）这怎么好？老天，老天！宁可死了男人，这两位女子是断然死不得的。（二旦转介）这等，请问师父，我们的寿数也曾查过了么？（副净）查倒查过了，只是不好说得。那判官口里，还有几句不干不净的话，又再三叮嘱，叫我不要泄漏天机。总是不说罢了。（丑扯二旦背介）这等说起来，果然不妙了。若有一长二短，叫我怎生舍得？（哭介）

【前腔】皇天不该，浪准虚词，横降飞灾。这场冤抑怎生挨？真难处，实堪哀。（合）急筹妙计将危解，急筹妙计将危解！

（二旦）请问师父，可有甚么解法么？（副净）我也曾问过判官，他说若要消弭，除非到原根上去修饰。古语道得好，解铃还用系铃人。又道：原告不兴，烂折公厅。除非去求原告，大家处和了，烧一张息词到阴间去，或者能勾免提也未见得。我方才去了半日，不曾吃得东西，阴司地方没有打中伙的去处，肚中饥了，且等我进去吃些点心了出来。（径下）（二旦）且看他过了今日，病势增减如何？到了没奈何的去处，再想没奈何的道理，如今且不要慌张。（丑）也说得是。（内高叫介）大娘、二娘，快些进来，相公的模样一发看不得了。（二旦叹介）

【尾声】苍天不使人心懈，才镇定、又逢惊骇。（丑）怎能勾票上除名，去费些买命的财！

第二十五出　妒　悔

【上林春】（小旦上）伫盼青鸾信偏杳，筹高下，闷肠空扰。既忧白璧沉埋，又虑黄裳颠倒。

奴家别了殷四娘已经数日，并不见个音信转来。调停一说，虽是万全，还只怕尊卑次第之间，有些委决不下。这几日坐卧不宁，好生系念人也。

【六犯清音】【梁州序】云鬟羞掠，眉峰慵扫，不住登楼凝眺。佳音难得，闻来又恐心焦。我仔细想来，与其嫁俗子而求伸，倒不如配才人而受屈。只要讲得来，我也肯迁就，只怕那两个女子，不见我的人情。【桂枝香】怕的是自拟头占凤，轻言尾续貂。【排歌】他若是心能谅，志不骄，我棋高先着也甘饶。如今追想起来，那许仙俦与我并无仇隙，为甚么该离间他？当初那番举动，原是我自家不是。【八声甘州】心头自起无风浪，世上难平有性潮。【皂罗袍】到如今呵，心儿自悔，说来又被嘲；倘若是头儿不转，气来又怕淘。【黄莺儿】从今后呵，戒心高，温柔乡里，无处着粗豪。

（副净上）到手媒钱虽失去，别头好事又寻来。小姐，我这几日穷忙，不曾来看你。吕家那头亲事，料想是丢手的了，不如别许一头罢。（小旦）不劳你费心，那头亲事还不曾断绝，早晚之间，就有好音到了。（副净）怎么，那头亲事，难道还做得成？（小旦）怎么做不成？（副净）这等讲来，你与那边两位，是要并做一家了。既然如此，还是谁做大谁做小？（小旦）不要你管，自然有个调停。你在这里坐一坐，我不得奉陪，要到里面去了。一心要听佳音，两耳怕闻闲

话。只因避俗怜才，情愿辞尊居亚。（径下）（副净）怎么话也不曾说完，竟进去了？这等看来，他的心肠还死在那人身上，无论做大做小，都是甘心的了。我想这头亲事，原是我说起的，就使要做，也丢不了我。他方才说：早晚之间就有好音到了。这个好音出在谁人口里？哦！是了，是了！闻得有个女待诏走来报信与他，后来唧唧哝哝，说了许多闲话，一定是他无疑了。难道别人做就的事，让他来收功不成？我气他不过，不免用些心机，打听那一男二女住在何处，走去寻着了他，也在里面调处调处，分几两媒钱用用，有何不可？正是：

露天生意人人做，不许贪夫独占强。

世上许多乖巧汉，趁钱输与拙儿郎。

第二十六出　堕　计

【疏影前】（旦上）欢娱未几，被闲愁无端，侵入双眉。要起沉疴，须分宠爱，难禁祸福相依。

奴家曹婉淑，自从吕郎得病之后，衣不解带者半月有馀。起先还说是风邪所感，饮食欠调，以致如此。昨日替他祈禳，那法师亲到阴间，查他得病的来历，才晓得是乔家女子诅咒出来的。不但他的姓名已入鬼录，连我们两个，目下都有性命之忧！你说这场惨祸如何当得起？听了这些说话，自然该急急回头，当不得许家这个妇人只是不肯认错。我方才在里面已曾下苦口劝他，等他出来，讨个决烈便了。

【疏影后】（老旦上）遍思没个弭灾计，强不到那般深底。人谋已尽，天心难转，霸业成灰！

（旦）二娘，我方才劝你的话都说尽了。事已如此，难道你的意思，还要强到那里不成？（老旦）强不去了，这也是天数当然。那个不贤之妇，该有这番造化。三股里面分一股与他，成了个鼎足之势罢。（旦喜介）既然如此，该用个甚么人儿过去通好？（老旦）莫过于殷四娘了。他那女苏张的名儿出了一向，难道这个说客就做不来？（旦）说得有理。他是个心腹之臣，极要替我们争气的；用他去说，不但其事必谐，还可以不辱君命。等他一到，就商议而行便了。

【梨花儿】（丑上）代设机关降妒妻，看看走入牢笼内。不是我无端要弄奇，嗏！只因要买田和地。

（旦）你来了么？有一件大事用着你，你却不要推辞。（丑）甚么事？（老旦）借重你到乔梦兰家去做个说客，要娶他过来冲喜。（丑摇头介）不去，不去！（旦）为甚么不去？（丑）我与你休戚相关，你的男子就象我的男子一般。这等一位好郎君，肯拿来分与别个？说也伤心，快不要如此。（旦）不要这等说，听我道来：

【园林好】既同休还当共戚，求相念扶持到底。但愿你说成连理，分半璧胜全圭，分半璧胜全圭！

（丑）这等说起来，是一定要去的了。不知住在甚么地方，没头没脑，叫我那里去问？（旦）他也是著姓的人家，自然问得出。只求你的说话，要讲得婉转些；又要做得成，又不折我们的气，方才叫做两全。（老旦）他那张口倒是不消分付的。只要快去快来，我们坐在这边，要等你的回话。（丑）我去便去，只怕这桩难事是做不来的。（出，背介）那边的说话都是讲过的，不消去得。我只在这左右前后坐一会儿，进来回复他便了。纵横早定苏张计，不待临时费揣摩。（暂下）（旦）他此番过去，不知讲得来讲不来，你且猜一猜看？

【前腔】（老旦）这女和男原非寇敌，都只为情坚处翻生怨垒。和议讲烽烟随熄，有甚么敲不止的战夫鼙，敲不止的战夫鼙？

（丑上）从来驾驭英雄法，莫使危时便得安。大势虽成功易立，且将折挫示艰难。（二旦）呀！这等来得快，想是一说就成了？（丑）莫说就成，口也开不得。我费了多少力气，寻到那边，方才说出一个“吕”字，他就变下脸来，骂个不了。说吕相公装成圈套，丧他的行止，亲事不去做，也勾得紧了，还写一封休书，说上许多歹话，几乎把他羞死。他自从那一日起，请了各庙神灵的纸马供在家中；又写了年纪、生月，时时刻刻的咒他。起先还说神道无灵。不见一毫响动。听我说了个“病”字，就大舞大笑起来，说一定是阴状告准了。首犯既然要去，还有几名馀犯，一定也是漏不下的。说了几句，就去拜谢神明，又从头咒起，只求早死一日，等他好还愿心。你说这般光景，那做亲的话如何讲得入头？所以一字不提就转来了。（二旦大慌介）好灵验的法师！阳间的话与阴间的话，说来一字不差。这等看来，三条性命都保不住了。这怎么好？（旦对老旦介）这桩横事都是你弄出来的，一条祸根，送去三条性命，害得别人好苦也！（哭介）

【江儿水】始识心思巧，才知手段奇。当年三把周瑜气，如今两惜周郎费，将来六反陈平计。莫怪我同伴将伊残毁，少不得争到黄泉，依旧同舟相济！（老旦）我费尽机谋，都是为你，倒不图你感激，反是这等埋怨起来！就是同到阴间，那阎罗王审问起来，自然要分个首从，焉知你的罪名不轻似我？况且提人的票子还不曾到，为何就这等着急起来？（对丑介）也罢，烦你再走过去，说当初那些歹事，都是我一个做的。不但男子无干，连这个妇人也不知情节，叫他丢了两边，只咒一个。等我到阴间去受罪，留他一男一女住在阳间，过些好曰子罢！

【前腔】自愧先来妾，难陪后到妻。不难功首权招罪，何妨馀犯先投地，管教原告翻成被！拚做冤家到底，还替你留住冤家，不使重来争婿！

你就去讲来。（丑扯老旦背介）你这些话，还是当真当假？神道面前是儿戏不得的。（老旦）我是使性的话，你不要认真。如今做你不着，还要过去调停。若还调停得来，我瞒了大娘。谢你一百两银子。（丑）这等说，我就拚命去做了。（转介）你们两个还该商量做事，为甚么窝巢里面倒先反起来？如今没奈何，还做我不着，. 拚得赔些下贱走去哀告他，或者看我面上，放松些手也未得。（旦）若得如此，感恩不尽。（扯丑背介）若还说得来，我瞒了二娘，谢你一百

两银子。（丑转介）天地神明，保佑我说得成功，情愿赔一副三牲，替他们了愿。明知事无反复，故意祷告神明。只说赔钱了愿，开销一副三牲。（暂下，旦背介）他过去了。我要把求和的心事，对天祷告一番；又怕此人听了，说我怕事，只好在心头许愿，默祷一番罢了。

【五供养】不须拜跪，面对苍天，把公愿私祈：一人心暗改，三处祸潜移。全望神天做主，扩私爱将人公庇。并不是我将他害，把心欺，但求天网自恢恢！

（老旦背介）好生古怪，真个是疑心生暗鬼。为甚么他去了半晌，觉得我身子里面，有些不尴不尬起来？难道依我那些说话，走去直言告禀，当真丢了两个，单咒我一个不成？我要对了家堂许个私愿，又怕此人听见，说我心虚，只好在肚里通诚，默祝一番便了。

【前腔】势难拜跪，面对家堂，把私愿公祈：将他心暗改，使我祸潜移。全望家堂做主，屈公道将人私庇。原是我将他害，把心欺，但求神网略恢恢！

（丑上）财运已交八九。生涯止欠一桩；不肯当场错过，单的要使成双。他们四处的银子都许出口了，如今进去，还有一桩生意好做。这两个妇人都是不肯折气的，虽然许他成亲，少不得要争大小，怕他不多出些银子来买大做？正是：招牌挂在媒人口，出卖人间大老婆，（进见介）（二旦）你转来了，这遭光景何如？（丑）我费了许多气力，才说得入头。他如今许便许了，只是有三桩难事要你们做。若还一件不依，不但亲事不许，还要加上一纸阴状，催他来速速提人。（二旦）那三桩？（丑）第一桩，他要占大不肯做小，把你们二位都要废做偏房；第二桩，说你们二位不该做定圈套，拐骗他的丈夫，又写假赞羞辱他，要在做亲之先，一齐上门去请罪；第三桩，做亲的时节，要你们二位随了男子去就他，他是有家有业的人，不肯住别个的房子。这三件事你们依得来么？（老旦大怒介）放他的狗屁！这等说起来宁可死，那样丧气的事，是断然不做的！（丑）我料你们不依。这等说来，再不必提起了。

【玉交枝】娘行休气，这姻缘休得再提。不曾折你纤毫费，止累我折这张嘴。由他状词终日催，不愁敲折原差腿。（合）使乖钱权将限违，使乖钱权将限违！

（旦）三件里面依他一两桩也罢了，难道件件都依？（老旦）请问你的意思，要依那两件？（旦）宁可是后面二桩。那做大的事，断然依他不得。（丑）他说过了，单是这桩要紧；这桩不依，就不消讲得。我仔细想来，这头一把交椅，原是让人不得的。第二、第三，也就相去不远了。（对老旦介）你如今现做第二位，就把县丞降了主簿，也不曾折甚么体统？（指旦介）只有这一个人，关系两家体面，是移动不得的。他若做大，就与你做大一般。怎奈这个座位只是争他不来，叫我也只看得。（老旦点头介）也说得不差。（旦扯丑背介）还央你去调停。若还依得此言，我情愿在所许之外，再加一倍谢礼。（丑）只怕你许得出、取不出。（旦）决无此事。只要你担当得起，我如今就先送一半，那一半到成亲之后，找足了何如？（丑）既然如此，快取出来，我还你妥当。（转介）做我不着，挤得撞碎了头，走过去哀告他；他若不许，拚了我的性命结识他。老实说，别人怕咒，我是不怕咒的。（二旦）如此极好。

【前腔】仗伊争气，挫前锋还张后威。这中央不比黄裳位，便失去也无甚奇悔。蜂腰大来终欠肥，一丝难制头和尾。（合前）

（老旦）头一件事，便是这等讲了。那后面两桩，也要你想个妙法，难道当真去请罪、当真去就他不成？（丑）不妨，也有个两全之

计。请罪便依他，只不要预先上门。等到相见的时节，你们口里说几句好看话儿，也就当得过了。至于做亲的所在，你又不肯去，他又不肯来，难道把一个新郎，剖做几块不成？我有个绝妙的计较，还你两不相亏。（二旦）甚么计较？（丑）你们三位有的是大块银子，每人取出几百两来，同买一座大房子，只当是个公衙门，不论大小官员都是有分的。选了吉日，各人把花花轿子抬了进去。这个主意，难道不叫做"至公无私"？（二旦大喜介）妙不过，妙不过！句句依你，只要求他早定佳期。

【川拨棹】真奇慧，智囊深全没底。料彼行无不遵依，料彼行无不遵依，卜好日休教暂迟。（合）脱奇凶免噬脐，解愁烦莫皱眉！

【前腔换头】（丑）我的机谋不算奇，我的功劳不罕稀。羡只羡妙卜神医，羡只羡老子钟馗，断幽明纤毫不遗！（合前）

（旦取银背付丑介）（老旦）你就趁此时去做个了当，不要夜长梦多，又使他中途变了。（丑）今日晚了，明日又有事，要迟上几天才有工夫过去。（老旦背介）想是许他的东西不曾到手，故此作难。我有道理。（取银背付丑介）起先所说的先付一半，你快去做来。（丑）既然如此呵，

【尾声】我就生涯不做也要周全你。（老旦）劝你这女待诏把头儿莫篦。（旦）就篦上一万个头儿也没有这犒劳肥！

第二十七出　作　　难

【山坡羊】（小旦带净上）碎纷纷割得开的诗句，囫囵囵截不断的情绪，急煎煎要定情的寸衷，慢悠悠不决断的冰人语。可恨殷四娘这个妇人，去了许久，再不见来回话，难道怕我钉住了他，把做不来的事，定要强他去做？故此畏人如虎，不敢来见面么？嗟蠢妪，避人甘独处！哦，我知道了，想是那边的言语依旧不干不净，使他回不出口，故此不来。毕竟是听来的恶语难倾吐，因此上守口如瓶懒见奴。缘疏，把佳音盼的无；难图，把媒人骇的逋！

【前腔】（丑上）热烘烘挤不开的媒铺，闹攘攘听不歇的姻故，乱纷纷收不完的钱财，急忙忙起不迭的仓和库。自从乔小姐相托之后，我隔了许多日子，再不去见他。这是甚么原故？要晓得撰钱的诀窍与行兵的方略一般，自古道兵不厌诈。他要缓的，我偏要急；他要急的，我偏要缓。等他望得眼穿，我只是不去，才觉得事体烦难；忽然得了佳音，方才知道感激，这注钱财就出手得容易了。如今火候已到，不免去回复他。（行介）难再疏，料得他泪干肠也枯。讲便这等讲，我走到的时节，也还要惊他一惊。佳音到耳还要阻，做一个鹊弄悲声暂学乌。相诬，笑佳人命欲无；重苏，料佳人喜欲呼！

（进见介）（小旦）呀！殷四娘，为甚么许久不见，直到今日才来？（丑）不要说起，为他那边有个病人，带累我忙了一向。莫说府上不得来，连自己家里也不能勾回去。（小旦）原来如此。这等，病的是那一个？（丑）不是别个，是你们三位的命根，一个也少他不得的。（小旦惊介）这等说，就是吕相公了。他为甚么原故，忽然生起病来？（丑背介）虽是一场假病，倒要说做真的，使他着一着急，好拿银子出来；又省得心高气傲，不情愿做小。（转介）不出我之所料，果然害起相思病来。眼见得这条性命，要送在你身上了。（小旦慌介）这等怎么处？可曾替他求医、问卜？没有甚么大事么？（丑）医生不肯用药，卜士又说极凶，连那禳解的法师，也说他死多生少，命在须臾。那两位佳人已替他备办后事了。（小旦大慌，背哭介）我那吕郎呵！是奴家害了你也。

【孝顺歌】多情汝，薄命奴，悲生泣死缘分疏。多应是前世太欢娱，因此上把伤悲折前数，到来生又补。累你前行，相待泉土，少不得寻影追踪，寻来共了前逋！

这等，所托的事为甚么没有回音？（丑）那两个妇人，起先好不倔强，说得我乱坠天花，他只是不理。亏得那些星相、医生都替你做了媒人，如今才有些肯意。（小旦）那些人怎么样说？（丑）医生口里说，他是七情所感，要得一味心头草，才医得这个险症；卜士口里又说甚么灾星不退，见喜成祥，叫寻一桩喜事，替他冲喜；那些禳解的道士一发说得好笑，道是有一位阴人恼他不过，在暗地里咒他，故此有这番灾晦。他们两个疑心是你，故此有些回心，我后来的话才说得入耳。（小旦喜介）怎么，众人的话都不约而同，说得这般有窍？（丑）不知亏了那一个。

【前腔换头】我计谋设尽也，肠儿为你枯。到如今累下一身逋，柴米炭全无。因你受苦，也只为不受奇穷，难享奇福。我劝你早发陈仓，休教饿杀无辜。

（小旦）既然如此，可曾说得定么？（丑）别样都说定了，只有名分之间，断然不肯假借。曹小姐做大，许仙俦是第二，把你放在第三。随你情愿不情愿，只是病人的生死，全在这一着了，但凭你主裁。（小旦背介）他害这般大病，原是为我，难道好为“大小”二字，断送他的性命不成？就是第三也只得去了。虽然如此，还要露些圭角，再去央他一央。（转介）你方才所说的话，断然使不得的。

【玉抱肚】莫怪我坚词相拒，念奴家是名门淑女，又不是请行成事同吴越，又怎肯缩封疆贬做邾莒。（合）满盘棋局又全输，折卒难教更折车。

那姓曹的女子，或者说是明婚正娶，又且结发在先，不肯折气，这也罢了。许仙俦是何等之人，也要来争坐位？（丑）哦，你的意思想是要升转升转，宁可把这口饿气，折与同辈之人，不肯使青楼得志么？既然如此，做我不着，再去求告他。只是一件，我在你身上也赔得勾了，难道叫我空手回去，忍了饿肚子，再替你做事不成？（小旦）岂有此理。我如今先付一半，到成事之后，不但找完全数，还要另出谢仪，（取银付介）（丑）小姐，我有心做个好人，索性为你到底。相见的时节，还叫那两位佳人自己赔个不是。你心上喜欢么？（小旦）若得如此，更见盛情。（丑）还有一事要与你商量，成亲的房子定在何处？还是他来就你，还是你去就他？（小旦）自然是他来就我。（丑）只怕不稳。老实对你说，我预先定下主意了。你们三位各出几百金，公买一座房子，大家有分，省得输了那一边。这个主意可想得是么？（小旦）想得极是。既然如此，只求你早些定局，省得苦了病人。

【前腔】（丑）娘行休虑，既有这续残生的红丝一缕，怕甚么害相思屈殇彭祖，对琼浆渴死相如！（合）满盘棋局未全输，折卒难教更折车。

（小旦）恕我不送了，你回去罢。为他受了三分屈，让我丢开一担愁。（下）（丑）好笑这三个妇人，做事的心肠虽然各别，虑后的

主意却是一般，三注谢礼，竟没有一注全交，都要留些后着。我想这许多事故，都是我做造出来的，亏得分在两边，不知就里，所以骗得他动。若还做了一处，大家对问出来，我这注横财就要丢手了。我如今把个迟局难他，坐在家里，两边都不走动。他们要想成亲，不怕不来找账。有理有理。

欠票四张齐到手，几句佳音才出口。

从来假货不宜赊，莫使无钱怪酸酒。

第二十八出　悟　　奸

【双劝酒】（副净上）婚姻做谐，新郎被拐。调停欠乖，他人得彩。既把顶头搀卖，也分他一股馀财！

何二妈做了一世媒婆，不曾见过这般诧事。起先遇着个拐骗的，把一位现成新郎，被他马扁了去，这也罢了。谁想等到如今，又遇着个剪绺的，把一注现成媒钱，又被他前刀了去，这桩诧事一发诧得伤心。我如今恨他不过，也放些手段出来，去分几两媒钱用用。闻得殷四娘做的都是些诡计，我想若还斗智，料想斗他不来，不若翻一个局面，索性诚实到底。走到那边，有一句只讲一句，或者老实行兵，倒合着“奇正相生”之法，忽然赢他一阵也不可知。不免寻到那边，去看一看动静了来。世事若从奸巧得，痴聋喑哑呷西风。（暂下）

【西地锦】（旦上）病势虽然稍懈，愁衷尚未丢开。（老旦上）神灵不使人心快，还愁复降馀灾。

（旦）乔家的亲事既已说成，同居的房产又经买就。几次选了好日，叫殷四娘过去通知。怎奈乔家女子只是不允，难道他心上，还有甚么芥蒂不成？（老旦）正是。殷 四娘这几日不来，就有些古怪了。（副净上）要分巧妇馀钱，脱尽媒人常套。拚他亲事不成，试我奇方可效。请问二位，可是吕相公的大娘么？（二旦）正是。你是那一种人，到此何干？（副净）不瞒二位说，我是久惯说亲的媒婆。乔小姐那头亲事，原是我说起的。因得罪了二位大娘，一向不敢来亲近。如今闻得这头亲事依旧要成，欲待效些微劳，不知二位大娘可好容我将

功折罪？（老旦）哦，原来那些圈套都是你做的。亏得在此时相见，若在数日之前，就有些开交不得了。我且问你，乔家小姐既然许了姻事，为甚么耽耽搁搁，只是不肯成亲？（副净）他做亲的念头十分紧急，闻得殷四娘说，二位大娘作难，故此耽搁至今，没有下落。怎么倒说他不肯？（旦大惊介）呀！这等说起来，殷四娘的话，就有些听不得了。

【催拍】怪虔婆心肠顿乖，设机谋耍人似孩。（老旦）未必真歪，未必真歪，舌似东方，巧弄诙谐。便使无心，也欠应该。（合）把往事一例丢开，筹生计早弭灾。

（老旦）哦！我知道了，想是谢礼不曾收得完，故此借端推托。我且问你，乔家小姐可曾有银子送他？（副净）如今有没有，我便不知道。只晓得报信的时节，得过他一锭元宝。（二旦惊介）报甚么信？（副净）二位还不知道么？乔小姐不见了新郎，名处粘贴招子，是他走去报信，方才知道下落。又说吕相公不喜二位，一心想念着他，故此把这位佳人，弄得魂颠梦倒，不肯改嫁别人。若不是他死订姻缘，这时候的乔小姐，不知嫁到那里去了？（二旦大惊介）这等看起来，真个是家贼难防，连星相、医卜的话，都是他教导出来的了。

【前腔】（旦）恶心肝如狼似豺，掘深坑将人葬埋。（老旦）才识真歪，才识真歪，既抱奸心，又具奸才。异想奇谋，何处生来？（合前）

（二旦）照你这等说，乔小姐的意思，是不怪我们的了。（副净）岂但不怪，还有一片好心。昨日新做两件汗衫，绣了时兴花样，要到相见的时节，送与二位做出手货哩！（二旦大惊介）这等说起来，不但不是妒妇，竟是个极贤之妇了。为甚么不早些过来，大家住在一处？（副净）既然如此，你把成亲的好日就定下来，包在区区身上，一说就允。（二旦）这等极妙！

【一撮棹】（旦）联姻娅，共释旧情怀。（老旦）三姐妹，从此共胞胎。（副净）真情话，说出便和谐；奸媒妁，空自费安排！（合）顿把疑心解，无端受奇害从今后，永不虑勾牌。

只道仇家起祸因，谁知家鬼弄家人。

饶他辩士心难测，未必苏张善保身。

第二十九出 闻 捷

【破阵子】（生装病容，净扶上）怪杀真人变假，顿教假病成真。火枣交梨将入口，禁齿箝牙未许吞，恩仇太不均！

（净）相公，药煎好了，待我去取来。你坐稳了身子，不要倒在一边去。（暂下）（生）小生为着乔小姐的姻缘，用了殷四娘的计策，假装病态，伪作愁容。这分明是个苦肉计，全要拚得真死，方才弄得假病出来。好容易做到如今，不露一些破绽。闻得两边的说话都已讲明，这桩亲事，可以刻期而定了。当不得这个奸巧妇人，故意作难，不肯替你完事。他口虽不说，我心自了然，分明是谢礼不清的原故。我自从装病以来，终日熬饥忍饿，受苦担灾，险些为场假相思，害了一条真性命。若要等他账目收完，只怕有了佳期，又做不成好事。这个苦肉计，竟白白替他做了。如今若要不做病容，只怕婚姻之事又有中变；若是只管做去，又没有个了期，教人怎么样处？

【倾杯玉芙蓉】【倾杯序】假病看看渐入真，却便似疟鬼来帮衬。饿得头悬，

熬得肠枯，曲得腰酸，卧得神昏！【玉芙蓉】蝉轰两耳传家信，花发双眸助彩纹。多因是佳期近，备仙醪合卺；因此上要涤枯肠，好将雅量伴新人。

（净持药上）无时离药灶，终日煮参苓。但愿沉疴起，教人脱难星。药好了，请相公吃下去。（生）我且问你，那两位大娘，往常跟定了我，一步也不离，今日为甚么原故，忽然走了开去，再不见他进来？（净）他们两个都在那边做衣服，限定今日要完，故此不得来伴你。（生）甚么衣服，这样紧要？莫非是我送终的么？（净）送新人的彩服，不是寿衣。（生）新人是富家之女，怕没有衣服穿，要他做些甚么？（净）你不知道，昨日有人来说，乔家小姐亲手做了两件汗衫，到相见的时节，送与二位大娘，做出手货的。故此二位大娘也要亲做两件，好取出来回答他，故此急急的赶。（生惊喜介）怎么，他们三个竟这等相爱起来？未曾见面，尚且如此，到了我见犹怜的时节，那种绸缪的意思一发拿得稳了。既然如此，我这一碗苦水，还吃他做甚么？从今不害相思病，倒去参苓绝祸胎。（倾药介）（净）呀！好好一碗药，怎么倒去？二位大娘快来。

【前腔】（二旦同上）女鹊房中噪语频，报道蛇弓褪。（见生惊介）呀！为甚的忽展他伛偻，顿散膨脝，改宋为潘，变约成贲。怕的是残灯忽耀光才泯，倒不如子夜将阑月转昏。还须慎，慎兴居太勤；切莫要强支持，硬开双眼盼新婚。

相公，为甚么沉疴着体，无故霍然？其中必有缘故，快些讲来。（生）不知甚么缘故，忽然强健起来，连我也不明白。（外、末、小生，扮报人敲锣急上）报，报，报！吕相公在那里？（生）叫梅香，出去看来，说报甚么事的？这等啰唣。（净出问介）（众）报吕相公高中。快些请他出来。（净回介）（生）我说为甚么缘故，这般好得快，原来合着古语一句，叫做人逢喜事精神爽。（出见众介）你们是报捷的么，中在第几甲？快讲来！

【不是路】（众）甲第超群，三等传胪此占尊。（生）这等说是鼎甲了。中在第

几名？（众）名犹峻，一枝首折上林春！（生）这等说，又是第一名了。快取报帖来看！（众出报帖介）快写赏单。（生）要我多少？（众）价休论，从轻只写三千两，论重无非二百斤。（生写付介）既然如此，就要进京去了。（众）新奉特旨，因你家在南京，先着南京礼部安排御酒一筵，赐你游街三日，待进京的时节，再宴琼林。荣华闰，南宫北阙都游尽。他人没分，他人没分！

（生）往常并无比例，为甚么原故，忽然有此特典？（众）有句奇话对你讲，大总裁阅卷，原把你取在首名。只因词采过艳，说你是个风流佻㒓之人，将来改做二甲。及至进呈的时节，竟有神道显灵，依旧把你的卷子叠在上面，又添上两行批语，定要改做状元。皇上不解，就传试官去问，及至试官走到，那两行批语又不见了。方才知道是天意使然，无非积德所致，就把你定了状元，故此于常礼之外，又有这番特典。（生惊介）这等，那两行批语，你们可知道么？（众）知道。（生）这等，烦你念来。（众）“有诲淫之貌，无纵欲之心；虽涉风流，未伤名教。请移次甲，仍置巍科。”（生）原来如此。你们在前厅少坐，就有赏劳送出来。（众应下，生进介）竟有这般奇事！方才的话，你们听见了么？（二旦）听见了。（生）这等看起来，报应之事，如此彰明；情欲之关，这等利害。亏得我于妻妾之外，不曾玷污他人，若有一念之差，却怎么了？（二旦）正有洞房花烛，又遇金榜题名。两

桩好事都要一齐做了。（生）下官要去游街，三位夫人都请先归新宅，待我一到，大家拜谢神明，又做好事便了。（二旦）也说得是。（众扮各役鼓吹，送冠带上）吏、礼二部，差人送冠带上门，请状元老爷游街赴宴。（生）下官要去了，二位夫人请便。（二旦带净下，生换冠带，率众行介）

【朱奴儿犯】（合）既亏得朱衣首肯，又亏得帝降殊恩。拔取鸿才越等伦，常格外别下丝纶。昼锦在乡邻，南花看遍，才游北苑春。若把龙光觐，定推南国有佳人！

【馀文】淫邪有报今方信，妻妾外莫生别衅。做一部不道学的传奇劝化人。

第三十出　让　封

（小生上）千载风流第一场，不曾窃玉更偷香；只因要守男儿节，翻使人间凤作凰。自家非别，状元吕老爷新收的管家，派来守宅门的便是。这一座新居，乃是三位夫人公派出来的银子，买来一同居住的，取名叫做“求凤堂”。为何取这两个字？只因世上的婚姻，都是男人去求女子，古来叫做“凤求凰”。独有我家老爷偏与别人相反，这三头亲事，都是女家倒去求男，翻来做了“凰求凤”。所以，三位夫人不肯自讳，公拟这个堂名。老爷游街去了，晚上回来要同拜花烛。真个是喜事重重，佳期叠叠，叫我这办事的管家，替他忙个不了。远远听见吹打的来，不知是那一位夫人？不免开了大门伺候。

【三棒鼓】（众鼓乐引二旦上）三檐伞盖七香车，喜得并住高门也，全无客主。马儿慢驱，步儿莫趋。非故徐，既然共买新居也，还要同时入閰，同时出舆。

（到介）（二旦）叫院子来问他，乔夫人的轿子到了不曾？（小生）还不曾到。（二旦）同买的住房，该一同进去，没有我先他后之理。把轿子抬在廊下，略停一停，等他到了，一齐进去。（众应介）（二旦暂下）

【前腔】（众鼓乐，引小旦上）三檐伞盖七香车，喜得并住高门也，难分客主。马儿慢驱，步儿莫趋。既然共买新居也，还要同时入閰，同时出舆。（到介）（小旦）叫院子过来。曹、许二位夫人的轿子到了不曾？（小生）到了。因为夫人不曾到，所以不肯进门。现停在廊下等候。（小旦）我问的意思，也就是为此。这等快去请轿。（小生向内请介）（二旦上）请乔夫人先进。（小旦）请二位夫人先进。

（三旦互逊介）也罢！一齐进去。分付抬轿的人，不可搀前落后。（众应齐进，三旦下轿介）（小旦）二位姐姐请上。（旦、老旦）乔姐姐请上。（旦、老旦）也罢！如今且随意见礼，少刻吕郎到了，等他定个次序罢。（小旦）也说得是。（见礼介）（旦扯老旦，背介）果然好一位佳人，真个是人间第一、绝代无双，我们两个那里比得他上？（老旦）正是。（小旦背介）他们两位果然艳丽不过，我的面貌如何比得他来？（各转介）（旦对小旦介）姐姐，我们两个不该妄设机谋，攘夺你的好事。机谋虽出于他，罪犯应归于我。我情愿认个不是，求你莫记前情。（小旦）岂敢！

【忒忒令】（旦）我吐衷言招承了罪辜，只求你扩雅量恕原了差误。都只为邢尹相隔，枉教人生妒。到如今妒生怜，怜生愧，一刹时三换了肺腑。

（老旦）那些诡秘之事，都是我一个做的，与他无涉。我如今情愿负荆，求你推男子之爱波及妇人，释了这番仇恨罢。（小旦）岂敢！

【沉醉东风】（老旦）你若要记前情丢他罪奴，你若肯原罪谴推男及妇，还只怕今日密补不着旧时疏。就剖出肝肠一副，也不信我见犹怜尽消前妒。准备着妙香一炉，酾浆一壶，与你同到神前誓有无！

（小旦）这种不肖之心，原自奴家萌起。只求二位姐姐不记初情，也就是如天之量了，怎么还是这等说？（二旦）岂敢！

【园林好】（小旦）种仇恨非伊是奴，你只为图报复才将怨府，到如今相见了同嗟迟暮。因甚不将此日换当初，将此日换当初？

（老旦）我们两个请罪，是出于自家的本心，你不要认错了，说是殷四娘的主意。那个狗妇奸险异常，我们恨入骨髓。今日不来就罢，若还走来，我们姊妹三人，各赏他一顿棍子，决不要放过了他。（旦）有理。（副净上）只道前功尽废，谁知后效全收。古语说来不错，大瓜结在梢头。（进见介）恭喜三位夫人！如今做了一处，毕竟把以前的话，都对问出来了。还是殷四娘老实，还是我何二妈老实？（旦、老旦）你果然是个好人，我们三个都要重重赏你。（丑上）生意往常拿得定，这遭犯了欺心病。居间不用便成交，弄得我这骗客的

行家没把柄。我殷四娘这桩生意，也是做得老到的了。虽然有些欠账未清，只当是荷包里面的东西，迟来一日自有一日的利钱。谁想这三个女子，忽然作起怪来，寂天寞地走来住做一家，连我这和事老人全不知道。虽然如此，难道那些账目就好赖了不成？他们才走下轿，料想那些诗云子曰还不曾念出来，快些走去收账，再迟一会就有些不妥了。（进介）三位夫人恭喜贺喜！又做了状元的夫人，又进了簇新的房子，又释了往常的嫌隙，真个是锦上添花，叫我这和事老人，那里快活得了！（二旦冷笑介）多谢。（丑背介）迟不得了。如今逐个去收，先从大夫人起。（扯旦背介）大夫人，你如今依我的话，做了第一位了，难道那些欠账还不该找出来？（旦）自然该找。（旦先动手，老旦、小旦齐打介）

【江儿水】（合）木奉酬新德，才丁了旧逋。多谢你把迷蜂引入藏春坞，全亏你把情人送上销魂路。险些儿把佳音做了奔丧讣。亏得人人似土，若还有半个聪明，怎得你贫儿暴富？

（旦、老旦）何二妈，你是个好人，我们把欠他的谢仪，都取出来送你。叫梅香，取银子出来。（众取上，二旦各付介）（丑背介）我说为甚么原故，这等败露得快？原来是这个狗娼在里面坏事，拚了性命结识他！（对副净介）老淫妇，为甚么我的功劳

要你来冒认了去？银子得了，还累别人吃打！走来讲一个明白。

【豆叶黄】都是你当年贾祸，离间亲疏，弄得他每两边成仇，故有这番争妒。到如今功臣延颈，倒替你罪人受诛。将我这肘边金印，将我这肘边金印，反夺赐伊行，代享荣朊！

（副净）贱娼根，做媒是我的本业，篦头是你的营业，各有专行。你暗施鬼计，把我生意平空要夺了去。及至两家情愿，还要故意作难，不容他会合。是何道理，走来讲

一个明白。

【川拨棹】休嗟苦，有钱财偿痛楚；况不曾伤损皮肤，况不曾伤损皮肤！这宽刑难销重逋，还该和烟煤将面涂，罚游街声罪辜。

（两人揪住互打介）（众）老爷回来了，还不快些放手。（丑）我巴不得老爷回来，好拦马头告状哩！

【隔尾】拦街狠把冤情诉，不怕不追赃结主。（副净）还只怕要倒出前赃坐反诬！

【步蟾宫】（生冠带簪花，众役随上）天教鸾凤随龙虎，金榜后又偕花烛。怪佳人，不使破青蚨，个个自赔金屋。

（进介）（丑、副净齐喊介）青天爷爷救命！（生）为甚么原故？（旦、老旦）当初那桩亲事，原是何二妈说起，后来还是他收功，这注媒钱该是他得。那万恶的殷四娘，自己造下风波，还不许别人完事，在这里争夺媒钱，故有这番争闹。（生）原来如此，我也竟不知道。这桩事情原亏了你，只是末后一着太狠了些。你且出去，那一半媒钱待我补还就是。（丑）既然如此，我就放心回去了。智巧翻能惹祸灾，还亏输气不输财。（副净）财气两般都不折，从来懵懂胜如乖。（各下，旦、老旦）花烛酒筵都备下了，请你们二位成亲。（生）此一次的花烛比往常不同，三件喜事并做一桩，要大家同拜的。叫左右，取封诰过来。（众取凤冠、霞帔上）（生）三位夫人止得一副封诰，毕竟要暂屈二位了。你们决有定议在先，还是那一位居长，

请过来受封。

【皂罗袍】虽破从前门户，怕周尊召忌，未必全无。不从当下判亲疏，休教又酿甜时醋。谁居第一，尊而不孤；谁居第二，卑而不污。就是探花也不失三名数！

(旦）从前的好事，我们都已占过。古语说得好，大屈必有大伸。第一个座位，自然该让乔家姐姐，请过来受封。

【前腔】内政无才难助，怕官居方面不隅，悔我从前，失德为争夫。怎教梗塞妨贤路？先来居下，容奴遂初；后来居上，屈他代厨。只怕我安闲太过翻招妒！

(小旦）曹家姐姐结褵在先，况且又有定议，为甚么好紊乱起来？决无此理，快请过去受封。

【前腔】你自做闺中巢父，赚人饵钓，偏成就眉画图。这般贤淑世间无，只争不管人差误。陷人以失，亲而实疏；爱人以德，迂而不诬。追随愿把香尘步！

自然是曹家姐姐。(旦）自然是乔家姐姐。(互让介）既然都不肯受，只得让与仙俦。许家姐姐请过来受封。(老旦）我的座位，早早就定下了，并无受封之理，二位不得过谦。

【前腔】预占探花名数，任两旁挨挤，夹不到榜眼传胪。状头隔远莫相诬，就是翻身也跳不过鳌鱼肚！劝你把虚文少尚，欢娱是图；良宵颇短，灯花易枯。休将好事被谦恭误！

(旦）既然如此，把封诰悬在上面，大家拜谢皇恩；都不要穿戴，做一件公器罢了。(生）说得有理。如今暂且悬着，待下官进京之后，把这段情由达之天听。或者当今皇上肯于格外施仁，并给花封也未见得。(旦）宁可是这等。(四人同拜介）

【甘州歌】【八声甘州】(生）天生异福，把名花收尽，不动锹锄。移来相就，棵棵连根带土。佳人已来三国色，原是人间未娶夫。【排歌】(合）贤风畅，嫉气除，一家三妇合头颅。盐无伴，酱欲孤，开门七件醋全无。

【前腔】(旦）非能不妒，为女才郎貌，妻反为夫。容他收妾，只当替男增妇。三房合来还见少，怎得个十二金钗列画图？(合前）

【前腔】（小旦）原归正路，说鸾凰颠倒，终减欢娱。试看他峥嵘头角，岂是蛾眉家数？亏得我这荷包状元拿得稳，失去寻来并不疏。（合前）

【前腔换头】（老旦）当年不放逋，也悬知今日，荣华堪慕。虽向你荷包剪出，幸不曾伤坏皮肤。容颜看来今胜初，倒替你养大迷人还失主。（合前）

【馀文】（合）享殊荣，叨奇福，只因当日少淫逋。但愿普天下好色的男儿尽学吾。

倩谁潜挽世风偷，旋作新词付小优。

欲扮宋儒谈理学，先妆晋客演风流。

由邪引入周行路，借筏权为浪荡舟。

莫道词人无小补，也将弱管助皇猷。

总 评

张绣虎曰：吾少时读传奇，数十本耳；今则家翻新谱，曲换新声，骤增数百十本。其实不脱古人窠臼。《琵琶》、《荆钗》、《西厢》、《幽闺》等名曲，或窃其文辞，或仿其情节，改头换面，别是一班傀儡登场。不得已牛鬼蛇神，炫奇饰怪，按实求之，了无意味。譬之伧父拟古诗，一则曰：李、杜；一则曰：元、白。即使字字酷肖，李、杜、元、白已死，那得腐尸复生？夫在天为云，今日之云，必不同昨日之云；在树为花，今日之花，或即是旧年之花，却不竟是旧年之花。文心百变，那得倒成印板乾坤？都被一二措大咬文嚼字，完得个依样葫芦，便号绝世才子，当代大家。今观笠翁所著传奇，未尝立意翻新，有一字经人道过，笠翁唾之矣。

又曰：市井儿着新鞋袜，临风顾影，便自谓宋玉、卫玠，扭捏出许多轻薄，何如左太冲乱石一车。世间美男子又具才情，千古所无；若使有之，三女奔焉可也！读《凰求凤》者，作如是观。

·李渔全集·

奈何天

[清]李渔⊙原著
王艳军⊙整理

序

泛观宇内，饮啄融融，峙流浩浩，天顾安所得奈何哉？奈何有天，即才色者为之也，即自见其才色者为之也。唯自见其才色，始有轻其匹敌之意。天壤乃有王郎，新妇得配参军，吾尝薄其语，为有无君之心，不可以训也。他如传奇所，执拂女弃越公而奔，崔氏委郑恒而自鬻，蔡姬、卓女，相为美谈，律以人臣不贰之义，皆操、莽之流亚也。善乎子舆氏曰“闻诛一夫”，伯夷则收曰“以暴易暴”。史迁作传，首伯夷于繇光，文辞不少概见，独于《采薇》一歌，备书而三致意焉！作书者其有忧乎？是足以系君臣之重已。笠翁艳才拔俗，藻思难羁，所著稗官、家言及填词楔曲，皆喧传都下，价重旗亭，率怜才好色者十之六七。惟传阙里侯事，一去陈言，尽翻场面，惟才色者是厄焉！何也？吾知笠翁其有忧乎，亦曰为阙也妇者，不当自见其才色也，自见其才色，为之阙者，难全已，况阙又不全者乎！故阙忠之于主仆可训也，三妇之于夫妇，不可训也。卒之吴氏羞承覆水，三妇恪奉衾裯，而后夫妇之重以全。读是传者，止以观夫妇之重乎！虽然，玉石杂陈，萧兰并种，即妍媸何定哉？人亦徒争一尺之面耳。以吾观世之拥高资、挟重势者，匠铢钱匹练，吝情去留；父子兄弟，动见猜忌，众叛亲离，缓急不收。一人之用，其人虽美冠玉乎，吾弥见其龌龊也。以视阙生，得阙忠而任之，听其焚冯驩之券，输卜武之财，知人善任，卒以成功名，虽齐小白任堂阜之囚，而抱妇人以兴霸业，何以异此！岂世间守财鲁所得望其项背乎？吾见城北徐公美不过是矣。

第一出　崖　略

【蝶恋玉楼春】【蝶恋花头】（末上）造物从来不好色，磨灭佳人，使尽罡风力。万泪朝宗江海溢，天公只当潮和汐。【玉楼春尾】红颜薄命有成律，不怕闺人生四翼。饶伊百计奈何天，究竟奈何天不得！

【前词】多少词人能改革？夺旦还生，演作风流剧。美妇因而仇所适，纷纷邪行从斯出。此番破尽传奇格，丑旦联姻真叵测。须知此理极平常；不是奇冤休叫屈。

【烛影贺新郎】【烛影摇红头】听说家门阙郎貌丑多残疾，一生所遇尽佳人，反被风流厄。初娶邹、何二美，嫌夫陋，别居静室。吴姬更巧，不事张皇，但凭恐吓。

【贺新郎尾】思量赚出秦庭璧，奈朱门不收覆水，强偕鸳匹。义仆筹边因代主，忽建非常功绩。膺天眷，奇休毕集。福至心随躯貌改，憎夫人反启争夫隙。三强项，一时并屈。

众佳人爱洁翻遭玷，丑郎君怕娇偏得艳。

好僮仆争气把功成，巧神明救苦将形变。

第二出　虑　　婚

【恋芳春】（丑扮财主，疤面、糟鼻、驼背，跷足，带小生上）花面冲场，正生避席。非关倒置梨园，只为从来雅尚。我辈居先，常笑文人偃蹇，枉自有宋才潘面，都贫贱。争似区区，痴顽福分邀天。

（鹧鸪天）左思王粲尽风流，丑到区区始尽头。恶影不将灯作伴，怒形常与镜为仇。经翠馆，过琼楼，美人掩面下帘钩。等闲不敢乘车出，怕有人将瓦砾投。小子阙素封，字里侯，三楚人也。父母早丧，自幼当家。先君在日，曾与邹长史联姻。后来守制三年，不便婚娶。如今孝服已满，目下就要迎娶过门。想我家自从高祖阙九员外，靠着天理，做起一分人家。后来祖父相沿积德，所以一年好似一年，一代富似一代。如今到区区手里，差不多有二百万家资，也将就过得日子了。只是一件，自从祖上至今，只出有才之贝，不出无贝之财。莫说举人进士挣扎不来，就是一顶秀才头巾，也象平天冠一般，再也承受不起。我也曾读过十几年书，如今倒吊起来，没有一点墨水。这也还是小事，天生我这副面貌，不但粗蠢，又且怪异，身上的五官四肢，没有一件不带些毛病。近来有个作孽的文人，替我起个混名，叫做阙不全。又替我作一篇像赞，虽然刻毒，却也说得不差。（一面指，一面做，一面说介）道我眼不叫作全瞎，微有白花；面不叫做全疤，但多黑影，手不叫做全秃，指甲寥寥；足不叫做全跷，脚跟点点；鼻不全赤，依稀微有酒糟痕；发不全黄，朦胧似有沉香色；口不全吃，急中言常带双声；背不全驼，颈后肉但高三寸；更有一张歪不全之口，

忽动忽静，暗中似有人提；还余两道出不全之眉，或断或联，眼上如经樵采。（笑介）你道这篇像赞，哪一句不真，哪一句不确？是便是这等说，我阙里侯蠢也蠢到极处，陋也陋到极处，当不得我富也富到极处。替我取混名做像赞的人，自然是极聪明、极标致的了，只怕你没银子用的时节，全不阙的相公，又要来寻我这阙不全的财主。（对小生介）阙忠，你是我得力的苦家：一应钱财出入，都是你经手。你说平日间问我借债的人，哪一个不是绝顶的聪明，绝顶的相貌？（小生）大爷说得不差。

【啄木儿】（丑）一任他才如锦，貌似莲，只怕才貌穷来没处典。（小生）莫说别个，就是阙忠辈呵，一般也貌昂藏，识字知书，怎奈这命低微，执镫随鞭。前日有个相士，说大爷是大富大贵之相，阙忠问他何以见得？他说大爷身上有十不全，犹如骨牌里面有个八不就，晓得八不就是难逢难遇的牌，就晓得十不全是极富极贵之相了。（丑笑介）说得妙，说得妙。只是一件，富便是我的本等，那贵从哪里来？（小生）自古道：财旺生官。只要拚得银子，贵也是图得来的，只要做些积德的事。钱神更比魁星验，乌纱可使黄金变，不似那铁砚磨人骨反穿。

（丑）我这一向有事，不曾清理账目，不知进了多少银子，出了多少银子，你可把总数说来我听，（小生）一向房租欠账等项，共收起一万八千余两。昨日为钱粮紧急，一起交纳上库去了。（丑叹介）

你说到钱粮，又添我一桩心事。朝廷家里，近来窘到极处。只因年岁凶荒，钱粮催征不起，边上的军饷，又催得紧急，真个无计可施。我这财主的名头，出在外面，万一朝廷知道，问我借贷起来，怎么了得？（小生）大爷，你这句话倒也说得不差。近来边疆多事，库帑尽空。阙忠闻得朝议纷纷，要往民间借贷，我家断不能免。阙忠倒有个愚计在此，只怕大爷未必肯依。（丑）什么愚计？你且讲来。（小生）当日汉朝有个富民，叫作卜式。他见朝廷缺用，自己输财十万，以助军需，后来身做显官，名垂青史。大爷何不乘未借之先，自己到上司衙门，动一张呈子，也仿卜式的故事，捐几万银子去助边，朝廷自然欢喜。万一天下太平，叙起功来，或者有个官职赏赐，也不可知。

【前腔】这是条青云路，早着鞭，不似那纳粟求官的资格浅。（丑）主意倒好，只是太费本些。（小生）大爷的田税房租，一年准有四十万。拚得一季的花利，就够助边了。助公家，不损私囊；破馀资，往助穷边。（丑）说得有理，也亏你算计得到。羡伊肯把忠谋献，便宜代主思量遍。（小生）要替你补就生平的缺陷天。（丑）我且问你：家主公的好事近了，花灯彩轿，可曾备下了么？（小生）都备下了，只等临时取用。（丑）这等，你且回避。（小生应下）（丑叹介）娶亲所用的东西，件件都停当了，只是我身上的东西，一件也不停当，如何是好？闻得邹小姐是个女中才子，嫁着我这不识字的丈夫，如何得她遂意？莫说别的，只是进门的时节，看见我这副嘴脸，也就要吓个半死，怎么肯与我近身？还有一件，我生平只因容貌欠好，自己也不敢去惹妇人，妇人也不敢来惹我。所以生了二十多岁，那些风月机关，全然未晓。自古道：吃馒头也有三个口生。做亲的事，如何不操演一操演？我有个丫鬟叫做宜春，容貌虽然丑陋，情意总是一般，不免唤她出来，把各样风流套数都演一演，好待临期选用。宜春哪里？（副净扮丫鬟上）今日卖来明日卖，将身卖与猪八戒，只道无人丑似奴，谁知更有人中怪。大爷，叫我做甚么？（丑）走近身来，与你说话。

【三段子】劝伊近前，自家人，休立那边。（副净）有话讲就是了，定要近身做甚么。（丑近身扯介）和伊并肩，当新婚，暂操妇权。（副净挣脱远避介）我从来不用男人劝，此番怕见才郎面。这样风流，但求恩免。

（丑）贱丫头，不识抬举！好意作兴你，反是这等妆模作样，你难道不怕家主么？（副净）阿弥陀佛，这样的家主，谁人不怕？单为怕得紧，所以不敢近身。（丑）怕我哪一件？（副净）单怕你这副嘴脸。（丑怒介）咗！你是何等之人！敢憎嫌我，欺负我没有家法么？

【归朝欢】贼泼贱！贼泼贱！敢出恶言，欺负我力绵手软！（欲打介）（副净）倒宁可打几个，那桩罪犯当不起。（跪送家法求打介）（丑）你要我打，我偏不打，明日卖了你。（副净）一发求之不得。便换个新家主，新家主九桩不全，也省了合欢时一桩不便。（丑笑介）也不打你，也不卖你，只要把你权当新人。（副净）你若放我不过，宁可到晚间上床，待我来伏事罢。俗语说得好，眼不见为净。（丑笑介）这等就依你。既然妾面羞郎面，来时傍晚依成宪。（副净）你要我来，须要预先吹灭了灯，灯不曾灭，我是决不来的。休把银灯误好缘。

（先下，丑叹介）这等一个丑陋丫鬟，尚且不肯近身，要等吹灭了灯，方才就我，何况邹家小姐，是个美貌佳人？这桩难事，叫我怎么样做？（想介）有了，她方才这些说话，分明是个成亲的法子。明日新人进门，与我拜堂的时节，有银纱罩住了脸，料想看我不见。我等她走进洞房，就把灯吹灭了，然后替她解带宽衣。只要当晚成了好事，到第二日就露出本相来，也不妨了。妙妙妙！这是丑男子成亲的

秘诀，不可传授与人。

色胆虽寒计未穷，肯令好事暂成空？

良宵莫把银釭照，最喜相逢似梦中。

第三出　忧　　嫁

【半剪梅】（外冠带、苍髯，带末上）有女闺中赋摽梅，欲遣于归，怕遣于归。生男莫愁多，生女莫嫌少。不幸作中郎，订婚休太早。山鸡与凤凰，雏时难预晓。一旦惑冰言，终身误窈窕。传言择婿翁，莫仅图温饱。下官邹先民，字无怀。由乡贡出身，官拜长史之职。荆妻早逝，侧室夭亡。常嗟伯道无儿，空喜中郎有女。下官只因宦途偃蹇，家计萧条。不以朱紫为荣，但觉素封可羡。所以生平只得一女，不愿她做诰命夫人，但求为富室院君而已。当初在襁褓之中，阙家央人来议亲，下官因他是个富室，只说财主人家儿子，生来定有些福相，况且女儿又是婢妾所生，恐怕长大之时，才貌未必出众，所以一说便许，未曾相得女婿何如。谁想女儿大来，竟是个绝代的佳人。女婿长成，又是个非常的怪物。一字不识也罢了，不知天公为甚么原故，竟把天下人的奇形怪状，合来聚在他一身，半件也不教遗漏。那阙不全的名号，莫说通国相传，以为笑柄，就是下官家里，哪一个男子不知？哪一个妇人不晓？刚刚瞒得女儿一个。下官明晓得不是姻缘，只因受聘在先，不好翻悔。今晚就是遣嫁之期了，不免唤她出来，分付几句。虽然不好明说她丈夫丑陋，只把嫁鸡逐鸡的常话劝诲她一番便了。分付家僮，叫养娘伏侍小姐出来。（末应，传介）

【前腔】（老旦扮小姐、净扮养娘随上）今朝还自画蛾眉，怕听人催，喜听人催。

（见介）（外）我儿，你女职将终，妇道伊始。那四德三从的道理，经传上载得分明，你平日都看过了。要晓得妇德虽多，提纲挈领，只在一个顺字。你且听我道来：

【黄莺儿】妇德重无违，勉宜家，莫皱眉，婚姻都是前生配。你才称妇魁，辩能解围，人间哪讨这无双配？你爹爹做了一生贫士，半世冷官，没有什么妆奁嫁你。你平日最喜读书，凡是家中的书籍，都与你带去，到那忧闷之际，也好拿来消遣。乏奁仪，只有残书几簏，无兄弟尽传伊。

(老旦)这些书籍，孩儿看过多遍了，都是记得的，不消带得。

【前腔】我自有笥腹当奁随，又何用五车书在轿后推，旁人只道夸才艺。爹爹，你一向应酬的诗文，都是孩儿代作，从今以后，捉刀无人，俱要自己构思了。高年之人，精力有限，如何应付得来？毕竟是文人孝亏，才人德微，倒不如木兰武弁将爷替。劝你早知机，焚烧笔砚，莫把寿来催。

(外)良时已近，你可收拾起身，我在中堂候你上轿。(叹介)涕泣有如嫁齐女，欷歔何异遣王嫱！(掩泪下)(净)小姐，轿子快到了。请换起衣服来。(老旦更衣介)

【琥珀猫儿坠】催妆未了，又复劝更衣。信手裁云不度肌，穿来宽窄称腰围。低徊，只恐他年，较此增肥。

(净背叹介)可惜这等一位小姐，嫁了个阙不全的丈夫。(老旦)养娘，你在那里自言自语，说些什么？(净)我不曾说甚的。(老旦)分明听见你唧唧哝哝，说出阙不全的三个字。(净)这等小姐听错了，我说这等一位小姐，正该配那阙十全的丈夫，这是替小姐欢喜的意思。(老旦)怎么叫做阙十全？(净)只因阙家官人有十全的相貌，故此人替他取个美名，叫做阙十全。(老旦背喜介)这等说起来，奴家幸得所天了。

【前腔】(净)霸王夫婿，正好配虞姬。耳目官骸样样奇，文人逐件有标题，

休疑，少刻相逢，便见高低。

【尾声】（老旦）则这三言画出潘安美，料想那月旦评，定无虚伪。（净背介）两字无差，只得一字欺。

（老旦）十年私意祝乘龙，休对旁人问婿容。

（净）莫听虚名开笑靥，愁看实际锁眉峰。

第四出　惊　　丑

【梨花儿】（丑头巾、圆领上）灭烛成亲计万全，今宵祸事多应免，捱到明朝便谢天，嗏！只怕她临到秋波那一转。

我阙里侯今晚的佳期，与世上人的好事，有一半相同，也有一半相反。喜的是洞房，恼的是花烛。怕近的是容颜，喜沾的是皮肉。所最爱者是倩兮巧笑，所最恶的是盼兮美目。好美人之所同，知丑我之所独。世上尽有人才貌也似区区，自己道是潘安宋玉，成亲不肯遮藏，惹得新人痛哭。还要凌辱阿娇，逼她死于金屋。怎似区区不昧良心，或者将来还有些厚福。（笑介）我阙里侯成亲的着数，都摆停当了，只等进房之后，依计而行。不免分付丫鬟，叫她帮衬帮衬，有何不可！宜春哪里？（副净上）郎君件件都奇恶，原只图他那一着。谁知本事又平常，空有生形无力作。你今晚成亲，有替死的来了，又叫我做什么？（丑）有桩机密事与你商量，你须要帮衬我。我与新人拜堂之后，恐怕她嫌我丑陋，不肯成亲，我要预先吹灭了灯，然后劝她脱衣服。你须要会意，不可又点灯进来。（副净）你这个计较是极好的了，我还替你愁一件。她的眼睛便被你瞒过了，只怕鼻子塞不住。你身上那许多气息，可有甚么法子遮掩得住么？（丑）我身上没有甚么气息。（副净）原来自己不觉，这也怪不得你。你身上有三臭。（丑）那三臭？（副净）口臭、体臭、脚臭。（丑呆介）原来如此。你若不说，我哪里得知！这怎么好？（副净）不妨，只要你晓得，就好作弊了。脚上那一种，做一头睡，自然闻不见，不消虑它。身上那一

种，是从胁下出来的。你上床时节，把手夹着些，也还掩饬得过。只是口里那一种，最要谨慎，切不可与她亲嘴．就是话也少说。若有要紧事开口，须要背着她些。（丑）领教领教。亲事将到门了，快叫傧相进来。

【不是路】（众纱灯、鼓乐，引老旦上）鼓乐喧阗，仙女迎来自九天。人传遍，今宵神鬼缔良缘。赴华筵，明随贺客称恭喜，暗对新人叫可怜。休欢忭，只怕他携云握雨非情愿，少不得有洞房奇变，洞房奇变。

（到介）（净上，照常赞礼毕。众携灯、鼓乐送入洞房介）（众）引得夫妻成对，众人及早回避。莫待新人出声，大家要赔眼泪。（下）（丑吹灯介）呀！起这样大风，把两枝花烛都吹灭了。宜春，快点灯来。（副净背介）且待我吓他一吓。（高声应介）就点来了。（丑张皇失措介）（副净笑介）我闻得成亲的花烛是点不得两次的，请睡了罢。（丑）这等讲来，只得要暗中摸索了。（摸着老旦、代揭纱罩介）小姐，请安置了吧！

【粉孩儿】（身对老旦，面背唱介）天催我，缔良缘，须及早，故意把灯吹灭了，恁般知窍。（除簪珥介）不似那银灯照人除翠翘，助伊行，腼腆无聊。（解衣带介）解湘裙，早上牙床，求脱去做新妇的常套。

（搂下）（副净笑介）遮瞒遮瞒，躲过一关。全凭妙计，保得平安。只怕那天上的银灯吹不灭，我愁他上床容易下床难。你看，新妇见他温柔软款，只说是个美貌才郎，欢欢喜喜和他上床去了。少不得完帐之后，就要觉察出来。我且不要睡，在这里听听梆声，有何不

可？（听介）

【红芍药】侧耳朵，静听鸾交，正在冲锋处，钩响床摇。小姐，你莫怪郎君肆狂暴，他若是稍逡巡，这欢娱便难保。（内作鼾声，副净笑介）不曾见他怎么样，又早云收雨散，呼呼的睡着了。（叹介）现世宝，现世宝，你看又不中看，吃又不中吃，为甚么不早些死了，好去再投人身，活在世上做甚么！笑你那风流罪苦枉自劳。还亏得邹小姐是个处子，若遇着大方家，止堪贻笑。起先那些掩饰的法子，醒的时节便用得着，如今睡着了呵，只怕那臭皮囊口大难包，经不得这鼻息儿，做了个透香气的灵窍。

（内作呕逆声介）（副净）何如？披了衣服，要爬起来呕唾了。

我且躲在一边，不要等她看见。（虚下）

【耍孩儿】（老旦披衣上）锦帐绣衾空覆冒，为甚的爇麝熏兰处，好气息，小见分毫？（呕介）奴家与阙郎就寝，觉得枕席之间，有一种难闻的气息，只说他床铺不洁，以致如此。准想细嗅起来，竟是他的体气。只此一件，已够熏人了，那里晓得余臭尚多，不止于此。口无鸡舌之香，既不可并头而寝，脚类鲍鱼之气，又不可抵足而眠。教奴家坐又不是，睡又不是，弄得个进退无门。（叹介）问苍天，怎把这苏合与蜣螂抱？且住，我虽则与他共寝，还不知他相貌何如。若果然生得十全，就有这种气息，我拚得用些刮洗的工夫，把他收拾出来，也还将就得过。万一相貌也只平常，就懒去修饰他了。且喜天色将明，待他起来，看是怎生一个面貌。眼盼盼，待看伊行貌，还是个掷果具，投砖料？

（内连叫小姐，老旦不应，丑蓬头、跣足、披衣上）

【会河阳】睡拥佳人，醒失阿娇，为甚的同眠先起把人抛？小姐，为何这等勤谨，东方未白，就起来了？（老旦大惊、避介）呀！为甚么洞房里面走出一个鬼来？（丑）我是你的丈夫，不要看错了。并非牛鬼蛇神，山精水妖，你记不得昨夜把鸾风效？（老旦背介）呀！原来就是他！我嫁着这个怪物，怎生是好？我那爹爹呵！（大哭，丑劝介）小姐，耐烦些，不要哭罢！你丈夫的容貌不济些是真，人家其实看得过。你譬如嫁着一个穷人，纵然面貌齐整，也当不得饭吃。劝你将就些罢！美

夫看不得妻儿饱，有财也当得容颜好。

（老旦掩面大哭，丑劝不住介）（副净上）既逢催命鬼，须用解交人。（扯丑背介）你越劝，她越要哭了，不如走开些，等他息息气吧！（丑）这等烦你劝一劝，我去了。欲止娇娃哭，先藏丑陋形。（下）（副净）新郎去了。大娘，不要哭了。（老旦止哭介）（副净）大娘，你的心事，宜春是晓得的，怪不得你烦恼。只说事到如今，也说不得了。

【缕缕金】劝你舒眉皱，解心焦，好夫谁不爱？命难逃。况又身经染，白丝成皂。料想这恶姻缘，到老始开交，不如强欢笑，不如强欢笑。

大娘，你如今净好了脸，梳好了头，待我领到书房里去，散一散闷罢。（老旦叹介）嫁着这男人，梳甚么头！净甚么脸？倒不如蓬头垢面，也妆一副鬼魅形骸，只当在阴间过日子罢了。既有书房，待我去散步一会。（副净）这等请行。（行介）（老旦）不是无膏沐，羞为俗子容。（副净）且将花醒眼，莫使恨填胸。这边就是书房，你看花草也有，树木也有，金鱼缸，假山石，件件都有。这边还干净些，不像那边鸡屎满地，臭气熏天。大娘，你以后若要散闷，常过来走走就是了。（老旦）书房倒清净，只嫌它富丽些。你看，梁上雕花，壁间绘彩，栏杆必须卍字，堂画定用翎毛。但看他这些制作，就晓得不是雅人。这等看来，内才也有限了。

【越恁好】地虽幽静，地虽幽静，俗景又繁嚣。只落得窗明几净，还好观书史，慰牢骚。（背介）我嫁了这个怪物，料想不能出头。还喜得有这所书房，做个避秦之地。不免塑一尊观音法象，供在这边，待满月之后，拒绝了他，竟过来看经念佛，祈保来生便了。前生孽障今世消，及早把来生预祷，求世世免赐我红颜貌，求世世免凿我聪明窍。

宜春，你可分付家人，替我塑一尊观音法象，供在这边，待我来烧香礼拜。（副净）晓得了，请过去用早饭罢。（行介）

【添字征绣鞋】昨宵才染腥臊，腥臊；今朝玉体香消，香消。唤厨妇，把汤烧，频洗浴，莫辞劳。（合）又虑今宵，今宵，知觉更难熬，知觉更难熬。

【尾声】（老旦）这十全夫婿从来少，竟不使异状奇形缺半毫。羡只羡那生子的爷娘何太巧！

第五出　隐　妒

【凤凰阁上忆秦娥】【凤凰阁头】（生冠带，外扮院子随上）才人不幸，仿佛红颜薄命。薰莸误作并头莲，抹杀风流情性。【忆秦娥尾】还侥幸，恶声不至，暂图安静。

［菩萨蛮］功名捉鼻谁争竞？无端一举侥天幸。所志在风流，天翻吝厥俦。纵有衾裯妾，勉系同心结。还愁薄命人，难逃前世因。下官袁滢，字濯冰，楚国江陵人也。眼空四极，名塞两间。弱不胜衣，神力偏能为有，美如冠玉，其中未免全无。自龆龀之年，出来应试，早登甲第之先，从学仕之日，出去临民，便擢治平之最。目下请告家居，暂图安逸。怎奈封疆多事，朝廷命臣下各举边才。那些当路诸公，交章谬荐，不日就有重任相加。还喜得简书未到，且图几日安闲。只是一件，下官才固有余，貌亦未尝不足。少年时节，只道天不生无对之人，定有个绝色女子，与我联姻。谁想娶着的夫人，竟是当今之嫫姆，劣状多般，秽形毕集。只有一件还感激他：世间的丑妇没有一个不妒的，世间的妒妇没有一个不悍的。他于妒之一字，虽然不免，还喜得妒而不悍，是他短中之长。下官新娶两房姬妾，一个姓周，一个姓吴。周氏的才貌，虽不叫作十全，却能主持家务，下官得了他，可免内顾之忧。吴氏既有太真之美，兼饶道韫之才，自是当今第一个女子。夫人待此二妾，也还在贤妒之间。实惠虽然吝惜，虚名却肯均施。每到饮酒宴衎的时节，任我倚翠偎红，随他献娇逞媚，不露一毫妒容。只到酒残歌阕之后，寻衾问枕之时，方才露出本相来，

不许下官胡行乱走。(叹介)我想男女行乐,何必定在衽席之间?只此眼底留情,尊前示意,尽有一种不即不离之趣。只是难为了姬妾些。这也是红颜薄命之常,只得由它罢了。下官今日拜客回来,则索与三位夫人,宴乐一番。正是:培养精神亏丑妇,维持风月赖佳人。(暂下)

【前腔】(净扮丑妇,副净扮丫鬟随上)今生有幸,熬杀红颜薄命。转将佳婿作佳人,遣我风流情性。休侥幸,恶声暂免,终难安静。

自家袁夫人是也。身才七尺,腰仅两围。窄窄金莲,横量尚无三寸,纤纤玉指,秤来不上半斤。貌遇花而辄羞,真个有羞花之貌,容见月而思闭,果然是闭月之容。我这副嘴脸,生得恁般丑陋,就该偃蹇一生了。谁想嫁着袁郎,竟是当今的才子。他得中之后,我又做了夫人。这叫做前生不作红颜孽,今世应无薄命嗟。只是一件,他近来娶了两个妖精,十分碍眼,我心上其实容不得,要下毒手摆布他。只是仔细想来,袁郎近日举了边才,一有地方,就要去赴任。料想多事之地,带不得家小。等袁郎出门之后,寻两分人家,打发他就是了。有限的日子,何苦做冤家?只是一件,看便许他看看,要时常到手,却是不能够的。只好在新婚的时节,尝尝滋味罢了。叫丫鬟,整备家堂筵席,好待老爷回来。(副净应介)(生换巾服上)苟免应酬烦,且效于飞乐。(见介)夫人,我为应接纷纷,忙了半日,此时稍暇,只该饮酒,可曾备有家宴么?(净)备下了。叫梅香唤两个姨娘出来。(副净传介)

【高阳台上逍遥乐】(小旦上)【高阳台头】疏抱衾裯,勤陪杯斝,无端浪受虚名。(旦上)【逍遥乐尾】黄昏白眼晓来青,空心樛木,无丝葛藟,半熟仓庚。

(见介)(净)看酒来。(二旦送酒介)

【锦堂月】【昼锦堂】(小旦)红袖轻盈,清歌婉转,愁容勉教趋应。拚醉霞觞,晚来好捱凄清。【月上海棠】饱看他座上风姿,权当做饥时画饼。(合)酬佳

景，对此明媚春光，且图家庆。

【前腔换头】（旦）非佞，慷慨夫人，风流阿婿，生来福量非轻。愧只愧命不相犹，花枝对面难并。陪佳宴，人赐欢娱，守空房，天教孤另。（合前）（生劝净酒介）夫人，宽饮一杯。

【醉公子】怀罄，人共醉，伊难独醒。恕行乐当场，休施争竞。（假装醉态，起与二旦调情介）偷并，佯醉倚红妆，扰乱云鬟还代整。（取酒饮二旦介）（合）相欢处，看琥珀光浮，朱唇相映。

（净）相公，你醉便醉了，也还要稳重些。（生）是。（复坐介）

【前腔】（净）休逞，虽则是法度弛，还须警省。怎逾规越检，顿忘恭敬？你倾听咫尺近天颜，休道我眼蔽前旒看不清。（合前）

（末持报上）信使日边至，佳音天上来。禀老爷，京报人到了，报老爷高升经略使，巡视南边。（生）知道了叫他候赏。（末应下）（生）大人，下官既有王命，少不得就要起程。家中的事，都要付托与你了。这两个姬妾，都是好人家儿女，又且德性幽闲，我去之后，全仗你看顾她。（净）你自放心，都在我身上。决不奚落她便了。

【侥侥令】（合）华筵闻简命，陡起别离情。且尽尊前欢娱酒，沉醉到明朝相送行。

（净）叫丫鬟，掌灯进房。（牵生手行介）

【前腔】（净）今宵还共枕，明早便登程。莫把良宵耽迟了，随我上牙床，好饯行。

（生回顾二旦，随净下）（旦叹介）他们两口双双进房去了，叫我们两个独守孤灯，怎生寂寞得过？（旦）不要怪她，我们有了这种姿容，原该受苦，若还也像那副嘴脸，自然有好日子过了。（小旦）也说得是。

【尾声】娉婷合守凄凉境，都是这孽形骸，把前程限定。（旦）老天，老天！为甚的不把世上佳人都做了鬼魅形！

第六出　逃　禅

【剑器令】（老旦上）懊恨恶姻缘，捱不过，轮回一转。还幸得避秦有地，将身窜入桃源。

奴家自从来到阙家，看不过那村夫的恶状，已曾认定这所书房，做个逃禅之地。且喜观音法像已塑成了，今乃开光吉日，又是奴家满月之期，本待与他说过，然后过来，又怕他苦苦相留，反生缠扰。只得预先来到此间，把闭关养静之事安排妥当，等他走到，只消一两句话，就可以永诀了。叫宜春！（副净上）新人才满月，菩萨又开光。禅房与客座，两处唤梅香。大娘有何分付？（老旦）替我把经谶、蒲团、木鱼、钟磬都摆列起来，冉把新制的衲衣、道冠都取出来。待我更换过了，好虔诚礼佛。（副净）晓得。（摆列介）（老旦改妆，参佛介）

【章台柳】逃来罗刹边，皈依大士前。悔不披缁未嫁先。到如今玷污了身躯徒自贱，叫不得个碧玉池中产白莲。消后悔，忏前愆，酬夙愿，只落得猛回首，脱然无恋。

（丑上）新妇进门才一月，祈子之心坚且决。塑尊泥佛做家堂，保佑生儿全不阙。我阙里侯娶了邹小姐，一月之间，十分快乐。今朝是满月的日子，他塑了一尊佛像，约我同去顶礼，无非是求子之意，须要过去走一遭。（见佛拜介）阿弥陀佛，保佑弟子一年之内生他个儿子。（副净）怎么一年之内，就生得这许多？（丑）大娘生一胎，你也生一胎，或者两个里面有一个双生的，也不可知。（副净啐介）

（丑见老旦惊介）呀！为何这等妆束起来？好好一个妇人，竟做尼姑、道姑打扮，这也觉得不祥，快些换了。（老旦）阙郎，我老实对你说，这尊佛像不是为求子而设，是塑来与我做伴的。求你大舍慈悲，把书房布施与我，等我改为静室。我从今日起，就在这边独宿，终日持斋念佛，打坐参禅。你可另娶一房，与她去生儿育女，不要来搅我的清规。我和你夫妇之情，就在此时永诀了。阙郎请上，受奴家一礼。（丑惊介）这是什么说话？快不要如此！（老旦拜介）（丑扯不住，同拜介）

【醉娘子】听娘行此言，竟把我肝肠碎剪。为甚的好姻亲，忽中变？一任你长斋绣佛前，只休把夫妇百年恩情断。姻缘前世定，休嗟怨！

（内唤介）宜春姐，有客人来在中堂，清大爷出来讲话。（丑）娘子，求你耐烦些，快不要如此！我去了就来。宜春，你也替我劝一劝。正是：不如意事常八九，可与人言无二三。（下）（老旦）宜春，你也出去，好待我关门。（副净）大娘在此独宿，他少不得拿我当灾。这样男子，宜春也有些怕他，情愿随了大娘，在佛前添香换水。（老旦）既然如此，替我把门窗户扇都封锁了，只当坐关一般，省得他来缠扰。（副净）也说得是。（锁门介）（丑急上）忙辞堂客，来劝佛前人。呀，门都关了，宜春在哪里？快开门。（副净）宜春宜春，怕当新人。只愿闭户，不敢开门。（丑慌介）这怎么处？没奈何，只得跪在外面，求他开门。（跪

介）娘子，我在这边行礼了。（副净击磬，老旦敲木鱼，做念经不理介）（丑连叫不应，怒起介）

【雁过南楼】我这里絮叨叨，求他见怜，谁知他狠心肠，绝不相念！诵真经三回九转，敲钟磬动地惊天。总不过是对僧伽发舒嗟怨。你休得要心偏意偏，故施骄蹇一任你愤填胸，也跳不出我阙家庭院！

善劝劝她不转，只得要用恶劝了。待我发起狠来。（指老旦介）臭淫妇！真贱人，你这等放肆！我做丈夫的人，跪在外面哀求，你全然不理，难道真个要修行么？你如今出来就罢，若不出来，待我分付家人，不许送饭，活活饿死你！（老旦合掌介）阿弥陀佛，但愿如此。

【山麻秸换头】但愿早升天，不敢示斋献。得做夷齐，死而无怨。（丑）你心上事，我难道不晓得？那里真要修行，不过是嫌我丑陋。不是我夸嘴说，只怕没有银子，若有大块银子，莫说你这妇人，就是瑶池仙子，月里嫦娥，也买得他下来。我对你拍个手掌，你若不肯出来，我就去另娶！若不娶个绝世佳人，比你更强几倍的，我就不姓阙！（老旦）若肯如此，是奴家的万幸了，只求你早娶就是。少不得无盐定见西施面，但愿他早入户，容我卸肩，办炷清香，代伊酬愿。

（丑）这等说起来，你是决不回头的了。莫怪我说，你的容貌虽美，也不叫做绝色，不过是才学好些。做妇人的要才学何用？我明日分付媒婆，寻个绝色的女子，且看我娶来的人，强似你不强似你！（副净）阿弥陀佛！又不知是那个妇人晦气，又来替死了。（丑骂介）好笑妇人没志气，牙床让与别人睡。只怕你孤枕单衾睡不牢，又要到新妇身边来搭被。（下）（老旦喜介）好了，我的难星多应躲得脱了。但愿佛天保佑，待他早结良缘。

【尾声】无缘自把中宫禅，但愿他早来佳媛。（副净）哪有第二个不怕鬼的新人来缔好缘？

第七出　媒　　欺

【临江仙】（旦扮白发孀妇上）昔日红颜今白发，止因愁病交加。（小旦扮贫女上）贫来空惜貌如花，莺虽啼别院，春止到邻家。

（旦）门户萧条敦与支？茕茕孀妇倚孤儿。（小旦）寒门不见高亲叩，篱犬终年少吠时。（旦）老身何夫人是也。先夫在日，曾为执戟郎官，不幸巾年弃世。止生一女，貌颇倾城，还不曾许嫁。我想，这等一个女儿，哪怕没有佳婿？只是一件，老身年逼桑榆，又无子息，止靠着半子终身，须要寻个财主人家，才好倚仗他过日。怎奈家资与才貌再不能够两全。有钱财者定然愚蠢，具姿貌者一定贫穷。所以蹉跎至今，未偕佳偶。（叹介）不知等到何年才遇着个佳婿也呵！

【三学士】儿女催人改鬓鸦，只恐虚度年华。正为这穷村拟受西施福，只此上佳婿难招北阮家。漫说呆郎骑骏马，少甚么轻裘子，貌似花！

【前腔】（小旦背介）择婿从来不及他，止询貌与才华。要使那南阮豪华同北阮，只除非东家吃饭睡西家。好教我有口难言浑似哑，不如把终身事，付浣纱。

（副净扮媒婆上）走遍朱陈里，敲残阀阅门。要求真国色，还到苎萝村。自家张一妈的便是。阙家官人为因邹小姐住了静室，不肯与他近身，他许我一个元宝谢媒，要娶个绝色的女子。我想何家小姐是近来第一个佳人，况且他的母亲，又要选个富豪女婿，正好合着这个机关。只是才郎十分丑陋，配那小姐不来，我只把左话儿右说，倒要极赞他标致，何夫人才肯应允。要晓得从来的假话，都出在媒人口里，这瞒天大谎，不是我说起的。转弯抹角，来此便是。（进见介）

（旦）一妈，好几时不相见了，今日光临，有何见教？

【针线箱】（副净）做媒的，谅无别话，不过是联亲结娅。（旦）是那一个？家事何如？可养得亲眷起么！（副净）论家私，只怕石崇、倚顿还称亚，门户与朝廷争大。（旦）这等容貌何如？（副净）若说他面庞呵，止潘安容貌增奇诧，则那面上还馀掷果疤。（旦）这等胸中的才思呢？（副净）才堪讶，便霜毫慵举，也曾在梦里生花。

（旦）这等姓甚名谁？住在哪里？（副净）这位郎君叫做阙里侯，是天下有名的财主，就住在本地。（旦）我也闻得荆州城里有个姓阙的富家。这等看起来，家事定是好的，不消查问得了。只是一件（指小旦介）你看这等如花似玉的人，若不是个俊雅郎君，如何配得他上？你方才的话，我还不敢轻信，若果然生得好，待我面相一相何如？

【前腔】虽则是柴门姻娅，也须要仪容俊雅。则这俏鸾凰怎使凡禽跨？（副净）夫人若还不放心，请卜一卜就是了。（旦）眼见胜如占卦。（副净背介）这等说起来，是一定要相的了。也罢，待我弄些手脚，叫他央个标致男人充做自己。与他相就是了。（转介）夫人，这也不难，他的相貌是十看九中意的，任凭相就是了。（旦）如此极好。（对小旦介）我儿，这等说，你明日也亲自相一相，省得后来埋怨母亲。（小旦背介）顾不得羞容腼腆难禁架，办眼明朝暗觑他。我心还怕，怕情人眼里容易生花。

（旦）既然如此，我娘儿两个要到菩提寺去进香，你引他到寺中来，待我相就是了。

（净）谨依尊命。

（副净）媒口从来不骗，（旦）耳闻不如眼见。

（小旦）饶伊口坠天花，难逃我双眸似电。

第八出　倩　　优

【缕缕金】（丑上）央媒妁，聘家婆，谁知乔女子，忒心多，要相中才郎貌，方才许可。这桩险事待如何？几乎难杀我，几乎难杀我。

我阙里侯央了媒婆，遍求亲事，许她一个元宝谢媒。自古道："重赏之下，必有勇夫。"她果然寻了一位小姐，是个绝世佳人。只有一件不妥，要相中了女婿，方才许亲。区区的尊容，哪里相得？又亏了媒人用情，许我央人替代。我想这是一桩隐事，如何央得别人？我昨夜想来，阙忠的面貌尽看得过，不免叫他权充一充。阙忠哪里？

【前腔】（小生上）闻呼唤，足慵挪，料应无别事，造奸囮。要把娇娃赚，另寻别个。曹参已许代萧何，区区免得过，区区免得过。

大爷有何使令？（丑）不为别事，有句机密话和你商量。何夫人要相女婿，你晓得我的面庞，可是相得的？要央别人替代，又不好开口，只得想到你身上。（小生摇头介）岂有此理？不但有主仆之分，又且有嫌疑之别。莫说相不中，就是相中了，娶进门来，也有许多不便之处。大爷不消费心，这个代相的人，阙忠已寻下了。（丑）是那一个？（小生）〇〇班戏子里面，有个正生，相貌甚是齐整。现领大爷的行头，在外面做戏，叫他去就是了。（丑喜介）说得有理，快去唤他进来。（小生应下）（丑）这等说起来，我第二次新郎要做得成了。分付里面人，把值钱的衣服取出几件来，好等他来穿着。（内应介）

【前腔】（生随小生上）蒙呼召，特相过。要把新郎代，赚娇娥。习惯风流样，

不消妆做。任他四眼一齐睃，都应看得过，都应看得过。

（见介）（丑）你就是oo班里的正生么？（生）正是。（丑）好！人物又齐整，态度又风流，一定是相得中的。（对小生介）阙忠，你对他讲过了么？（小生）讲过了。（丑对生介）你听我道：

【四边静】我生来福分无偏颇，只有这形骸偶生错。不知把何处拐仙形，移来变成我！到如今求亲胆懦，要央别个。仗你好扶持，莫使福成祸。

（生）大爷的相貌原是绝好的，只怕肉眼相不出，所以要央个替身。如今包管相中了，问大爷讨赏就是。（丑）但愿如此。阙忠，取我的唐巾、晋服与他穿戴起来。

（生换衣巾介）

【前腔】唐巾晋服非新做，都是新郎旧穿货。只可惜衣上有馀香，闻来颇难过。见了美人呵，只好在下风略坐，休得在上风惹祸。怕的是兰麝不相蒙，美人呕清唾。

（丑）阙忠，你随了他去，我在家里静听好音。（小生）依阙忠说起来，大爷还该同去才是。（丑）我去做甚么？（小生）一来看看新人，省得后来懊悔；二来娶进门的时节，新人若还埋怨，还有一句巧话对她。（丑）甚么巧话？（小生）大爷只说自己原是正身，那同行的人不过是个陪客，你自己认错了，与我何干？他就说媒婆指定是你，也好把诓骗之罪，坐在媒婆身上，不怕她埋怨到底了。（丑大笑介）

【前腔】（小生）把掉包巧计翻来做，假人卖真货。买者自糊涂，店官不曾错。新郎嫁祸，媒人受过。咒骂屈他当，忍气不愁饿。

（丑）这等，待我也妆扮起来，一同去就是了。

旧计翻为新计，假郎伴做真婿。

巧妇不敌痴男，清官难逃猾吏。

第九出　误　相

（外扮老僧上）寺院门前鹊噪，知是舍财吉兆。若无信女烧香，定有善男设醮。茶汤及早安排。果品预先理料。献斋的攒盒一收，募缘的疏簿就到。莫怪我出家人，都自医不好的贪嗔，须知道和尚们，自有脱不去的常套。自家菩提寺中一个住持的便是。今日天气晴明，怕有人来烧香还愿，则索打扫禅堂，伺候便了。（虚下）（生、丑各飘巾艳服，带小生上）（生）生来容貌伟而都，惯与佳人作假夫。（丑）莫笑世间花貌丑，戏场里面不能无。（生对丑介）大爷，你说我们两个来到这边作甚么？（丑）特来相亲。（生）大爷便是相亲，据在下看来，只当还是做戏。（丑）做的是甚么戏？（生）听我道来：

【北新水令】戏文今日演《西厢》，要与那俏莺莺奇逢殿上。恁要在画中求爱宠，叫俺在影里做情郎。（丑）你未做张生，我这陪你游玩的，倒是个法聪和尚了。（生）只怕这美号也难当，那有个秃不会的法聪和尚！（同下）

【南步步娇】（旦、小旦同副净上）（旦）十幅长幡绣着僧伽像。眼是光明藏，携来佞法王，愿保着亡者超升，生人兴旺。赐一位俊秀好东床，于归早把娘心放。

（作到介）（外带二僧上，挂幡、念疏、鸣法器介）（旦、小旦拜毕介）（外）请夫人、小姐到禅堂里面告茶。（副净）众位师父请便，待我陪夫人小姐随喜一会，进来吃茶就是了。（众应下）（副净）远远望见他们来了，夫人、小姐，办了眼睛细看。（生、众上）

【北折桂令】（生）才进得古刹回廊，参了韦驮，谒了金刚。呀！只闻得宝殿风来，旃檀气里，带着些兰麝幽香。（作行到介）（生，丑、二旦各偷觑介）（生背介）觑着那俊庞儿，好教俺生平技痒，险些儿把跳东墙的脚步高张。怎当她前有萱堂，后有红娘，便道是做张生全要风流，怎奈这郑恒的对面当场。

（同下）（旦）一妈，方才这两位，那一位是阙郎？（副净）那一位绝标致的就是了。（旦）果然好个人物！我儿，你道怎样？（旦）姿容便好，只可惜轻浮了些，竟像个梨园子弟的模样。（副净）那不要怪他。只为近来的文人都喜欢串戏，他曾串过正生，所以觉得如此。（旦）这等说，我女儿的眼力，其实不差。

【南江儿水】（小旦）超外初无脱，清中自有狂。为甚的衣冠忽作优人相？这的是秀才硬脱头巾障，终不然解元定是风魔样。（副净）请问小姐，这头亲事，还是许他不许他？（小旦）且把朱陈慢讲，还须要静看神情。细聆声响。（副净）既然如此，他进禅堂去了，我们也随去看来。（同下）（生、众上）（生）这一位小姐真是天姿国色，绝代无双，大爷你一定是中意的了。（丑）不瞒你说，我这双眼睛是有白花的，看不十分明白，求你细讲一讲，她面上的颜色何如？

【北雁儿落带得胜令】（生）俏风姿，似月有光；好颜色，似花初放。（丑）眉眼如何？（生）觑着她展春山，兴欲狂；转秋波，魂都丧。（丑）态度何如？（生）腰似柳，在风前飏；态如云，在物外翔。（丑）这等，那双小脚儿，约有几寸？（生）要量他的小脚呵，那《两厢记》上有个现成的法子。要知她踏软径的新鞋样，（指地下介）只将那验芳尘的旧法量。（丑）这等说起来，竟是个十全的了。（生）无双，这是女娲氏炼就的娉婷样。相也么当，要补凑您这阙形骸，做个比目娘。（丑背介）那夫人、小姐又进来了，待我也做些风流态度与她相相，或者替身相不中，倒相中了正身，也不可知。（预做身势介）

【南侥侥令】（旦、众上）信步游僧院，随人入讲堂。要看他无心自现的风流相，全在那猛相遭，不及防。

（副净）他们立在左厢，我和你走到右厢去，细看一看便了。（丑做远远偷觑，备现诸般丑状介）（小旦扯副净背介）一妈，那旁边立的是个什么人，就丑到这般地步？（副净）那是他的陪堂。（小

旦掩口笑介）（丑）你看她满面笑容，一定是相中我了。

【北收江南】（生）呀！都似这般样的喜笑呵，转教人恐惧傍徨。这叫做宜嗔反喜的不情庞，休猜做得意把眉扬。要佳人盼郎，请男儿自量，劝你把捉刀本色且收藏。

（小旦背介）我起先单看那人，不曾觑着这个厌物，所以求全责备，不觉的苛刻起来。如今看了这副嘴脸，再把那人一看，就不觉恕了许多。真个是两物相形，好丑自见。（旦）我儿，这位郎君也看得过，就许了他罢！（小旦）便凭母亲做主。

【南园林好】论仪容，还须再商，当不得那丑郎君，将他衬帮。（对副净介）你对他说，全亏那同行魍魉，这是个真月老，莫相忘。

（旦、小旦虚下）（副净对生介）恭喜相公，夫人、小姐都亲口许了，快选吉日，送聘礼过去。（丑作狂喜大笑介）

【北沽美酒带太平令】（生背唱）贺新婚的口大张，听佳音的喜欲狂，把花烛安排入洞房。俺还替他愁着哩，觑温柔，玉有香，怎当得那猛摧残，一番奇创！捱一阵进门时的惊风骇浪，拜堂时的肚膨气胀，上床时的死推活攘，合欢时的牛舂马撞，才得个心降、意降。呀！甚来由，造下了这重孽障？

（生、丑、小生同下）（副净招旦、小旦上场介）夫人，我对他讲过了，就选吉日，送聘过来。

【南尾】（旦）富人大半痴肥相，喜得他丰姿秀朗。（小旦）还怕是个外实中虚的白面郎。

第十出　助　边

（小生上）家国虽殊道自均，须知主仆即君臣。愿为奴隶输丹赤，奉劝朝堂食肉人。自家阙忠是也。赋才敏捷，秉性忠良。只因祖父式微，投入阙家为仆，以致青衣世袭，使豪杰无致身之阶；犹幸紫陌相连，俾纪纲有见才之地。前日曾以助边一事，怂恿家主，做个尚义之民。且喜得言听计从，竟着我便宜行事。近日朝廷为军饷不足，特差宣抚使一员，到此搜括钱粮，已曾写下呈词，则索往衙门走一遭也。（行介）

【榴花泣】【石榴花】我生平忠义实堪夸，只可惜将身束缚在私家。若叨一命，应不愧乌纱。肯使他三空四匮，直造到军士脱巾哗？我想这十万资财，也非同小可。既劝主人助了朝廷，那官府取去，也要实实在在替朝廷做些事业才好。万一官侵吏匿，作了纸上的开销，使家主徒受虚名，边军不沾实惠，这注钱财，就只当委之沟壑了，如何使得？【泣颜回】求为可查，怕的是出私囊，复入私人衩。只为他爱便宜，瘠国肥家，怪不得我惜钱财，以奸防诈。

来此已是宣抚衙门，不免在廊下站立一会，伺候他升堂便了。（虚下）（内鼓吹，开门介）

【菊花新】（外冠带，引众上）节旄未几出京华，控制荆襄早建牙。设策裕公家，苦到处，民穷财乏。

下官荆襄等处宣抚使是也。受事未久，临莅方新。蒙圣恩于兵马钱粮之外，另加一道敕书，着我搜括军饷，接济诸边。我想这水旱交祲之后，三空四匮之时，本等的钱粮，尚且催征不起，额外的军饷，

如何措置得来？已曾遍差员役，往各郡催提，并没有分毫解到，好生烦闷！叫左右，有催粮的官吏转来，速速教他回话。（众应介）（老旦、副净扮二差官持令箭上）赤手回钧旨，空拳缴令旗。钱粮无着落，常例不曾亏。（见介）（外）你们转来了么？所催的钱粮，解多少来了？（老旦）禀老爷，那地方官说，年岁凶荒，民穷财尽，一毫也催征不起，故此分文无解。小的们空拳白手，不敢回来，带了一员地方官，教他自己来回话。（外）着他进来。（副净传介）（末冠带上）抚字枉心劳，催科计未高。自来书下考，参罚岂能逃！（见介）（外）你做朝廷之官，就该干朝廷之事，为何把皇家功令视若弁髦，难道是不怕纠参的么？（末）老大人听禀：

【驻马泣】【驻马听】白简宜加，怠缓催科署不差。只为着苍黔凋敝，水旱频仍，比户嗟呀。（外）本院现奉新旨，还要在本等钱粮之外，另加搜括，何况分内之事乎？（末）老大人，你莫怪卑职讲，若要另行搜括呵，只怕青苗未举祸先芽，朝廷算小忧方大。（外）搜括之事，既不可行，本院要往民间借贷，可行得去么？（末摇头介）行不去，行不去。【泣颜回】他若肯贷官钱，共解私囊，又何不算前逋，还了公家？

（外）知道了，你且出去。（末）略诉民间苦，聊宽额外征。流民图已就，献不到承明。（下）（外叹介）怎么了！叫左右，且放投文。（一人持牌下，收投文即上）（外看状惊介）呀，原来有个尚义之民，仿汉朝卜式的故事，要来输财助边。怎么有这等奇事？叫他进

来。（众唤小生上）（外）你就是阙素封么？（小生）阙素封是家主，小的是抱状家属，叫做阙忠。（外）你家主是何等之人，为何有此义举？（小生）念家主呵…

【前腔】他虽是编户民家，恤纬深忧颇不差。见边庭乏饷，军士呼庚，主帅量沙，怕的是饥军一溃扰中华，栋梁独木难支厦。与其把美膏腴变做沧桑，倒不如割资财输与皇家。

（外）编氓之中，竟有这等义士，可敬可敬！既然如此，本院这边就要草疏上闻了。你那家主日后不要懊悔。（小生）家主出于本心，又不曾有官吏强逼，何悔之有？只有一件，这十万资财，家主也费数年蓄积。既然助与朝廷，但使贪弁不能染指，奸吏不得侵渔，使家主一点忠君爱国之心，施于有用之地，这就死而无悔了。（外起立介）有其主必有其仆，不但那家主尚义，可称草野之忠臣，就是这仆从能言，也可谓风尘之杰士。本院一面草疏上闻，一面发批起解，不必另差官吏，就烦你主人亲解便了。

【前腔】主人堪夸，仆从能言更可嘉。这筹边伟略，经国宏猷，字字无差。快起来立了讲话，敢将奴隶待伊家？将来未必居人下。（小生）请问老爷，万一家主有事，不能前行，可好容小人替代？（外）既然如此，竟用你前去便了。你回去对家主说，倘若边疆告捷，海宇承平，一定要叙功论赏，不但家主身荣，连你也有好处。少不得仿前徽，文子同升，与伊行，并事公家。

（小生谢介）（外）分付封门。

节钺筹边力不胜，岂知尚义出编氓！

从来礼失求诸野，到此方知我辈轻。

第十一出　醉　卺

【传言玉女前】（丑头巾、网领上）花烛重新，又做败军；临阵未相逢，先忧计窘。

我阙里侯央了替身，相中那头亲事，今日迎娶过门。眼见得第二位佳人，又被我骗上手了。只是一件，他进门的时节，看见新郎掉了包，一定要发恼。那以前吹灭花灯，暗中摸索的法子，只可偶行，不堪再试，须要另生一计才好。如今亲事将到，并没有一毫主意，如何是好？（想介）（小生上）义举初成，佳期又到；回复东君，一齐欢笑。（见介）（丑）你回来了么，助边的呈子准不准？（小生）岂有不准之理？宣抚老爷看了呈词，不胜之喜。说他日海宇承平，自然要叙功行赏，大爷的前程有望了。（丑）前程不前程，先去十万金。将来没好处，我只埋怨你这退财星。（小生）还有一件，那宣抚老爷不肯差官起解，竟要给了批文，烦大爷自己送去。阙忠说家主有事，不能前行，将来是阙忠替解了。（丑）这桩事，是你寻出来的，你自去承当，不干我事。我如今正在烦恼的时节，不要来添我的愁肠。（小生）做亲是好事，有甚么烦恼？（丑）前日是央人代相的，难道见了正身，没有一场做作？（小生）原来如此。大爷，你莫怪我说，前日那一次成亲，都是你自家不是，做坏了规矩，所以有许多气淘。自古道：夫乃妇之天。进了你家门，就是你家的人了，怕他强到那里去？那吹灯掩饰之事，都是多做的。（丑）照你讲来，该怎么样？（小生）大爷的夫纲，就该从进门时节整起。他若还装模作样，不肯成亲，大爷就该发起恼来，或是寻事打丫鬟，或是生端骂奴仆，做个打草惊蛇之法。妇人家都是胆小的，自然不敢相拗了。（丑大喜介）有理有理。少刻进门，就用此法，你且回避了。（小生应下）（丑）如今轿子将到了，待我预先发起威来，省得临时整顿不起。（做威势介）叫丫鬟小使，替我收拾洞房，点起花烛，门前挂了彩，炉里装了香，少刻新人进门，若有一毫不到之处，每人重打三十板，一板也是不饶的。（内齐应介）晓得！轿子到门了，请大爷到厅上来拜堂。（内鼓吹介）（丑装威摇摆下）（内作傧相赞礼。照常念介）（念毕复吹打介）掌灯送入洞房。（众花灯鼓吹引丑，小旦上）（净、副净扮丫鬟随上）（丑、小旦对坐介）（丑）你们都去罢！（众应下）（净揭纱罩，小旦见丑大惊，背介）呀！前日相的是那一个，这是他的陪堂，为何那人不见，倒与陪堂做起亲来？哦，我知道了！我知道了——

【画眉序】这赚法巧同温，（指丑介）那分明是玉镜台前的老猢狲。不知把谁家刘阮，硬扮仙群。买嘱了梦里冰言，指定着道旁玉润，到如今把仙郎换作村郎也，教人方悔迷津！

（又看介）世上的丑人也有，何曾见丑到这般地步！仔细看来，竟是个鬼怪了。难道我好好一个妇人，竟与鬼怪做亲不成？坐定了，不要理他。（坐介）（丑）叫丫鬟斟起合卺杯来，待我劝新人饮酒。（净斟酒，丑劝介）娘子，你进了我家门，就是我家人了。劝你不要愁烦，饮几杯酒好睡。

【降都春换头】休愠，今生配偶，早结自前生，非无缘分。但想起足上红丝，把满面妍媸都休论。若是没有缘法呵，便是潘安对面也难相认。（小旦掩面哭介）（丑怒介）怎么？夫乃妇之天。我做丈夫的，好意劝你吃酒，你酒也不吃，反啼哭起来，难道走进大门，就要与我反目不成？我有道理，叫丫鬟。（净）有。（丑）我如今斟下一杯酒，委你去劝，劝他吃干了就罢，若还剩一滴，打你三十皮鞭。把军令，移来合卺。（净斟酒、劝介）（小旦不饮介）（丑对副净介）委你去验杯，看吃干了不曾？（副净验介）禀大爷，还是满满一杯，并不曾吃。（丑怒介）扯下去打，把不情棒打梅香，稍示夫纲严峻。

（副净扯净打介）（丑对副净介）如今委你去劝，若还不饮，少不得也是三十皮鞭。（副净斟酒，跪劝介）大娘，我是有病的人，经不得打，求你吃了罢！（小旦背介）他那里是打丫鬟，分明是吓我。我想进了这重牢门，料想跳不出去，今夜的失身自然不免了，倒不如捏了酒杯，吃个烂醉，竟像死人一般，任他蹂躏便了。省得明明白白看了那副嘴脸，不由人不害怕起来。说得有理。（转介）起来，我如今不害你了，你只管斟，我只管吃，拚一个醉死，也强如别寻短计。（副净起介）（小旦举杯介）

【下小楼】借伊，权消忧闷，念香魂，不附身，只凭曲蘖将人殉。（饮完介）我还要吃，快些斟来。（副净连斟，小旦连饮介）但愿命随杯尽，何妨立覆金樽。（醉伏桌上介）（丑喜介）妙哉！妙哉！被我一阵虎威，弄得她伏伏贴贴。如今慢橹摇船捉醉鱼，何等像意！比当初吹灭了灯，暗中摸索的光景，又大不相同了。叫丫鬟，擎灯高照，待我扶新人上床。（扶小旦行介）

【双声子】（合）风流阵，风流阵，早降服闺中俊；红鸾运，红鸾运，喜乐事今番闰。腮紧揾，腮紧揾，裩缓褪。裩缓褪，看鸳鸯被里，异香齐喷。

【尾声】新人醉倒乘鸾稳，又不比前番合卺，省了多少解带宽衣的旧套文。

第十二出　焚　　券

【番卜算】（小生上）赍饷远输边，代主亲劳役。临行尚欲献［忠］谋，请市冯驩义。

我阙忠自往宣抚衙门，递了助边的呈子，蒙宣抚老爷一面题疏，一面给批，着我解饷赴边，给散军士。且喜银子俱已上鞘，夫马俱已点齐，已曾告过主人，把一应账目文件，交与兄弟阙义掌管。我想主人的家资，已过百万，也富到极处了，还要钱财何用？我们做纪纲的，只该与他施恩，不可替他结怨，只该替他积福，不可与他生灾。我昨日查点账目，见有许多文券，都是人亡家破，孤苦伶仃，要还没得还，要讨没处讨的，留在家中都是敛怨生灾之具，不如做那冯驩市义的故事，瞒了主人，尽行烧毁。留一个禀帖在家，待我去后，报与主人知道，有何不可？且待我兄弟出来，与他商议便了。

【前腔】（末上）兄作远行人，弟摄家臣位。曹参勉尔代萧何，一概遵前例。

（小生）贤弟，你为兄的今日起身，把主人的租簿账目，尽行交付与你，你须要用心掌管，不可负主人之托。凡在佃户债户身上，都要施些小恩，存些厚道，一来替主人积德，二来当自己修行。那刻薄二字，断然是行不得的。（末）兄弟知道了，总是不改成规，悉遵旧例就是。（小生）这是租簿，这是文券，这是收兑的天平，出入俱是一样，并没有第二副砝码。（末收介）请问大哥，那一卷是甚么文书，为甚么不交与兄弟？（小生）听我道来：

【解三酲】这是狠地煞降灾的符水，善天官赐福的旌旗。主人呵，他前程得失相关系，全靠着这件东西。（末取看介）原来是多年的文券。想是那欠债的人，偿

还不起，大哥要烧毁的意思么？（小生）然也！（末）你的主意极是，但要告过主人才好。（小生）若还告过，就烧毁不成了。我有个禀帖在此，待我起身之后，递与主人，说明就是。（末）万一主人不信，倒说你侵匿起来，却怎么处？（小生摇头介）不妨，不妨。只要我行权市义心无忝，怕甚么矫制开仓迹可疑？（取火焚介）（合）焚残契，念真心爱主，毫发无欺。

【前腔换头】（末）大哥，如今世上做家人的呵，赤胆忠心宁有几？不过是抱怨怀惭听指挥，谁似你输忠哓夜将神费，要奋全力补天亏？我只怕你助边焚券般般好，却与那节用生财事事违。（合前）

（众扮人夫上）银子重，抬不动，未上肩，骨头痛。我们抬鞘的到了，请起身罢。（小生）待我装束起来。（取弓箭、腰刀装束上马介）劣兄去了。（末）待兄弟远送一程。（小生）不消。（别介，末先下）（众抬鞘行介）

【解酲歌】【解三酲】（小生）虑穿窬，佩刀紧系；防响马，弓箭常随。愁来沽酒须防醉，虽履坦也防危。（末）漫道是金钱满万通神力，须知道财帛盈千动鬼疑。（排歌）（众）花香引，鸟语催，长途犹幸不凄其。人情倦，马力疲，暮烟生处且投栖。

【尾声】（小生）趱程期，休留滞，边军盼到可无饥。（众）此时呵，不知有多少穷兵痒肚皮！

第十三出　软　诓

【紫苏丸】（小旦上）无心堕落奸人彀，醉朦胧，一番僝僽。恨无端失却女儿身，悔时已觉新人旧。

［忆秦娥］香馥馥，尊前一朵花如玉。花如玉，几宵风雨，绿颦红蹙。贮人空有黄金屋，系人枉设风流狱。风流狱，心伤目惨，有声难哭。奴家何氏，不幸遇了奸媒，失身非偶。进门的时节，看见那副鬼魅形骸，急欲求死，怎奈丫鬟侍婢罗列满前，无从下手。又兼他装威使势，鞭挞丫鬟，不由人不心惊胆慑，只得借他酒杯，消我垒块，醉中理乱不闻，赖有中山千日酒；醒后骊珠已失，空余白璧一身瑕。仔细想来，好不令人切齿也！

【醉扶归】想前生孽重难轻宥，因此上罚来人世伴猕猴。就把猕猴比他，也还只是形容不尽。岂不闻古语云“沐猴而冠，那沐猴兀自解风流，预知湔洗毛间垢。谁似这猴而不沐要傍温柔？把腥臊引得人儿呕！

当初许他的时节，并不曾查访根由，只说他是头婚正娶。及至嫁过门来，听见有木鱼钟磬之声，细问丫鬟，才晓得娶过一房，是邹家小姐。只为嫌他丑陋，过了一月，就往静室参禅，不肯过来同宿。所以设下诡计，又来骗我。我如今思想起来，难道那所书房，别人住得，我是住不得的？少不得也想个法子出来，过去依傍他便了。

【前腔】渔人家住桃源口，少不得寻春也泛武陵舟。只好把桃花鸡犬让先筹，问津肯落他人后？我若明对他说，就过去不成了，须要想个妙法，骗得脱身才好。避秦翻恐避［被］秦收，那焚坑法网难轻漏。

（丑内作咳嗽声，分付丫鬟取茶介）（小旦）那厌物来了，待我装个欢喜的模样，才好骗他。

【皂罗袍】（丑咳嗽上）怪得朝来清嗽，为连宵斫丧，体更伛偻。（见介）娘子，我和你成亲两夜，享了多少风流。今日是三朝，那些贺客纷纷，缠个不了。一连作上许多揖，不觉有些腰疼起来。快替我捶他几拳，捏他几下。（小旦笑介）你原来这等不济。（代捶腰捏背介）（丑）为伊疼痛仗伊揉，这叫做妻肥能使郎君瘦。腰倒不曾捶得好，被你这笋尖样的指头一连捏了几下，又捏上火来了。没有人在这里，和你做它一出。（搂介）（小旦推介）现在要成痨病了，还要来没正经。（丑）便做道痨乎其病，我还要风而且流。（做亲嘴介）（小旦呕唾介）（丑）你那里呕乎其吐，我这里涎而尚流。（叹介）可惜，可惜，还不曾解带宽衣，我这裩裆里面，又早春风一度了，花心未点春先透。

（小旦）请坐了，我对你讲话。（丑）有何话讲？请见而教之。（小旦）我闻得丫鬟们说，你当初曾娶过一房，叫做甚么邹小姐，现在静室里面，看经念佛，可是真的么？（丑）真的。你问他做甚么？（小旦）此人可谓无情之极。古语道得好：“一夜夫妻百夜恩。”我和你只得两夜夫妻，何等恩爱！闻得他成亲一月，也可谓恩深义重了，就舍得抛撇你过去。这样不贤之妇，为甚么不休掉了她？（丑）他既不情，我也不义，一世不与他见面。拚几碗闲饭养他，只当喂猪喂狗罢了。（小旦）我替你气愤不过，几时走将过去，讥诮他一番才好。

（丑）妙妙妙！若肯如此，我感激不尽。

【前腔】（小旦）亏得你度量宽宏能受，我设身处地，委实难留。蒸藜不熟尚遭休，恁般大过依然宥。（丑）不曾娶你的时节，我对他夸过大口？说定要娶个绝世佳人。如今应着嘴了。你若肯过去，他看见你这副尊容，也就要惭愧死了。如花娇面，见来自羞；如刀狠话，听来更愁。（小旦）投缳莫使旁人救。

是便是了。闻得那边有一座佛像，须要备些香烛，先去礼拜一番，然后与她讲话才好。（丑）这也是少不得的，我明日亲自送你过去。

【尾声】（丑）见她预挽纤纤手，卖弄欢娱学并头。（小旦）管教他妒眼相看泪暗流。

（丑）从来新妇到三朝，苦尽甜来兴始高；

（小旦）今日对君开笑口，只愁乐尽变号啕。

第十四出　狡　脱

【二犯月儿高】（老旦道妆上）不解天公意，教人枉猜谜。何事痴呆汉，到处逢佳丽。奴家邹氏，自从那日逃禅之后，且喜俗子另觅婚姻，不来缠扰，终朝打坐参禅，渐觉六根清净。闻得他聘了一位何小姐，也是宦室之女。未曾过门的时节，我替那女子十分担忧，又与这村郎再三害怕，不知进门的时节，怎生吵闹，何计调停，方才能够上床就寝？故此分付几个丫鬟，就像摆塘报的一般，轮流探听。谁想所见所闻，甚是奇怪。头一报来，说新人的面貌标致异常，比我更强一倍；第二报来，说新妇合卺的时节，豪呼畅饮，不但不懊恼，且没有一毫羞涩之容；第三报更奇，竟说新人吃得烂醉，欢欢喜喜的上床，安眠稳睡，直到天明，并不见一毫响动。你说这桩事奇也不奇？种种新闻都迥出奴心意。姿容易比前人美，因甚的性格襟怀也直恁相违？呀，好一副肚肠皮，不但宽洪，输他善藏秽。

（副净上）旧客迎新客，新亲访旧亲；要知山下路，须问过来人。大娘，方才大爷吩咐，叫一面料理香烛，一面打扫禅堂，要送新人过来拜佛。（老旦）如此甚好。等她过来，看是怎么样一个人儿，就有这般的度量。

【前腔换体】（丑携小旦，净捧香炉随上）（丑）郎妇手同携，摇摇摆摆过廊西。要做微生直，有意乞邻醯。他便要同归，我也难收覆盆水。（到介）叫宜春，点起香烛来，等这位簇簇新新的大娘拜佛。（对老旦介）请你睁开眼来，把新人看一看，这副尊容，可比你强几倍么？（老旦背介）果然好一位新人，怪不得他夸嘴。（小旦合掌和南行僧家礼拜佛介）和南敬把僧伽礼，忏悔前生，求把孽障消弭。（对老旦介）这就是邹师父么？（副净）正是。（小旦）师父请上，容弟子稽首。（老旦）我如今虽在阙家，已是逊位的闲人了，与你并无统属，不消行礼。（小旦拜介）（老旦扯不住，同拜介）（小旦）嗏！莫把俗缘提，愿发鸿慈，受我皈依。

（丑怒介）好没志气！他因没福做家婆，所以叫我另娶。你如今是一家之主，为甚么拜起她来？（小旦）我老实对你说，今日这番大礼，是徒弟拜师，不是做小的拜大，你不要错认了。（对老旦介）师父在上，弟子只因前世不修，堕了奸人之计，嫁了个魑魅魍魉，料想不能出头，情愿皈依座下，做个传经听法之人。从今以后，朝夕不离。若有人来缠我，（厉声介）我就拚了这条性命结识他。（丑听作呆介）怎么！好好一个妇人，走到这边就变过了？

【不是路】变法跷蹊，为甚的菩萨平空竖了眉？我劝你声休厉，难道等闲一怒，就摄得往时威？你昨日在我面前，还数说他许多不是，劝我休了他，如今见了面，倒要做起徒弟来。（对老旦介）他那张嘴，是翻来复去没有定准的，切不可听她。（揖老旦介）还仗你劝他归，若还顶缺无新吏，就是你这谢事的官儿也不便离。（老旦）我笑你难争气，泼天大话才离嘴，代伊惭愧，代伊惭愧。

（对小旦介）奴家只为生有善愿，故此立意修行。况且又与阙家无缘，一进门来，就有反目之意，所以退居静室，虚左待贤。闻得新娘与他相得甚欢，正是新婚燕尔的时节，为何出此不祥之语？我如今正喜得了新娘，可保耳根清净，若还如此，将来的静室，竟要变作闹场了，连三宝也不得相安。快快不要如此，还是转去的是。（小旦）

弟子的念头已立定了，不是言语劝得回，威势逼得转的，不劳师父劝诲。（丑）这等说起来，你当真不肯转去么？（小旦）不是当真，难道是当假？（丑背介）他是极怕凶的，待我发起性来，他自然会转去。（转介）你这个泼妇，欺负我没有拳头么？（做挥拳欲打，对老旦介）你们切不可扯劝，待我一顿毛拳，断送了这个泼妇。（老旦大笑，劝介）

【前腔】打字休提，你这有眼的毛拳，只好向空处挥。（小旦）弟子不敢求生，只望速死。师父不要劝，等他打就是了。（老旦）言虽是，当不得我见犹怜，忍教你受折摧。（丑）也罢，看他扯劝的面上，把拳头且收了转来。如今没得讲，快快同我转去。（小旦）要同归，非是你脱胎变作潘安美，就是我换骨翻成嫫姆媸，才相配。若还各受原形累，怕难成对，怕难成对。

（丑对老旦介）我且权避一避，待你好劝她。若还劝他不转，依旧要扯你过去。正是：男子心肠易测，妇人诡谲难防。有绳系他不住，两次走了一双。（下）（老旦）新娘，你这逃禅的意思，决与不决，可明白对我讲来。（小旦）师父是过来人，何须问得弟子？师父若耐得过，当初定不想过来。弟子若耐不过，如今也定不肯转去了。（老旦）讲便讲得是，只怕日子久长，你熬不过这般寂寞。

【掉角儿序】（小旦）个中情，你知我知，又何待说出口论非评是？恶姻缘，悔迟恨迟，又怎肯逐迷津，久淹长滞？便做道伴孤灯，偕只影，闭长门，捱永夜，也甘受凄其。况有这明师足倚，高踪可追。少不得莲台狮象，共坐同骑。（老旦）

这等说来，你是立意不去的了。我在此间，正少一个伴侣，得你相同，彼此都不寂寞。只是一件，我们参禅，原是虚名，避秦乃是实意。这师弟之称，也可以不必，竟是姊妹相呼便了。（小旦）谨依尊命。

【前腔】（老旦）我和你照凄凉，有禅灯共依。少不得话相投，也变愁成喜。伴孤单，有禅床共栖，少不得梦相同，也当鱼沾水。煞强似对村郎，偕俗偶，嗅奇腥，观恶状，把寿命相催。今夜呵，权收苦泪，且舒皱眉，把香肌熨贴，较瘦论肥。

【尾声】幕高悬，门紧闭，须防中夜有人推。从今后呵，就是听见他的声音也皱眉。

第十五出　分　　扰（预搭二将台）

【北仙吕·点绛唇】（净扮黑天王引男众上）气概雄粗，强弓劲弩人中虎。非是俺背主称孤，也子为不得已把纲常负。

抑武崇文国势偏，英雄饮恨死穷边。报仇免掘平王冢，奸佞遗尸尽可鞭。孤家九边之内一员叛将，自号黑天王的便是。吾父久屯塞北，世掌兵权，竭尽一生心力，募有十万精兵，分作男女二队，教俺兄妹两人朝夕训练，真个人人似虎，个个如彪。出去应敌，没有一次不建奇功。指望博个封侯锡土。谁想权臣在朝，怪俺父王没有进献，掩了克敌之功，反说他擅开边衅。虽不曾有斧钺相加，可惜一个御侮之臣，竟以忧危虑祸而死。俺兄妹二人气愤不过，叛了朝廷，竟把男女二队，分作两营，一同举事。孤家统的是男军，妹子领的是女将。都把面颜做了国号，孤家号为黑天王，妹子号为白天王。分兵合力，进取中原。约定今日起兵，须索在此等候。

【幺篇】（小旦扮白天王引女众上）雪面琼肤，偏多英武。［闺中虎，杀尽庸

夫，众女杰争来附]。

（见介）（净）贤妹，起兵之事，约定今日长驱。劣兄的人马俱已点齐，专候贤妹到来，一齐发令。（小旦）妹子的队伍也整齐了，少刻到来，请与大哥登坛，一同号令就是。（净）妹子，我和你背主起兵，分明是桩逆事，那假仁假义的话，索性不要说它，竟要单凭将力，全仗兵威，以图必胜才好。请问攻城掠地，当用何法以胜之？（小旦）大哥必有妙见，请先讲来，待妹子参些末议便了。（净且唱且舞介）

【混江龙】攻城宜速，三军一到便张弧。不问他城中虚实，不顾俺地理生疏。他若是开门迎敌呵，俺这里不按兵书凭野战；他若是婴城自守呵，俺这里安排血刃把城屠。都是那贪官惹祸自殃民，致使这昆冈失火难留玉。杀得他世无人影，才使俺气泄胸脯。

（小旦）照这等讲，从来的兵法都可以不设了。依妹子说来，还该智勇兼行，刚柔并用，才是个万全之计。（净）既然如此，你就把攻城的着数，细细讲来。（小旦且舞且唱介）

【倘秀才】第一着，按军声，衔枚寂静；第二着，扼险阻，审视方隅；第三着，察水草，提防有毒；第四着，愁反间，逆料虚诬，第五着，结云梯，遥窥动静；第六着，备锹锄，近捣空虚；第七着，奋火攻，使他三军化蝶；第八着，引水灌，使他百姓为鱼；第九着，开城席卷；第十着，夺路长驱。

（众扮男女二队上）人马俱齐，请二位王爷登坛发令。（净、小旦各登台介）（净）分付各队男军。摆齐行伍，听俺号令。（男军摆齐听令介）

【滚绣球】（净）我军潜听嘱付：共拚生，舍却头颅！觑着那刀山剑海，须认作衽席氍毹。阵亡的，只当做军前大睡；得胜的，却便似死后重苏。遇着刀，还他绝命；撞着俺，有甚无辜！鉴唐虞，莫施揖让；法汤武，一味征诛。这的是体天道，把眉间肃杀行秋令；奋乾纲，把掌上风雷起壮图，整顿规模。

（小旦）分付各队女军，摆齐行伍，听俺号令。（女军摆齐听令介）

【油葫芦】侧耳听声莫浪呼，令如山，难玩忽，只临行数语当兵符。冲锋的，争先赴敌休回顾；接应的，要审机观变把前军护。便是稍折挫，也莫失了军威；便仓皇，也休乱了队伍。倘若是遇坚城，逢劲敌，要把那雌雄赌，这不是恁三军的事，自有俺主帅运机谋。

（各下台介）（小旦）大哥，咱闻得海内连年荒歉，朝廷缺少军需。咱们此番前去，料他不怕无兵，只愁乏饷。攻城之法，利在缓而不在速。每到一处，只消围住城池，困他几月，自然出来投降。切不可与他交战。（净厉声介）贤妹，你说的甚么话来！

【天下乐】毕竟是女子行兵不丈夫，要在这马背上学当垆，慢腾腾问他沽也么不沽，全不怕那莽儿郎，觑俺如粪土！为您这习武的喜用文，引得那习文的偏好武。他有两件东西送你哩！（小旦）甚么东西？（净）是你用得着的衣冠，叫做巾与帼。

（小旦）咱所说的是兵家虚实之法，你那里知道？若还一到便攻，一攻就战，他那里士饱马腾，咱这里人疲马倦，只怕没有甚么好处哩！

【哪吒令】您这里未下马，擎刀弄斧，他那里也上马，鸣金擂鼓。便做道为客的，力能胜主，当不的远来军，十才当五。你若不信呵，（伸掌介）咱与你扑着手掌儿行，（屈指介）屈着指头儿数，看剩下几颗头颅？

（净）这等说来，咱两个的主意大不相同，合在一处，倒不好行兵。不如分作两队，你去骚扰东边，咱去骚扰西边，各人自用兵机，且看谁人得胜。先入京师者，就做皇帝。你心上如何？（小旦）就依你讲。

【鹊踏枝】（净）各自去建着雄图，休得要误了工夫。两下里分头逐鹿，各仗韩卢，并倚昆吾。俺只怕力拔山兮还让楚，怕甚么葬乌江不返东吴！

（小旦）咱两个分兵前去，不但各显神机，共图大事，又可以骚动中原，使他首尾不能相顾。天机人力，不约而同，此行定可得志也！

【寄生草】无意合兵机，有志膺天数。直待把锦江山，裂做单条幅。眼见得小花奴，僭做中原主，漫学那武则天，实践唐家祚。少不得把美男遍选作嫔妃，这的是佳人忽享齐天福。

（净）咱两个分付将校们，把近来演习的阵势，摆列一番，壮一壮行色。然后起兵，有何不可？（小旦）正该如此。（各登台介）（净）分付各队男军，把新学的阵势，随意摆一个来。小心操演，不得有违！（众）嗄！（二军齐下，同换男装，一人衣羊裘，众披虎文，各持器械上。围杀介）（内鸣金鼓、放炮介）（净）各还队伍！（众应下）（小旦）这是甚么阵？（净）叫做众虎攒羊阵。

【元和令】（净）炮惊天，旌眩目，炮惊天，旌眩目。联络处，如云雾。演奇门，不用旧兵书。一样的马如龙，人似虎，这是人工到处有天扶。虎攒羊，羊叫苦，却便似奋猛力，把贼屠。

（小旦）分付各队女军，照依兵法，摆一个阵来。（内）嗄！（二军齐换女妆，一人戴凤冠，持锦幡，众佩弓箭靫袋上，摆阵介）（内鸣金鼓放炮介）（小旦）各还队伍！（众应下）（净）这是什么阵？（小旦）叫做百鸟朝凰阵。

【上马娇】（小旦）这不比那乌合军，莽阵图，呀！一阵阵展翼共张弧。不多时群鸦集树凤栖梧，鸦集树，凤栖梧。眼见得遂了奇谟，眼见得遂了奇谟。（众换本等衣甲上）（净、小旦）分付各营将校，摆齐队伍，就此前行。（众）嗄！（净，小旦下台，行介）

【游四门半】（净）黄沙起后马行初，横吹着觱篥趱征途。劝三军莫把离愁诉，咱和你到处拥些娉婷，只怕一路上看不尽美人图，看不尽美人图。

【幺篇】（小旦）听胡笳容易使眉蹙，偏是俺心性忒豪粗。劝三军莫把离愁诉，

中原的男子美而都。还只怕一路上嫁不尽好儿夫，嫁不尽好儿夫。

【煞尾】（合）两下运机谋，一样开疆土。兄和妹，把雌雄预赌。怕的是雌反为雄，男终胜妇，输赢内又显赢输。鲁卫分途，得失难教判有无。倒不如把锦绣舆图，裂做两幅，平分各自建皇都。

第十六出　妒　　遣

（外扮院子上）妇人诸病可疗，只有妒字难医。要使妇人不妒，除非阉尽男儿。自家袁老爷府中一个院子便是。我方才为何说这几句？只因我家老爷是个风流才子，娶着一位夫人十分丑陋，心上气愤不过，只得另娶两位细君，一来遣情怀，二来图子嗣。娶来不上半年，就出门赴任去了。谁想夫人心怀妒忌，要乘老爷不在，遣他这两位爱姬，叫我遍谕媒婆，快寻两分人家，打发他出门，完了这桩心事。（叹介）夫人，你的心事倒完了，日后老爷知道，教我这助纣为虐的人如何受得罪起？（内云）院公在那里？（外）在这里。有甚么话讲？（内云）夫人问你说，前日分付的话，为何不见回音？若再过三日没有人来说亲，就要和你算账哩！（外）知道了。替我回复一声，说再过几日，自有分晓。（叹介）夫人，夫人，我闻得这两个女子，娶便娶将来，不过是镜里的鲜花，水中的明月。你又不曾有实在便宜被他占去，就留在家中做两匹看马也好，为甚的定要遣他？

【醉扶归】我笑你假人情，也不放些儿空。却便似饥来画饼也能充，镜花兀自

不相容，水中明月也寻人送。直待把巫山卖到十三峰，才好使襄王断绝游仙梦。

我如今从了夫人，就要得罪家主；为了家主，又怕得罪夫人，叫我怎么处？（踌躇介）说不得。俗语讲得好：火烧眉毛，且顾眼下。得罪老爷，将来还有可原之罪，得罪主母，眼下就有不赦之条。况且夫人的性子，是老爷知道的。就是老爷在家，他要打发，也只得由他打发，料想不敢强留。这蹈尾批鳞之事，做丈夫的尚且不能行于妻子，叫我做奴仆的怎么好行于主母？竟去分付媒婆便了。（行介）

【前腔】他虚名空有鸾和凤，却便似参商夜夜不相逢。倒不如分开省得眼波浓，须知道零星积痒也能成痛。夫人，你如今遣了出去，明日老爷回来岂不切齿？就作做官的人要惜体面，不好怎么样你，只怕比往常的恩爱，也要略减几分。便做道顾纲常，不致夺花封；只怕你挂虚衔，也要略减些儿俸。背夫遣妾理难容，叛主寻媒罚与同。

若使原情都可恕，只将罢软罪家翁。

第十七出　攒　羊

【破阵子】（生冠带引军卒上）人面朝冲积雪，马蹄夜踏层冰。到此方知边塞苦，悔仗才猷事远征，何时奏荡平？

三月河冰未泮时，遥思花发故园枝；少年岂惜沙场老，所愧无功表出师。下官袁滢是也。自从擢举边才，蒙圣恩授以经略之职，募兵措饷，援剿南陲。自从受事以来，探卒时时报警，饥军日日呼庚。点铁既少奇谋，和戎又非上策。正在焦心蒿目之时，又闻得叛贼黑天王，领了乌合之师，前来骚扰。虽有羽书告急，还不知他虚实何如。已曾拨哨马前去打探，为甚么还不见转来？（末扮探子驰马急上）

【不是路】驰报军情，冒雪冲风汗也淋。行来近，这奔槽的饥马更骁腾。我这里转消停，收缰试息喉间喘，报警且迟摇阁下铃。待我神魂定，好把言词细复军中命。省得张皇难尽，张皇难尽。

（见介）（生）你转来了么？把边情的虚实，仔细讲来。

【前腔】（末）敌势冯陵，那杀气漫天说也惊！（生）有多少人马？（末）难胡应，又不曾亲到沙场看点兵。只见他噪军声，就是雷震百里也能穷听，不似他响震千山没限程。都枭獍，把官军杀尽无遗剩，如入了无人之境，无人之境。

（生）这等再去侦探，看他日行多少路，夜宿几更天？饮酒不饮酒，喜眠不喜眠？何处安营下寨？几人断后争先？探实了中途回话，急急去不可迟延！（末应下）（生）传谕各营将领，一齐披挂，就此起兵。（众）禀老爷！雪大难行。（生）正借这一天大雪，好立奇功。若待天晴，大事去矣。速速启行，违令者斩！快取戎服过来。（换戎

装，上马行介）

【驮环着】（合）把军威骤整，把军威骤整。计日兼程，破釜焚舟，击鞭锤镫。休怕风寒雪冷，雪夜鸣鸢，不是仗寒威，怎操全胜？冰冻弩愈增奇劲，风引箭更加奇应。君恩重，将命轻，看扫靖烽烟，万方宁静。

（末上）禀老爷：探子回话。（生）快讲来。（末）探得叛军的耗，日行二百程途。不眠不醉不呼卢，昼夜趱行在路，近始安营下寨，三军痛饮豪呼。非关变节恋欢娱，止为纷纷雪阻。（生）我料他遇了大雪，不辨程途，一定要安营下寨。他的人马既然昼夜兼行，到了住马的时节，自然精疲力竭，好酒贪眠，与死人无异了。乘此时去劫寨，可以一鼓就擒。若待雪消路现之后，又是他精还力复之时，彼势方张，我军告乏，天下事不可为矣！只是一件，我的人马须要悄然而去，使他不知不觉才好。我有道理。分付大小三军：一齐换了白旗、白帜、白甲、白盔，务使与雪色相同，雪光相映，衔枚夜走，不露军声，近了贼寨，一齐隐在雪中，单听炮声为号。炮声一响，齐入贼营，斩将擒王，就在此举。大家都要勉力建功，不要委靡取咎！（众应介）（生）趱行数里，到了宽敞地方，好换衣甲。（行介）（重唱"君恩重"四句齐下）

【水底鱼儿】（净披羊裘，引众上）昼夜兼行，驰来半万程。再拚几日，杀到帝京城。

咱黑天王是也。自与妹子分兵之后，要抢头功，只得兼程而进。不上半个月，赶了一二千里程途。且喜得入关以来，攻州州破，打郡郡降，杀戮的人民，也够几斗芝麻的数目。如今来到此处，不知是甚么地方，忽然下起大雪来。迷失路途，不便行走，只得在此下寨。如今天色晚了，且到帐房里面去稳睡一宵。（对众介）你们须要小心巡逻，恐怕有偷营劫寨的来。（众）这等大雪纷纷，把来路去路都遮杀了。咱们去不得，料想他也来不得。偷营劫寨的事，今夜定是没有

的。（净）也说的是。这等把掳来的女子都带过来。（众）嗄！（同下，带旦、小旦、老旦上）宁为太平犬，莫作乱离人。夫妻俱拆散，寇贼转相亲。（见介）（净）站定了，待咱家选一选。（选介）（指旦介）这一个标致些，待咱家上用。其余选不中的，都赏了你们。大家都去打老鼠，不可辜负了这场大雪。这是天老爷总成你们的。（众）还是大王爷的天恩。（磕头谢介）

【北清江引】（净）今宵的快乐，真个是侥天幸。急急传钧令，休持软靶弓，各仗坚心挺。莫待有那发不出的军威，倒埋怨着天气冷。

（搂旦先下）（众）是便是了。咱们男子多，妇人少，怎么样一个睡法？也罢，两个合睡一个。咱和你前后夹攻，使他腹背受敌，这也是兵家的妙着。快去热酒来，吃醉了好睡。（每二人合搂一旦行介）

【前腔】今宵的快乐，真个是侥天幸。各各遵军令，两雄击一雌，腹背声相应。休使他有焐不热的肌肤，倒埋怨着天气冷。

（齐下）（生、众换白衣、白甲，持白旗帜上。）

【驮环着】（生）羡军容整静，羡军容整静，雅素堪矜。却便似易水衣冠，偏要在凶中取庆。就使他知觉啊，也尽把天光雪影，认作援兵。岂止八公山，草强木劲！花六出，天工难胜；计六出，人谋堪并。（合）风声悄，夜色明，把万顷天光，做照妖神镜。

（生）将到贼营了。有一座山坡在此，就借他做个将台。（登高介）（内众齐作鼾声介）（生笑介）不出下官所料，你听他鼾声似豹，鼻息如雷，一毫准备也没有。此时不击，更待何时？分付军中，快些

举炮。（内放炮介）（众齐杀下）（内齐叫“呵呀”介）

【水底鱼儿】（净、众赤身急走上）夜半三更，谁来劫我营？寻衣不见，赤体共逃生！

（净）了不得，了不得！被他寂天寞地，杀进营来，吓得梦魂颠倒，刀枪摸不着也还是小事，连裤子也没有一条，莫说走不脱，就走脱了，也要冻出阴症病来，这怎么处？（众）要害阴症的，不止你一个，我们都有几分。有件羊皮袄子，掉在地上，待我们穿将起来。（众取皮袄争夺介）（净）你们都不要抢，拿来入官。（夺介）（内鸣金、擂鼓、呐喊介）（净）料想走不脱，不如穿好了皮袄，坐在地上，等他拿去杀了，也还做个暖鬼。（穿皮袄坐介）（众）你看他的兵马，密密层层，都攒拢来了，正合着大王的阵势，叫做众虎攒羊。（众赶上拿住，见生介）禀老爷：三军告捷！（生）把俘贼上了囚车，就此班师转去。（下台行介）

【对玉环带清江引】（合）蹑影潜形，来时脚步轻；卷旆扬旌，归时士气腾。风儿渐渐停，雪儿渐渐晴，日出冰消，地平山也平。笑只笑，在枕边煞尽风流景，断送了多少鸳鸯命。头颅颗颗双，肢体般般并。倒使他做了个梦不转的襄王，不知到何世里醒！

第十八出 改 图

【普贤歌】（丑上）洞房处处起风波，命犯孤鸾待若何？年纪二十多，依然没老婆，叫我这手指如何当得过？

我阙里侯娶了一双新人，弄出两番把戏。一个方才满月，一个止得三朝，都生出法来骗走了。如今合起来一算，共当了三十三夜新郎。在我看起来，做了三十三天的活神仙，照他两个说起来，堕了一十八层的苦地狱。你说这样煞风景的话，叫我如何受得起？他们在静室之中，好不绸缪缱绻，两个没卵的，倒做了一对好夫妻，叫我这有卵的，反替他们守寡。你说从古至今，何曾有这般诧事？难道我一个万贯财主，为这两个妇人不服，就绝了后代不成？少不得还要另娶。俗话说得好：三遭为定。料想这等狡而且恶的妇人，世间也没有第三个了。只是一件，当初娶这两房，原是我自家不是，这等一副嘴脸，只该寻个将就些的，过过日子罢了，为什么定要有才有貌？都是才出来的烦恼，貌出来的灾殃。如今须要悔过自新，再不可

心高志大，娶一个老老实实的，只求他当家生子，连追欢取乐四个字，也不敢说起了。已曾叫人去唤媒婆，为何还不见到？

【前腔】（副净上）媒人主顾不须多，但愿夫妻两不和。旧人换了窠，新人往后挪，让出房来，又作成我。

（见介）阙大爷，闻得你与第二位新人又不十分相睦，今日唤我来，还是要劝解，还是要出脱，还是要我另访佳人？（丑）他们主意立定了，料想劝解不来。我这样人家，也没有卖老婆的道理。被你第三句说着了，还要另娶一房。（副净）这等不难，有两个凑口的馒头在那里，任凭你吃那一个。

【大迓鼓】我羡你良缘忒恁多，未曾思娶，早有娇娥。只是一件，怕你不中意。（丑）那一件？（副净）这两位佳人，都不是原来头了。虽然白璧微经污，还喜得蝇头迹少易消磨。（丑）我这个新郎，也做过两次了，就是再醮的也不妨。但不知可肯嫁我？（副净）说那里话，这样才郎也嫁得过。

（丑）是哪一分人家？为什么就有两个？你且讲来。（副净）是经略袁老爷的偏房，一个姓周，一个姓吴。成亲不上几日，袁老爷就上任去了。大夫人慈悲好善，见他是好人家儿女，不忍留做姬妾，所以都要打发出门。（丑）相貌何如？可会当家理事么？（副净）不瞒你说，周氏的才貌虽然不济些，却有治家之才，袁老爷的家事，都是他管。那一位姓吴的，竟有满腔文才，又标致不过。不是我得罪讲，你以前那两位夫人，就拿来倾做一锭，还没有他的成色哩！（丑）罢、罢，罢！我被才貌两件弄得七倒八颠，如今听见这两个字，也头痛起来。既然如此，那吴氏不必提起，单说了周氏罢。

【前腔】我年来活受磨，都只为才生风浪，貌起干戈。到如今只求免受风流祸，情愿与那无盐嫫姆缔丝萝。讲便这等讲，我还要亲自相一相，才肯做亲。不为别样，还怕他忒标致了，娶将过来，又要生灾起祸，休怪我这病鸟伤弓顾忌多。（副净）另有一个游客，是西川的解元，约定明日去相吴氏。你既要相，也就是明日罢了。(丑)这等极好。是便是了，你为我一家亲事，做了三次媒人，也可谓有劳之极了。

(丑)求婚次次相劳，耳边莫怪呀嘈。

(副净)既是定门主客，何妨下顾十遭!

第十九出　逼　嫁

（小生巾服，带末上）书剑飘零事远游，萧萧客况冷于秋。临邛易使相如渴，何处琴心解客愁？小生韩照，字孟阳，西川人也。三朝骏伐，五代巍科。谬称国士无双，叨举乡闱第一。因有个同年兄弟，在这荆楚为官，故此匣剑囊琴，远来相访，地主虽嗟鸡肋，游人却饱猪肝。偶余润笔之资，忽动买花之兴。昨日媒婆来讲，说一位仕宦人家，有两房姬妾要遣。内中有一个才貌兼全，约小生今日去相，只得乘兴而来。（叹介）相便去相，只怕我这久旷之人，容易许可，把七分姿色，就要看做十分，相不出真正佳人来也！

【小桃红】自来饿眼觑婵娟，容易使飞琼现也，把作意的风姿，认做天然。我如今须要预先镇静起来，把贪花好色的念头按捺定了，然后去相佳人，才有真正眼力。望眼莫教穿，先将这步儿延，意儿偏，却便似爱孤眠，憎娇面也，才不致眼生花，眼生花，混媸妍。

（末）这就是袁乡宦的宅子了。门上有人么？（外上）唤门无别事，知为相亲来。你们就是韩解元相公么？（末）正是。媒婆来了不曾？（外）来多时了。请相公厅上少坐，待我唤他出来。（向鬼门唤介）张一张，韩相公到了。（内应介）就来了。（副净无上，向内催介）吴奶奶，韩相公等久了，请出来罢。

【下山虎】（旦艳妆、缓步唱上）预抛针线，早整花钿，非是我好把风姿炫，

惹人见怜。都只为积怨深愁，夺人腼腆。（副净）你且隔着帘子，先把才郎相一相。只怕比袁老爷的面貌，还标致几分哩！若不是逼抱琵琶过别船，怎能够别刘复遇阮。（旦隔帘偷觑介）果然好一位郎君。质如琼，貌似莲，且莫把文章试，这貌先可元。怪不得那有眼的嫦娥私少年。

（副净）待我卷起帘子来。（卷帘介）韩相公，新人出来了，请相。（小生细看，背喜介）好！果然是天姿国色，一毫假借也没有。（副净）相得中么？（小生）相中了，但不知才思何如？（副净）这等就当面考一考，或是琴棋书画，或是吹弹歌舞，任意出个题目来。不是我得罪讲，只怕你这解元相公，还考他不过哩！（小生）小生有一柄扇子，上面蜥的是半身美人图，求小娘子题诗一首，以见妙才。（送扇，副净转递介）（旦对副净介）拈韵做来的诗，不足取信，教他限个韵来，（副净传介）（小生）小生此举原为求婚，就限个婚字韵罢。（旦题介）（副净转送介）（小生念介）西子当年未范婚，芳姿传向苎萝村。丹青不是无完笔，写到纤腰已断魂。绝妙，绝妙！真是女中才子。小生且告别，即刻送聘过来。（别介）（旦先下）（小生）请问聘金多少？（副净）三百两聘金，媒钱加二算。（小生）莫说三百，就是三千也是值得的！照数送来，婚期就是明日。（外讨赏介）（小生）叫家僮取三两银子赏他。（末付介）（小生）千金容易得，国色最难求。（带末下）（丑带杂上）莫羡倾城好，将钱去买愁。（副净）一个出门，一个进门。毕竟是大户人家，好闹热的生意。厅上坐了，待我请第二位出来。（向内介）周奶奶，阙家官人到了，快请出来。（小旦先立鬼门介）（副净）呀！先出来了，好脱套的新人。（卷帘介）（副净对丑介）这就是周奶奶，请相。（丑细看介）（小旦抬头一见，大惊，避下）何如？相得中么？（丑）我便相中他，只怕他相不中我。

【五般宜】（丑）他与我才相逢，就把脚儿猛旋；他见我才相顾，就把脸儿忽

偏。多因是怪我这乔面孔，未必肯相怜。（副净）妇人家见了男子，自然有些害羞。难道好走将过来，同你讲话不成？（丑）既然如此，替我当面断过，嫁到我家，须要安心乐意，不许憎嫌丈夫的。依我顺我，随深逐浅，从呼听遣。却不道嫁犬逐犬，切莫要看样画葫芦，又把那别新郎的铺盖卷。

问他肯不肯，快些讲来。（副净）你在外面讲，他在里面听，没有别话回复，就是肯了，难道写个死字与你不成？（丑）这等要多少聘礼？（副净）方才韩解元相所要三百两，如今这一个，只要三分之一。（丑）这也不多。我且问你，那解元相的可中意么？（副净）相中了，今日下聘，明日过门。（丑）解元拣的日子一定不差，这等我也依他，少刻送聘过来，明日做亲就是。叫管家取一两银子，送与门公，回去罢。（杂付介）（丑）乡宦教成的美妾，解元选定的佳期，毕竟是我财主有福，安然享而用之。（带杂下）（副净向内介）周奶奶，新郎中意么？（小旦冲上，大怒介）有你这样死媒人，说这样的鬼亲事，难道阳世间就没有男子，定要在阴司里面去领鬼来相！（副净）这话从那里说起？

【五韵美】（小旦）我只道你做媒人，联姻眷，又谁知是女巫惯把魑魅遣，怪青天白日魍魉现。若不是我惊魂易转，险些儿隔断了桃花人面。你好好去回绝了他，若还送聘过来，就是逼我上路了。（副净）既然如此，你为甚的不当面回他？（小旦）见他走到面前，魂灵都吓去了，那里还讲得出话来？（副净背地咳聒介）当面应承，背后做作，那一个理你？（小旦高声骂介）老淫妇，我老实对你说，就拚了一死，决不到他家去的。若要与这魔同宿，鬼并肩，拚躲避到枉死城中，料应得免。（径下）（副净呆介）怎么做成的亲事，到手的媒钱，难道被这几句刁话，就弄脱了不成？待我请夫人出来，加上几句是非，硬逼她上轿便了。夫人快来！

【山麻秸换头】（净上）若个事，哗庭院。乱我清心，搅我幽眠。（副净作气介）（净）姻缘，为甚的平白地变了冰人面？莫不是蠢郎君，憎嫌花貌，退还球彩，赖却媒钱？

（副净）郎君倒相中了，当不得你家这位姨娘，装模作样，不肯应承，想是心上不感激夫人，故意把我出气。（净）是那一个？你且讲来。（副净）两个男人，都相中了，约定今日下聘，明日来娶。就是那位吴奶奶，也欢欢喜喜地走进去了。只有一位姓周的，才貌也不过如此，偏会拣精拣肥，说男子相貌欠好，配他不过，把我百般咒骂，口里还夹七夹八，连夫人也见教了几声。还说等老爷回来，要同你算账哩！（净）不要理她！有我做主，怕他强到那里去！老实对他说，莫说这样人家，就是叫化子来娶，也不愁他不去。（副净）这等说，才像个做大的。是便是了，这样会使性的姬妾，也亏你留到如今。

【江神子】宽洪量似天，把闺中蠹留取经年。若把别分人家呵，进门莫想同眠，把鸾凤逐散似鹰鹯，打得他头蓬足跣。

【尾声】（净）妖姬悍妾何难遣，拚一顿才丁作饯！（副净）只怕你这硬得杀的拳头，又到了场上软。

第二十出　调　　美

（末上）才子佳人钮不来，呆郎巧妇拆难开；世事万般都可料，只有这合婚的哑谜最难猜。自家是韩相公身边一个跟随的便是。我为何道这几句？只因我家相公是个有名的才子，昨日相中的那房姬妾，又是个绝代的佳人，这一男一女若还配合起来，竟是普天之下，第一对好夫妻了。谁想姻缘不偶，又有变卦出来。送过聘礼之后，我家相公把缙绅一看，履历一查，看那姓袁的乡宦，是那一科举人，那一科进士。

谁想不前不后，刚刚是太老爷的同年，我家相公竟是他的年侄。这样干名犯义的事，如何做得？所以把花灯彩轿、傧相吹手，一概都回复了，特地叫我前来，退那一宗聘礼转去。你说这段姻缘，可惜不可惜！一路行来，已到了袁家门首，不知媒人可在？且待我唤他一声。张一妈在么？（副净上）呼媒声急切，想是为催妆。原来是韩大叔。新人收拾完了，为甚么花灯彩轿还不见过来？（末）花灯彩轿来不成了，叫新人不要打点。（副净）为甚么原故？（末）这位袁老爷，就是相公的年伯。没有年侄娶年伯母之理，所以亲事做不成了，叫我来退财礼。（副净）有这等奇事？既然如此，你且立一立，等我去见夫人。（转介）夫人快来。

【赵皮鞋】（净上）提把绝命刀，斩断情根在这遭。怕她临去弄蹊跷，准备着毛拳叫他吃顿饱。

（副净）夫人，两头亲事，弄脱一头了。（净）为甚么原故？（副净）那韩相公说，袁老爷是他年伯，不便做亲，故此叫管家来退财礼。（净）若还果是年侄，自然没有做亲之理。既然如此，只得把聘礼还他。（副净取还介）（末）婚姻两手撒开，聘礼原封不动；只愁恼杀佳人，空做一场好梦。（下）（净叹介）这两个里面，极作怪的就是吴氏。我第一要打发她，偏有这般凑巧的事。（叹介）天公，天公！自古道人有善愿，天必从之。为甚么这等狠心，偏要与我作对！

【博头钱】上帝忒无道，上帝忒奸巧，使我这绝命刀，拔出还归鞘。方便事没半毫，纵男子，宠阿娇，助奸党恶智偏饶。（副净）夫人，不须烦恼，终久在我身上，替你出脱了他。休愁闷，免心焦。使乖弄诈，天公枉劳。移山撮海，媒人惯包。这桩缺货人人要，迟些卖，价偏高。

（内鼓吹介）阙家的轿子到了，快请新人出来。（净）做你不着，去催他上轿。（副净向鬼门唤介）周奶奶，轿子到了，请出来罢。（连叫不应介）呀！叫了半日，全然不理。要走进去，房门又是拴的。我有道理。（转身对净介）夫人，他昨日同我闹了一场，心上自然不快，见我走到，预先把门关了。须得夫人走去，好好的唤他出来。看银子面上，折些气罢！（净向鬼门叫介）周家姨娘，你的轿子到了，出来罢！（连叫不应，净怒介）怎么？别人叫你不应，连我做大的叫你，你也装模作样起来。难道你关上房门，就罢了不成！叫丫鬟快来。（丑扮梅香急应上）（净）不信有这等奇事，替我撬开门来。（净帮丑撬门介）（同下，急上）不好了！不好了！夫人，周家姨娘吊死了。（净作痴介）这怎么处？

【前腔】怪得眼儿跳，怪得老鸦叫，忒弄乔，此事如何了？虽则是寿欠高，无常尽，数莫逃，区区的孽帐也难消。我若打发出门，老爷回来，不过淘一场小气。如今逼死人命，将来就有大气淘了，怎么了得！（副净）老爷回来，只说病死的就是，难道怕他验尸不成？宽疑虑，免啰嘈，本家人命，谁来直招？便成疑狱，终须注销。伸冤况且无原告，休蛇足，被人嘲。

（净）张一妈，你不知道，我家的事，别人的口嘴都掩得住，吴氏那个妖精，往常没有是非，他还要生出话来。在老爷面前调唇弄舌，难道有了这样歹事，他还肯替我掩饰不成？（副净）是。我倒不曾想着他，说得有理。他是不肯隐瞒的。（想介）有了，夫人，我有个绝妙的计较，神仙也想不出来，又灭了他的嘴，又除了你的害，你把甚么东西来谢我？（净）若得如此，凭你要甚么谢仪，我都肯出。请问是甚么计较？（副净）方才韩相公来退聘礼，吴家姨娘不曾知道。他见男子生得美貌，好不要嫁得慌。不如把阙家的轿子，只说是韩家的，骗他钻了进去，打发这冤家出门。阙家聘了丑的倒得了好的，难道肯退来还你不成？就是新人进门，受些惊吓，也只好在肚子里面咒我们几声罢了，料想不能够回来同我们讲话。替你除了一个大害，又省得后来学嘴，岂不是个万全之策？（净大喜介）好计！好计！真个是神仙想不出的。

【包子令】妙算非夸真个好，真个好。比那陈平六出计还高，计还高。新人上

了花花轿，两桩祸事一齐消，谢天忙把纸来烧。

【前腔】（副净）我自赞机谋天下少，天下少。任他巧滑也难逃，也难逃。我从来惯把包儿调，只他一家也用过两三遭，把前番旧卷换来抄。

（净）事不宜迟，你就去骗他上轿。若迟一会，就要走漏消息了。

堪笑佳人枉自磨，捉生替死计还多；

富翁惯做便宜事，买得鸡儿换了鹅。

第二十一出　巧　怖

【望吾乡】（众花灯，鼓吹引旦乘彩舆上）仆从攒眉，愁他乐事违，新人上轿容偏喜。这番好事应无恙，共消却心头痞。笙歌亮，宝炬辉，也与前番异。（到介）（丑上，行礼照常介）（丑、旦一面拜，一面偷觑，各惊介）（丑）你们众人都出去。（净扮丫鬟在场，余众齐下）（丑背介）好奇怪，昨日相的时节，没有这样齐整，怎么过得一夜，就艳丽了许多？难道我命里该娶标致老婆，竟把丑的都变好了不成？

【忒忒令】把一个黑緇緇寻常的阿姬，变了个白皎皎可人的娇丽。且莫说态度嫣然，不象昨日那般者实，就是脸上的皮肉，也细腻了许多。为甚么肌肤颜色，一旦光而腻？（叹介）天哪！我阙里侯前生前世造了甚么孽障，只管把这些美貌的妇人来磨灭我？似这等越娶越风流，受花磨，遭云障，缠到何日已？

且住，我昨日去相的时节，当面与他说过的，他情愿跟随我。今日才嫁过来，为甚么又从头虑起？不要怕他，放开胆来去同他对坐。（坐介）（旦背介）好奇怪的事，昨日来相我的，是那韩解元，好不生得风流俊雅。为甚么换了这个怪物？哦，我知道了，这分明是媒婆与大娘串通了做的诡计，见周氏死了，没人还他，故此捉我来替代。是了，是了！

【沉醉东风】这机谋设得好奇，遣死妾硬将生替。我只道入鸳帏，做百年佳会，又谁知盼神仙，忽逢魑魅。我既然自不小心，落了人的圈套，料想这个身子不能够刚去了。就与这俗子吵闹，也是枉然，须要想个妙计出来，保全了身子，依旧回去，跟着袁郎，方才是个女中豪杰。不须皱眉，不须泪垂，且欢嘻笑傲，做个才人辩解围。

有个妙计在这里，不但保全身子，还可以骗得脱身。（转坐对丑冷笑介）我且问你，你就是阙里侯么？（丑）正是。难道别一个，好同你对坐不成？（旦）这等，我再问你，昨日那个媒人，与府上有甚么冤仇，切齿不过，就下这样毒手摆布你？（丑）没有甚么冤仇，他替我做媒，是一片好意，怎么叫做摆布我？（旦）你家就有天大的祸事到了，还说不是摆布你？（丑惊介）甚么祸事？快请说来。（旦）你昨日相的，是那一个？可记得他的面貌么？（丑）我昨日相的，没有娘子这样标致，正有些疑心，难道另是一个不成？（旦）却原来你相的姓周，我自姓吴。那个姓周的，被你逼死了，我是来替他讨命的！（丑大惊介）这这这是甚么原故？

【园林好】听说罢，魂灵暗飞！因甚事，悬梁赴水？既晓得媒施奸诡，为甚的明晃晃被人欺，明晃晃被人欺？

（旦）老实对你讲罢，我们两个都是袁老爷的爱宠，只因夫人妒忌，乘他不在，要打发出门。你昨日去相她，又有韩解元来相我，一齐下了聘，都说明日来娶。我两人私自约定，要替老爷守节，只等轿子一到，双双寻死。不想周氏的性子太急了些，轿子还不曾到，竟预先吊死了。不知被那一个漏了消息，也是那韩解元的造化，知道我也要死，预先把礼金退了去。及至你家轿子到的时节，夫人叫我来替他，我又不肯，只得也去上吊。那媒婆来劝道：你既要死，死在家里也没用，阙家是个有名的财主，你不如嫁过去，死在他家，等老爷回来，也好说话。难道两头人命，了不得他一分人家？故此我依他嫁了来，一则替丈夫守节，二则代周氏伸冤，三来问你讨一口好棺木，省得死在他家，盛在几块薄板之中，后来要抛尸露骨。我的话已说完了，求你早些备我的后事。（丑作垂头丧气，连叫“呵呀”介）

【江儿水】（旦）既把真情告，求将善念施。衣衾定要新鲜制，殉身勿惜金珠

费，尸骸莫葬君家地，且向空门寄取，少不得要扶榇还家，与那未死的尸亲同瘗。

（解带系颈自勒介）（丑同副净惊扯介）新娘！耐烦些，快不要如此！（旦做不听，又勒介）（丑）不好了！大家都来救命！（对副净介）宜春，你到静室里去，把看经念佛的都请过来，好一齐扯劝。（副净应下）（丑）吴奶奶，袁夫人！我与你前世无冤，今世无仇，为甚么做定圈套上门来害我？如今没得说，轿子还在厅上，送你转去就是了。（旦）你就送我转去，夫人也不肯相容，依旧要出脱我。我少不得是一死，不如死在这边，还有些受用。（丑跪介）吴奶奶，袁夫人！是我姓阙的不是，不该把轿子抬你过来。如今千求万求，只求你开条生路！（旦）你若要我开条生路，只除非另寻一所房子，把我养在里面，切不可来近身。等袁老爷回来，把我送上门去，我自有好话为你，或者连那场人命都解散了，也不可知。（丑磕头介）若得如此，万代沾恩。（起介）既然这等说，不消另寻房屋。我有一所静室，现在家中，就送你过去，还有两位佳人替你做伴，少不得就过来了。

【五供养】（副净持灯照老旦、小旦上）新闻诧异，一样文章，做法偏奇。（丑）他们两个，就是静室的主人，你同他过去就是。我如今没奈何，只得要去压惊了。只说三遭为定，谁知依旧成空；不如割去此道，拚做一世公公。（下）（三旦相见介）（旦）请问二位仙姑，是他甚么亲眷？（老旦）新娘不消问得，你是今日的我，我是前日的你，三个合来凑成一个品字，大家不言而喻罢了。伊为新至我，我是旧来伊。拈花一笑心是口，不劳诠谛。羡只羡你这乖菩萨，巧阿弥，降魔秘诀授凭谁？

(旦笑介) 原来二位姐姐，也是过来人。这等说起来，我们三个原该在一处的了。那所静室在那里，何不一同过去？(同行介)(老旦) 浮生共多故，(小旦) 聚散喜君同。(旦) 也愿持如意，长来事远公。(到介)(旦礼佛完介) 好一所静室。(仰看介) 有二位雅人在此，为何不命一个斋名？题一个匾式？(二旦) 匾额倒做了，只是想不出这几个字来，就借重新娘罢。叫宜春，研好了墨，取匾额过来。(旦) 我们三位佳人，一同受此奇厄，天意真不可解，总是无可奈何之事，就把“奈何天”三个字，做了静室之名罢！(二旦) 妙绝，妙绝！只消三个字，把我辈满肚的牢骚，发舒殆尽，就烦妙笔写起来。(旦写介)(老旦背对小旦介) 我们一个有才，一个有貌，总不及她才貌兼全。况且才貌两桩，又都在你我之上，这等的佳人，尚且落在村夫之手，我们两个，一发是该当的了。(小旦) 正是。

【玉交枝】令人形秽，尹和邢，分妍别媸。名花兀自受风欺，又何怪这雨摧残，零葩剩蕊！从今不敢斗芳菲，就是沉香亭畔，也难同倚。(合) 愿相同，终朝不离，愿相同，终朝不离。

(旦) 我们三个，不约而同，都陷在此处。虽是孽障，也有夙缘。不但该同病相怜，还要同舟共济才是。等袁郎到家，他送我回去的时节，待我说与袁郎知道，或者连你二位也弄得上天，不致久沉地狱，也不可知。(二旦) 若得如此，感恩不尽。

【川拨棹】(旦) 心相倚，既同舟，须共济。终有日共上天梯，终有日共上天梯，忍伊行偏沉污泥。(合) 愿今生得共依，愿来生也不离。

【余文】(合) 今宵又作同心会，禅床上再添一被，竟把普天下的奇冤凑作堆。

第二十二出　筹　　饷

【一江风】（小生引众抬鞘上）盼边疆，昼夜在程途上，这担子难安放。遇强梁，援弩弯弓，倚剑横矛，打尽穷途仗。我阙忠自从离了主人，押着银鞘，前往边疆去处，犒劳穷兵。只因两北路上响马最多，这银子不比别样东西，时时要防盗贼。俗语道得好：耽迟不耽错。宁可早宿晏行，多走几个日子。故此来了几月，才趱得一半程途。（叹介）我一路行走，只见有报警的南来，不见有解粮的北去，那边庭的虚实，不问可知了。须要催趱人夫，急急的赶去才是。（催众行介）饥军叹绝粮，行人恨路长，两下里增惆怅。

（众）这是打中伙的所在，大家买些酒饭，吃饱了再走。店主人在么？（净上）座上客常满，樽中酒不空。原来是解边饷的。请问长官，还是用酒，还是用饭？（小生）酒饭都要，快些取来。（净对众介）你们另有下房，到里面去坐。（众应下）（小生坐饮介）

【前腔】（外、末扮边军，一背黄袱，一插令箭，同驰马上）（外）背封章，急报边城丧，甚日纶音降？（末）趱军粮，我这里力尽筋疲，舌敝唇焦，并不见些儿饷。我们一路行来，人也倦了，马也饥了，有个酒饭店在此，和你打个中伙了去。（同下马，进介）（合）人儿倦得慌，马儿饿得忙，把肩背事，权安放。（解袱、箭介）（净送酒饭上，三人共桌饮介）（小生）请问二位，从那里来，往那里去？奉的甚么公差？去做甚么公干？（外）咱是巡边御史的差官，赍表进京的。这一位是同衙门的朋友，差往各路催军饷的。（小生）既从边上来，自然知道军情虚实。不知近日官兵打仗，胜败何如？请见教一番。

【梁州新郎】【梁州序】（外）边庭虚实，官兵情状，说来易使张皇。女戎雌寇，比男军十倍嚣张。（小生）这等说来，竟是女寇了。难道这些官兵，就敌他不过？（外）南风不竞，北势偏雄，俺这里折尽兵和将。（小生）既然如此，足下所赍的文表，想来就是告急的么？（外）正是。不能够从容细绘流民状，只好在马上封题急就章。【贺新郎】（合）悲丧乱，求安攘，念军民尽把云霓望，怎乞得天兵降？（小生对末介）足下一路催粮，可曾有几处解去么？（末摇头介）那些官儿呵。

【前腔】吞声无措，攒眉相向，这牒文尽是空囊。只看这民间虚实，何须更说封疆！（小生）这等请问边上的米价，贵贱何如？若有银子给与边军，他还买得么？（末摇头介）钱如灰土，米似黄金，就解去也难充饷。（小生背介）万一这些银子解到那边，济不得军需，却怎么处？（转介）还要借问一声，譬如有银子的人，在这边籴一些粮米，载到边上去卖，可有些利息么！（末）多便不许，三倍利钱是拿得稳的。堆金积谷从来尚，在在掘鼠罗禽的扰乱场。（合）悲丧败，求安攘，叹军民尽把云霓望，怎乞得军需降？

（外对末介）咱们有军务事，比不得他们，先起身去罢。（末）叫店家，快来会钞。（净上，会钞介）（外末别小生，上马介）人酣双足健，马饱四蹄轻。（同下）（小生）照他讲来，边上的米价是极贵的了。代这十万银子，竟该换做粮米载去。只是一件，这解批上面写的是饷银，不是粮米，万一边上的官府见与批文不合，不肯收起来，却怎么处？（想介）不妨，就使他不收，要变做银子也容易，卖与边上的百姓，还多出两倍利钱，又与朝廷做得许多事业。这有益无损的事，为甚么不做？我如今趱行前去，到了米贱的地方，竟籴了装

去就是。店家快来。（净同众上）（小生会钞，上马、押众行介）

【节节高】（小生）金钱换做粮，有何妨？这便宜又不为私家囊，要与那官增饷，士益粮，兵加纩。财多翻使军心荡，粮多易使军威壮。（合）国势何曾有盛衰，盈虚总自人心酿。

【前腔】（众）人疲觉路长，有良方，三杯能使神仙降。程途上，遇长房，消魔障，竟把长途缩得无多丈，行来不似从前旷。（合前）

【尾声】（小生）当仁见义何须让，念英雄作事岂寻常！我且矫诏先开这纸上的仓。

第二十三出　计　左

（外上）人情留一线，日后好相见。行到水穷时，依然山色现。自家袁老爷的管家便是。我家老爷自从奉了圣旨，往边疆赴任，杀败男军，建了许多功业。正想内召回京，不料北方界上，又有女寇侵扰，朝廷加了品级，又命他经略北边。今日便道还家，好生得意。只是一件，他心上最爱的，是那两房姬妾。一个被夫人逼死，一个卖与阙家。此番回来，不但夫人受气，连我这知情的管家，只怕也难逃罪谴。还亏我预先识窍，瞒了夫人，密密的写个禀帖，寄与老爷，辨明了心迹，或者自首免罪，也不可知。我如今不等到家，来在这驿前等候，少刻上船，定有一番问答。趁夫人不在面前，好讲他些不是。一来卸干系，二来献殷勤。有理，有理！（丑带末上）周郎妙计高天下，赔了夫人又折兵。（见介）（外）你是阙大爷，为何也到这里？新夫人好么？（丑）不要说起，今日此来，正为送还原物，要你做个通事的人。（外）为甚么原故？（丑）说起话长，少刻同你细讲。闻得袁老爷将到，我急急走来寻你，人说到驿前来了，只得又赶到这边。少刻送他上门，全要仗你帮衬。只要收得进去，就是一桩好事了。有十两银子在此，你权且收下。等收了之后，还有重重的谢仪。（外）多谢。只是一件，老爷到家之后，你送他进来，少不得他说一句，夫人也说一句，老爷又是惧内的，未必肯依他讲话。不如叫一只小船，先送到驿前来等候，老爷的座船一到，就跳将过去。只有他讲话，没有别人应嘴，这个原告就要让他做了，何等不妙？（丑大喜介）妙绝，

妙绝！既然如此，你在这边等候，我就去接了他来。快走，快走！（急下）（外喜介）妙！又得了别人的钱，又讨了主家的好，这桩便宜事是落得做的。我且在驿里坐一会，等他的小船来，一同接上前去便了。（暂下）（内点鼓、吹打介）

【菊花新】（生冠带引众上）北征才喜奏微功，又向南陲遏女戎。年少忽成翁，悔政绩，不同侪众。

下官袁滢，自从在边陲奏捷以来，蒙圣恩加衔进级，宠眷非常。只是不容我骤解兵权，稍图休息。近日又因北方告警，特赐尚方之剑，假以便宜，令我星驰赴剿。一路行来，已是家乡地面，少不得要暂驻旌旄，略停车马。只是一件，前日家人有禀帖寄来，说周、吴两妾，不为妒妇所容，一个嫁在民间，一个死于非命。我今日回家，倒有些难处。若还置之不问，又无此理；若还争闹起来，势必至于夫妻反目，使外人谈论起来，甚是不雅。这桩事，还应该怎么处？（踌躇介）也罢，古人为国忘家，曾有过门不入之事。不若竟以边报紧急为辞，一个亲人也不见，扬帆挂席而去，有何不可？叫左右，分付船头，说近日边报紧急，不便羁留，就到了自家门首，也不许拢船，竟扬帆而过便了。（众应、分付介。）（外、丑、旦同副净摇船急上）单橹不如双橹快，大船争似小船轻！（外对旦介）吴奶奶，我先上船去，你随后过来。（过船见介）家人磕头。（生作色介）你想是

来辨罪么？家中的事，我都知道了，不消再讲，你回去罢！（外）禀老爷，吴奶奶在小船上，要求见老爷。（生）他是嫁出门去的人了，为甚么又来见我？回他说不消。（外出对旦介）老爷不肯相见，你自己过来。（旦过船见生，大哭介）我的袁郎啊！你便去做官，害得奴家好苦也！

【尾犯序】无限别离悰，苦念恩情，甘受牢笼。怎奈娘行，势不能相容，兴戎。命短的，做了离魂倩女；命苦的，做了琵琶别弄。还亏我完全赵璧，不愧蔺家功。

（生做冷笑不理，旦背介）呀！他是极爱我的，怎么今日见了，忽然冷落起来？哦！是了，他在众人面前，不好亲热我，故此假装这个样子。待我走进后舱去，他自跟了进来。（欲进介）（生）住了，你是个知书识字之人，难道覆水难收四个字也不知道么？

【前腔换头】空劳，去蝶返花丛，纵有旧情不敢陪奉。我且问你：你当初既要守节，为甚么不死？岂有嫁到别姓人家替我守节之理？请问，这贞节牌坊，还是朝西？朝东？你说与他各房居住。不曾失身，这句话儿叫我那里去查账？惶恐，又不是香含细蕊，怎辨得珠藏合蚌？你的心事我知道了，不过因那男子丑恶，走错了路头，故此转来寻我。若是嫁了韩解元，只怕到此时就拿银子来赎你，你也未必肯转来了。多亏得村郎做美，才与你再相逢。

（向外介）阙家有人么？叫他快来领去。（外）娶他的男子，现在小船上。（生）着他进来。（外应、出唤介）（丑）他要难为我，我不敢进去。（外）一团好意，快些过来。（丑过船见介）袁老爷在上，当初一（生止住介）那些原委，下官都明白了，不消说得。虽然是妒妇不好，也因这两个女子，各怀二心，所以才有今日。周氏之死，是他自己的命限，与你无干。至于此妇之嫁，虽出奸媒的诡计，也是你们两个前世有些夙缘，所以无心凑合，下官并不怪你，你可速速领他回去。（生一面说，丑一面叫“青天”介）多蒙袁老爷宽洪大量，不怪小人，也就感恩不尽了。怎么还敢要他？就是领他同去，他也不肯成亲，少不得又要寻死，这场祸事，是逃不脱的。倒求袁老爷开恩，饶过了小人罢！

【榴花泣】【石榴花】仇将恩报世难逢，怕的是又将恩泽变仇锋。擅娶老爷的爱妾，逼死老爷的宠姬，这两桩大罪也够得紧了。两桩大罪荷包容，就是覃恩也赦不到第三重。（生）如今的局面，与前番不同了，有下官做主，还怕他做甚么？【泣颜回】（丑）虽然不同，念伤弓几次遭奇痛。不思量神女临凡，但愿取仙姬归洞。（生对旦介）你走过来听我说几句好话。俗语道得好：红颜妇人多薄命。你这样女子，正该配这样男人。若在我家过世，这句旧话就不验了。你如今好好跟他回去，安心贴意做人家，或者还会生儿育女，讨些下半世的便宜。若还吵吵闹闹，不肯安生，将来也与周氏一般，是个梁上之鬼。莫说死一个，就死十个也没人替你伸冤。

【渔家傲】莫怨他人莫怨侬，只怪尊颜不合太红。不是我男儿薄幸非情种，忍将伊送，都只为这不朽名言代伊行作俑，你不见世上夫妻对对同？（对外介）是你引他进来，就着你送他同去。（对丑介）恕不送了。分付船家，快些赶路。（丑、旦、外过船介）（生）好将嚼铁咀金口，割断尤云殢雨心。（内鼓吹开船）（生、众先下，副净摇船，众行介）（外）吴奶奶，老爷说的其实是好话，你句句都要依他。

【耍孩儿】药石之言堪佩奉，不是相怜念，这针砭话怎肯相攻？娘行从此后，安效鸾和凤。失意处便把前言诵。争与闹，成何用？

（上岸介）（外）你们好好的做亲，我回去了。（叹介）落花有意随流水，流水无情恋落花。（下）（旦欲下场，丑扯住介）往那里走？（旦）到静室里去。（丑）如今去不得了。我起初不敢成亲，一来被人命吓倒，要保守身家；二来见你忒标致了些，恐怕淘气。如今尸主与凶身当面讲过，只当批下执照来了，还怕甚么人命不成！就是容貌不相配些，方才黄甲进士亲口分付过了，美妻原该配丑夫，是天公做下的例子，没有甚么气淘，请条直些，成了亲罢！（旦背介）这怎么处？我还要弄些圈套出来，当不得那袁郎几句话，把我的路头都塞断了。没奈何，只得从他。（叹介）你们看戏的里面，凡是有才有貌的佳人，嫁不着好丈夫的，都请来看样。就作才思极高，不过像邹小姐罢了；就作容貌极美，不过像何小姐罢了；就作才貌兼全，也不过像我吴氏罢了，都嫁这样的男人，任你使乖弄巧，也不曾飞得上天，钻得入地，可见红颜薄命四个字，是妇人跳不出的关头。况且你们的丈夫，就生得极丑，也丑不到此人的地步，大家象我一般，都安心乐意过了一世罢！

【鲍老催】计穷智穷，机谋设到千万重，行来依旧在天阱中。当不得因缘少，罪孽深，轮回重。生来若是红颜种，不须更作风流梦。

（丑）叫丫鬟，把成亲的花烛，要点亮些，合卺的酒杯，要斟浅些，我如今是个光明正大的新郎，比不得前番两次在那暗里偷鸡、醉中拿贼的了。小心伺候！（内）晓得。（丑搂旦行介）

【尾声】威风大，胆气雄，一箭红心包中，须知我这败将回头势更凶。

第二十四出　掳　　俊

【出队滴溜子】（小旦引四女卒上）【出队子】（合）涂肝分脑，杀出玄黄路一条。他烽烟空自矗云霄，【滴溜子】救兵何曾来到。中原力不支，如今渐晓，定鼎贻谋，都在这遭。

（小旦）咱白天王起兵以来，攻破无限城池，杀伤许多官吏。起先只说南方有人，不可轻敌，及至到了这边，才知道偌大中原，竟没有一个男子。做文官的，但知道赋诗草檄；做武将的，只晓得喂马支粮。一到守城上阵的时节，连那赋诗草檄的文官，喂马支粮的武将，都不知那里去了，刚刚剩下些百姓来祭咱的刀头，你说好笑不好笑。如今直捣长驱，势如破竹，不怕不做中原女主。只是一件，咱闻得内地的男子，美貌者多。要掳一个俊雅郎君，带在身边受用，再不见有好的。想是被手下之人隐藏过了，须要申饬一番。众将近前，听咱号令！（众）嗄！（小旦）孤家年过二八，未有东床，要选个俊俏男子做压寨官人。以后掳着的少年，都要带见孤家，严行选择。选中者上用，选不中者，分赏各军。如有未经上选，擅肆奸淫者，枭首示众！（众应介）（小旦）摆队前行。

【滴溜神仗儿】（合）【滴溜子】皇天的，皇天的，念奴寂寥；才郎的，才郎的早些来到。容颜不争多少。【神仗儿】真才实学，全凭至宝。须比并薛敖曹，须比并薛敖曹。

（四人扮少年冲上）（众拿住、带见小旦介）禀王爷：拿着几个后生男子，听候选用。（小旦看介）都选不中，赏了你们。（众谢介）

咱们人多马少，这些男子没有马骑，却怎么处？也罢，一人抱着一个，对面骑了，就把鞍鞽当了床铺，做一出走马看花，何等不妙！

（每一女卒搂一男子同上马行介）

【神仗双声子】（合）【神仗儿】双双搂抱，双双搂抱，刚刚凑巧。刀尖入鞘，黄龙不须自捣。【双声子】人兴高，马动摇，人兴高，马动摇，笑中原老鼠打得偏劳。

【尾声】行行不觉城池到，大家收拾箭和刀。若还掳得着新夫，又好把旧婿抛。

第二十五出　密　筹

【凤凰阁去尾】（生冠带引众上）盘根错节，利器偏遭磨折。生平绝少皱眉时，此际偏教愁绝。

下官袁滢，自从行兵以来，屡奏肤功，数平大难。临危不做愀然之色，赴义偏多慷慨之容。谁想来到此间，忽遭奇变。那女寇的猖獗，虽是可忧，若肯竭力支撑，也还抵当得住，当不得这库帑罄悬，有兵无食。莫说狡寇临城，兵士不能枵腹而战，还怕饥军不戢，主帅将有自焚之忧。自从到任以来，也曾遍差员役，往各路催征，并不见有军粮解到，况且敌势披猖，一日近似一日，战既不可，守亦不能，教下官怎生区处？（踌躇介）（内众齐喊"青天爷爷救命"介）（生）外面叫喊的是些甚么人？（众）都是没饭吃的穷民，饥饿不过，要求老爷赈济的。（生叹介）非无济困之心，奈少救荒之策，只得要装聋作哑了。叫中军官出去分付，说赈济饥民，是有司衙门的事，本院只管军务，那有钱粮给散他！（众出分付介）（内）这等说起来，只好饿死了。可怜！可怜！（内众高声齐喊介）各营将校，带兵士求见老爷。（生）问他有甚么话讲？（众出问介）（内）各营兵丁，有四五个月没有钱粮吃了，求老爷给饷。（生）对他们说，催饷的官吏还不曾转来，一到自然给发（众传介）（内齐鼓噪介）朝廷不使饿兵，目下边报警急，若要打仗我们是不去的！（内云）再过几日没粮，我们各寻头路，去讨饭吃了。莫怪，莫怪！（生惊叹介）怎么好？怎么好？

【二郎神】心如结，没钱粮，使军骄将怯。又不是我主帅侵渔难割舍，都只为

闾阎困乏，官钱处处求赊。似这等汹汹人情难制也，悔不做张巡杀妾。只好学家翁，做痴聋，徒然仰屋咨嗟。

（内高声禀介）湖广宣抚使衙门有公文投进。（生）收进来。（众收上，生看大惊介）怎么？正项钱粮，并不见解到，竟有个尚义的百姓，助起边饷来。这阙素封的名字，我有些记得。（想介）哦！就是我同乡之人，前日娶吴氏去的。咳！人不可以貌相，那样一个蠢人，倒做出这等一件奇事。只可惜是银子，若还是十万金的粮米，不但可以给散众军，使我边功立建，还可以赈饥活莩，保全得无限生灵。（对众介）唤那解人进来。（众唤小生上，见介）你就是阙忠么？（小生）是。（生）难为你那主人，有这番好意。只是一件，这边米价腾涌，一时办不出粮来，本院若还差官去籴，又差官去散，经过两番侵克，就要少了一份军粮。你主人是个尚义之民，你就是个尚义之仆了。本院并不开鞘，就委你去籴米，籴完之后，就委你去散军。（小生）不消老爷费心，小人在途路之中，闻得这边米贵，已将十万银子，都换做粮米载来，可以立刻散军，登时赴敌，不须耽搁帅期了。

【啭林莺】军资换来粮满车，只怕背了文牒。平民娇制应无赦，分明是画蛇添足。谁承望官司喜悦，不罪我点金成铁。（生）这等有多少担数？（小生）三万担粮米，还有几千马料在外。只是一件，小人一路行来，看见一壑之中，尽填饿莩，闾阎之内，总是饥民，求老爷把散军之外剩下的馀粮，拿来赈济一赈济，使军民一齐受福，也是老爷的天恩。饱饥军，活饿莩，免教万姓咨嗟。

（生）奇哉！奇哉！你做来的事，说来的话，没有一件不合着本院的心事，若还用你行兵，再无不胜之理。本院这边，先授你做军前

赞画，勉力建功，待边疆宁静之日，连你主人的功绩，一同具疏上闻。叫左右，快给冠带与他。（小生换冠带介）

【啄木鹂】【啄木儿】（生）歌“鱼水”，咏《兔罝》，国士贤臣都在野。愧吾侪，智术多疏；羡伊行，许策偏奢。从今呵，食前有箸从教借，胸中有覆从教射。（小生拜谢介）多谢老爷。【黄莺儿】（生）莫呼爷，我和你同升在即，何处辨龙蛇？

（生）散饷、赈饥两件事，少不得要借重你了。还有一件机密事情要用着你，不知肯去不肯去？（小生）只怕做不来，若做得来，就粉身碎骨，也不敢推辞。（生对众介）你们都回避了。（众应下）（生）我闻女寇入境以来，遍掠美貌的男子，日赞机谋，夜同枕席。本院心上要选个俊雅少年，投入他军中，做个内应。足下既有张巡、许远之心，又有宋玉，潘安之貌，何不做了这桩美事，使下官早立边功？（小生）恩生既然信用。卑职怎敢推辞？依命前去便了。

【金衣公子】踪迹类淫邪，向仇人炫果车，把雀屏当做天山射。反把夫差做妾，西施唤爷，倒翻越国平吴辙，听奇捷。管教他泥头就缚，个个脱蛮靴。

（生）善行兵者，倒要示人以弱。他若问我的虚实，你须要留心对他。（小生）晓得。愁饥得饱士民欢，虑辱偏荣法令宽。

只道筹边输卜式，谁知克敌用潘安。

第二十六出　师　　捷

【南普天乐】（小旦引女卒上）马如龙，人疑豹，弩张弦，刀离鞘。天生就，天生就女子英豪，比男儿智勇偏饶。（小生飘巾、艳服，扮美男子冲上，众拿住，带见小旦介）禀王爷：拿住一个绝色的男子，听候选用。（小旦细看喜介）果然生得好，潘安、卫玠，不过如此，这一个才堪上用。（扶起介）咱家要抬举你做个压寨的官人。你可情愿么？（小生）只怕容颜丑陋，不堪亲近玉体。（小旦）不必太谦。我且问你：闻得朝廷里面，差个经略官儿，领兵前来与咱对敌，可是真的么？（小生）真的。如今领了兵马，现在前途扎营。（小旦）你可知道他本事何如？军中可有些准备么？（小生）本事的好歹，臣不知道。只晓得他没有军饷，那些兵丁忍饿不过，鼓噪了一番，如今都要散了。（小旦喜介）咱原知道他空虚，这等说起来，一发不消虑了。分付女将们，快选一匹好马与他骑了，同咱家并辔而行。（小生上马，同行介）（合）呀！把中原厮扰，军声似海涛。看取神州赤县，似蜃气潜消。（齐下）

【北朝天子】（生引众上）喜粮充米饶，羡人雄马骄。饱饥民，绕路皆欢笑。壶浆士女，把迎师手招，喜孜孜，争凝眺。一路行来，都是平阳地面，不好屯兵。此处倒有一座高山，不知叫甚么名字。左右的，前面去问来。（众问介）（内）叫做凤凰山。（生）好一个山名。凤为百鸟之王，又是祥瑞之物，即此就是佳祥了，竟上去屯兵就是。（行介）树林儿远遭，水沟儿环抱，渐高渐高渐渐高。望星辰，天空月皎，凤凰名，佳祥兆，凤凰名，佳祥兆。（齐下）

【南普天乐】（小旦引小生上）并雕鞍，人年少，说风情，增花貌。真佳婿，真佳婿，儒雅风骚，佐机谋，智虑偏饶。（众上）王爷，这里有一座高山，山上列了旗帜，想是他扎营的去处了，还是攻打不攻打？（小旦）须要差个的当的人，上去侦探一侦探，然后用兵才好。（对小生介）你是个南人，他决不疑你，替咱家走一遭，何如？（小生）倘若被他拿住，做了奸细却怎么好？（小旦）只到就近之处，看一看动静，即便转来。（小生）这还使得。（欲行，又止介）我舍不得王爷，恐怕被他拿住，就不能够再会了。（小旦）少去几里就是，不妨。（小生回顾下）（小旦）好个有情的男子。分付女将们，摆起阵势来，好和他厮杀！（众）请问王爷：摆什么阵势？（小旦）就摆那个百鸟朝凰阵。（众应介）（合）呀！把中原厮扰，军声似海涛。看取神州赤县，似蜃气潜消。（齐下）

【北朝天子】（生引众上）听军声远号，看旌旗裹包。气昂昂知是幺麽到。藏锋息颖，把军威且弢，隐森林，齐瞻眺。（小生冲上，见介）（生）你转来了，可曾投得进去？贼营虚实何如？快些讲来。（小生）卑职已进贼营，贼头甚是利害。现在山下扎营，着我上来侦探的。人马最多，又且骁悍，料难力取，只可智擒。少刻与他对垒，须要假输一阵，挡住要路，不可使他上山。卑职劝他解衣就寝，到三更时节，须以炮声为号，一齐杀进寨来。待卑职从被窝里面取了他的首级，与我军相会便了。只是一件，卑职此番转去，须要着人追赶下山，使他看见，方才信任不疑。事不宜迟，卑职去了。计就月中擒玉兔，谋成日里捉金乌。（急下）（生）叫几个兵士，假意追赶下山。一面摆齐队伍，杀将下去。只可佯输，不可取胜。（众应，行介）计谋儿果高，贼头儿稳枭，怎逃怎逃怎怎逃？俏儿郎，是军前至宝，借奸淫，全忠孝，借奸淫，全忠孝。（齐下）

【南普天乐】（小旦引众上）悔无端，将人调，把隋珠，轻弹雀。众女将们，可知道他屯兵的所在，叫做甚么地名？（众）叫做凤凰山。（小旦）这等说起来，咱的阵势摆错了。他住的是凤凰山，咱摆的是百鸟朝凰阵，倒替他做了吉兆，莫非有些天意么？（内齐喊“快拿奸细”介）（小旦惊介）他那里呼奸细，呼奸细，地动山摇；咱这里代伊行，魄散魂消。（内）奸细走了，赶不着了，大家杀下山去。（小生解衣跑上）（小旦）你转来了么？他那里虚实何如？（小生作气喘介）他那里全无准备，扎的都是空营。如今假装威势，杀下来了，我们倒要认真杀上去。（小旦）分付起兵！（众行介）呀！把中原厮扰，军声似海涛。看取神州赤县，似蜃气潜消。

（生、众上，对杀一阵假败下）（小旦）乘他杀败，不敢回头，一齐赶上山去。（众）禀王爷：天色晚了，被他挡住要路，一时爬不上山。（小旦）既然如此，且扎住营头，睡了一夜，明日搜山便了。（小生）何如？我说他虚张声势，没有几个人马，落得脱了衣服，睡他一夜，倒是稳的。（小旦）说便这等说，也要防备他。叫女将们，分付小校，一面打更，一面巡逻，若有响动，就传报进来。帐房子夜对山开，不是军情莫报来。（小生）胜败死生都有命，且将阴府作阳台。（搂小旦下）（众打更、巡逻、随意唱小曲一折；内放炮、呐喊、众惊介）不好了，快些传报。（向内禀介）禀王爷：山上放炮呐喊，怕有举动，快请出来！（小生内应介）王爷有令：他不过假弄军声，使我不能安睡，料想决不下来。就作下来，也没多几个人马，不消御驾亲征，您们杀他几阵便了。（生、众齐上，对杀，小生忽持人头、上挂灯笼一盏，立高处叫介）贼头已经枭首，余众速降！不降者快走，休得在此送命！（女众见人头大惊，走散介）（小生下，见生介）（生）多亏了你，渠魁既已歼灭，馀寇可以不追，就此班师转去。

【北朝天子】（合）把渠魁首枭，纵馀生尽逃，但行军要识些儿窍。穷兵死战，把便宜暗销，怎似俺得赢头，无折耗！（对小生介）本院回到衙门，就要草疏奏捷，少不得差官赍捧，不如就是你去罢！（小生）如此甚好。敝主人的功绩，也求恩主

叙在疏中。（生）转败为功，全亏他这些军饷，岂有不叙之理！他的功劳，不是一官半职可以酬得来的，定有极大的赏赐。（小生）这等敝主人有三位主母，总求开列姓名，以便给赏封诰。（生）知道了。（合）要皇恩遍叨，把封章立草，管包管包管管包。锡花封，无论大小，转悲凄，成欢笑，转悲凄，成欢笑。

三千红粉作黄巾，十万青蚨助紫宸，
百计星罗擒乳虎，一宵云雨奏麒麟。

第二十七出　锡　　祺

【满庭芳】（生、外、末扮三官大帝，副净扮判官引神从上）（生）天上铨司，人间冢宰。一般握鉴司衡。（外）溥仁宣化，解网恤天刑。（末）遇劫难逃天谴，霁霜威，掣返雷霆。（合）同心处，祸淫福善，相济显威灵。

（生）小圣上元一品，赐福天官紫微大帝。（外）小圣中元二品，赦罪地官清虚大帝。（末）小圣下元三品，解厄水官洞阴大帝。（生）我们三位，都是上帝宣化之臣，生灵造福之主。锡下民当锡之庆，有权虽似无权，霁上天未霁之威，无力终为有力。近日为朝天公务，职事稍荒。今日清闲，须当料理。叫判官，把各处申到的疏文，拆开封来，待我们一同批阅。（副净）嗄！（拆封介）（生、外、末同看，外念介）湖广荆州府城隍司为申报善良事：本境富民阙素封，屡世善良，一生愚懦。近复有义仆阙忠，代主焚券一事，加惠贫民，实为长厚。理合申报，乞赐休祥等因。（生）这桩事也难为他，叫判官记在阴骘簿上。（副净）嗄！（记完，又拆封介）（生、外、末同看，末念介）西北近边各路城隍司联名具疏，为申报异常功德，乞赐破格旌扬，以彰果报事：西北屡遇灾祲，迭遭兵革，饥民半填沟壑，穷兵待死疆场。有荆楚富民阙素封，遣义仆阙忠，赍粮三万石，赈济穷边，立苏万姓。功高难泯，心善可嘉，理合疏闻。伏乞转达上聪，以彰善报。（生）呀！一个平民，竟做出这般大事。恰好两道文疏，都是为他，这一定要奏闻天帝了。我上元所掌的，是赐福之事。叫判官，查他生平享过的是那几件福？不曾享过的是那几件福？好待我奏过上

帝，给赐与他。（副净）嗄！（查介）

【驻马听】（生）把履历查明，德重恩施那得轻！（副净）禀上大帝：他的财帛星，妻妾星，奴仆星，都是极好的。儿女虽不曾生，将来也有几个。他平生所少的，止得一个贵字。（生）既然如此，就在助饷里面，成就他的功名便了。这的是功高禄厚，德润身荣，不比那财旺官生。虽则是姓名未向榜头登，出山也不比终南径。（合）化否为亨，劝世人不必忧天命。

（外）我中元所掌的，是赦罪之事。叫判官，查他前世造何孽障？今生有何罪愆？一一开明，好求上帝赦免，（副净）嗄！（查介。）

【前腔】（外）把过犯查明，好向穹苍忏罪刑。（副净）禀上大帝：他前生既无孽障，今生也没有罪愆，只为相亲一事，惊死了一个妇人，又喜得是无心的过犯，原在可赦之列。（外）这等奏明上帝，竟行豁免罢了。又不是奸淫致死，威逼成冤，不过是诖误伤生，善缘重处恶缘轻。就是将功折罪，也多馀剩。（合前）

（末）我下元所掌的，是解厄之事。叫判官，查他一生有何灾厄？过了不曾？好待我奏明上帝，替他禳解。（副净）嗄！（查介。）

【前腔】（末）把灾眚查明，好用恩星去辟难星。（副净）禀上大帝：查他一生，水火之厄也没有，盗贼之厄也没有，官司口舌之厄也没有。只有两桩大厄，一桩过了，还有一桩却是解不去的。（末）是那两桩？（副净）一桩叫做奇形厄，一桩叫作美女厄。（末）奇形厄是怎的？美女厄是怎的？（副净）他身上的五官四肢，没有一件不阙，又有三种恶气，聚在一身，这叫做奇形厄。他一生所御的妇人，都是天姿国色，要他将就也将就不来。都是这些美女，个个要与他为难，这叫做美女厄。如今三房妻妾，都已娶过了，他的磨难，也都受过了。只有奇形一厄，是解不去的。（末）原来如此。这也不难，待我奏明上帝，遣一位变形使者，把他身上的肢体，从新改造一番，变做个美男子便了。替他葺眉修眼，削体磨肤，浣秽除腥，转教美女恋奇形。我只愁他又落风流阱。

（合前）（外）这个解法，虽然极好，只是与赦罪的条款，略有些相妨，恐怕上帝不允。（末）怎见得？（外）阙素封的罪，可以赦得，那三个妇人的罪，却赦不得。若使男子变了形骸，就难为那几个妇人了。上帝是好生的人，如何肯允？（生、末）男子变了形骸，是妇人的福了，怎么叫做难为他？请道其故。（外）红颜薄命四个字，就是注解了。这四个字也要看得明白。不是他有了红颜，方才薄命，只为他应该薄命，所以罚做红颜。但凡前生的罪孽重大不过的，才罚他做红颜妇人。但是红颜妇人，一定该嫁丑陋男子。阙家那几个妇人，若不是罪深孽重，如何生做红颜？若把丈夫变好了，他愈加得志，不想回头，来生的果报，又不知如何惨刻。所以上帝未必肯允。（生、末）说得极是。只可惜这等一个善人，使他受了奇厄，终身不解，也是一桩屈事。也罢，我们三个一齐具疏，求上帝推男子之爱，波及妇人，免他轮回一转，这叫做破格用情，以后不得为例便了。大家草起疏来。（同写介）

【前腔】（合）奏疏开明，骄纵红颜事不经，暂弛汤网，权沛尧仁，略减皋刑。从来成例敢纷更？一开即闭侥天幸。

（合）前疏已草完，就差判官赍捧上去。

从来天网密如丝，只为推恩把禁弛；

世上红颜应共诧：原何忽有运通时？

第二十八出　形　变

（净扮变形使者，带斧、凿、推刨等物上）绝技曾经擅古今，微权造化不能侵。世人莫道形难变，欲变形骸早变心。小神非别，乃上帝殿前一个变形使者，又叫做人匠的便是。世上的人，只晓得那五官四肢与规模举动，都是天地生成，父母养就，胞胎落地的时节，就定下好歹，以后再改不得的。那里知道冥冥之中，有我这个变形使者，能把籧篨戚施，变做潘安，宋玉，又能把潘安、宋玉，变做籧篨戚施。就如今日三官大帝，为因阙素封行了善行，一齐奏过玉皇，玉皇差我下去，替他改形换面，变做一个美貌男人。你若把这句说话，去对世上人讲，那一个不笑你荒唐？及至做将出来，又不见一些怪异。如今世上，尽有那一介贫儒，看他的形容举动，寒酸不过，竟与乞丐一般。一旦飞黄腾达，做起仕宦来，不但居移气，养移体，那种气概与当初不同，就是骨格肌肤，也绝不是本来面目。这还说是做官的人，比凡民不同，另有一种福分。又有那小则千金，大则万贯的财主，未曾发迹的时节，原与穷人

一般，猥猥獕獕，不见一些好处。及至时运一交，钱财到手，不但器宇轩昂，连身上的肌肉，都肥胖起来。这难道也是荒唐的话？要晓得这些来历，不是他自己吃酒吃肉，养得肥，灌得大的，都是我在冥冥之中，替他改造的缘故。又要晓得这些来历，不是我加厚于他，要奉承财主，帮衬贵人，学世上人呵脬的样子，都是他自己积德，感动神明，故此有这心广体胖的效验。一般也有富贵之人，做事不好，被我在他梦寐之中，用些斧凿，把那绝好的形容，变做极丑的相貌，也不曾放过了他。话休烦絮，我且到阙家走一遭来。正是：奉劝世人休碌碌，举头三尺有神明。（暂下）

【破阵子】（丑上）一自恩人做美，顿教夫妇和谐。（旦上）一样艰危人尽免，留得区区独受灭［灾］，多应命里该。

（丑）娘子，我和你自从袁公做主，当面劝诲一番，回来成了亲事，光阴易过，不觉已是半年了。（旦）我想邹、何二位小姐，与我三个都是一样的人，偏是他们有福，弄脱了身子，独我一个命苦，罚在这边受罪。（丑）那些闲话，都不必提了，只是一件，我家的阙忠，解了十万银子到边上去散军，为甚么去了许久，还不见回来？（旦）想必也就到了。

【不是路】（外、末扮报人急上）千里驰来，为报公侯出草莱。家何在？闻得他双扉铁裹向南开。来此已是阙家了，一齐拥进去！（敲锣进介）（旦惊介）是甚么人？你出去看来。（暂下）（丑出介）列位来做甚么？莫非是撮把戏的么？（众）不是，报喜事的！（丑）我家又没人读书，没人赴考，有甚么喜事报得？（众）这桩喜事，若还是读书读出来，赴考赴出来的，就不奇了。妙在平地一声雷，方才诧异。快请阙老爷出来。（丑）区区就姓阙。（众）我们不信，你就是阙老爷？（丑）你若不信，但看我脸上、身上，那一桩不是阙的？（众）既是阙老爷，取笔砚出来，写了赏单，好看喜帖。（丑）要我多少？（众）只要一万。（丑）多大的喜事，就要这些？（众）还你值就是，快写。（丑）也罢，写了一千，若还不值，我是没有的。

（写介）（众）恭喜老爷，你为输饷助边的事，封了极大的官职，连盛价阙忠，也做了显宦了。为输财，主人位列公侯伯，仆从为官又进阶。（丑）封我做甚么官？（众）封你做尚义君。（丑）不曾见有这个官衔。（众）这是古时的名号，近来没有。战国时节，齐有孟尝君，楚有春申君，赵有平原君，魏有信陵君，朝廷论你的功绩，说封侯又太重，授官又太轻，故此于五等诸侯之外，又想出这个名号来。以后人见你，都要称千岁了。功名大，布衣一旦成封拜。这叫做天公还债，天公还债。

（众出报帖介）这是报你自己的，这是报你盛价的。朝廷的敕命，就是你盛价赍来，明日就到了。（丑）这等请在前厅少坐，待我央房下看了报帖，出来打发你们。（众应下）（丑喜介）竟有这等奇事，娘子快来！

【桂枝香】（旦上）人声澎湃，有何奇怪？既没有人命干连，又不怕红颜厮害，何须惊骇？（丑摇摆介）并无惊骇，还饶奇怪，这是我否多生泰。娘子，你一向憎嫌我，如今不敢相欺，做了个小小的千岁，带挈你做一位大大的娘娘了。笑裙钗，你有此天堂福，也堪偿那地狱灾。

报单在这里，央你念一念。（旦念介）捷报：贵府老爷阙，以助饷有功，荣经略袁特本题叙，奉圣旨高封尚义君，位列公侯下。呀！果然封荫了。（丑）还有威风的事哩，连我那个小价，也做了命官。我如今是老爷的老爷，你如今是奶奶的奶奶了。（又付报单，旦看介）呀！果然也做官了。（丑）拿来，待我贴在壁上。（贴介）（旦背喜介）不想这样痴人，竟有这般痴福。

【前腔】人中魔怪，竟做了云中仙客。一般的桃柳三春，不枉我薰莸半载。如今这副封诰，少不得是我受了。私心自揣，私心自揣，若不是生将死代，妾偿妻债，怎能够受封来？多谢天公巧，把痴人弄得乖。

（对丑介）这等命下了不曾？（丑）就是阙忠赍诏，明日就回来了。（旦）既然如此，朝廷的旨意，是亵渎不得的，须要斋戒沐浴一番，才好接诏。快叫丫鬟烧一锅热汤，洗一个大澡，把身子弄洁净些，也好顶冠束带。（丑）说得有理。这等快烧香汤，待我沐浴。（旦）你在这里等候，我叫丫鬟送来。（叹介）安得瞿塘三峡水，浴去村郎满面尘。（下）（丑）毕竟是宦家出来的，晓得这样礼数，若把我们，那里知道？待我预先脱起衣服来。（脱衣介）（副净持沐盆、携汤桶、水勺上）冷水泡热卵，香汤洗臭人。汤在这里，盆在这里，请爬下去洗浴。（丑）你在这里伏事我，今日这个澡，比不得往常，要象那宰猪杀羊的一般，一边洗一边刮，就等我忍些疼痛也说不得，总是要洁净为主。是便是了，我闻得人说，书上有句成语，叫做沐猴而冠。

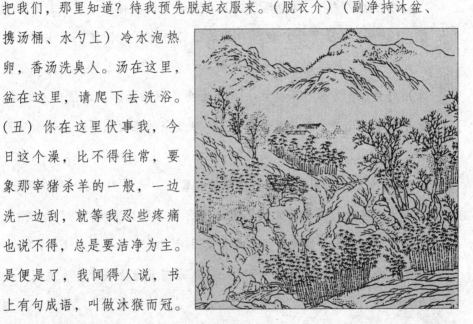

我如今要戴朝冠，这一沐也断不可少。先将头发里面洗起，快些动手。（净上、立丑背后介。丑坐盆内，副净略洗一二把，即起，背介）这样臭身子，那里被他熏得过？不如走了开去，等他自家好洗。桶内香汤易倒，盆中臭气难闻。少停出卖肥水，只要一钱一斤。（下）（净背介）他那丫鬟去了，我不如就变做丫鬟，替他洗浴，在水盆里面改造，又分外变得快些。且待我自家变起形来。要变他人先变己，就将己法变他人。（向鬼门变作女子介）（先舀汤灌口内介）（丑）为甚么原故，竟灌在口里来？哦！想是要替我洗肚肠了，就吃些下去。

【长拍】濯濯肝肠，濯濯肝肠，浇浇心腑，便吃口香汤也无碍。（净舀汤浇发、又取物洒眼内介）（丑）呵呀！甚么东西迷了眼？快替我揉一揉。（净揉眼介）（丑）眉边风起，眼中着屑，骨棱棱半晌方开。脸上要紧，多擦他几下。（净用湿

手巾擦去面上疤痕及粉介）（丑）不但洗尘埃，遇疤痕多处，用心沙汰（净用推刨向丑浑身刨介）（丑）刮洗肌肤用猛力，虽痛楚，我甘捱。（净用一手着胸，一手着背，用力按介）（丑）把背后胸前肉揣，（净扯脚伸缩介）（丑）任摩筋按骨，缩去伸来。

你弄了这半日，也辛苦了，让你去罢。待我揩干了身子，好穿衣服。（揩介）（净背介）他浑身的缺陷都补完了，回复上帝去罢！正是，心头若少崎岖事，世上应无缺陷人。（下）（丑穿衣完，看壁上介）好奇怪！方才吃下些水去，竟象换了一副肚肠，这报单上的字，起先识不上几个，如今都念得出了。难道是我福至心灵，竟把聪明孔窍，都洗开了不成？娘子快来！（旦带副净上）堂前人浴后，床上梦醒时。（见丑、惊退介）呀！这是甚么客人？大爷到那里去了？（丑）娘子又来取笑。我就是大爷，那里还有第二个？（旦）呀！好奇怪，声音是他，怎么形像竟变了？你且走几步看。（丑行介）（旦）一发奇怪，连脚也不跷，背也不驼了。（副净向丑身上嗅介）（又取手看介）大娘，你看他身上的皮肉，白也白了许多，光也光了许多，连那三样臭气，都闻不出了。（丑）都是你刮洗得到的原故。娘子，也难为他费了半日工夫，替我从头至脚，没有一件不洗到。（副净）这等，你见鬼了！我只洗得一两把，就跑了进去，何曾费甚么工夫？（丑大惊介）呀！这等说起来，就果然奇怪了。快取镜子来，待我照一照看。（副净取镜，丑照，大惊介）呀！这是甚么缘故？（旦）一定是鬼神之力了！或者该有这些造化，竟替你脱胎换骨，重做一副人身，也不可知。只是变得太骤，所以更奇。

【短拍】（旦）花面村郎，花面村郎，蛇皮俗子，眼睁睁立换胞胎。（丑）你们但知我形容改变，还不晓得我肚子里面，也明白了许多，竟不象以前鹘突了。（旦）茅塞顿然开，分明是奇福至，貌随心改。莫道世无神鬼，亲眼见，还有甚疑猜！

（副净背介）样样都变过了，只有那件要紧的东西，不知可曾变过，改日待我试他一试。（旦）我方才得了封荫之报，还只有三分欢喜，如今倒有十分了。说不得，我今晚先破私囊，备一席喜酒，一来拜谢天地，二来恭贺你的形骸。只是一件，恐怕那看经念佛的知道，又要还起俗来，就有许多不便了。

【尾声】以前偿尽红颜债，今宵才得个笑容开。还愿你留取原身，另待那吃醋的来。

第二十九出　伙　　醋

【海棠春】（老旦上）凄凉恨不回头早，怪杜宇把人讥诮。（小旦）两处失便宜，送与乖人讨。

（老旦）妹子，我和你避俗以来，光阴迅速，不觉已是一载有馀。后来的那一个，倒安然做了家婆，与他睡了半年，也不曾被臭气熏死。我们两个早知如此，悔不当初，为甚么不权忍一忍。或者如入芝兰之室，久而不闻其香，也不可知。如今囚禁在此，几时才得出头？（小旦）闻得那个孽障，为助边的事，封了尚义君，眼见这位诰命夫人，要让与别人做了。请问姐姐：你还是让她不让她？

【玉抱肚】（老旦）休提封诰，说将来，教人醋倒。凤头冠，送人穿戴；顶头钱，不见分毫。我心上气不过，要走过去与他争论一番，只是当初的话太说过头了，万一他问起嘴来，叫我如何答应？（合）非关今日面皮娇，只为当年舌太饶。

（小旦）你就耐得过，我也耐不过。俗语说得好，一日不识羞，三日吃饱饭。管他问嘴不问嘴，定要过去吵闹一场。

【前腔】由他讥诮，少不得要忍羞惭将饥换饱。终不然闯席的任情饕餮，先来客反忍空枵。（合前）

（副净上）莫将旧眼看新主，好把新闻告旧人。大娘、二娘，你们两个便在这里看经念佛，把一生一世的好事，都被别人占尽了。（二旦）就是封诰的事么？（副净）封诰的事，还不足为奇，如今又有新闻，若还说将来，只怕你们不信。（二旦）又有甚么新闻？你快讲来。（副净）大爷变过了！（二旦）怎么人都会变起来？这个丫头，又来胡说了。（副净）何如？我说你们不信。（二旦）这等，是怎么样的变法，你且讲来。【玉肚交】（副净）【玉胞肚】他才闻佳报，就把孽身躯向盆中盥澡。又谁知那锦添花神难免俗；暗趋炎鬼也呵脬。【玉交枝】把肌肤变得娇又娇，浑身恶状如风扫。（合）旧时容，全无半毫，旧时容，全无半毫。

（二旦）不信有这等奇事。（副净）只说无凭，做出便见。他如今就来拜佛了，你们办着眼睛看他。

【前腔】（丑飘巾、艳服，作雅人态度上）神灵难报，这嘉祥何曾预祷？（拜佛介）（二旦偷看，大惊介）（丑）赖佳人终朝咒诅，罚村郎变做时髦。（二旦作笑容见介）阙郎恭喜！（丑）何劳美人相唤招，这便是后恭前倨的苏家嫂。（合前）

（二旦）阙郎，请坐一坐。（丑）多谢。（飘然不理、径下）（老旦）果然变过了，有这等事！（小旦）他便不理我，我偏要去理他。说不得了，明日受封的时节，和你预先闯过去，各人拚了性命，死做一场，就作夫人争不到手，也好借此为名，做个回头之计。（老旦）说得有理。宜春，你到开诏的时节，预先过来知会一声。（副净）晓得。

收拾残经别法王，袈裟脱去换霓裳；
初来不为求超脱，临去何劳忏罪殃！

第三十出　闹　　封

【步蟾宫】（小生冠带，外捧诏书，末持官服，引众上）今朝幸把愚忠遂，臣与仆两堪无愧。纶言又喜得亲赍，把好事担承到底。

下官阙忠是也。自蒙袁公委任以来，才建微功，即蒙优叙，由军前赞画之职，加升招讨使，就捧主人的封诏，驰驿还乡。下官出门之后，闻得又添了一房主母，与前共有三位。若论成规，只该正妻受封，没有旁及妾媵之理。只因这三位主母，都是不曾正过名分的，大的又说是大，小的又说是大。若还只封一位，就有无限的争端。况且我那位主人，又不是会整纲常、能分嫡庶、弹压得妇人倒的。所以下官大费苦心，在皇上面前，讨了三副诰命，要使他各畅怀来。是便是了，俗语道得好，若将容易得，便作等闲看。这三位主母，都是会憎嫌丈夫的，若还这几副封诰安安稳稳的上身，不费一些气力，他只说夫荣妻贵，是道理之常，不怕奚落他到那里，以后还要憎嫌丈夫。须要急他一急，然后送去才好。我有道理，这诏书且慢些开读，只拿一顶凤冠，一件霞帔，与主人的冠

服一齐送上前去。且等那没有的羡慕一番，然后上手，方才觉得稀奇。叫左右，先取阙老爷的冠带，与正夫人的凤冠霞帔，预先送去，说请他穿戴起来，等诏书一到，就好开读。（末应，先下）（小生叹介）欲安故国佳人意，费尽天涯客子心。（众随下）

【前腔】（旦带副净上）兰汤也把温柔洗，愧变法不同夫婿。问穹苍何事吝神机？报道诸妍已备。

奴家吴氏，只道时运不济，做了阙不全第三次的新人。谁知命运偏高，顶了尚义君不二色的原配。起先还怕他生得丑陋，身体享福，免不过耳目当灾。如今又喜他变得风流，洪福齐天，赦得过朱颜薄命。只是一件，那静室里面，现在两尊活佛，不肯容易升天。美食旁边，立了一对馋人，难免涎流至地。闻得诰命已到，少顷之间，就要开读了。只得这一时三刻，是要紧的关头。他两个不来争论就是好事了，难道凤冠霞帔，穿了上身，还怕他来夺去不成？叫丫鬟，且把书房的总门权锁一日，到明日再开。（副净应，行至鬼门忽住介）呀！二位大娘都过来了。（旦惊介）

【前腔】（老旦、小旦改装同上）（老旦）清高忽蹈嫌疑迹，人未见，羞容先赤。（小旦）纵虚心，脚步莫教迟，得失全凭此际。

（旦）呀！贵人不踏贱地，今日是甚么风儿，吹得你二位过来？（小旦对旦介）你这贵人二字，倒也说得不差。他今日要做诰命夫人，自然比往常不同了。只是奴家略贱些，也被丈夫带挈，僭做第二位夫人了。（旦）这几句话，颇有些费解。请问这诰命夫人，是从那里来的？（老旦）是皇帝敕封的。诰命就到了，你难道还不晓得？（旦变色介）那副封诰，是有主儿的了，休得要妄想。（老旦）是那一个？（旦自指介）就是区区。（小旦）这等，恭喜了！我们两个不知，不曾过来贺得，原来那袁经略的封诰也赍到了。请问姐姐，几时回府去受封？（旦怒介）我如今姓阙，不姓袁了！受的是尚义君的封诰，不要在这里假糊涂！（老旦）这就奇了。请问你是第几位，忽然要受起封来？（旦）我是第一位。（小旦）这等说起来，我也是第一位。（高声闹介）

【北点绛唇】（丑巾服上）家室初宜，咆哮方息，猛忽地有人声沸。（见二旦，惊介）呀！几多年不见，这女子钟馗，为甚的又白日来寻鬼？

我这里是凡间俗地，容不得高人，不知二位仙姑到此何干？（旦）恐怕诰命被人抢了去，特地过来受封的。（丑冷笑介）这等说，来迟了。（二旦）也还不迟。（丑）不但来迟，也去早了。（二旦）我们去得早，他也不曾去得迟。都是一样的人，不要好了一个，歹了两个。

【北混江龙】（丑）虽则是难分泾渭，同甘共苦合相依。全不问谁人作俑，若个乘机？叛逆既宜分首从，投诚也合辨高低。您既要先登仕版，为甚不早竖降旗？到如今才知道停战鼓，息征鼙，回螓首，噬香脐，睁两目，皱双眉，瞻雨露，望云霓。俺便要把爰书删却出妻条，当不得这覃恩不赦休夫罪。这些话呵，就是俺谢婚筵的两张辞帖，闭禅关的一纸封皮。（末持冠服上）初承天使意，来激美人心。（见介）禀上千岁：奉招讨爷之命，送千岁与娘娘的命服在此，求预先穿戴起来，等诏书一到，就好开读。（丑）知道了，你去罢。（末应下）（丑换王冠蟒服介）（三旦争夺凤冠、霞帔、玉带介）说不得了，大家抢了一件，要穿大家穿，要戴大家戴。（老旦抢凤冠、小旦抢霞帔，旦抢玉带各穿戴介）（丑看大笑介）这成个甚么体统！快不要如此，还是让与一个。（三旦）这等你就讲来，该让与哪一个？（丑扯旦背介）夫人，论起理来，自然该当让你。只是一件，我如今是做君侯的人，比不得庶民之家了。岂有个嫡庶不分，以小做大之理？莫说乡党之间说来不雅，就是皇上知道，也有许多不便。没奈何，屈了你些，让与邹氏罢！（旦怒介）放你的狗屁！我巴不得皇上得知，好同他去面圣。且看世间可有做大的人，为憎嫌丈夫，不肯同宿，出去做了道姑，如今看见封诰，又要还起俗来，思想做夫人的道理？（老旦）你是天地之间第一个贤妇，再不憎嫌丈夫的。不要讨我开口，只怕那假命吓诈的罪，比背夫出家的罪，还略略的重些。（丑）你们不要胡吵，我如今这分人家，是有关系的了。闺门不谨，治家不严，都有人要弹劾的。（对旦介）夫人做你不着，待我把实惠加你一位，这个虚名，让与他罢！（揖介）（旦）这条玉带，宁可拿来击碎了，断然没得让他的！（解带欲击，丑夺住付老旦介）便宜了你，你是先进门的，拿去罢！（小旦）这才是个正理。我如今没得说了，也脱下来让他。（副净）这等说起来，连大娘也不该受这个诰命夫人，该是我宜春做的。（丑）怎见得？（副介）进门是我进起，新人是我做起，难道不是第一位？（丑）胡说！（老旦穿束介）

【南桂枝香】私心才慰，终须荣贵，任伊家恃宠专房，篡不得我中宫原位。笑娘行气馁，娘行气馁，精神徒费，前程无济！慢舒眉。你道是实比虚名好，只怕我名高实也随。

（末又持冠服上）再承天使意，来激美人心。禀上千岁：奉招讨爷之命，说还有一副封诰，选一位贤惠夫人，穿戴好了，等开读之后，一齐谢恩。（丑）知道了，你去罢。（末应下）（小旦、旦争夺介）（小旦）大娘，我起先帮你，你如今也该帮我，快来抢一抢。（老旦帮小旦同抢介）（旦）阙郎，他有帮手，我就没有帮手？你还不快来！（丑扯劝介）你两个都不要抢，交与我中间人，自然有个调停之法。（丑取冠服，背介）取便取过来了，叫我把与那一个？（看小旦、复看旦介）

【北油葫芦】左顾东来右顾西，好教我判花封，怎下笔？就是清官也难断这是和非。一个道是挨班定了从前例，一个道是顺情让了难为继。俺这里要原情，义愁碍理。咳，皇上，皇上，你既然要把花封锡，为甚的沛洪恩，只吝这涓滴？（对旦介）夫人，都是我的不是，方才不该劝你让她。如今做下例子来了，就象秀才让廪的一般，让了第一名，自然要让第二名了，难道又好跳过一位不成？（旦）呸！难道没有超增补廪的事么？老实对你说，头一副便让了，这第二副是断然不让的！快拿过来！（夺介）（小旦）快拿过来！（夺介）（丑俱不付介）（小旦对旦介）我且问你：我们两个都是不肯随他的了，不该受封的了，你这位贤德夫人，是情愿跟他的么？（对丑介）他初来的时节，亲口对我们说道，我若回到袁家，不但自己升天，连你二位也不致久沉地狱。还亏得袁家不肯收留，若收留了他，还要来勾引别人，去奉承前面的男子。你说他是个忠臣，竟要蔽护他么？

【南八声甘州】和盘托出，要批评可也没甚高低。虽则是政分鲁卫，奏不出两样埙篪。超增补廪的文便移，只怕那守法的文宗也不便批。低徊，料没个妇唱夫随。

（丑）你也不要说她，怀二心的不止一个。我未曾变形的时节，个个都是奸臣，及至变形之后，个个都是忠臣了。论起理来，今日的封诰，没有一个是该受的。

【北天下乐】今日千亏与万亏，亏谁？子凭着神也么鬼，把喜团圆的好事催。它本是畅和风，息闹喳，又谁知启事端，搅是非，这的是好心成恶意！

如今没得讲，依着次序，也让与先来的。（付小旦，穿束介）

（亘）两副封诰都争不到手，还有何颜再生在世上！

【南解三酲】争第一，既没有状元福气；争第二，又失了榜眼便宜。再休想琼林特设探花位。双朵插，帽檐低。刘蕡下第心无愧，李广封侯数不奇。教人悔，悔坐了文场末号，吃尽多亏。他们出家的既然还了俗，我这还俗的自然要出家了。受尽千般苦，翻输一着先。奈何人不得，且去奈何天！（欲下，丑扯住介）（末持冠服上）三承天使意，来慰美人心。禀上千岁：奉招讨爷之命，说另有一副封诰，与前面送来的，虽是一样品级，却分外做得花簇些。拣一位受过苦的夫人，等他穿戴了，好受用些华丽。（丑）怎么！还有一副，又分外好些？这等说，倒被你等出利钱来了。快穿起来。（代旦穿束介）（老旦、小旦背介）早知道好的在后，我们不该抢夺才是。错了，错了。

【北哪吒令】（丑）感皇恩不遗，使全家笑嘻。怪封章不齐，致佳人怨悲。幸颁来不迟，把伊行怒回。状元的，莫太骄；榜眼的，休恁喜；倒被这探花郎，等出便宜。

（副净背介）这等看起来，毕竟还有一副是封赠奴家的了。（对末介）去对颁诏的讲，若还再有封诰，叫他快些送来，省得第四位夫人又要吵闹。（内鼓吹介）（小生捧诏上）口衔天宪出，身带御香来，不到无争处，皇恩未敢开。圣旨下！跪听宣读。皇帝曰：朕自践极以来，匪躬有失，饥馑荐臻；继以兵凶，愈增攘乱。边陲告急，司转运者，充耳不闻；赋役久逋，奉催征者，忍心不顾。嘉尔义民阙素封，家视朝廷，捐重资而不惜；身观民命，任博济而无辞。转败成功，伊谁之力？回生起死，实尔之由。爰叙嘉猷，合膺重奖。功既高于卜式，赏应重于汉朝。兹封尔为尚义君，位列诸侯王之下。妻邹氏、何氏、吴氏，俱封一品夫人。各受冠裳，以旌忠义。谢恩！（众）万岁，万岁，万万岁！（拜完起介）（丑对小生介）这番功劳，全亏了你，竟该拜谢才是。（小生）阙忠蒙恩主委用，信任不疑，致有今日。真是天地父母之恩，粉骨碎身难报。请恩主与各位主母上坐，好待阙忠叩头。（丑）以后不要这等称呼，我叫你做侄儿，你叫我做叔叔，大家同拜便了。（小生朝上，丑、三旦两旁，同拜介）

【南醉扶归】（小生）积金十万非容易，多蒙恩主不相疑。输边况又不亲赍，焉知不是偷天计？到如今把连城唾手换将归，堪笑那相如没用还原璧。

既然恩主有命，只得改换称呼。叔叔、婶母请便，小侄告退了。同侪莫羡出头人，须识家臣国也臣，只恐位高来重责，荷君不似荷柴薪。（先下）

【北金盏儿】（丑）幸痴人，福分与天齐。笑乖人，枉自用心机。人世上，贫与贱，富与贵，都有个一定的安闲位。一任那穷鼫鼠，终朝夸五技，怎似我这蛰虫儿，无寸翼，也能飞。

【南安乐神犯】（三旦）天生绝对，佳人才子，有甚相宜？都只为文人厌板喜参差，因此上天公特设参差配。棋枰联黑白，笔架配高低，总要脱雷同忌。心思巧，智慧奇，不曾爬得上天梯。安奇丑，乐蠢痴，鬼神反有救人时。

【北寄生草】（丑）作善的心肠猛，回天的手段奇。钱刀自把形骸劈，恩波尽

把腥臊涤，仁风硬把灾祲息。试将俺两般小像一齐传，做一幅凡人变化的真奇迹。

【南皂罗袍】（三旦）喜得男儿争气，把红颜命格，默换潜移。不怕东床四脚低，只忧袒腹无高婿。从今后呵，妻儿有病不须自医，闺门无福不消遍祈，一人作善全家贵。

【南尾】（合）从来花面无佳戏，都只为收场不济，似这等会洗面的梨园，怎教他不燥脾。

填词本意待如何？只为风流剧太多。

欲住名山逃口业，先抛顽石砥情波。

闺中不作违心梦，世上谁操反目戈。

从此红颜知有命，莺莺合嫁郑恒哥。

总　评

世间百千万亿，止靠一天，而天自盘古至今，春秋高矣，不无龙钟暮景，设施布置，大都不合时宜。故今日之天，舍却“奈何”二字，别无名号可呼。开辟之初，男女无心，忽然凑合，彼时妍丑二字，料无分别。即妍者，未必甚妍；丑者，亦未必奇丑。变化至今，炉钟改样，遂令美恶太殊，以致爱憎纷起，讵非造物者之过欤？簇簇闺英，令其五官，完具足矣，奈何夷光其貌，道蕴其才？既才貌相兼，则当予以佳配；即云至关难全，好物鲜并，亦当配一寻常男子，奈何以籧篨戚施之人，令人见而思避如阙不全其人者，溺其珠而粪其玉？一之已甚，况复至再至三。颠倒若此，安得不以“奈何”二字加之！非特此也，袁经略负命世之才，具掀天之手，即使佳丽成行，温柔作队，为风流侈靡之郭令公，亦未为已甚；奈何天绝坐失，

拥嫫姆以终身？韩解元抱怜香之素志，具冠玉之清标，使之永有丽娟，常餐秀色，为琴心独注之相如，亦未为不可；奈何觌面难逢，致王嫱之别嫁？阙忠貌邻潘宋，心并许张，使之生于贵族，早历宦途，畅所欲为，更不知作何竖立，奈何屈作人奴？胸前瑞雪忽纷飞，眼底桃花终堕落。鹏鹗乘风上碧霄，蛟龙获雨归丘壑。嗟乎！予见奈何天上，英雄跻跻，才子跄跄，为袁为韩为阙忠者，不知凡几，岂特三女同居，为泪雨愁云之世界乎？湖上翁不知决几许西江之泪，喷多少南岳之云，濡墨写嗔，挥毫泄痛，于无可奈何处，忽以“奈何”问天，天亦不能自解，笠翁又代为解之。此“红

颜薄命”之注脚所由来也。世人不知，翻怪笠翁蹂香躏玉，蚀月摧花，演此杀风景之传奇，为烧琴煮鹤者作俑。不知作俑者天，非人所能与也；天之作俑已久，亦非自今日始也。然使他人搦管，势必奋极思改，不顾伦常，斥冰人而翻月籍，掷琴瑟而抱琵琶，其所复风纪，不亦多乎？以愤世之心，转为风世之事，此种奇人，此种大力，非笠翁不能有。至于文辞之奇丽，关目之神巧，总非人工可到，若使人工可到，便非奈何天上炼石手矣！

·李渔全集·

合锦回文传

[清]李渔⊙原著
王艳军⊙整理

璇玑图叙

前秦苻坚时，秦州刺史扶风窦滔妻苏氏，陈留令武功苏道质第三女也，名蕙，字若兰。智识精明，仪容秀丽，谦默自守，不求显扬。年十六归于窦氏，滔甚敬之。然苏氏性近于急，颇伤嫉妒。

滔字连波，右将军于真之孙，朗之第二子也。神风伟秀，该通经史，允文允武，时论高之。苻坚委以心膂之任，备历显职，皆有政闻。迁秦州刺史，以忤旨，谪戍敦煌。会坚克晋襄阳，虑有危逼，籍滔才略，诏拜安南将军，留镇襄阳。

初，滔有宠姬赵阳台，歌舞之妙，无出其右。滔置之别所，苏氏知之，求而获焉，苦加箠辱。滔深以为憾。阳台又专伺苏氏之短，谗毁交至，滔益愤苏氏。苏氏时年二十一。及滔将镇襄阳，邀苏氏同往，苏氏愤之，不与偕行。乃携阳台之任，绝苏氏音问。

苏氏悔恨自伤，因织锦为回文，五彩相宣，莹心辉目。纵广八寸，题诗二百余首，计八百余言。纵横反复，皆为文章。其文点画无阙，才情之妙，超今迈古，名曰璇玑图。然读者不能悉通，苏氏笑曰："徘徊宛转，自为语言，非我家人，莫之能解。"遂发苍头赍至襄阳。滔览之，感其妙绝，因送阳台之关中。而具车从盛礼，邀迎苏氏，归于汉南，恩好愈重。

苏氏所著文词，五千余言，属隋季丧乱，文字散落，追求弗获。而独锦字回文，盛传于世。朕听政之暇，留心坟典，散帙之次，偶见斯图。因述若兰之多才，复美连波之悔过，遂制此记，聊以示将来也。

如意元年五月一日，大周天册金轮皇帝制。

璇玑图

苏　蕙

琴清流楚激弦商秦曲发声悲摧藏音和咏思惟空堂心忧增慕怀惨伤仁

芳廊东步阶西游王姿淑窕窈伯邵南周风兴自后妃荒经离所怀叹嗟智

兰休桃林阴翳桑怀归思广河女卫郑楚樊厉节中闱淫遐旷路伤中情怀

凋翔飞燕巢双鸠土迤逶路遐志咏歌长叹不能奋飞妄清帷房君无家德

茂流泉清水激扬眷颀其人硕兴齐商双发歌我衮衣想华饰容朗镜明圣

熙长君思悲好仇旧蕤葳粲翠荣曜流华观冶容为谁感英曜珠光纷葩虞

阳愁叹发容摧伤乡悲情我感伤情徵宫羽同声相追所多思感谁为荣唐

春方殊离仁君荣身苦惟艰生患多殷忧缠情将如何钦苍穹誓终笃志贞

墙禽心滨均深身加怀忧是婴藻文繁虎龙宁自感思岑形荧城荣明庭妙

面伯改汉物日我兼思何漫漫荣曜华凋旗孜孜伤情幽未犹倾苟难闹显

殊在者之品润乎愁苦艰是丁丽壮观饰容侧君在时岩在炎在不受乱华

意诚惑步育浸集悴我生何冤充颜曜绣衣梦想劳形峻慎盛戒义消作重

感故昵飘施愆殃少章时桑诗端无终始诗仁颜贞寒嵯深兴后姬原人荣

故遗亲飘生思愆精徽盛翳风比平始璇情贤衰物岁峨虑渐孽班祸谗章

新旧间离天罪辜神恨昭感兴作苏心玑明别改知识深微至嬖女因佞臣

霜废远微地积何遐微业孟鹿丽氏诗图显行华终凋渊察大赵婕所奸贤

冰故离隔德怨因幽元倾宣鸣辞理兴义怨士容始松重远伐氏好恃凶惟

齐君殊乔贵其备旷悼思伤怀日往感年衰念是旧愆涯祸用飞辞恣害圣

洁子我木乎根尝远叹永感悲思忧远劳情谁为独居经在昭燕辇极我配
志惟同谁均难苦离戚戚情哀暮岁殊叹时贱女怀叹网防青实汉骄忠英
清新衾阴匀寻辛凤知我者谁世异浮奇倾鄙贱何如罗萌青生成盈贞皇
纯贞志一专所当麟沙流颓逝异浮沉华英翳曜潜阳林西昭景薄榆桑伦
望微精感通明神龙驰若然倏逝惟时年殊白日西移光滋愚谗漫顽凶匹
谁云浮寄身轻飞昭亏不盈无倏必盛有衰无日不陂流蒙谦退休孝慈离
思辉光饬粲殊文德离忠体一违心意志殊愤激何施电疑危远家和雍飘
想群离散妾孤遗怀仪容仰俯荣华丽饰身将与谁为逝容节敦贞淑思浮
怀悲哀声殊乖分圣赀何情忧感惟哀志节上通神祇推持所贞记自恭江
所春伤应翔雁归皇辞成者作体下遗葑菲采者无差生从是敬孝为基湘
亲刚柔有女为贱人房幽处己悯微身长路悲旷感生民梁山殊塞隔河津

读图内诗括例

依五色所分章读之。

“仁智”至“惨伤”，“伦匹”至“榆桑”，“人贱”至“圣皇”，“春阳”至“殊方”，“钦岑”至“如何”。

以上七言四十句，每句为一
首，每首反读之，计八十首。

“诗风”到“微立”，“仁贤”至“凋松”，“充颜”至“虎龙”，“日往”至“奇倾”。

以上五言十六句，以每
句反读之，成三十二首。

“周南”至“相追”，“年时”至“无差”，“谗佞”至“未形”，“怨辜”至“伯禽”。

以上四言二十四首，
作二句分读，就成一篇。

“宁自”至“劳形”，“怀忧”至“何冤”，“念是”至“何如”，“悼思”至“者谁”，“诗情”至“终始”。

以上四言，前四首以每句反读，
后一首每句反读，成十首。

“嗟叹”至“为荣”，“凶顽”至“为基”，“游西”至“摧伤，”“神明”至“雁归”。

以上三言十二首，

反读成二十四首。

“佞因”至“旧新,”“南郑”至“遗身,”“旧间”至“佞臣,”“遗哀”至“南音”。

以上七言，凡起头退

一字反读之，成四首。

“厢桃”至“基津,”“磋中”至“春亲,”，“春哀”至“嗟仁”，“基自”至“厢琴”。

以上七言，自角退

一字斜读之，成四首。

第一卷 璇玑图遗文传半宝 风流种迟配俟佳人

诗曰：

传闻织女奏天章，谁道人间见七襄。
留得当年遗锦在，直教想煞有情郎。

话说自古及今，奇男子与奇女子皆天地英灵之气钟于色，而奇于才。古来有个绝世的奇女子，既具十分姿色，又具异样文心、异样慧手，造出一件巧夺天工的稀奇宝贝。这宝贝真是神物，在当时能使琴瑟乖而复调、夫妇离而复合。流传至几百年后，又做了一对佳人才子的撮合山，成就千古风流佳话。

你道那奇女子是何人？便是窦滔之妻苏若兰。你道那宝贝是何物？便是苏若兰所织的回文锦。它成就的佳人才子是哪一朝？却是唐朝梁生、桑氏的故事。在下如今且未表桑氏，先表梁生；将表梁生，须先把回文锦的缘由说与看官听。

昔秦苻坚时，武功人陈留县令苏道质，生有三女。那三女之中，只有第三个女儿蕙娘，小字若兰，生得丰神绝世，真个似玉如花；更兼才情敏妙，精通诗赋，又复善于绣锦，工于机杼，十指中疑有仙气。

父亲苏道质极其钟爱，为之择一快婿，乃扶风人，姓窦名滔，字连波，系右将军窦真之孙、窦朗之子。其人仪容秀伟、才识超群，官拜秦州刺史。这两个真是一对夫妻。

你道窦滔娶了这等一个妻子，也十分够了。谁想人心不足，得陇望蜀，又私宠了一个善歌舞的美姬，叫做赵阳台，蓄于别宅。若兰知道了，心怀不平，立刻把阳台娶回家来。因嗔怪丈夫瞒了她，故意将阳台凌虐。阳台受了些气，哭诉于窦滔。

窦滔只道妻子嫉妒，便于夫妻情分上渐渐疏淡。后来升了安南将军，镇守襄阳，要携若兰赴任。若兰气愤，不肯同去。窦滔径自同着赵阳台去了。一去经年，与若兰音问不通。

若兰深自追悔，思量无以感动其夫，因想："阳台不过以色伎见宠，我当以才情胜之。"于是，独运巧思，织下一幅回文锦，名曰："璇玑图。"其图横竖八寸长，上织八百余字，却纵横反复皆成章句，字体点画无不五色相宣，莹心耀目，便是天孙机上也织不出这一幅异锦。

当时，见者无不叹为奇绝，然不能尽通其章句。若兰笑道："非我良人，莫之能解。"遂遣苍头赍至襄阳，送与窦滔。

窦滔细细看了，既服其才情之妙，又见其诗中皆自叙寂寞悲凉、想念君子之意，因大悔悟。便把阳台遣归，发车徒，盛礼邀迎若兰至任所同处，恩好比前愈笃。这便是琴瑟乖而复调、夫妇离而复合，全亏这幅璇玑图了。

后来这璇玑图流传世间，又有人把来，依样刊刻了印板，传流后世。于是，多有文人墨士寻绎其中章句，也有五言的，也有七言的，也有三言、四言、六言的，准于百首。总只寻绎不尽，正不知有多少诗在内，真是一件奇宝。若非绝世奇女子，如何造得出？

只看古今来女子中极奇的，如唐朝武则天皇后，以女子而为天下主，改唐为周，自称金轮皇帝。她夸恃己之才，以为古来奇女子无过于我。独见了苏若兰璇玑图的刻本，十分叹服，特御制序文一篇，颁刻行世，至今传诵。正是：

则天作序褒苏蕙，只为璇玑迥出群。

才调漫夸如意曲，离奇怎及锦回文？

则天皇后爱那璇玑图文字，用千金购求原图，收贮宫中，时常把玩。后因天宝之乱，此图失去，朝廷多方求觅未获。

至僖宗乾符年间，楚中襄州地方，有个孝廉，姓梁名哲，号孟升。因赴公车下第而回，行至半路，偶到一酒馆中沽饮，忽见一个军人拿着半幅旧锦，问店主人换酒吃。店主人不肯换与他，互相争嚷。

梁孝廉走将过去，取那旧锦来看时，却原来就是苏若兰织的回文锦字璇玑图。但只有前半幅，已失去了后半幅。

梁孝廉见了，便问那军人道："这锦还有半幅，可也在你处么？"军人道："只这半幅，我也在一处拾得的，却不知那半幅的去处。"

梁孝廉道："既如此，你只将这半幅卖与我罢！"当下将些银两付与军人，买了这断锦，携至家中，把与夫人窦氏观看。窦氏笑道："此原是我窦家故物，合当付我珍藏。"

梁孝廉道："此锦向在宫中，因乱失去。朝廷屡次购求，无从寻觅。今幸为我得，但可惜只半幅，不知那半幅又流落在何处。待慢慢也留心访求，或者异锦仍当完合，那半幅也被我家获着，亦未可知。今且不可轻示外人，恐生事端。"

自此，梁孝廉夫妇珍藏这半锦，等闲不肯把与人看；便是至亲至友欲求一见，亦不可得。正是：

至文留与知音赏，石鼓还须待茂先。

梁孝廉虽珍重这回文锦，然但能钦其宝，未能绎其句，即幸得之，亦有何用？谁想他既得了一件非常之物，便生下一个非常之人。

原来，梁孝廉有一子，名栋材，字用之，年方七岁，聪慧绝人，读书过目成诵，属文不假思索。一日，偶见了刻本的璇玑图，爱玩不已，便把前人寻绎不到的章句，另自绎出三十首。

梁孝廉见之，大是惊异，因即将这半幅断锦付与他。梁生大喜，朝夕把玩，不忍释手。梁孝廉将儿子所绎的三十首回文诗夸示于人，一时你称我羡，都道梁孝廉家出了一个神童。

这名儿扬开去，早惊动了本州的太守。那太守姓柳名批，乃长安华州人，柳公绰之后，曾为殿中侍御史。因那时宦官杨复恭擅权，柳公为人耿直，与复恭不合，求补外任，左迁了襄州太守。当下闻梁孝廉之子有神童之名，便着人去请他来相见，要面试他一试。

梁孝廉与夫人窦氏恐怕儿子年幼，不敢便教他去谒见官长。倒是梁生道："太守既以礼来请，如何不去见他？"遂告过父母，同着来人，径至府堂，见了柳公。晋接之间，礼貌无失，应对如流。

柳公道："闻足下绎得璇玑图诗句，果有之乎？"梁生道："偶逞臆见，绎得数首，恐无当于高明。"

柳公便教取过纸笔，命梁生一一录出，一面取璇玑图的刻本来细细对看。果然联合得天然巧妙，皆前贤紬绎所不及。

柳公极其嘉叹，然犹心疑是他父亲所为，欲即面试其虚实，乃笑道："我今欲将'璇玑图'为题，作古风一篇，足下能即走笔否？"梁生欣然领诺，便磨墨展纸，略不思索，一挥而就。其诗曰：

天孙昔日离瑶台，织成云锦流尘埃。
纵横颠倒皆堪句，鸿文五色真奇哉。
自号璇玑诚不愧，大珠小珠相连缀。
即今凭吊动人怀，何况当年旧夫婿！
嗟哉阳台宠忽移，巧歌妙舞将奚为？
纵令声技绝天下，难方尺幅琳琅词。
独怪天章费紬绎，窦子安能尽识得？
若能尽识个中文，恨不连波自诠释。
两人相视应相笑，知音不与外人道。
叹息人亡图仅存，后贤披拂空销魂。

写毕，呈与柳公观看。柳公看了，大加称赏道："细观此诗，笔致苍然，耸秀入古，虽使沈宋构思、燕许握笔，不是过矣！不意髫龀之年，有此异才。”遂改容敬礼，请入后堂，置酒相待。

饮酒间，柳公道：“足下诗才高妙，异日固当独步一时。但老夫尚欲试策问两条，以卜他年经济。”

梁生起身道：“蒙童无识，何足以辱明问？既承询及刍荛，敢不自陈葑菲？乞即命题，尚求教正。”

柳公出下两个策论：一问用人，一问兵事。梁生不慌不忙，就席间对策二道。于用人策中，极言宦竖之害；于兵事策中，极言藩镇之害，语语切中时弊。柳公看了，愈加赞叹，因问道：“宦官、藩镇之害，毕竟当如何治之？”

梁生道：“宦官乃城狐社鼠，若轻易动摇，恐遗忧君父，须善图之，方保万全。至于藩镇肆横，必用王师征讨，但兵难适度，须临时权变，非一定之法所可拘也。”

柳公点头道：“足下所言，可谓深通国势、熟谙军机，将来定是文武全才，为国家栋梁之用。老夫便当表荐于朝。”

梁生逊谢道：“黄口孺子，何敢有污荐牍？况小子之意，愿从科第进身，不欲以他途谋进。”

柳公道：“足下大志如此，老夫益深钦羡。今且以胶庠为储才之地可也。”梁生逡巡称谢。席散之后，梁生告辞。柳公亲自送出府门而别。次日，便把梁栋材名字补了博士弟子员，送学肄业。

梁孝廉欢喜，随即率领了儿子到府谒谢。柳公接见留坐，问起令郎曾有姻事否。梁孝廉答道：“尚未曾婚聘。”柳公笑道：“可惜老夫无女，没福招此一位快婿。”

梁孝廉谢道：“豚子过蒙宠爱，无以克当。”柳公又极口称赞了一番，梁孝廉作谢而别。

自此，梁生的神童之名大著，轰动了一个襄州。城中凡大家富户有女儿的，都想要招他为婿，议亲者纷纷的到梁家来说。正是：

凭你才高海内，必附贵者而名。

众人以耳为目，只为太守云云。

当时议亲者虽多，谁想梁生年纪便小，却偏作怪：他因心爱了那璇玑图，遂发个誓愿，必要女郎的文才也像苏若兰一般的，方才娶她。你道人家女子，就是聪明的，也不过描鸾刺绣、识字通文而已。若要比这织回文锦的才思，却哪里又有第二个苏若兰？所以议亲者虽多，都不中梁生之意。

父母一来道他年纪尚幼，婚姻一事还可稍缓；二来见他志愿甚高，非比寻常择配，须要替他觅个佳偶，不可造次。因此迟迟至十三岁，依然未订丝萝。

梁孝廉有个嫡姊，嫁与本州秀才房元化，生一女儿，小字莹波，年方十二，略有姿容，稍知文墨。房元化时常与妻子梁氏私议，要把女儿中表联姻，就招内侄梁生为婿。只因见梁生志大言大，未敢启齿。不想梁氏偶染一病，因服差了药，竟呜呼哀哉了。

房元化为痛伤妻子之故，亦染成一病，医祷无效，也看看不起。临危之时，特请舅子梁孝廉到卧榻之前，将孤女莹波托付与他，说道："小弟无子，只此一女。今令姐既已告殂，弟又将登鬼录，此女无所依归，乞老舅念骨肉之情，领她到家去抚养。若令郎不弃寒贱，便可遣侍箕帚。如其不然，径养作养女，另为择配，但使不至失所，弟于九泉之下，亦瞑目矣。"言讫而逝。

梁孝廉既受了房元化临终之托，又见他家境廉薄，后事无办，心中恻然，凡一应殡殓丧葬之费，俱代为支值。丧事毕后，便领甥女莹波到家。夫人窦氏正没个亲生女儿，今得甥女奉侍，甚是喜欢。莹波趋承膝下，礼貌亦无缺，窦氏愈加怜惜，直是亲生的一般。又见其举止仪容亦颇不俗，因想儿子栋材至今未有姻事，何不中

表为婚，径将甥女做了媳妇？遂把此意与梁孝廉相商。

梁孝廉道："前日姊丈临终之时，亦曾言及此，但恐孩儿所望太高，未必便看得甥女中意。你可试探他一探，看他如何说。"

窦氏应诺，便唤梁生来，对他说道："古人云：'丈夫生而愿为之有室。'你如今婚姻未就，是我父母身上一件未了之事。今你表妹莹波，颇有几分才貌，我意欲教你做个温太真，你道好么？"

梁生笑道："孩儿有愿在先，今表妹若果像得苏若兰，则玉镜之聘，固所不惜；若只如此平平才貌，恐非金屋中物。"

窦氏道："你休痴心妄想，苏若兰这般女子，旷代而生，不容有二。你若必要像得她的方与为婚，只怕一世不能有配，却不把百年大事错过了？"

梁生道："天既生才子，必生才女配之。难道当今便没有苏若兰？只是未能便相遇乎。若不过其人，孩儿情愿终身不娶。"说罢，便去桌上取过笔砚来，题诗四句于壁间道：

天生彩凤难为配，必产文鸾便与谐。
断锦已亡犹可获，佳人哪得不重来？

窦氏见梁生所言如此，又看了所题诗句，知其志不可强，只索罢了。谁想那莹波当初在家时，常听得父母说要与梁家表兄联姻，又闻父亲临终遗言也曾道及。后来过继到梁家，见梁生丰姿出众，心窃慕之；听说舅母要把她与梁生配合，私心甚喜。

及闻梁生嫌比她，不肯要她为妻，心中十分不乐道："难道我便是个弃物？我看你明日娶的妻子是怎样一个天仙织女！"又怨怅梁孝廉夫妇两个不径自作主，却甚凭孩儿嫌长道短。因想："我亲生的爹妈死了，如今以舅为父，以舅母为母，毕竟不着疼热，正不知明日把我配与什么人。"于是将承欢侍养的念头都放冷了。有一篇口号，单道那过继异姓人家女儿的没用处，且是说得好，道是：

惜如金，非生丽水；爱似玉，岂出昆冈？亲之待女，只是一般心意；女之视亲，偏有两样肚肠。一个解衣衣之，推食食之，十分保护；一个谓他人父，谓他人母，满腹凄凉。一个勉尔趋承，终嫌生强；一个见他侍奉，认做家常。必使受托苹蘩，方是真媳妇奉侍真舅姑；若但虚陪定省，不过假兄妹趋侍假爹娘。凭你作亲儿女在膝前，看他只有自父母在心儿上。

话说的虽则如此说，难道人家过继的儿女尽是没用的？天下尽有亲生儿女，爹娘竟受用他不着，反亏了过继的收成结果。所谓“有意种花花不活，无心插柳柳成荫”，人家父母也只为这个话头，所以过继儿女在身边，虽不知那个儿女的心里是怎的，若论父母之心，再没有个不尽的。

即如窦氏把甥女莹波爱若亲生，既认做女儿，又欲配为媳妇，只因儿子不愿，遂不相强，非是她不能径自作主配合。她也道：“儿女婚姻乃百年大事，必须男女你贪我爱，异日方才夫妻和好。若两个里边有一个不愿，便使父母硬做主张配合了，到底不能十分和顺。在男子还可别选佳丽，更置侧室，那女子却不误了她终身？”所以，梁生既不愿以莹波为妻，窦氏便不强他，这不特任从儿子，亦是爱惜莹波的一片好意。

当日，窦氏与梁孝廉商议道：“孩儿立志难强，中表为婚非其所愿。但急切哪里有个十分才貌的女子来配他？姻缘在天，须索慢慢替他访求。如今且先与莹波定下了一头好亲事，庶不负她父亲临终之托。”

梁孝廉点头道：“说得是。”便着人唤几个媒婆进来，把这话对她说了，教她在外边寻觅个好头脑。

看官，你道莹波的姻事不像梁生这般拣择，定然是容易成的了？哪知人情最是势利，打听莹波不是梁孝廉的亲生女儿，有高似梁家的，便不肯与她联姻；若低似梁家的，梁孝廉夫妇却又不肯。为此高来不成，低来不就，莹波的姻事也只顾蹉跎

了。只因她姻事蹉跎，便又引出个中表议婚的头脑来。有分教：

雀屏开处，招一个无行郎君；

萱草堂前，添一个挂名儿子。

毕竟此人是谁，且听下卷分解。

【素轩评】此卷乃全部提纲，故入手处先将璇玑图叙得分明，说得郑重。及入本传，看他闲叙去，而十六卷之人情事变，胥于此卷中伏笔，便觉枝不横生，花无漫发。至形容继子处，尤中情理，使凡为螟蛉者大难为情。

第二卷 梁家母误植隔墙花 赖氏子权冒连枝秀

诗曰：

移花接木总来痴，到底螟蛉不是儿。
三寸热肠徒费尽，作成他姓得便宜。

却说莹波姻事，高不成，低不就。也是她命里合该中表为婚，梁家的表兄既不愿以之为妻，恰好又遇着一个中表弟兄来与她作配。

你道那中表兄弟是谁？原来，梁夫人窦氏还有一姊一妹。姐姐嫁与河东武官薛振威，生一子，名唤尚文，长梁生四岁；妹子嫁与本州富户赖君远，亦生一子，名唤本初，长梁生五岁。这两个都是梁生的两姨兄弟。

那薛家乃薛仁贵之后，世袭武爵。薛振威现为兴安守将，家眷都在任所。那赖家却就住在本州，不比薛家隔远，因此与梁家往来稍密。

不想赖君远初时殷富，后来家事渐渐凋零。不几年间，田房卖尽，夫妇又相继而亡，遗下孤子赖本初没处安身，只得去投奔一个族叔赖二老。

那赖二老是个做手艺的穷汉，家中哪里添得起人口？况赖君远当初兴头时，未必照顾着这穷族弟，今日怎肯白白的养那侄儿？故意欲教他也学手艺。

赖本初又道自己旧曾读书，不肯把手艺来学。赖二老想道："他既不肯学手艺，我又养他不起，须打发他去别处安身才好。因想起梁孝廉的夫人是他母姨，何不径送他到梁家去，要他母姨收养？"算计已定，次日，便先到梁家来，央浼管门的老苍头梁忠，将此意传达夫人。

窦氏念姊妹之情，即把这话与丈夫商量。梁孝廉道："我孩儿正少个伴读，他既有志读书，收他为子，与孩儿作伴也好。况扶植孤穷也是好事。"

窦氏听了大喜，便择了吉日，着人往赖二老处接取赖本初到家。先令沐浴更衣，然后引入中堂拜见，认为义子。赖本初甚喜，即称姨夫为父，母姨为母，表弟为弟。窦氏并唤莹波出来，一发都相见过了。随命赖本初和梁生作伴读书。此时，赖本初的遭际恰与莹波一般。正是：

并似失林飞鸟，同为涸辙穷鱼。

一从父命倚托，一向母党依栖。

过了几时，梁孝廉见赖本初外貌恂恂，像个读书人，又执礼甚恭，小心谨慎，因倒有几分怜爱他。窦氏探知其意，便与梁孝廉商议道："赖家外甥，我收他为假子，不如赘他为养婿。现今莹波姻事未就，何不便把来配与他？"

梁孝廉沉吟道："此言亦是，但我还要看他文才何如。若果可以上进，庶不误了莹波终身，房家姊丈方可瞑目于地下。"两口儿正商议间，只见管门的老苍头梁忠拿着个帖儿来禀道："河东薛爷的公子从兴安游学到此，特来拜谒。"

梁孝廉接过帖来看时，上写"愚甥薛尚文"名字，便笑对窦氏道："又是一个外甥来了。"随即出厅迎接。那薛尚文登堂叙礼罢，即请母姨拜见。窦氏出来相见了，一同坐下，各各动问起居毕。

窦氏道："贤甥多年不见，且喜长成得这一表人材。"梁孝廉道："老夫与贤乔梓，只因天各一方，遂致音问辽阔。今承贤甥枉顾，深慰渴怀。"

薛尚文道："家君荫袭世爵，远镇兴安，山川迢隔，亲故之间多失候问。今愚甥不才，不敢贪承世荫，窃欲弃武就文。久闻表弟用之的才名，如雷贯耳。因奉父母之命，游学至此。若得亲讲席，与用之表弟朝夕切磋，即是愚甥万千之幸了。"

梁孝廉道："至亲之间，同学相资，是彼此有益的事。且前日赖家外甥因父母俱故，亦相依在舍。今吾甥远来，吾儿不至独居寡保矣！"便叫家童道："房中请两位相公出来，说河东薛相公到了。"

二人闻之，急急整衣而出，彼此各道契阔。窦氏吩咐厨房中备酒接风。至亲五人，欢叙至更深而歇。

自此，薛尚文与赖本初在东厢房下榻，与用之同堂学艺。正是：

同声相应，同气相求；

有客爰止，一薰一莸。

梁孝廉原是个宿儒，待那两甥一视同仁，毫无分别。哪知薛、赖两人读书则同，性情却异。这薛尚文是个坦白无私、刚肠疾恶的人。这赖本初虽外貌温雅，此中却甚是暧昧。

一日，梁生读书之暇，取出自己平日著作及前所绎璇玑图诗句，与两个表兄看，两个各赞诵了一番。梁生又说起所藏半锦，两个求来一看。梁生随即取出，又各赏鉴了一番。

赖本初便道："璇玑图向为宫中珍秘，后散失在外，寻求未获。今贤弟所藏，虽只半幅，然片锦只字，无非至宝。近闻内相杨复恭悬重赏购求此图，吾想杨公权势赫奕，正在一人之下，贤弟何不把这半锦献与杨公，倒可取得一套富贵。"

梁生未及回言，只见薛尚文正色厉声道："赖表兄何出此语？杨复恭欺君罔上，罪不容诛，我恨不即斩此贼！读书人要明邪正，尔今在未进身之时，便劝人阿附权阉，他日作事可知矣！"

赖本初被他抢白了这几句，羞得满面通红，无言可对，但支吾道："我是说一声儿耍，如何便认真？"

梁生笑道："弟固知兄戏言耳！吾辈岂贪慕富贵、趋炎附势者乎？"赖本初羞惭无地。正是：

一正一邪，开口便见；

后日所为，于斯伏线。

自此，赖本初深怪薛尚文，薛尚文又深鄙赖本初，两下都面和心不和。梁生明

知二人志行优劣不同，然只是一般相待。两个把文字来请教他，他只一样从直批阅。文中有不妙处，即直笔涂抹。

赖本初却偏有心私，把文中涂抹处暗地求梁生改好，另自誊出，送与梁孝廉看。薛尚文却只将原笔呈览。梁孝廉看了，只道赖家外甥所作胜过薛家外甥。

一日，梁生批阅薛尚文的文字，也替他随笔增删改窜停当。薛尚文大喜，随即录出。才录完，恰好梁孝廉遣人到来，讨文字看。薛尚文便把录出的送去。梁孝廉也便赞赏说道："此文大胜于前。"赖本初闻知，十分妒忌，心生一计，要暗算他。

原来，赖本初奸猾，凡求梁生改过的文字，另自誊出之后，即将原稿焚烧灭迹。薛尚文却是无心人，竟把梁生所改的原稿撇在案上，不曾收拾，却被赖本初偷藏过了。等梁孝廉到书馆来时，故意把来安放手头，使梁孝廉看见。梁孝廉见了，默然不语，密唤梁生去，埋怨道："你如何替薛家表兄私改文字来骗我？"

梁生见父亲埋怨他，更不敢说出赖表兄文字也常替他改过的话。梁孝廉一发信定，薛尚文的文字不及赖本初。正是：

直道终为枉道算，无心却被有心欺。

一日，窦氏又对丈夫提起莹波的姻事，梁孝廉道："我向欲于两甥之内，择一以配之。今看起来，毕竟赖家外甥的文才胜，可与莹波作配。"

窦氏笑道："莫说赖家外甥的文才胜，纵使两甥的文才一般，毕竟是赖家外甥相宜。"梁孝廉道："这却为何？"

窦氏道："薛甥是贵家子弟，少甚门当户对的姻事？赖家外甥是无父无母依栖在人家的，急切没人肯把女儿嫁他。我和你雪中送炭，可不强似锦上添花？"梁孝廉点头道："说的是。"

两个主意定了，便教身边一个养娘张妪，把这话传与赖本初知道。赖本初喜出望外，从此改称假父为岳父，假母为岳母。正是：

不须媒妁，不须行聘。

百年大事，一言为定。

赖本初既做了养婿，便分外亲热，不像薛尚文客气。相形之下，渐觉薛尚文疏远了。薛尚文想道："小赖的文才未必强似我，却被他用诈谋赚了这头亲事。"心中甚是不平。

一日，出外散步而归，只见小厮爱童在廊下煎茶，口中喃喃讷讷的，怨说赖官人不好。薛尚文唤问其故。爱童道："赖官人常哄我到后书房去，弄我的臀，弄得我好不自在。"

薛尚文大笑道："原来他外面假老实，却这般没正经。"爱童道："他不但弄我的臀，连里面张养娘的臀也被他弄过。"

薛尚文听说，一发疑怪，因细问其事。爱童道："前夜我起来出恭，不知书房门怎的开着。因走到门边看时，月光下，只见张养娘像马一般的趴在地上，裙裤都褪在一边，露出臀儿。赖官人立着在那里弄，被我看见了。他两个吃了一惊，再三叮嘱我，教我不要说，赖官人还许把钱与我。如今钱不见他的，却又要哄我到后书房去做甚勾当，好不识羞。"

薛尚文听了，拍手笑道："那张养娘不就是常出来的这老妪么，我看她年纪也有四十多岁了，怎还恁般风流？"爱童道："她人老，性不老哩！"薛尚文呵呵大笑，便做下四句七言俚诗道：

老娘偷约小冤家，潜向书斋作马趴。

童子不知背水阵，对人错说后庭花。

又做四句五言俚诗，单嘲赖本初，道：

老赖真无赖，色胆天来大。

男女一齐来，老少都相爱。

薛尚文将这俚诗写在一幅纸上，正在那里笑。不期梁生走来见了，叩知其事，失惊道："不想赖兄做出这等没正经的勾当！然此丑事不可外扬，吾兄还须隐人之短，切勿宣露。"薛尚文应诺。

过了一日，梁生另寻别事，教母亲把这张养娘打发了去，连爱童也寻别事打发去了。另拨一个家人管了门，换老苍头梁忠来书房服侍。处置停当，把这些丑话都隐过，并不向父母面前说破，就在赖本初面前，也略不提起。正是：

少年老成，十分涵养。

处置得宜，汪洋度量。

薛尚文见梁生恁般处置，又忠厚，又老成，十分敬服。梁生又想：“表妹莹波既已长成，何不早与赖兄毕姻，省得这顽皮又做出甚事来！”正要将此意对母亲说，不想梁孝廉忽然害了痰症，中风跌倒，扶到床上，动弹不得。慌得窦氏连忙请医调治。梁生衣不解带，侍奉汤药。

过了数日，病势方稍缓，梁生乘间进言道：“莹波表妹既许了赖表兄，何不便与他成亲？父亲病势得此喜事一冲，或者就好了。”

窦氏便对丈夫说道：“孩儿所言，甚为有理。常言道：‘一喜免三灾。’今没有孩儿的亲事来冲喜，且把他两个来冲一冲，有何不可？”梁孝廉点头依允。

窦氏便择个吉日，为赖本初毕姻。且喜莹波与赖本初夫妇甚是相得。薛尚文见赖本初成了亲，又做下一首《黄莺儿》曲嘲他道：

舅子是恩人，把新娘早作成。被中搂抱花枝嫩，养娘老

阴、小厮后庭，从前杀火权支应。到如今，饱须择食，切莫乱偷情。

赖本初晓得薛尚文嘲他，十分恼怒。然笑骂由他笑骂，老婆我自得之。

光阴迅速，毕姻之后，不觉又过月余。时当试士之年，太守柳公出示考校儒童，赖本初报名应考。他一向已改姓梁，今却又使个见识，改名梓材，与梁栋材名字一例排行。薛尚文见赖本初赴考，便也要去考。

赖本初道：“兄不是本州人，恐有人攻冒籍，深为不便。”薛尚文笑道：“小弟不该冒籍，兄也不该冒姓了！我在此游学，就在此附试。若有攻冒籍的，即烦梁家表弟去对柳公说了，也不妨事。”

梁生道：“共禀车书，何云冒籍？兄径放心去考，倘有人说长道短，都在小弟身上。”薛尚文大喜，随即也去报了名，候期考试。

看官，听说从来冒籍之禁最严。然昔人曾有一篇文字，极辨冒籍之不必禁，却也说得甚是有理。其文曰：

既同车书，宁分畛域，夫何考试独禁冒籍？如以籍限，谓冒宜斥，则宣尼鲁

产，曷为之荆、齐而适宋、陈？孟子邹人，曷为游大梁而入即墨？楚材曷以为晋用，李斯曷以谏逐客？苏秦曷以取六国之印，马援曷以遨二帝之侧？百里生于虞，曷以相秦穆之邦；乐毅举于赵，曷以尽燕昭之策？若云南人归南、北人归北，宜从秦桧之言；将毋"莫非王土"、"莫非王臣"，难解咸丘之惑。愿得恩纶之下颁，特举此禁而开释。

薛、赖二人等到试期，一同进考。柳公坐在堂上，亲自点名给卷。点至梁梓材名字，把赖本初仔细看了一看，便问道："本州学士梁栋材可是你弟兄么？"赖本初忙跪应道："正是梓材之弟。"

柳公道："我一向不闻他有兄，你可是他嫡兄么？"赖本初便扯谎道："梓材正是他嫡兄。向因游学在外，故未及与弟子同叩台端。"柳公听说，遂将朱笔在他卷面上点了一点，记着了。正是：

说人冒籍，自却冒姓；既将姓冒，又将名混。只求龙目垂青，权把雁行厮认。

赖本初考毕回来，对梁生道："今早柳公点名时，问及贤弟，我已说是嫡弟了。乞贤弟权认我做嫡兄，写个揭帖去荐一荐，方使我言不虚。"

梁生欣然道："我将薛、赖二兄都荐去便了。"赖本初见说二人同荐，便不言语。

次日，梁生取过揭帖来，开写道：

治下本州沐恩门生梁栋材禀，为恳恩作养事：

计开儒童二兄：

薛尚文，系表兄；梁梓材，系嫡兄。

薛尚文见了，拱手称谢。赖本初心里却好生不然，想道："怎倒把小薛开在前面？"沉吟了半晌，便问道："这揭帖还是贤弟面致柳公，还是遣人去投？"

梁生道："父亲病势虽稍缓，尚未能起床，小弟不敢暂离左右，只遣梁忠去投了罢。"随即唤梁忠来，把揭帖封好付与，教速去投递。吩咐毕，自进里面侍奉汤药去了。

梁忠看着赖本初道："衙门投揭有常例，使用约费两万，却怎么处？"薛尚文便

道："此小费我当任之。"即取银一两付与梁忠收了。

梁忠恰待出门，赖本初道："衙门里有个书吏，是我旧相识，我今同你到州前去寻他。若寻着了，央他把揭帖投递，一发熟便。"梁忠道："如此甚好。"便随着赖本初同到州衙前来。

赖本初假意寻了一会，说道："怎不见他？想必有公务在衙里承值，少不得就出来，须索等他一等。"因对梁忠道："你不必在此久等了，老相公卧病在床，恐有使令，你可先归。这揭帖我自寻着那相识的书吏，央他投了罢。"

梁忠见说，便把书与银都交付赖本初，先自回家去了。赖本初哄得梁忠，转身径到州前一个纸铺里，另换个揭帖，把薛尚文名字除去，单开一个梁梓材名字，去向衙门投下。正是：

如鬼如蜮，奸谋叵测。

任贤之人，倒被空出。

看官，听说唐时制度，没有学臣。凡秀才科举，都是郡守举报，儒童入泮亦是郡守考选。柳公久任襄州，已曾将梁生举报两次科举，只因梁孝廉以其年幼，不肯教他去。梁生又道父亲年老，不忍远离。为此，两次都不曾进京应试。

柳公见他不以功名易其孝思，愈加敬重。如今他开荐的儒童，哪有不听之理？况前日点名给卷时，已曾留心梁梓材名字，今又见了揭帖，便把他高高的取了。报喜的报到梁家，赖本初十分欢喜。薛尚文竟落孙山之外，甚是扫兴。梁孝廉只道两甥同列荐牍，却一取一不取，还信是毕竟赖家外甥的文字好。

次日，梁生免不得率领赖本初去回谢柳公。只见州衙前已悬挂白牌一面，上写道：

正堂柳示谕营门员役：凡一应谢考新生，只收名揭，俱免参谒。

梁生见了，遂将梁梓材名揭与自己的谢揭都递与门官。门官见了梁生，便道："今早老爷吩咐，若梁相公来，要面见的。"

梁生听说，便教赖本初先回。门官一面入内通报，柳公传命，请入后堂相见。梁生见了柳公，先谢了他，然后从容言及表兄薛尚文曾求提拔，未蒙收录。

柳公惊讶道："前日贤契揭上只开得令兄，那姓薛的从未见教。"梁生心中疑惑，唯唯而别。出了州衙门，便唤梁忠问道："前日荐揭可是你亲来投递的？"

梁忠道："前日赖官人同老奴来，要寻什么相知的书吏，托他去投。因一时寻不见，打发老奴先回，他自己去投递的。"

梁生闻言，已猜是赖本初偷换了原揭，便教梁忠："你去问那衙里柬房书吏，说我前日荐揭上开写的儒童是一名，是两名？问明白了，快来回报。"梁忠领命去了。

梁生回到家中，把柳公所言询问赖本初。赖本初支吾道："贵人善忘，想必柳公失记了。"薛尚文便道："吾闻柳公极是精明，如何会失记？"赖本初又转口道："秀才人情听了一名，已为破格，如何听得两名？柳公不好直言回复，故作此权变之词耳！"

薛尚文只是摇头道："这事有些跷蹊。"梁生道："不须疑虑，我已遣梁忠到柬房去查问了，少不得有个明白。"言未毕，梁忠已回。薛尚文忙问道："你到柬房去，可曾查明么？"

梁忠道："柬房吏人说：'柳爷发案时，先把真才取足了；然后将要听的荐书逐一查对姓名，填写在案。你家梁相公荐揭上只开得嫡兄梁某，并无别个。'老奴因想：'此揭是赖官人当日亲自投的，岂有差池？还只怕柬房所言未实。'那吏房见老奴迟疑不信，便道：'原揭现在，你若不信，我把与你看。'老奴看那揭上时，果然只有一名，并没有薛官人名字在上，这不知是甚缘故。"

薛尚文听了勃然大怒，指着赖本初骂道："你这奸险小人，弄得好手脚！"赖本初涨红了脸，强辩道："我当日原托一个熟识的书吏去投递，或者是他弄的手脚，你如何便恶口骂我？"

薛尚文嚷道："还要胡说！不是你弄的手脚，是谁？你道我恶口骂你，我若不看姨夫、母姨与表弟的面，今日便打你一个臭死！"

梁生劝道："薛表兄息怒。小弟人微言轻，就开两名进去，柳公也未必尽听。况吾兄大才，今虽暂屈，异日自当一鸣惊人，何必争此区区？"

薛尚文道："功名事小，只可恨抹杀了表弟一段美情。"又指着赖本初骂道："你这短行小人，我倒包容了你许多丑事，你却反暗算我。我薛尚文就不做得这襄州学生，也不辱没了我一世。"

赖本初也嚷道："拚得你去袭了职，做了武官，也管我不着，也不怕你摆布了我。"薛尚文拍掌道："你试试着看，明日你摆布得我，我摆布得你?"

梁生劝道："亲者无失其为亲，故者无失其为故，二兄不必如此争竞!"说罢，一手拖了赖本初进去。薛尚文还气愤愤的，梁生又用好言再三劝解。

次日，薛尚文唤原随的老仆收拾行李，谢了姨夫、母姨、表弟，要仍回父亲任所。梁生苦留不住，只得厚赠赆仪，亲自送出城外，洒泪而别。正是：

弃武来就文，就文又不可。

文字多迍邅，不如仍用武。

此时，梁孝廉病体未痊，梁生恐他病中动气，把上项事都瞒过了，不对他说。梁孝廉只道薛尚文因考试不取，没兴而去，哪知这许多就里?

赖本初自薛尚文去后，倒喜得冤家离眼睛。从此，时常背了梁生，私自到柳公处送礼钻刺。借了梁生的弟兄名色，不是去求批手本，便是求准状词。

看官，听说凡钱囊的四皮不备，不能钻刺。哪四皮?第一是舌皮，花言巧语，转变得快；第二是脚皮，朝驰暮逐，奔走得勤；第三是面皮，官府怠慢，偏忍得羞；第四是肚皮，衙役诟詈，偏受得气。

这四皮赖本初却也兼而有之，因此，柳公被他缠不过，只得略听他几件。一日，赖本初思量要寻个富家巨室的华馆来坐坐，因又想要去求柳公荐引。只因这一番，有分教：

奸猾之徒，忽地挨身富室；

膏粱之子，不幸受害匪人。

毕竟后事如何，且听下卷分解。

【素轩评】稗官为传奇蓝本，传奇有生旦，不能无净丑。故文中科诨处，不过借笔成趣，观者勿疑其有所指刺也。若疑其有所指刺，则作者尝设大誓于天矣。

第三卷 窃馆谷豪家延损友 撞金钟门客造奸谋

诗曰：

自古薰莸不同器，物以群分方以类。
君子必与君子交，小人还与小人聚。

却说太守柳公，是个清正的人。赖本初只管把俗事去缠他，始初灭不过情面，勉强听了几件；后来缠得不耐烦了，被他怠慢了两次，连本初自己也觉厌了。因想："荐馆乃斯文一道，不算俗事。若求他荐得个好馆，骗些馆谷，也强似出入公门。"筹划已定，遂于送节礼之时，把这话恳求柳公。谁想柳公听了，又甚不喜。

你道柳公为甚不喜？原来，秀才求官府荐馆，已成恶套。往往先自访得个殷实富户，指名求荐，官府便发个名帖去致意。那富户人家见是官府荐来的，恐怕不好相处，不敢聘请；却又难违官府之命，只得白白把几十金送与这秀才，以当馆谷，婉转辞谢。

此风既惯，官府初尚发帖婉致，后竟出牌硬着。富户中有倔强的，或回称家中并无子侄，不要延师；或回称子侄年幼，不能就学；或回称已有先生在家；或回称不愿子侄读书；甚或回称这秀才与我有隙，借此索诈。如此这般回禀，遂把荐馆又弄做一件最可厌的事了。

当日柳公深知此弊，因即对赖本初道："刺史非荐馆之人，荐馆非官长之事。此言再也休提。"本初抱惭而退。

柳公既淡泊了本初去，心中倒念着梁生，想道："他兄弟二人，一个竟是非公不至的澹台灭明；一个却如鱼中阳鲛，迎纶吸饵，何人品之不同如此！只因看了这日日来缠的，越觉那不来的有品了。"

一日，又有一个秀才来送礼谒见。那人姓栾名云，字生栋，是本州一个富家子弟，也是用荐书入泮的。柳公与他叙话间，晓得他家西席尚虚，因便把梁生荐与他道："你学识未充，不可无明师良友之助。本州学生梁栋材是个佳士，何不去请教他？"栾云鞠躬领命。正是：

求荐不荐，不求反荐。既说不荐，忽然又荐。邑中另有高才，堂上自具别眼。

栾云领了柳公言语，回到家中，便与一个惯帮闲的门客时伯喜商议道："我久闻梁栋材的名字，今又蒙太守相荐，便请他来做个相资朋友也好。但他是个孝廉公子，又在盛名之下，不知可肯出来处馆？"

时伯喜道："这不难！大官人可写个名帖付我，待我先到他家致意，探他若肯相就，然后致聘便了。"栾云大喜，便写帖付与，教他速去拜望了回报。伯喜领命而去。

原来，这时伯喜乃栾家最用事的帮闲门客，性极奸贪。栾云却信任他，每事必和他商议。向有一篇二十回头的口号，单笑那帮闲的，道是：

帮闲的要走通脚头，先要寻个荐头。初时伺候门头，后来出入斋头。设事要来骗饭吃，讨个由头。掇着两个肩头，看着人的眉头，说话到忌讳处缩了舌头。酒席上惯坐横头，吃下饭只略动些和头。大老官忘了酒令，他便提头；大老官有罚酒，他便做个寄酒户头。与大老官猜枚，诈输几个拳头；席散要去，讨个蜡烛头。若要住夜，趁别人的被头。陪大老官闲走，他随在后头；与大老官下棋，让几着棋头。大老官赌钱，捉个飞来头；大老官成交易，做个中人头。托他买东西，落些厘戥头；托他兑银子，落些天平头。托他与家人算账，大家侵匿些账头。总之，只帮得个兴头。若是大老官穷了，他便在门前走过，也不回头。

话说的，帮闲之辈，大人家原少他不得。难道都是这般贱相？其中原有好歹不同：若论歹的，逞其奸贪伎俩，设局哄骗大老官，莫说这二十四头，就比强盗也还更进一头；若是好的，他每事在大老官面前说几句好话，这些大老官往往有亲友忠告善道，说他不听的事，却被帮闲的于有意无意之间，三言两语，他倒服服的听了。这等看来，帮闲的也尽会帮人干得几件好事。

莫笑他这二十四头，却倒也头头是道。

闲话休题。且说时伯喜当日拿了栾云的致意帖，自己也写了个“眷晚生”的名帖，径到梁家来拜望，却值梁生不在家中。原来，梁生因父病未痊，那日要出外问卜，唤梁忠随着去了，只有赖本初在家。

当下本初便出来与时伯喜相见，叩其来意。伯喜遂将柳公称荐梁生、栾云托他致意的话备细说了。本初想道：“我本求柳公荐我，不想倒荐了他。”因便心生一计，对伯喜道：“舍弟蒙栾兄错爱，又承老丈赐顾，足感盛情。今偶他出，有失倒屣。归时，当商酌奉复。”

伯喜道：“在下只道先生就是用之，先生原来却是用之先生的令兄，不敢动问名号。”本初道：“贱名梓材，贱字作之。”

伯喜道：“适间不曾另具得一个贱刺来奉拜，深为有罪。令弟回府，千乞鼎言。在下明日来专拜先生，便讨回音也。”

本初便道：“不劳尊驾再来，明日学生当造宅拜复。请问尊居在何处？”伯喜道：“舍下只在郡治之西一条小巷内，但怎敢劳动台驾？还是在下来候教便了。”说罢，起身告辞而去。

少顷，梁生回家，本初把这话与他说知。梁生沉吟道：“父亲有病，小弟正要侍奉汤药，如何出去处得馆？”

本初便道：“我看起来，这馆原不是贤弟处的。那栾兄既慕贤弟之名，又奉柳公之命，便该亲来拜谒，如何只遣门客代来？这就是不敬了。此等膏梁子弟，难与作缘，不如决意回了他罢。”梁生道：“说得有理！明日待我去答拜那姓时的，就便回他。”

本初道：“栾生栋既不自来，贤弟亦何必亲去？今日那姓时的，原只见得我，明日也待我替你去走一遭罢了。”梁生道：“如此最好。”便写个致意回帖，并答拜的帖付与本初。

次日清晨，本初取了二帖，又暗写自己一个名帖，藏在身边，也不唤人跟随，径自往郡西小巷内寻问时家。恰好在巷口遇见了时伯喜，揖让到家中。

叙礼毕，伯喜看了拜帖说道："在下今日正要造宅，候领回音，如何反劳大先生先施？昨所云，未知令弟尊意若何？"本初道："舍弟因家君有恙，奉侍汤药，不便出门，特托学生来奉复，别有计较。"

伯喜道："家事从长。既有大先生在宅，尊大人处可以侍奉，令弟便出门也不妨。"

本初道："虽云舍弟，实是内弟。学生本姓赖，因入赘梁家，故姓了梁。其实内父只有内弟一子，所以不要他轻离左右。内弟若来就馆，恐违父命；若不就，是又恐负了栾兄盛情，并虚了郡尊雅意。今有一个两全之策在此。"

伯喜道："请问有甚两全之策？"本初道："内弟之意欲转荐学生相代。学生算来，倒有几件相宜处：一来内弟自幼娇养，从未出外处馆，不若学生老成，处馆得惯；就是如今在内父家中，与内弟相资，也算处馆。二来内弟如今纵使勉强应承，却因内父有病，常要归家看视，不若学生无内顾之忧，可以久坐。三来栾兄见爱内弟，不过要请教他文字。今他的文字都有，在学生处。况学生若就馆之后，内弟亦可时常到馆中来，是栾兄请了一个先生，却就不请了两个先生回来？栾兄若请了别人，恐拂了柳公之命。今晓得就请了梁某的弟兄，柳公也自然欢喜。"

伯喜道："这都见教得极是，少刻便当把这话面致栾大官人。"本初携手称谢，起身告辞。临别，又执着伯喜的手，低低嘱咐道："此事全赖老丈大力。学生是贫士，不比内弟无籍于馆。若得玉成，不敢忘报，聘仪之外，另当奉酬。"

伯喜听说，满脸堆笑道："说哪里话！既承见教，自当效力。明日造府答拜，便来奉复。"本初道："不劳尊驾答拜，学生在梁家也只算客边。且待就馆后，尊驾径过馆中一谈可也。明日学生再当到宅来候回音。"伯喜领诺。

本初回到家中，在梁生面前并不说起。至明日，又私往时家去了。伯喜恰才出门，在门首遇见了，迎着笑道："已有回音，正要来奉复。"本初忙问："如何？"

伯喜请本初入内坐定，说道："昨日别后，就往栾大官人处细述先生所言。栾大官人初时还有些疑惑，是在下再三撺掇，方才依允，约定明日来送聘也。"

本初大喜，极口称谢而别。回来对梁生说道："今日我在路上遇见了那时伯喜，他说栾生栋因你不就他的馆，又要来聘我，你道可该应他么？"梁生道："兄与弟不同，尽可去得。"

本初假意踌躇道："岳父有病，我亦当尽半子之职，侍奉左右，岂可忽然便去？况向与贤弟朝夕追随，也不忍一旦疏阔。"

梁生道："这不妨！馆地只在本地，又不远出，旦晚归家，原可常常相聚。"本初道："既是贤弟如此说时，明日他来送聘，我只得受了。"

次日，栾云果然使人送聘来，帖开聘仪三两。又有两副请启：一请本初赴馆；一请梁生赴宴。本初便问梁生道："他请贤弟吃酒，可去么？"梁生道："我既不就他的馆，怎好去吃他的酒？辞了罢！"

本初即替梁生写了个辞帖，并自己回帖，打发来人去了，便袖了这三两聘仪，潜地到时家，送与伯喜说道："这个权表薄意，待节中束仪到手，再当重酬。"

伯喜道："将来正要相处，尽可互相周旋、彼此照顾，何必拘此俗套？这个决不敢领。"本初再三推与他，伯喜假意辞了一回，便从直受了。

看官，听说先生处馆，原是雅事。赖本初却用这等阴谋诡计，好似军情机密一般，又极卑污苟贱。有一篇笑荐馆的文字说得好。其文曰：

师道之尊无对，儒行之贵居多。虽不必贫贱骄人，使东家畏其已甚；亦必待童蒙求我，庶西席不至卑污。慨自先生之贱，由于不肖之夫。失馆比于丧家，不惜屈身而就；谋馆犹之夺地，务要极力而图。探得主人势利，便讨个大字帖来荐荐；若问先生著作，随写篇小题文去睃睃。甚至钻及内戚，问及家奴，央及门客，托及媒婆。坏尽先生体面，成甚师长规模？不思陋巷箪瓢，在家尽堪自适；闲云野鹤，何天不可婆娑？况乎号曰文宗，品望奚似；称为夫子，身份若何？如但哀其穷收之已而，岂曰重其道事之云乎？必也若有莘应商王之聘，南阳邀先主之过，三征乃至，再速始乎。然后绛帐悬而观瞻震悚，青毡坐而道范巍峨。拜宣尼于泗水，尊子夏于西河。开文中子之函丈，收季常氏之生徒。琴瑟在前，馆人弗敢漫问乎业屦；樯木勿坏，沉犹不得轻累以负刍。叹息此风之已邈，徒伤挽近之流波。

赖本初自到馆之后，一味逢迎栾云之意，宾主甚是相得。凡有庆吊诗文，栾云意欲求梁生做的，托本初去转求，本初便暗自胡诌几句，只说是梁生所作。

栾云于文墨里边原不甚通晓，哪知是假是真？或送些润笔之资，都是本初袖了。栾云常要具帖往拜梁生，本初恐梁生与栾云相知了，出了他的丑，便私对时伯喜道："内弟为人颇性傲，就是前日承老丈光顾了，他也不肯自来答拜。今栾兄若去拜他，他或者竟置之不答，倒在学生面上不好看。"伯喜听说，便止住了栾云，不要他到梁家去。

梁生一来因父病不敢暂离，二来见栾云不去拜他，便也不肯先来。自此，不但栾云不曾与梁生见面，连时伯喜也从不曾认得梁生。正是：

阉不带俏，恐分其好。

钉住鬼门，小人诀窍。

赖本初在栾家，不过笔札效劳，原没甚馆课。大约文事少，俗事多。本初却偏喜与闻他家的俗事。当初，栾云只信得一个时伯喜，如今又添了一个赖本初。凡是他两个的言语，无有不听。

本初便与伯喜串通，一应田房交易，大家分些中物后手。或遇词讼，本初又去包揽说合、打发公差，于中取利。不够几时，囊中有物了。你道他前日投奔族叔赖二老的时节，若非梁家提拔，哪有今日？他却不知感恩，反怕人知其底里。

一日，正在馆中坐地，只见一个青衣小后生走来，唱喏道："赖官人还认得我么？"本初看时，原来却是梁家的旧仆爱童。因惊问道："你如何在此？"

爱童道："小人自梁家出来之后，便央浼时伯喜官人引到这里栾大相公处投靠的。"本初道："原来如此，我一向怎不见你？"

爱童道："向奉主命在乡间讨账，故不曾来拜见官人。今喜得官人在此坐馆，乞在主人面前添些好话，照顾则个。”本初道：“这个自然。”因又问：“你今叫甚名字？”

爱童道：“小人本姓钟，如今官名叫做钟爱。”说罢自去了。本初想道：“我的底蕴都在此人肚里。他若住此，于我不便，须设法弄他去。”正是：

曾做梁家子，曾受梁家恩。

怕提梁家事，厌见梁家人。

过了一日，便私对栾云道：“尊使钟爱原系内父家旧仆，因偷盗了东西，逐出去的。前日，伯喜兄不知其故，所以引他到府上投靠。若据愚意，此人不可收用。”栾云听了这话，随即写下一纸革条，贴出门上道：

本宅逐出家奴钟爱，不许复入。

钟爱只道本初思念旧情，在新家主面前照顾他一分，谁想倒被撺唆逐出。他恨了这口气，也不再去投靠人家，径往别处投军去了。不在话下。

且说赖本初在栾家鬼混了几时，已积得许多银子，家中又不要他盘费；妻子莹波又得了窦氏若干嫁资，又自做些针凿，颇有私蓄。常言道：“手头肥，脚头活。”

本初暗想：“我既有资本，尽可自去成家立业，何必更依附他人？”于是，便有脱离梁家之意。此时，梁孝廉卧病不痊，日事医祷，家业渐替；童仆亦渐散，只留得梁忠老夫妇两个。本初见这光景，一发要紧迁移开去，私与妻子商议。

看官，你道莹波若是个有良心的，便该念及母舅与舅母，就是你夫妻两个的义父、义母。当初，抚养婚配，恩谊不薄，今日岂有忽然便去之理？况义父现病在床、义母亦已年老，即使要去，也须奉侍二老者天年之后，丧终服阕，然后从容而去，亦未为迟。如何一旦便要分离？难道梁家如今萧索了，就过了你穷气不成？

莹波若把这几句情理的话说出来，也不怕丈夫不听。谁想她却与丈夫是一样忍心害理的。当下，见丈夫商量要去，便道：“你所见极是！今若不去，他家日用不支，必要累及我们贴助。俗语说得好：‘贴他不发迹，落得自家穷。’不若急急迁移开去为妙。”

本初听说，大喜道：“我一向要去，只怕你心里有些留恋。不料你与我这般志同道合！但今且莫说破，等我停当了去处，那时径去便了。”

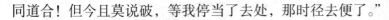

计议已定，便去寻问房屋。恰好栾家有几间空下来的租房，本初遂对栾云说，要借来暂住。栾云许允。本初便暗地置买家伙什物，件件完备。

忽一日，同着妻子辞别了梁孝廉、窦氏与梁生，便要起身。窦氏见莹波忽地要去，潸然泪下，依依不舍。梁生也因与本初相处已久，今日留他不住，甚觉惨然。偏是本初与莹波略无依恋之情，收拾了房中细软，一棒锣声，径去了。正是：

昔年异姓称兄弟，今日无端束装去。

谷风习习可胜嗟，恐惧唯予安乐弃。

梁孝廉病中见本初夫妇去得不情，未免心中悲愤，病势因愈沉重，看看不起。临危时对窦氏说道：“莹波甥女、本初外甥，我已恩养婚配。今他虽舍我而去，然我心已尽，不负房家姊丈临终之托，亦可慰赖家襟丈地下之心。我今便死，更无牵挂。但我只生一子，不曾在我眼里聘娶得一房媳妇，甚是放心不下。我死之后，莫待孩儿服满，如有差不多的姻事，不妨乘丧纳聘。”又嘱梁生道：“汝当以宗祀为重，切勿再像从前迟疑择配，致误百年大事。”言讫，瞑目而逝。

窦氏与梁生放声大哭了一场。勉强支持丧事，一面讣报亲友。赖本初与莹波直至入殓之时，方来一送。才殓过了，莹波便先要回去。窦氏欲留她作伴几日，莹波只推家中没人，乘闹里竟自上轿去了。

窦氏着恼，因在本初面前发话说：“她不但是女儿；若论你是义子，她也算是媳妇，难道在此守丧也守不得一日？好生没礼！”本初听了，竟不替妻子赔话，反怫然不乐。

梁生与他商议丧事，问他丧牌上如何写。本初恐怕把他梁梓材的名字一样写在上，要他分任丧中之费，便说道：“这自然该老舅独自出名。若把我名字续貂于后，反觉不必。”梁生会其意，凡丧牌、丧帖，只将自己出名。

治丧之日，本初只在幕外答拜，丧中所费一毫不管。至七七将终，方写个“缌麻赘婿”的帖儿，送奠金三两。梁生欲待不受，恐他疑是嫌少，乃受了奠金，璧还原帖，说道：“至亲无文，用不着这客套。”正是：

本初原是旧本初，昔日何亲今日疏？

堪叹负心满天地，教人详味绝交书。

七终之后，窦氏依丈夫临终之命，急欲为梁生议婚。谁想，人情势利，当初闻了梁神童之名，只道他取青紫如拾芥；后来见他两次科举都不去应试，便觉失望。况当初还重他是孝廉公子，又是太守敬爱的。今孝廉已殁，太守柳公此时亦已解任而去，一发看得无味了。

正是此一时，彼一时。昔年议婚，凭你拣来拣去，千不中、万不中，却偏有说亲的填门而至。到如今，莫说你不肯将就，便是你肯胡乱通融，人却倒来嫌你。那些做媒的，影也不上门来了。

窦氏见这般世态，心中忧恼，染成一病，医祷无效，卧床不起。时常埋怨孩儿，一向艰于择配，错过了多少好亲事。又想："当年若径把养女莹波做了媳妇，她今未必待我这般冷落。"

梁生伏在床前，再三宽慰，争奈老人家病中往往把旧事关心。每提起赖家夫妇负义忘恩，便扶床而叹，追悔昔日收养假子、假女，总没相干。又复自疑自解道："若论别人的肉，果然贴不上自身的。但我原不曾收养陌生人，一个是丈夫面上来的瓜葛，一个是我面上来的姻亲。一个总不算女儿，也是甥女兼为甥妇；一个纵不算儿子，也是甥婿兼为外甥，不当便把我来疏远。"

自此，常常欷歔怅恨。到得病已临危，却又想念莹波，要接她来见一面。不料莹波向因窦氏发作了她，心怀嫌怨，不来问病。今去接她，只推身子有恙，不能出门，竟不肯来。窦氏长叹一声，满眼流泪而逝。正是：

临死凄凉徒自受，半生心力为人劳。

梁生哀痛之极，哭得发昏，亏梁忠夫妇救醒。入殓治丧，莹波都托病不来。赖本初也直至入殓以后，方才来送。治丧之日，连幕外答拜也都免了，只穿了白衣陪宾效劳而已。前番送奠金三两，此番又减去一两，只送二两。封筒上竟写"甥婿赖梓材具"，并不写"缌麻赘婿"了。

梁生又悲又恨，将封儿扯得粉碎，掷还他奠金，说道："人之负心，一至于此！”本初见梁生发话，便忿然而去。自此，再也不到梁家门上来了。

看官，听说人道假儿、假女，只有自己父母在心上。今赖本初与房氏莹波，原没姓赖、姓房的眷属和他来往，却缘何忘了梁家？况梁家这段姻缘，本是他父母面上来的；他若想念父母，断不忍忘了父母面上的亲戚。只为他先忘了父母，故把父母面上的亲戚也都抹杀。正是：

既忘窦与梁，并无赖与房。

疑彼贤夫妇，皆出于空桑。

本初既与梁家断绝往来，便只在栾家馆中寻趁些头脑，为肥家之计。此时，又值宾兴之岁，郡中举报科举。太守柳公既去任，署印的是本州司户，栾云夤缘了一名科举。本初便撺唆他贿买科场关节。

原来，唐朝进士及第，其权都在礼部，买关节的都要去礼部打点。一日，栾云步到书馆中，只见时伯喜在那里与本初附耳低言。栾云问他说什么，本初便一手挽着栾云，一手招伯喜，同到一个密室里，对栾云道：“方才老时访得个极确的科场关节在此，兄可要做？”

栾云问：“是何关节？”伯喜道：“礼部桑侍郎密遣他舅子聂二爷在此寻觅主雇，若要买及第，这是个极确的门路。”

栾云便问本初道：“这头脑果确否？”本初道：“那桑侍郎讳求号远扬，蜀中绵谷人，前科曾典试过的。若果是他那里来的关节，自然极确。”

栾云听说大喜，便问了聂二爷的寓所，同着本初、伯喜径去拜他。只见那聂二爷衣冠华美、体态阔绰，一口长安乡谈。栾云叙过寒温，便教本初、伯喜与他密商此事，问价多少。聂二爷开口讨五千两。本初、伯喜于中再三说合，方讲定三千金，约他明日到栾家立议。

次日，聂二爷带着几个仆从到栾家来。栾云盛席款待，立了合同议单，本初、伯喜都书了花押。栾云将出现银三千两，同往一个熟识的典铺里，兑明封贮，各执半票，俟发榜灵验时，合票来取。议得停当，聂二爷方把关节暗号密授栾云，又说道："我今差人星夜到京，知会家姊丈桑侍郎也。"言罢，自回寓所去了。

栾云议定了这件事，只道一个及第进士稳稳在那里了，心中欢喜。回家与本初、伯喜欢呼畅饮，一连饮了两日。到第二日，饮至二更以后，忽见管门的家人，拿着一封柬帖来禀道："方才有人在门外呼唤，说有甚书札送到。小人连忙去开门，那人已从门缝里塞了一封柬帖进来，径自去了，正不知是谁家的。"

栾云道："半夜三更，如何有人来递书？"一头说，一头接那柬帖来看，却封得牢牢的，封面上写道："栾大相公亲启。"

伯喜笑道："那下书人好粗鲁。这时候来递的书，自然有甚紧要事立候回书的了，如何门也不等开，便匆匆而去？待他明日来讨回书时，偏要教他多等一等。"家人道："小人方才问他，可要讨回书的。他说不消了。"

本初道："却又作怪！既不消讨回书，定是没要紧的书札，为何半夜三更来投递？"栾云道："待我拆看便知端的。"随即扯开封儿。看时，哪里是甚书札，原来是个不出名的没头帖，上写着二十个字道：

关节买得好，被人知道了。

拿住三耳人，这场祸不小。

栾云看了，大惊失色，忙递与本初、伯喜看。二人都失惊道："这哪里说起？"

栾云问家人道："你曾见那下书的是怎么样一个人？"家人道："小人在门缝里接了他的书，忙开门去看，黑暗里已不知他往哪里去了，却不曾认得是谁。"

栾云叱退家人，与本初、伯喜商议道："此事怎处？"伯喜道："此必大官人有甚冤家打听着了这消息，在那里作祟。"

本初便问栾云道："兄可猜想得出这冤家是何人？"栾云道："我平日为田房交

易上常与人斗气，有口面的人也多，知道是哪一个？”

伯喜道：“我们前日做事原不密。家中吃酒立议，又到典铺中去兑银，这般做作，怎不被人知觉了？”

本初道：“事已如此，不必追究。只是如今既被人知觉，倘或便出首起来，却怎生是好？”伯喜道：“幸喜他还只在门缝里塞这柬帖进来，若径把来贴在通衢，一发了不得。”

栾云被他两个你一句我一句说得十分害怕，心头突突的跳，走来走去，没做道理处。本初沉吟了半晌，说道：“所议之事做不成了，不如速速解了议罢。”

伯喜道：“只可惜一个及第进士已得而复失。”本初道：“你不晓得，既有冤家作祟，便中了出来，也少不得要弄出是非的。”栾云点头道：“还是解议为上策。”当晚一夜无寐。

次日清晨，栾云袖了原议单，并这没头帖，同着本初、伯喜急到聂二爷寓所，把上项事备细说知，取出没头帖与他看了，告以欲解议之意。

聂二爷听说，勃然变色道：“公等做事竟如儿戏！前既议定，我已差人星夜知会家姊丈去了，如何解得？”本初道：“解议之说，原非得已！奈事既泄漏，恐彼此不便，还望俯从为妙。”

聂二爷道：“他自被冤家察访了消息去，须不干我事。难道我三耳人真个怕人拿住么？”伯喜道：“二爷自然不怕别人，但栾相公是极小心的。他既见了这没头帖，怎肯舍着身家去做事？”

聂二爷大怒道：“我哪知你们这没头帖是假是真？你们前日哄我立了议，把关节暗号都传授了去；今日却捏造飞语，要来解议，这不是明明捉弄我？只怕我便被你们捉弄了，明日家姊丈知道，决不和你们干休哩！”

本初见聂二爷发怒，便拉栾云过一边，密语道：“看这光景，不是肯白白解议的了，须要认还他几两银子。”伯喜也走过来说道：“没酒没浆，难做道场。须再请他吃杯酒，方好劝他。”本初道：“若请他到家去，又恐张扬被人知觉，不如邀他到酒馆中坐坐罢。”

栾云此时没奈何，只得听凭二人主张。本初便对聂二爷说道："台翁不必着恼。我们要解议，自然还你个解议的法儿。此间不是说话处，可同到酒馆中去吃三杯，了说前日的合同原议，乞即带去，少停议妥了，就要销缴的。"

聂二爷还不肯去，本初、伯喜再三拉着他走，聂二爷方取了议单，随着三人到一个酒馆中，拣个僻静阁儿里坐定。唤酒保打两个酒，摆些现成肴馔，铺下钟箸，一头吃酒，一头讲贯。聂二爷开口要照依原议三千金都认还。本初、伯喜说上说下的说了一回，方议定认还一半，送银一千五百两。

第四卷 蠢鳏夫欲续娇娃 硬媒人强求半锦

诗曰：

淑女还须君子逑，等闲岂许狡童谋？
秦楼跨凤人如玉，不是萧郎莫与俦。

却说礼部侍郎桑求，号远扬，蜀中绵谷人。他为人清廉正直，并无人在外通关节。况他夫人是刘氏，已经亡过，也并没甚舅子聂二爷。此皆赖本初、时伯喜借他名色设局哄骗栾云。那桑公只因前科典试秉公取士，宦官杨复恭多有请托，他一概不听。为此，复恭怀恨寻事，把他贬做襄州太守。

当下，栾云展阅邸报，见桑公降任本州，便问赖本初道："前日只道桑侍郎还要典试，不想如今倒贬做这里太守，这等看来，前番聂二爷的议头，纵使没人撞破，也是没相干的了。"

本初道："怎说没相干？他是礼部侍郎，就降调了，原与礼部声息相通，况恰好降任本州；若是前日议头不解，包你有用，可惜被人撞破了。"

栾云道："若这般说起来，他今到这里做官，我们正该去钻刺他。"本初道："若要钻刺他，须趁他未到任之先，早往前途迎候、到他舟中送礼参谒，方见殷勤。但相见时切勿提起聂二爷之说，这是大家心照的事，不可说破。"

栾云依言，便买舟备礼，同了本初，出城百里之外迎着官船，投递揭帖。不料，桑公于路冒了风寒，卧病舟中，不得相见。只将名揭收了，其礼揭上所开金杯、锦缎之类一些不受，连原揭璧还。栾云没兴而回。正是：

乘兴何堪败兴返，夤缘未遇有缘人。

桑公舟至襄州境上，却因病体沉重，上任不得，只在舟中延医调治。打发一应

接官员役先回，仍委旧署印官权署府印，候新官病痊，方才交代。谁想过了数日，医药无效，可惜一个清廉正直的桑侍郎，竟呜呼哀哉，死在襄州舟次了。入殓既毕，家眷本待扶柩还乡，奈家在蜀川绵谷，与兴元不远。

此时，正直兴元节度使杨守亮造反，路途艰阻，须待平静后，方好回去。因此，权借寺院中停了柩，家眷且另觅民房作寓。赖本初闻知这消息，便对栾云道："兄有别宅一所在城外，何不把来借与桑公家眷暂住？"

栾云道："桑公既已身故，且闻他又无儿子，我奉承他做甚？"本初道："桑公虽亡，他有多少门生故吏？兄若加厚在他家眷面上，少不得有正本处。"

栾云听了，便依其所言，将城外别宅借与桑公家眷住下，指望过几时，等得他什么门生故吏来，就有些意味了。怎知官情如纸薄，那些门生故吏见桑公已死，况又是杨复恭所怪之人，便都不肯来照顾他身后之事。地方官府与本地乡绅也都没一个肯用情的。正是：

官情之薄，甚于世情。

升降且异，何况死生！

栾云见了这光景，心生懊悔，因想："他舅子聂二爷前日白白取了我许多银子去，我只望如今钻刺着了桑公，也有用处。不意桑公已死，官情又这般冷落，眼见得我没处讨正本了。但今他内眷住此，那聂二爷倘或也在此，亦未可知。若寻得着他，或者还有商量，何不遣个女使去通候桑公内眷，就探听聂二爷消息。"

算计已定，便与一个养娘、一个仆妇吩咐了些说话，教她到彼通候。养娘、仆妇领命去了。少顷，回报说："桑老爷的夫人是姓刘，并不姓聂，向已亡过。今住在寓所的只有一位小姐和一个乳娘，并几个家人妇女。那小姐年方二八，生得美貌非常。她乳娘说：'桑老爷只生得这位小姐，至今尚未有姻事。"'

栾云听了，便把此言述与赖本初知道，因问："桑公夫人既不姓聂，那聂舅爷是哪里来的？"本初道："或是他表舅，或是他小夫人的舅子，不然，竟是桑公的心腹人。因托他出来通关节，恐人不信他，教他认做内戚，亦或有之。"

栾云道："我前日这项银子既已费去，料无处取偿，也不必提起了。今却有一事与兄商议。"

本初问："是何事？"栾云道："弟今断弦未续，家中虽有几个侍妾，算不得数。适闻桑家小姐十分美貌，尚未联姻，弟意欲遣媒议婚，娶她为继室，兄以为可否？"

本初道："这个有何不可？她既无父母，便可自作主张。以兄之豪贵，彼必欣慕，况她今现住兄的屋，这头亲事也不怕他不成。"栾云听说大喜，随即吩咐媒婆速往说亲。正是：

癞虾蟆伏阴沟里，妄想天鹅落下来。

说话的，栾秀才要聘娶桑小姐，也是理之所有；况既借房屋居住，便遣媒议亲亦无不可，如何就笑他癞虾蟆不当想天鹅肉？

看官有所不知，这桑小姐不比别个，若要与她联姻，却是一件极难的事。你道为甚极难？原来，桑公与夫人刘氏只生得这女儿，那刘夫人于怀孕之时，曾梦见一个仙女从空降于其庭，一手持兰花一枝，一手持五色锦半幅，对刘氏道："有配得这半幅锦的，便是你女婿。"说罢，把这半幅锦丢向庭中，忽见一道五色毫光，直冲空际，毫光散处，那仙女也不见了。

刘夫人惊觉，便将梦中之事说与桑公知道。桑公晓得腹中定是个女儿，但不解半锦之故。后来生下这位小姐，即取名锦娘，又名梦兰。

到得周岁之夜，庭中忽有一道五色毫光从地而起，正合刘夫人梦中所见。桑公惊异，随令人按光起处掘将下去，得玉匣一个，内藏五色锦半幅。桑公取来看时，

却是苏若兰的织锦回文璇玑图，但只有后半幅，没了前半幅。正是：

梁家取之于人，桑氏获之于地。

得来各自不同，合去方成一块。

桑公看了这半幅锦，因想："夫人所梦持兰仙女定是苏若兰。此锦即若兰所赐，将来女儿的姻事，只在这半幅锦上。"又想："此锦向为宫中珍秘，这玉匣亦必是宫中之物，不知因何全锦忽分为两半，那半幅又不知遗失在何处。意欲将这后半幅去访求前半幅来配合，又恐为权贵所知，反要连这半幅都取了去。"为此，隐而不宣，料得梦中仙女所言，那前半幅一定已有下落，少不得机缘凑合，后来自然相遇；今且只珍藏在家，勿示外人。正是：

怀珠藏玉无人见，断锦遗文只自知。

那梦兰小姐到六七岁时便聪慧异常，桑公因把这半幅回文锦与她做个弄物。她便耽玩半锦，问了璇玑图的出处，十分欣慕苏若兰之才。至八九岁，在那刻本的回文诗上看了全文；又见有前贤所绎许多章句，她便也从前贤绎不到处，另自绎得二三十首。

桑公见了，益奇其才，愈加珍爱。不幸到十岁后，母亲刘氏病故，只有一个乳娘钱老妪与她作伴。那钱妪把夫人昔日梦中之事对她说了，她因思念那前半幅璇玑图不知何时配合，遂作词一首，调名《长相思》。其词曰：

文未全，锦未全，叹息人仙物亦仙。原图不尽传。

得半边，失半边，何日天章合有缘？璇玑能再圆。

桑公向因信着夫人所梦仙女之言，难于择婿。到得梦兰小姐随任襄州时，已是十六岁了；却又不幸遭了父丧，伶仃孤苦，寄迹他乡，时常与乳娘钱妪说及终身之事，抚几长叹。钱妪道："小姐若必要配得那半锦的人方与作合，急切哪里得有？即使有人求得半锦相配，他文才或者又不能如你的意，却怎生是好？"

梦兰道："仙女所言，配得此锦者方是姻缘。这不但以锦配锦，必其人可以配得璇玑图，其文亦可以配得璇玑图，方才叫做配得此锦的。况我家得此半锦，非由人力，实乃天授，想天亦甚爱此锦，必像我稍能识得璇玑文字的，天才把这半锦赐我。我料那前半锦，天亦决不肯赐与不识璇玑文字的人。但使此锦能合，何患人之不圆？”钱妪听说，点头称是。

看官，你道梦兰小姐之意不只求这半锦相凑，还要其人如锦、其文如锦，岂不是个极难的事？栾云不知就里，妄想议婚，吩咐两个媒婆，一个叫做矮脚陈娘娘，一个叫做铁嘴邹妈妈，教她到桑小姐处说亲，说成了时，各有重谢。

两个媒婆领了栾云之命，来到城外别宅，见了梦兰，备述栾云仰慕之意；又极口夸他豪富，家中广有资财。

梦兰默然不语，乳娘钱妪从旁代答道：“我小姐不重资财之财，只重文才之才。当初，我家老夫人曾有仙女托梦，赐下半幅回文锦，说要配着此锦的，方许配我小姐。这回文锦上有说不尽的诗句，不是极聪明的人看不出，我小姐却看得出几十首。今若来说亲的，也要问他看得出回文锦上诗句多少；如看不出诗句，又没那半幅锦来相配，休想来说亲。”

两个媒婆听了这话，面面相觑，只得辞了小姐，把这话回复栾云去了。正是：

未遇鸾凰匹，一从蜂蝶喧。

端详锦上句，珍重梦中言。

栾云听了媒婆的回报，心中闷闷，想道：“若只要什么锦，便买他百十匹锦缎送去也容易。今却要什么回文锦的半幅相配，教我哪里去寻？况又说有甚诗句要看，一发是难题目了。”

正忧闷间，只见赖本初步进书房来，问道：“桑家姻事如何？”栾云遂将媒婆回报的话，说与知道。本初听罢，拍手笑道：“这回文锦若问别人，便是遍天下也没寻处，只我便晓得那半幅的下落。兄恰好问着我，岂非好事当成？”

栾云大喜，因问道：“这回文锦是何人所织？那半幅今在何处？”本初道：“此锦乃东晋时一个女郎苏若兰所织，上有回文诗句，寻绎不尽，真乃人间奇宝。昔年则天皇后以千金购得，藏之宫中。后经禄山之乱，此锦失去，朝廷屡次购求未获。今不意此锦已分为两半，前半幅我曾见过。如今桑小姐所藏，定是后半幅。”

栾云忙问道：“那前半幅，兄在何处见来？”本初笑道：“远不远千里，近只在

目前。有这前半幅锦的，就是我内弟梁用之。”

栾云道：“既如此，烦兄去问他买了，就求吾兄绎出几首诗句，那时去求婚，却不便成了？”本初道：“若买得他的锦，连诗也不消绎得。内弟幼时曾绎得几十首，待我一发抄了他的来就是。但只怕他不肯把这锦来卖。”

栾云道：“舍得多出些价钱，便买了他的了。”本初道：“这锦若要买他的，少也得银五六百两。”

栾云道：“为何要这许多？”本初道：“五六百两还是兄便宜哩！兄若买了这半锦，不唯婚姻可成，抑且功名有望。”

栾云道：“这却为何？”本初道：“今内相杨复恭爱慕此锦，悬重赏购求。兄若买得半锦，聘了桑小姐；明日桑小姐嫁来之后，她这半锦也归了兄。兄那时把两半幅合成全锦，献与杨公。杨公必然大喜，兄便可做个美官，岂非婚姻与功名一齐都就？”

栾云听说，喜得搔耳揉腮，便央恳本初即日去见梁生，求买半锦。本初应诺，随即到梁家来。

且说梁生一向在家守制，闭户不出。本初已久不上他的门了，今日忽然造访。正是：

花径不曾缘客扫，蓬门今始为君开。

梁生见了本初，笑问道：“吾兄，今日甚风吹得到此？”本初道：“向因馆政羁身，苦无片刻之暇，故失于奉候。今日稍闲，特来一叙阔怀。”

梁生道：“小弟贫闲自守，久为亲戚所弃，今忽蒙枉玉，真令蓬荜生辉。”本初道：“休得取笑。我今日，一来为久阔之后欲图一晤；二来也为东家栾兄闻老舅藏得半幅回文锦在家，特浼我来相借一看。”

梁生听说，佛然道：“此锦先君存日，不肯轻以示人，兄如何说与外人知道？”本初道：“但求一看，即当奉还。”梁生摇首道：“这却使不得！”

本初见他不肯借，方说道：“栾兄原说若不肯借，愿即备价奉买。我替老舅算计，你藏此半幅残锦在家，吃不得、穿不得，有何用处？今栾兄爱此锦，愿以善价交易，不若就把来卖与他。不是我冒渎说，你正在窘乡，得他些银两，尽可当救贫之助。”

梁生勃然道：“弟虽贫，必不卖先人所宝之物，兄何薄待小弟至此？弟久不蒙兄枉顾，今日忽至，只道兄良心未泯，犹有念旧之思，原来特为他人来游说。如此跫然足音，非空谷所愿闻也。”言讫，拂袖而起。正是：

善价凭伊出几许，奇珍不售待如何？

酒逢知己千盅少，话不投机半句多。

本初被梁生抢白了几句，气愤愤地离了梁家，自回复栾云去了。

且说梁生自本初去后，想道：“他来替栾家求买此锦，是何意思？我记得，当初他曾劝我将此锦献与杨复恭以图富贵，深为薛家表兄所鄙。今必又以劝我者劝栾云，教他趋奉权贵，故欲假此物为进身之由，不然，栾云要这半锦何用？”左猜右想，却并不料有桑小姐这段缘故。

看官，听说梁家藏着半锦，既没人把这话吹到桑小姐耳朵里去；桑家藏着半锦，又没人把这话吹到梁用之那里来。一向山川杳隔，故音问不通，诚无足怪。如今，恰好两人聚在一处，却又咫尺各天，无人通信。若论应该通信与梁生的，第一个便当是赖本初了。他却偏瞒着梁生，反要替别人说合。正是：

相需之殷，相遇之疏。

鹊桥未驾，隔断银河。

说话的，难道赖本初不来通信与梁生，便再没一个人来通信了？天生佳人、才子，到底隔他不断，自然又撞出一个通信的来。

你道那通信的是谁？却就是先前打发出去的张养娘。原来这张养娘未到梁家做养娘之前，本是个卖花的妇人；既被梁家打发出来之后，仍旧卖花过活。她当初与赖本初私通一事，莹波知道了，并不嗔怪她。及她被逐时，反用好言抚慰道：“我一向多亏你照顾，断不相忘，你终身之事都在我处。”

张养娘记着这几句言语，到得莹波迁出另居后，她便买了两盒礼，特地去探望莹波。只道莹波不食前言，不想莹波竟把她来十分淡白，大不是先前光景。张养娘

提起旧话，莹波道："我家事不济，养不起闲人，你还到别处去罢。"张养娘大失所望。正是：

一向依人今自立，恶见旧人提旧日。
当初不过假殷勤，翻过脸来不认得。

张养娘恨着这口气，自此再不到赖家门上去，只在街坊卖花度日。有时，走到梁家来，梁生念是旧人，不薄待她，教她卖花闲时常来走走，张养娘甚是感激。

从来花婆与媒婆原是一串的。一日，张养娘在街上卖花，正遇着矮脚陈娘娘与铁嘴邹妈妈。张养娘问道："你两个近日做媒生意如何？"

邹妈妈道："不要说起。一个财主要娶一头亲事，许我们两个各送谢仪二十两。不想女家对头不肯，我们没福气赚这些银子。"

张养娘道："是哪一家？"陈娘娘道："便是桑太爷的小姐，现今住着栾大相公的屋。偏是栾大相公去求亲，她却千推万阻。"

张养娘道："莫非聘礼要多么？"邹妈妈道："聘礼倒也不论，却要一件稀奇的东西，叫做什么回文锦。这回文锦又不是囫囵的，桑小姐先有半幅在那里。定要配得那半幅的便算聘礼。"

陈娘娘道："这还不打紧，那锦上又有什么诗句，极是难看，这小姐却看得出许多。如今要求亲的也看得出多少，方才嫁他。你道可不是个难题目？"

张养娘听了，便道："我当初在梁家时，见梁官人有半幅五色锦，也叫做什么回文锦，一定与这小姐的锦配合得来。"

邹妈妈道："我正忘了对你说，栾家的赖先生也道梁家有半幅锦在那里。前日去买他的，那梁官人又不肯卖。你是梁家旧人，梁官人或者肯听你说话。若劝得他卖这锦与栾家，我教栾家重谢你。"

张养娘道："你何不就把桑家这头姻事去对梁官人说，却是一拍一上不费力的。"陈娘娘道："你又来！若做成了栾家亲事，便有些油水。那梁秀才是穷酸，桑小姐又不是个富的。穷对穷，有甚滋味在里面，我们值得去说？还是烦你去撺掇他，卖得此锦便好。"言罢，两个媒婆各自去了。有一篇骂媒婆的口号说得好，道是：

媒婆只爱钱和钞，哪顾郎才与女貌？赚得几封月老，死的说出活来；少了几两花红，美的当做丑笑。言语半毫不实，惯会两面三刀；伙伴分银不均，骂出千啰百唣。有时搭脚卖，伴新娘，又伴新郎；常弄花手心，做宝山，又做厌到。走马头，替客绅买妾，便与豪奴门客串通；卖水贩，骗良妇为娼，遂与龟子鸨儿合跳。某家官官，某家姐姐，再不向冷处寻；满口太太，满口娘娘，只去向热处叫。忽然须弥山，忽然芥菜子，凭她舌上翻腾；或时比地狱，或时说天堂，一任嘴中乱道。把俊汉说与村夫，将佳人配与恶少。从来婚姻差误岂由天？大半坏在这班女强盗。

当下张养娘听了媒婆的话，想道："媒婆不肯去梁家说亲，也不要怪她。只好笑赖家官人，为何不把这话报与梁官人知道？却反替栾家做奸细，要骗梁官人的锦，好没良心。他必然也曾把这事与浑家商议，就是赖官人不好，莹波小姐也该劝他去对哥哥说。如何都是这般忘恩负义，不肯作成好事？如今待我把这话报与梁官人去。"

一头想，一头便走到梁家来。梁生见了问道："我好几时不见你了，你今从哪里来？"张养娘道："特来报大官人一个喜信。"

梁生问："甚喜信？"张养娘便把上项话细细述了。梁生跌足道："原来我姻缘却在这里！可恨赖本初瞒着我，又要来骗我，多亏你来报信。我今就烦你到桑小姐处说亲，若说成了，重重谢你。"

张养娘道："自家的人，说什么谢我？向感老相公、老安人与大官人许多恩义，这件事自当效力。"

梁生大喜，便将前日所绎的回文诗句写在一幅纸上；并取出这半幅回文锦用绣囊包裹，付与张养娘，教她拿去与桑小姐的半幅相配。又叮嘱她好生藏着，切莫与

外人看见。张养娘领命而去。只因这一去，有分教：

天上碧桃，幸遇蜂媒蝶使；

日边红杏，又遭雨妒风欺。

毕竟后事如何，且看下卷分解。

【素轩评】此卷中，锦之后半方有下落，而锦之前半又几被骗。妙在各不相通，两不相识。将欲斗笥，偏不合缝。关节不就，转出钻刺；钻刺不就，转出求婚。又因小人求婚，转出君子求婚。峰回路转，步步令人不测。

第五卷 梁秀才改装窥淑女 桑小姐乘夜走扁舟

诗曰：

从来好事每中离，彩凤文鸾路两岐。
若使当年便相合，风流佳话不为奇。

却说张养娘领了梁生言语，怀着半锦并所写诗句，径到城外栾家别宅，求见桑梦兰小姐。先是乳娘钱妪出来接着，见她是个卖花妇人，便道："我家小姐为殁了老爷，孝服未满；况兼两日身子有些不快，你来卖花，却用你的花不着哩。"张养娘笑道："我不是来卖花，是来卖锦。"

钱妪道："卖什么锦？"张养娘道："有一位官人，藏得半幅回文锦在家，今闻你家小姐也藏着回文锦半幅，故特遣我来要将这锦儿配对。"

钱妪道："那官人是谁？"张养娘道："那官人是本州一个孝廉公的公子，姓梁名栋材，字用之。年方一十八岁，才貌双全，早年入泮，人都叫他是神童。前任太守柳老爷极敬爱他，常说道：'可惜我没有女儿，若有时，定当招他为婿。'他家老相公从京师回来，于路偶得半幅回文锦，他便把锦上诗句看出几十首，都是别人看不出的。人爱他聪明，要来与他联姻的甚多，他却定要像那做回文锦的女子，方才配他。为此，姻事未就，直拖到此时。今闻你家小姐也有半幅锦，也看得出许多诗句，他道：'这才是天缘相凑。'故特使我来作伐。"

钱妪听说，便欢欢喜喜引着张养娘进去与梦兰相见，把这话细述与梦兰听了。梦兰问道："如今这半幅锦在哪里？"

张养娘道："锦已带在此。"遂于怀中取出绣囊，探出半锦。梦兰接来看了，便也取出自己所藏半幅，一同铺放桌上。配将起来，分毫不爽，竟是一幅囫囵全锦了。钱妪、张养娘齐声喝彩。

张养娘又将梁生所写诗句呈上，梦兰先从头看了一遍，见其中有两三首与她所绎的相同，其余的却又是她意想所不到，心中暗暗称奇。又细细对着锦上再读了一遍，其联合之巧，真出人意表，不觉喜动颜色。有一曲《啄木儿》，单道桑梦兰小姐此时欣羡梁生之意：

回文美锦字奇，世乏窦滔谁识此？怪今朝何物？才郎却偏能、重谱新词！

若教幻作裙钗女，也应织得相思句。羡杀他，彩笔堪当机与杼。

钱妪在旁，见梦兰看了诗与锦，眉头顿展，笑逐颜开，反复把玩，不忍释手，晓得她心里已十分中意。因说道："难道这位官人有恁般文才，又恰好合得这半锦？真是天赐姻缘，小姐不可错过。"张养娘道："梁官人也要求小姐的诗句去一看，并求这半幅锦去一对，未知可否？"

梦兰沉吟了一回，乃将半锦并自己所绎诗句都付与钱妪，说道："你可去那里走一遭。"钱妪道："我也正要去看那梁官人的人物如何，可配得我家小姐？"

张养娘笑道："还你一个粉妆成、玉琢就，和小姐一般样美貌的便了。"说罢，便要取了原带来的诗与锦起身告辞。

梦兰道："锦便取回去，诗且留在此，我还要细看。"钱妪笑道："小姐未见其人，先爱其文，一定是其文可以配得璇玑图的了！待我如今去看他，包管其人也可以配得璇玑图哩！"梦兰听说，微微含笑。

张养娘只取了半锦，辞了梦兰，同着钱妪，恰待要行。梦兰又唤转钱妪，复入内室，附耳低言道："适间所见诗句，不知可真是此生绎的？我今有一首词在此，是我向时所作，你可一发带去，要他面和一首来我看。若和得出，又和得好，我方信他。"钱妪道："小姐所见极是。"

梦兰遂取旧日所题那首《长相思》的词，付与钱妪，又叮咛道："此吾终身之事所系，你此去切勿草草。"钱妪领命，同了张养娘一径到梁家来。

梁生见了，只道那钱妪也是个媒婆，且不和她答话。先问张养娘道："你曾见过桑家小姐么？"张养娘道："曾见来！那小姐的才貌果然名不虚传，两半幅锦又恰好配合，这段姻缘真乃天赐。”因指着钱妪道：“此位便是小姐的乳娘钱妈妈。小姐特地教她拿那半锦并所写的诗句在此，送与官人看。”

梁生见说，连忙起身，对着钱妪深深的作下一个揖。慌得钱妪还礼不迭。仔细看那梁生时，真个一表人物。有一曲《临江仙》为证：

目秀眉清神气爽，还夸举止昂藏。天生丰骨不寻常。何即非傅粉，荀令岂熏香？

听说彩毫花欲放，果然满面文章。深闺只道美无双，今朝逢宋玉，应许赴高唐。

钱妪见梁生丰姿俊爽，十分欣喜，随即取出小姐所付的诗与锦递上。张养娘也取出原带去的半锦奉还，说道：“原锦在此，诗笺小姐还要留着细玩。”

梁生接过二锦来，凑着一看，大喜道：“我只道这后半幅锦已不可得见，不想今朝却得聚在一处。”因问起这半锦的来由，钱妪便把刘夫人梦遇仙女，一手持兰、一手执锦，吩咐许多言语，后见庭中宝光，掘地得玉匣，因而获此半锦的话，备细述了一遍。

梁生听了，惊喜道：“这是天缘前定！今日此锦既合，婚姻料无不谐之理。”言罢，即取梦兰所绎诗句来看。才展花笺，见字句柔妍可爱，已不觉神情飘荡。诗句前面却先有一篇小引，其文曰：

古名媛之撰述多矣！敏夸道蕴，智羡班姬，风流所传，著作恒有。至于瑟鼓湘灵，笳悲边月，写愁肠于百转，托别恨于三秋。长门买赋，不及楼东之自题；白头寄吟，又闻如意之度曲。才以思深，文因情至，斯皆然已。然未有慧夺天工，想穷人力，尺素而圭璧千章，寸幅而云霞万状，如苏氏璇玑图之迈等轶伦者也。奴幸家藏半图，幼辄取为玩弄，更从书窥全锦，长复久于诵耽。既喜采藻之奇，尤惊组织之巧。疑是卫夫人之妙笔，化作机杼；窃谓薛夜来之神针，逊其文字。爰抒蠡测，用绎鸿篇，载于黄绢之中，重分幼妇之句。就儿家意量之偶及，补诸贤寻味之未全。谨得若干首为例，其章次如下。

梁生读毕，先极口称赞道：“何须更看诗句？只这一篇小引，词调铿锵、笔情

幽秀，真六朝文选中名作，远过则天皇后序文多矣。”道罢，再取那绎出的二三十首诗句，逐一对读。读一首，赞叹一首。

又见其中有几首与自己所绎相同的，梁生愈加欢喜道：“我两人所见略同，不谋而合，一发奇妙。至于其它章句，更多出吾意外，尤见心思之曲。有才如此，敢不敬服！”便把这幅花笺孜孜的看个不了。有一曲《玉芙蓉》，单道梁生此时欣羡桑梦兰小姐之意：

苏家挺秀姿，才媛难其继。笑金轮有序，未绎新诗。今何意，佳人能解夫人字。

幼女偏通幼妇词，真奇异！疑便是，若兰再世。想因她，自家文字自家知。

梁生赞赏了一回，因问钱妪道：“方才你家小姐见了我写去的诗句，却如何说？”钱妪道：“官人诗句自然绝妙，小姐口虽不言，我看她心里已十分得意。”张养娘笑道：“若不得意，不留在那里细看了。”

钱妪道：“小姐还有一首词在此，是她向日所作，今欲求官人面和一首。”梁生笑道：“此乃小姐欲面试小生之意，妈妈便是钦差来监试的了。”

钱妪笑道：“官人好聪明，一句便猜着。”张养娘也笑道：“怪道方才临行时，小姐又唤你转去说些什么，原来要你来做考试官。我家梁官人是不怕你考试的，有什么难题目，快取出来。”钱妪便于袖中取出词笺。

梁生接来看时，见是一首《长相思》词，就为这半幅回文锦而作的。吟咏了一遍，一头赞说“好”，一头便取过纸笔，依韵和成一首。词曰：

文已全，锦已全，绎得新诗婉有仙，何言不尽传？

将半边，合半边，今日天章会有缘，物圆人亦圆。

梁栋材步韵求改

梁生写完，将词笺折成个方胜，递与钱妪道："烦致意小姐，率笔奉和．尚求教正。"钱妪初时见梁生提笔便写，还只道在那里抄录小姐的题词，不想已和成一首，真个不假思索、一挥而就。喜得她连声称赞道："官人酬和得恁般快捷，果然是个才子！"

张养娘道："妈妈，你还不晓得我家官人八九岁时，前任柳太爷便闻他才名。请去相见，当堂要做起什么文章来，他也不消一刻，就做完了，哪一个不称羡哩！"钱妪道："官人具此高才，正当与我家小姐作配。如今待我把这和韵的词儿，送与小姐看了，那时便可择吉行聘。"

梁生道："但小生家寒，没有厚聘，为之奈何？"钱妪道："我小姐但求真才，不求厚聘。官人不须别样聘物，只这半幅锦与这些诗词，便可当厚聘了。"

梁生又深深作揖道："全仗妈妈玉成。"钱妪道："今日且将小姐这原锦仍旧付我拿去。待择了吉日，官人把前半幅锦做个纳聘之礼，我小姐便把后半幅锦答与官人，做回聘之敬。"

梁生大喜道："如此最好！定亲之日，权将二锦交换。成亲之后，二锦正可合为一锦矣。"正是：

天使文鸾配彩凤，佳人今日果重来。

梁生把后半锦仍付还钱妪，其小姐写来的诗词也都留着，说道："还要细细玩味。"钱妪只取了半锦，欢天喜地谢别了梁生，自去回复梦兰小姐不题。

且说梁生等钱妪去后，细问张养娘道："那小姐的才情且不必言，但她容貌果是若何？你可实对我说。"

张养娘道："小姐近日身子略有些不快，只是懒懒的梳妆、淡淡的便服。然我看起来，虽带三分病容，却倒有十分风韵。若是不病的时节，还不知怎样标致哩。"

梁生道："从来才、色最难两全。有奇才的，哪里又有绝色？只恐未必如你所

言。”张养娘笑道：“官人若不信，明日花烛之夜，自去端详，便知我不是说谎了。”

梁生道：“直待花烛之夜，方去端详，却不迟了？我本重才不重貌。若其才不真，虽有美貌，亦不足贵；若是真正有才的女子，其貌虽非绝色，而其眉目顾盼之际、行坐动止之间，自有一种天然风致，此非俗眼所能识，必须待我亲自见她一面，方才放心。”张养娘道：“官人又来，那小姐怎肯轻易见人？你如何去见得她？”

梁生道：“她见了我的诗句不肯便信，又教乳娘来面试我；我今见了她的诗词，亦未敢便信，却不好也出题去面试她。但只要偷觑她一面，看其外貌，即可知其内才。你怎的设个法儿教我去看一看。”

张养娘摇头道：“这个却难。小姐身在深闺之中，官人如何得见她的面？”沉吟了半晌，说道：“除非等她出来的时节，或者可以略略偷看。”

梁生道：“她几时出来？”张养娘道：“她等闲也不肯轻出。只今桑老爷停柩在城外寺里，她有时要到寺里去拜祭。官人或者乘此机会去偷看一看，何如？”

梁生道：“这却甚妙！”张养娘道：“待我探听她几时到寺里去，却来相报。”说罢，告辞去了。

过了两日，只见张养娘又同着一个婆子，背着一个药箱儿到梁家来，对梁生说道：“今日是月朔，桑小姐本欲亲到寺里拜祭亡亲，却因微恙未痊，正要服药调理，不便出门，已遣钱乳娘代去了。前日所云，不能如愿。今更有个法儿在此，但不知官人可做得？”梁生道：“是甚法儿？”

张养娘指着同来的那婆子道：“这是女医赵婆婆，是我的结义姊妹，与我极相厚的。今日恰好桑小姐要请她去看病，这也是个机会。我替官人算计，不若假扮做她的伴当，随着她去，自然看见小姐。因此，我先和她说通了，同来与官人商议。”

梁生道：“扮做伴当去也好，但钱乳娘是认得我的。虽然她今日奉小姐之命到寺里去了，不在家里，万一回来撞见，被她识破，不当稳便。”张养娘道：“这也虑得是！如此，却怎生计较？”

那赵药婆笑道："我倒有个算计，只怕官人不肯依我。"梁生道："计将安出？"

药婆道："我平日到人家看病，原有个女伴当跟随的；今日那女伴当偶然他出，不曾跟得出来。我看官人丰姿标致，若扮做了女人，却是没人认得出。依我说，不如径假扮了我的女伴当，随着我去，倒可直入内室，窥觑得小姐。就使钱乳娘看见，急切哪里识得破？这算计好么？"

张养娘拍手笑道："好算计！"梁生也笑道："这倒也使得！只是恁般妆扮了，怎好羞人答答的在街坊上行走？"

张养娘道："这不难，唤一只小船儿载去便了。"药婆道："如此更妙。"

张养娘便替梁生梳起头来，用皂帕妆裹停当，取出几件旧女衣来穿了，宛然是个标致妇人。张养娘与药婆不住口的喝彩，梁生自把镜儿照了，也不觉大笑。你道梁生此时怎生模样？有一首《西江月》词为证：

皂帕轻遮鬓发，青衣不掩朱颜。神如秋水自生妍，粗服乱头皆艳。

只少略删春黛，微嫌未裹金莲。若教束发顶男冠，红拂风流重见。

梁生妆扮完了，药婆便去唤下一只小船，携着药箱，同了梁生，一齐登舟。至桑家寓所门首，上了岸，同步进门。

且喜此时钱乳娘还未回来，梁生大着胆，直随进内宅。药婆教梁生且只在外房坐地，自己先入卧室与梦兰相见了。

茶罢，即便诊脉。梁生在外房偷从壁缝里张看。只见那小姐淡妆便服，风韵天然，虽带病容，自觉美貌。有两曲《寄生草》，单说那病中美人的风致：

扑蝶慵麾扇，看花懒下阶，几回搔耳无聊赖。几回手弄湘裙带，几回闲眺窗儿外。

待抛书，无物遣愁怀；待开缄，又恐添感慨。

病体娇难掩，愁容艳未消，皱眉不减春山俏。瘦腰稳称罗衫小，无言静锁樱桃悄。

只因他，花容宜喜又宜嗔；可知道，当年西子颦难效。

梁生偷觑多时，喜得神魂飘荡，几不自持。想道："张养娘之言，一些不差。

看她恁般姿态，自然是个绝世聪明的女子了。”

方惊喜间，只听得药婆叫：“女伴当，快拿药箱进来！”梁生便提着药箱，步进房去。药婆接了箱儿，自去开箱取药。梁生即侧身立在一边，偷眼再把小姐细看。

正看得好，不期钱乳娘回来了。那钱乳娘一见了梁生，便对药婆说道：“你这女伴当倒好个俊脸儿！我仔细看起来，倒有些像梁秀才的面庞。”因指着梁生笑向梦兰道：“小姐，你若要看梁秀才面貌，只看这女伴当便了。”

梦兰听说，微微把眼斜睃了梁生一睃，便觉两颊生红。梁生十分局促，恐怕露出马脚，急急低着头走出外房。药婆也连忙取了药，收拾药箱，辞别了梦兰出来，同着梁生仍下船而去。正是：

只为欲窥玉女面，几乎露出本形来。

梁生回到家中，张养娘正在那里等候，见梁生回来，忙取巾服替他换了。梁生道：“方才若不是这般打扮了去，险些儿被她们看出破绽。”张养娘道：“官人曾窥见小姐么？”

梁生便把上项事述了一遍，说道：“小姐天姿国色，诚如你所言。我今更无他疑，即当择吉行聘便了。”张养娘道：“可知道我不掉谎。官人如今快择定吉期，待我说去。”当下梁生取些银两，谢了药婆、张养娘，同着去了。

次日，张养娘又来，梁生已选定了行聘吉日，教张养娘先去说知。张养娘领命而去。

且说桑梦兰既见了梁生的诗与锦，复闻钱妪夸奖他仪容俊美，又见这一首和词来得敏妙，是钱妪亲见他信笔挥就的，便深信梁生果然才貌无双。嫁得这等一个夫婿，足遂平生之愿，心上已别无疑虑。

只因药婆看病之日，钱妪说那女伴当与梁生面庞相像，梦兰是个聪明人，却便猜得有些跷蹊，想道：“这女伴当果是女人男相。看她丰神秀异，青衣中哪有此人？况她一见乳娘说了这话，便有局促不安之状，莫非就是梁生假扮来的？

“若真个是梁生假扮了来窥看我，他既说重我文才，却又来私窥我容貌，这便是不重才而重色，不是个志诚君子了。从来有才有貌的男子最难得有信行，风流太过，往往负心薄幸。我且不要造次，还须再试他一试。”

思忖已定，恰好张养娘来约聘期。梦兰便取过笔砚，展开一幅花笺，题下一首七言绝句，付与钱妪道：“我还有一诗在此，你可把与这养娘持去，再教梁生和来。若和得合我之意，方许行聘。”

钱妪道：“今姻事已垂成，还要做什么诗？”梦兰道：“你不晓得。我这诗有个意思在里边，只顾教她将去便了。”钱妪不敢相违，只得持付张养娘，传达小姐之意。

张养娘道：“小姐前日已教妈妈面试过梁官人了，如何今日又要做起诗来？难道前日做来的还不中小姐意么？”

钱妪笑道：“前日做来的，小姐见了，已极其赞叹。不知今日怎生又要做什么诗？她说，这诗中藏着甚意思，如今你只把去与梁官人看，便知分晓。大约正考既已取中，复试自然停当的，不须疑虑。”

张养娘听说，只得拿了诗笺，回见梁生，细述其事。把诗呈上，梁生展开看时，其诗曰：

千诗织就回文锦，如此阳台暮雨何？
亦有英灵苏蕙子，曾无悔过窦连波。

桑梦兰索和

梁生看了，笑道：“我知小姐之意矣！她自比能织锦的苏蕙，却怕我不是能悔过的窦滔，只疑文人无行，故把这诗来试我。待我即依韵和她一首，以释其疑。”说罢，便也取花笺一幅，题诗一绝道：

佳人绝世岂容多，更觅阳台意若何？
伉俪得逢苏蕙子，敢需后悔似连波？

梁栋材敬和

题毕，把来付张养娘，教即刻便送去。张养娘领命，再到桑家寓所，将诗笺奉与小姐，笑说道：“梁官人的复试文章在此。”

梦兰接来，展看了一遍，微微含笑，想道：“他诗中之意，明明说有了苏蕙，

不敢更觅阳台；若得苏蕙为配，必不像窦滔有过而后悔。只这一首诗，分明设下一个大誓了。”便对乳娘说：“允了他的聘期。”张养娘欣然回报梁生知道，梁生大喜。

到得吉期，梁生把前半锦作聘礼送与桑小姐，梦兰亦将后半锦作回聘，送与梁秀才。其两人所绎诗句，与题和诗词，向已互相换看，今便大家留着；待成亲之后，人锦皆圆，彼此诗词，方可合为一集。

此时，梁生禫服已终，梦兰却还在父丧三年之内。梁生一候小姐服满，便要迎娶成亲。看官，听说这一场好事，全亏张养娘之力。她是被逐去的人，难得她不忘旧主，特来报信。梁生也倾心相托，竟把半锦交付与她；她又并无差误，往来说合，玉成了佳人才子的百年姻眷。梁生深感其义，把些银两赏了她。自此，仍旧收她住在家里，与梁忠夫妇一同看管家事。正是：

只为昔年投靠，不忘犬马之报。

当年做马风流，今日做犬正道。

话分两头。不说梁生定了姻事，十分欢喜；且说栾云与桑家说亲不就，要买梁生的锦又买不成，心中正自气闷。却闻桑小姐倒受了梁生的聘，一发恼怒，想道：“我便借屋与你居住，你却不肯与我联姻，倒把姻事作成别人。这口气如何消得!”便请赖本初来商议。

本初自那日被梁生抢白出门之后，又羞又恼，正没出气处。今见栾云与他商议此事，便撺唆道：“桑小姐白住了兄的屋，却偏与兄相拗，极其无礼。兄如今径催逼她出屋便了。”

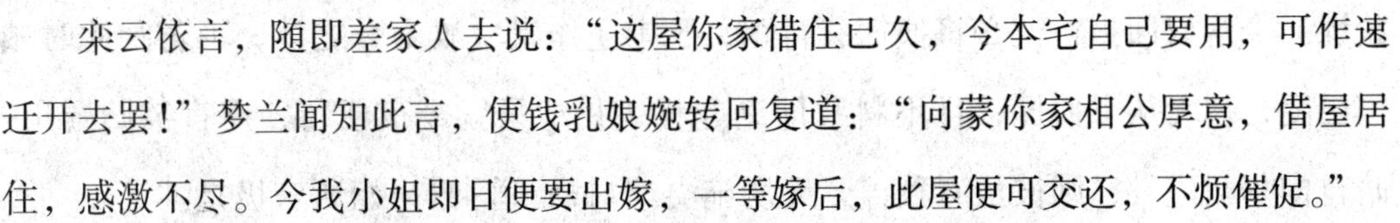

栾云依言，随即差家人去说："这屋你家借住已久，今本宅自己要用，可作速迁开去罢！"梦兰闻知此言，使钱乳娘婉转回复道："向蒙你家相公厚意，借屋居住，感激不尽。今我小姐即日便要出嫁，一等嫁后，此屋便可交还，不烦催促。"

栾家从人把这话禀复栾云，赖本初在旁听了笑道："若如此，不是催她出屋，倒是催她成亲了，却不便宜了她！"栾云道："便是她既不允我姻事，却偏要在我屋里出嫁，这不是明明奚落我？"

本初道："专怪她没礼，可连夜逐她起身。"栾云沉吟道："逐她去固好，但她原是个地方官的宅眷，怎好便把没体面待她？日后倘有与桑家相知的来替她修怨，却是不便。"

本初道："我一向也只道桑公虽死，不无门生故吏，身后之事决不寂寞。不想他是得罪杨内相之人，没人敢照顾他。眼见得这茕茕孤女，是没倚靠的了。现今他原随来的许多家人仆妇都已散去，只有一个乳娘伴着小姐。不是我取笑说，就使黑夜里劫了她来，也急切没人来寻缉。吾兄如今只顾差人去赶逐她，她迅雷不及掩耳，必将仓皇奔窜，那时迹其所往，便可别有妙计。"

栾云听说大喜，即吩咐家人络绎不绝的去催赶桑小姐出屋。催了一日，到得晚间，探门的探门，发瓦的发瓦，十分啰唣。梦兰当不起这般光景，家中又没有童仆护卫，只钱乳娘一个，哪里禁得住这班家奴？一时无奈，只得收拾随身行李，连夜雇小船一只，同着钱乳娘踉跄下船。栾家众仆见桑小姐已出了屋，便封闭了宅门，一哄的进城回复家主去了。

梦兰与钱乳娘坐在船里商量道："如今往哪里去的是？欲待归乡，闻路途兵阻，不能前进；欲待径投梁家，又无此礼。却怎生是好？"商量了一回，梦兰道："我有母舅刘虚斋，现今侨居华州，我和你不如且到那里安身罢。"

钱妪道："既如此，待我明日进城去，说与梁官人知道了，方可行动。"梦兰道："不必去说。我们只今夜便好行动，且待到了华州，然后使人来报知梁生未迟。"钱妪道："何必如此匆匆？"

梦兰道："我料栾云那厮因求婚不遂，心中怀恨。不只赶逐我起身，定然还有

狡谋。今众奴回报，彼必将侦探我行踪，于中途作祟。故为今之计，不若乘此时城门已闭，彼无从来侦探，且不料我即刻起程，我却只就今夜便行，声言欲归蜀川，暗自向华州进发，则彼虽有狡谋，无所施矣。”钱妪道：“小姐所言极是。”

于是吩咐舟子连夜攒行。有几个寓所邻近的人来问她将欲何往，钱妪只以归蜀为词，却暗教舟子往华州一路而走。行过水路，舍舟登陆，雇下两乘车子，梦兰村妆打扮，与钱妪各乘一车，直至华州城外。且停顿在一个井亭之内，即令车夫人城寻问刘虚斋家。

谁想虚斋已于两年前死了，房屋已卖与别姓，其家眷都不知迁往何处。车夫打听的实，回报与梦兰知道。梦兰大惊，大哭。车夫不管好歹，逼了雇车钱自去了。梦兰与钱妪弄得走投无路，进退维谷。正是：

乌鹊更无枝可踏，穷鱼安得水来依？

当下，梦兰与钱妪相抱而哭。梦兰哭道：“我本深闺弱质，不幸父母俱丧，飘泊异乡；为强暴所逐，流到此处，却又投奔亲戚不着。如此命蹇，谅无生理，不如早早死休。”

说罢，便望着井亭中那口大井要投将下去。慌得钱妪和身抱住，两个哭做一团。正苦没人解救，只见远远地一个方巾阔服的长须老者走将来。只因遇着这老者，有分教：

义女拜新翁，免致花残月缺；

师台敦旧谊，更堪玉润冰清。

未知后事如何，且听下卷分解。

【素轩评】一篇团香削玉文字，读者如听枝上黄莺声声悦耳、梁间紫燕语语撩人。阅至后幅，忽然疾雷破山，风雨骤至。乍喜俄惊，甫欢倏泣。此事情之变、人情之变，总之皆文章之变也。

第六卷 认义女柳太守寄书 被奸谋梁秀才失锦

诗曰：　　会合佳人未有期，两相飘泊两相疑。

　　　　　柬书空寄无由达，只为才郎中路迷。

话说梦兰小姐要投井，钱妪哭救不住，正在危难之际，忽见一个老者走来。你道那老者是谁？便是前任襄州太守柳玭。他原是华州人，自从解任之后，告老家居，时常方巾便服，携杖出门，或逍遥山水，或散步郊原，潇洒自适。

这日，正唤一个小童随着在野外闲行，遥见一个少年女子和一老妇人在井边痛哭，心中疑异，便走近前来问道："小娘子，谁家宅眷？有甚冤苦，和这老妈妈在此啼哭？"梦兰羞涩哽咽，不能开言。

钱妪见柳公气象高古，料是个有来历的人，因即指着梦兰答道："这位小姐乃已故襄州太守桑老爷的女儿，老身便是她的乳娘。不幸遭强暴欺凌，逃避到此投奔一个亲戚，却又投奔不着。一时进退两难，所以在此啼哭。"

柳公闻言，恻然改容道："不意远扬公的令爱飘流至此！我非别人，即襄州前任的柳太守。你家先老爷与我有僚友之情，其清风劲节，我所素仰。既是他的小姐，何不径来投我？"

梦兰听说，方拭了泪，向前深深道个万福，说道："若蒙恩相见怜，难中垂救，便是重生父母了。"

柳公见她仪容秀丽，举止端详，是个大人家儿女，十分怜惜。即唤童子雇一乘小轿，教乳娘服侍小姐上轿，先送到家里；自己携杖随后慢慢而归。正是：

梁生思有室，桑氏已无家。

幸逢刘孝老，能惜女西华。

原来柳公的夫人亦已物故，且无子无女，家中只有几个侍妾、丫鬟。当下，接着梦兰，迎到内堂。相见毕，柳公随后回来，梦兰重复拜见了。

柳公细叩来因。梦兰把早年丧母，后来随父赴任、父死任所，栾云初时借屋，后因求婚不遂、怀恨赶逐，逃奔到此的缘故，一一说了。

柳公道："这栾云原是膏粱子弟。我在任之时，只因乡绅荐书，面上勉强取他入泮的。如何敢妄求婚姻，肆行无礼！今小姐幸遇老夫，且安心住在此。待老夫替你觅一佳偶便了。"钱妪在旁接口道："我家小姐已许过人家了。"

柳公问道："谁家?"钱妪道："便是襄州梁孝廉的公子叫做梁栋材。"

柳公听罢，大喜道："这是我最得意的门生，这头姻事却联得好！他幼年便有神童之名。我在襄州时，曾举报他两次科举。他因亲老，不肯赴试。如今他父母还在么?"钱妪道："他老相公、老安人都亡过，今服制都满了。"

柳公道："我看他文才，将来必大魁天下。闻他向年有多少人家与他议亲，他却难于择配。小姐是何人作伐，定得这个好夫婿?"钱妪便将两半幅回文锦配合得来，梁生以前半锦为聘、小姐以后半锦回赠的事细说与柳公知道。

柳公道："梁生曾把回文锦中章句绎得几十首，我也曾见过，却不晓得他家藏着原锦半幅。此锦本宫中珍秘，后来散失民间，购求未获，不知他从何处得来?"钱妪道："闻说他家老相公从京师回来，在路上收买的。"

柳公道："你家这半幅却又从哪里觅得?"钱妪又将刘夫人梦中之事，并地下掘得玉匣、匣中藏着半锦的缘故，细说了一遍。

柳公点头嗟叹道："这是天缘前定，大非偶然。既是梁家半锦在小姐处，不知今可曾带得在此，幸借我一观。"梦兰听说，便向怀中取出一个绣囊，付与钱妪，转递柳公。

原来，梦兰把梁生的半锦与他所绎回文章句，并和韵的一诗一词做一包儿，裹着藏在身边。今因柳公索览，便探怀而出。

柳公接来看了，见这半锦五色纷披，灿然悦目，嗟赏了一回。及见梁生所绎章句并所题诗词，说道："这绎出的章句，我已曾见过。那一诗一词却不曾见，想是他的新作了。后面写着'和韵'，不知是和谁人的韵？"钱妪道："就和小姐的韵。"

柳公道："原来小姐长于翰墨，老夫失敬了！这原唱的诗词，一发要求一看。"梦兰道："不肖女也绎得回文章句几十首，当一并录出呈教。"

柳公大喜，即令丫鬟取过文房四宝送上。梦兰把章句、诗词一一写出，柳公取来细细看了，极口称赞道："我前见梁生所绎章句，已是敏妙绝伦；不想小姐又另出手眼，更觉不同。其中只有一二相合的，余皆各自拔新领异。至于小引一篇，尤为佳绝。我初见梁生时，曾以'璇玑图'为题，面试他一篇古风。今这小引与他古风可称双璧。两诗两词又一样清新秀丽，真是天生一对夫妻。至如两半锦作合之奇，又不足言矣。"

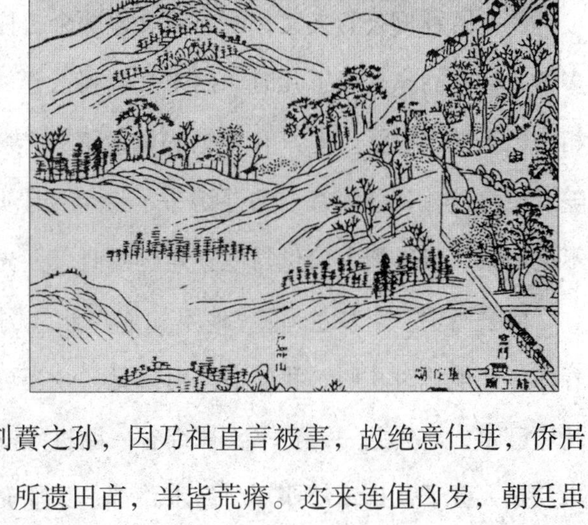

因问小姐到这里来时，梁生可曾知道否？钱妪答道："当被栾家迫逐，仓促起身，不及报与梁官人知道。小姐指望到这里寻着母舅家住了，然后寄信到梁家去，不想又投奔不着。"

柳公道："小姐母舅是何人？"梦兰道："家母舅是刘虚斋。"

柳公道："原来是刘虚斋。我也曾认得，今已亡过几年了。他本刘蕡之孙，因乃祖直言被害，故绝意仕进，侨居于此，以务农为业。不料前年病故，所遗田亩，半皆荒瘠。迩来连值凶岁，朝廷虽有蠲恤之典，却被吏胥上下其手，移熟作荒、移荒作熟，刘家荒田偏不在蠲恤之内。他令郎刘继虚苦于赋役，竟把田产弃下，挈了一妻一妹，不知逃往何处。官府又欲着他亲戚领田完粮，因此，连他亲戚也都逃避，没一个住在本州城里。你要去投奔他，却不投奔差了？"

梦兰闻言，潸然泪下道："茕茕孤女，无所依归，指望暂托母家。不想又如此零落，如何是好？"

柳公沉吟了半晌，说道："我向爱梁生之才，曾对他说：'我若有女儿，即当招他为婿。'今我膝下无人，你又怙恃俱失，我意欲认你为义女，便入赘梁生到家，未知你意下如何?"

梦兰道："大人既与先君有僚友之谊，不肖女便是通家儿女了。况今又无家可奔，若得大人颐养膝下，实为万幸。"

柳公大喜，梦兰便令乳娘扶着深深的拜了柳公四拜。柳公立在上面答个半礼。当晚，排设家宴，做个庆喜筵席。

次日，柳公即修书一封，差一的当家人，星夜赍赴襄州梁家投递，约梁生到华州柳衙来成亲。正是：

旧日门生今女婿，今朝泰岳旧恩师。

玉成花烛洞房夜，全赖他乡遇故知。

梦兰既拜柳公为义父，便与钱乳娘两个去住在柳家，专等梁生到来。谁想好事多磨，柳家的家人去了几时，回来禀复柳公道："小人领命往襄州寻问到梁家，梁相公已不在家里了。他家有个老妈妈说道：'梁相公自闻桑小姐去后，便唤老苍头随着买舟渡江，往绵谷一路寻访去了，至今未归。'小人又住在那里等了几日，并不见回来，只得把书信付与他家老妈妈收着，先自回来禀复。"

柳公听罢，对梦兰道："他不知你在此，倒往绵谷去寻，如何寻得着?既寻不着你，知他几时才回，我的书何由得见?今当再写一书，差人赶上去，追他转来。"计算已定，即另差一人赍书，往绵谷一路进发。

那人去了几日，却探知前途水路都是兵船充塞，没有民船来往。旱路又都是游兵骚扰，没有客商行动，不能前去。只得复身回来，并原书带归。

看官，听说原来此时，兴元节度杨守亮造反，朝廷差大将李茂贞引兵征讨，相持日久，未能便下。那杨守亮与宦官杨复恭认为叔侄，暗通线索。复恭唯恐李茂贞成功，故意迟发兵粮。茂贞又约束不严，任其部卒随处劫掠，为此，这一路甚难行。

彼时，有几句口号，单说唐末长征之众与唐初府兵之制大异，道是：

昔之府兵，唯寇是剿。

今之长征，唯民是扰。

兵而扰民，非兵伊盗。

设兵至此，可胜叹悼。

子曰去兵，旨哉圣教。

当下，柳公因寻访梁生不着，甚是忧闷。梦兰心里也十分烦恼。一日，正与钱乳娘两个相对愁叹，忽听得堂前热闹。钱妪出去看了一遭，来回报说："朝廷有特旨，升了柳老爷的官。今报喜的人来报喜，故此热闹。"

原来，柳公向与杨复恭不协，求补外任，又辞官而归。近日，复恭骄横太甚，天子也有些厌恶他。因思念柳公是个直臣，特旨诏还京师，仍拜殿中侍御史之职。

柳公当日奉了朝命，便打点起身。因对梦兰说道："自楚入蜀，一路甚是难行，料梁生决不到那边去寻你。他知你向曾随父在京，或者如今径到京中寻访，亦未可知。况今当大比之年，他服制已满，也必赴京应试。你不若随我进京，访他来相会。"梦兰依言，即与钱乳娘收拾行装，随着柳公一同起行。

临行时，柳公又恐梁生未必便到京师，倘还在襄州附近地方寻访，却如何得与梦兰相遇？因心生一计，把这半幅回文锦依样刻成印板，后刻一行云：

苏氏璇玑半幅图，如有合得此图者，可至京师柳府来相会。

柳公将这刻板回文图做个暗号，吩咐家人印下几百张。凡自襄州入京一路码头、市镇上，都要粘贴，使梁生见了好到京中来寻我。家人领命，分头往各处粘贴去了。柳公一面自携家眷，起身赴京，不在话下。

且说梁生自从那晚梦兰被逐之后，钱乳娘又不及去报他，他在家里并不晓得。直至次日，张养娘偶然出外，闻了这个消息，回来报知。梁生吃了一惊，忙赶到城外去各处寻访了一日，不见踪影。又到桑公停柩的那个寺里探问，却又说并不见小姐到来。

梁生心疑，再到她寓所左侧，细问邻人："可晓得桑小姐往哪里去了？"有人传说："她同乳娘下了一只小船，说要取路回乡去哩。"

梁生此时寸心如割，想道："她家在绵谷，近闻此路正有兵险。女子家不知高低，只顾往前去，如何使得？我须赶将去追她转来。"便教张养娘同梁忠妻子看守家中，自己带了些盘缠，并怀着梦兰下聘的半锦及其所题诗词，唤梁忠雇下小舟一只，主仆二人连夜下船渡江追去。

于路访问往来行人，说："可见有一小娘子同一老妪驾一只小船前去么？"那些人也有说曾见的，也有说不曾见的，其言不一。梁生心中疑虑，只顾催船前进。

行了几日，将近均州界口，只见来船纷纷传说："前面有征西都督李爷发回的兵丁下来，见人拿人，见船拿船，十分厉害。"梁生船上的艄公听了这话，便把船泊住不肯行了。正是：

并非欲济无舟楫，却是有舟不可越。

失去佳人何处寻，才郎此际愁欲绝。

梁生见艄公不肯行船，便道："我情愿多出些船钱，你须与我再行向前去。"艄公道："不是小人不肯去，其实去不得了。"

正说间，只见一只快船驾着双橹，飞也似摇将过去。梁生指着，对艄公道："你说去不得，如何这只船却去得？"艄公抬头把那船看了一看，说道："这不是民船，这是衙役打差的快船。他奉着官差，须不怕兵丁拿了。相公若必要到前面去，便趁着这只船去倒好，只不知他可肯搭人？"

梁生听说，忙道："既如此，你快招呼他一声。"艄公果然高声叫道："前面快船，可肯乘两个客人么？"

那快船上人听得招呼，便停了橹，问道："什么人要乘船？"艄公道："是一位相公，同着个老管家，要相求带一带。"

船上人未及回言，船舱里坐船的那人听说是一位相公，便道："既然是个相公，快请过船来。"艄公忙把船摇将拢去。梁生走过快船，看舱里那人时，果然是公差打扮。见了梁生拱拱手，便请梁生就舱中坐下。梁忠自把船钱打发了艄公去，也过船来，靠舱门口坐着。

舱里那人问梁生道："相公高姓？"梁生道："学生姓梁。"

那人道："相公不就是与前任柳太爷相知的梁秀才么？"梁生道："学生正是。老丈如何晓得？"

那人道："在下就是本州公差，如何不晓得？"梁生道："老丈尊姓？"

那人顿了一顿口道："在下姓景。请问相公，前面都是兵丁充斥的所在，你读书人有何急事，要到那边去？"梁生道："学生正为闻得前面兵险难行，要去追转一个人来。"

那人道："原来如此！相公远来，想是饿了。我船里有现成酒肴在此，若不弃嫌，请胡乱吃些。"说罢，便唤舟子取出酒肴来，请梁生同饮。梁生再三谦让。

那人道："相公不必太谦。在下虽是公差，却极重斯文；况相公又是前任太爷的相知，怎敢怠慢！"一头说，一头斟酒劝饮。梁生饮过两盏，那人道："这酒不热，须换热酒来吃。"便自向艄头取出一壶热酒来，满斟一大盏，奉到梁生面前。

梁生见他殷勤，接过来一饮而尽。那人又忙斟一大盏递与梁忠道："老管家，你路上辛苦，也请吃盏热酒儿。"梁忠谢了一声，起身接来，也一口呷干了。

只见那人指着他主仆两个，笑道："倒也，倒也。"说声未绝，梁生早头重脚轻，不觉一跤跌倒在船舱里。梁忠见了，忙要来扶，却连自己也手软脚麻，扑地往后倒了。

那人唤舟子急急把船摇到一个僻静港口歇下，将梁生的行李打开捡看，却只有几两散碎银子与衣服、被卧之类，并无他物。

那人看了，沉吟道："难道这件要紧东西不曾带来？"便又把梁生身上满身搜

摸，摸到胸前，摸出一个锦囊来。打开看时，见是半幅五色锦同两幅纸儿，一起包着。那人欢喜道："好了，这宝贝在这里了。"随即将锦囊藏着，把行李包儿赏与众人分了。

等到夜晚，先唤两个舟子，将梁忠抬到沙滩上撇下；又把船行过里许路，然后将梁生抬往岸上一个牛棚之下放着。那人笑道："他要夫妻完聚，今先教他主仆分离，却是要得他好。"当下，安置了当，连夜开船去了。正是：

早识酒盏为陷阱，非逢知己不当饮。

已嗟见锦不见人，谁料失人又失锦？

看官，原来那快船上的人，不是姓景，到是姓时，就是栾家的门客时伯喜。他奉栾云之命，特来赚取梁生的半锦，故随口说是姓景。这些舟子们都是栾家从人假扮的。

栾云自那日赶逐梦兰起身后，便与赖本初商议，使人探她往何处，要在中途扮了强盗劫取她回家。又恐她径投奔梁生，一面使人到梁家左近打听。及闻梦兰那晚连夜起身，不知何往，传说要回乡，未知果否；又闻梁生已买舟渡江追去了。

本初对栾云道："桑小姐向因前途兵阻，不敢扶柩回乡，寄寓于此。今途路未通，父棺尚在，恐未必便回乡去。或暂投别处，亦未可知。但梁生此番赶去，他想要追着小姐完其婚事，身边必然带着那半锦。不若使个计策，遣人去赚了他的来，专怪他一个决不肯卖，一个定要配对。今先教他两锦不合，却不羞了他？"

栾云道："此说甚妙，但教哪个去赚他好？"本初道："时伯喜是我们一路人，他虽曾到过梁家，却从未与梁生主仆识面，今就教他去罢了。"栾云大喜，随即吩咐时伯喜，教他依着本初之计而行。

当下，伯喜果然依计行事，赚得梁生半锦并诗词，回报栾云，具言如此如此。栾云把这半锦与本初观看，本初道："这是后半幅，正与我前日在梁家所见的前半幅恰好配着。兄虽不曾娶得佳人，却得了这半幅美锦，亦是非常快事。"

栾云道："失人得锦，非吾本意，况又是半幅不全的。我当初只道那回文锦是怎样一件奇宝，原来只是这等一幅锦儿。我如今就得了它，恐也没甚用处。"

本初道："我前日曾对兄说过，兄如何就忘了？内相杨复恭不吝重赏，赚求此锦。今虽半锦，亦是奇宝。兄若把来献与杨公，他必然大喜，功名富贵便可立致，强似去买科场关节。倘或杨公要求全锦时，那半锦在桑小姐处，已有下落，只须悬重赏赚求，不愁桑小姐的那半锦没人首告。那时全锦归于杨公，美人不怕不原归吾兄。却不是功名、婚姻一齐都成就了？"

栾云听罢，喜得手舞足蹈，说道："既如此，我们就到京师投拜杨公去。"本初道："若要去投拜他，须要拜做干儿方才亲密。他内官家最喜人认他做干爷的。"

栾云笑道："拜这没××的老子，可不被人笑话？"本初道："如今兴元叛帅杨守亮也认他为叔，何况我辈？"

栾云道："他是同姓，可以通谱；我是异姓，如何通得？我今有个计较在此。"本初道："有甚计较？"

栾云道："我母舅也姓杨。我今先姓了外祖之姓，然后去投拜他，却不是好？"本初道："如此最妙。"

时伯喜在旁听了，便道："大官人去时，须挈带在下也去走走。若讨得些好处，就是大官人的恩典了。"栾云道："你是有功之人，原该与你同去。"

本初笑道："小弟是运筹帷幄之人，难道倒不挈带同去？"栾云道："兄若肯同行，一发妙了。"

本初道："据小弟愚见，兄改姓了杨，小弟也改姓了杨。兄把尊号去了一字，叫做杨栋；小弟也把贱讳去了一字，叫做杨梓，两个认作弟兄。你做了杨公的义儿，我便做了他的义侄，如此方彼此有商量。"

栾云与时伯喜听说，齐声道："这个大妙。"三人计议已定，便择日起身赴京。昔人有篇笑通谱的文字，说得好：

从来宗有攸辨，姓有攸分，通谱一道，古所未闻。苟遥攀乎华胄，每见笑于达人。谭子奔莒，固当有后；林逋无嗣，曷为有孙？狄武襄不祖梁公，自可别垂家乘；唐高祖强宗李耳，终为妄托仙根。以彼仰时高贤，犹云不必；况复依栖权势，宁非丧心！或曰吴而子之，鲁昭不妨通姬于宋；娄者刘也，汉高亦尝赐姓于臣。不

知元昊终非赵裔，朱耶难继唐君，黄楚别于芈楚，吕秦判于嬴秦。故小吏牛金贻羞司马，夏侯乞养人刺曹腾。君不见卫、霍同母，究分两家之姓；关、张结义，未有合谱之文。姚、祁若因颛顼而联宗，尧不当嫁女于舜；汤、文如以黄帝而认族，周亦宜仍号曰殷。汉家京兆说三王，初不以同宗而重；南北党人分二李，岂其为异族而争？但使声应气求，虽两姓其必合；倘其离心叛志，即一室而操兵。岂不闻向戌避桓魋又恶，羊舌施叔鱼之刑，齐桓杀子纠于笙窦，周公囚蔡叔于郭邻？矧非族而冒族，又何谊而何恩？尤可骇者，既已亲其所疏，必至疏其所亲。假宗假支，反居主位；至姻至戚，推为外宾。远者之欢好未洽，近者之嫌吝适生。试想：接席呼兄，嫂子从未识面；登堂拜叔，婶母不知何人。言之可发一笑，问焉大难为情。如谓四海之内皆兄弟，宗弟帖何不排门送去？若云五百年前总一家，百家姓竟可烧去无存。此风颇盛于迩日，狂言聊质乎高明。

话分两头。且不说栾云等赴京投拜杨复恭；且说梁生，那夜被时伯喜用蒙汗药麻翻了，撇在一个村口牛棚之下，直至黎明方才苏醒。爬将起来，不但梁忠并行李不见了，连身边所藏的回文锦与诗笺也不见了。目瞪口呆，叫苦不迭。又不知这里是甚所在，只得信步走入林中，要寻个人来问路。

不想连走过几个村落，却并不见个人影，但见一处处茅檐草舍，只余破壁颓垣；静悄悄古树寒云，唯听冷猿秋雉。真个十室九空，野无烟火。

你道为甚缘故？原来，彼时百姓不但避兵，又要避役。唐初租庸调之法最是便民。后来变乱祖制，多设名目，额外征求，百姓被逼不过，每至逃亡。唐诗有云："已诉征求贫到骨"，这便说彼时征求烦扰。又云："邑有流亡愧俸钱"，这便说彼时百姓流亡。当日又有无名子因唐末农田之苦，把田字编成几句歌谣，却也说得十分巧妙，则录注于此：

论田之精，厥产曰恒；揆其字义，美诚莫罄。民以田为食，故田如四口之相倚；人以食为天，故田如两日之并行（田字如四口字相倚、两日字相并）。君王非田则无禄，故田以二王为象；户口非田则难息，故田以十口为文。山川非田则不贵，故田如四山之环抱，又如两川之纵横（田字横竖看皆成王字，又口字中加十字，又四面皆成山字，纵横如两川字）。然而地辟于丑，田在地本为不满之数；人生于寅，田在人一似入官之形（丑字如田字不满；寅字中亦有田字，上加官字头）。昔认田为富字足，无田不成生业；今信田为累字首，有田易犯罪名（富字足、累字头，皆有田字）。熟可抛荒，所患丁男寡力；荒难使熟，最苦承佃乏人（男字去力、佃字去人，皆田字）。东作之艰，艰在木生而土死；夏畦之病，病在田亏而土盈（田字加木是东字，田字加二土是畦字）。施恩则以田结人心，故蒙蠲恤之典；论理则以田为王土，怎免粟米之征（田中加点如人字形，便为因字，因下加心，乃恩字。田字加王土二字是理字）。人有一日之田，遂烦会计；土无千年之禾，也待种成（田字上加人字一字，下加日字为会字。田字上加千字，下加土字，旁加禾字为种字）。田按里而册籍可稽，虽尺土莫逃乎税敛；田有疆而高低不一，即步弓难定其纷纭（田下着土为里字；疆字弓字旁，有两田字三一字）。仁政必先经界，辨田界者，还须一介不苟；良苗漫说怀新，植田苗者，每至寸草不生（界字去介，苗字去草皆田字）。黄壤为上上之丘，当共丘而判肥瘠；黑坟为下下之地，恒赤地而叹灾侵（黄字，共字中加田字；黑字，赤字上加田字）。畏徭畏赋畏无休，只因顶上的田难脱卸；当役当差当不了，只缘脚下的田是祸根（畏字上有田字，当字下有田字）。田少则一边出稍，叹由来之有限；田多则两头应役，将申诉以何门（田字出头是由字，两头皆出是申字）。苟其善计，无人安得田完国课？若还作弊，有吏又见田多变更（田字合计字，人字为课字。更字如吏字形，其中有田字）。完官的，一番出兑几番愁，常恐折耗了米；欠粮的，既思称贷又思脱，枉自费尽了心（番字去米、思字去心，皆田字）。田绊乡绅之身，直与细民同类而等视；田饱卫军之腹，徒使运户奔走而奉承（绅字、细字，形相类，皆从田字，又与绊字同边旁。军字，腹有田字；加走之为运字）。畎从犬，亩从人，充贱役者，果然半是人兮半是犬；锸从千，镈从寸，垦谷土者，岂真一寸田为千寸金（畎、亩二字，旁皆有田字，而一从犬一从人。锸、镈二字，俱金字旁有田字，而一从千一从寸）。

旧田重重，未必取十千而税十一；新田又叠叠，还恐但宜古而不宜今（田字上加千字，下加十、一两字是重字。三田字下加宜字是叠字）。入甲即如生了脚，不能移换；做鬼还须顶在头，遗害子孙（田字出脚是甲字，鬼字头有田字）。先畴可寿，哪知寿为天所夺；祖田是福，谁料福为祸所乘（畴字去寿是田字，福字是祖字形下有田字）。授田与儿曹，反使童子无立锥之土；因田卖房屋，遂至栋字无二木之存（童字去立去土、栋字去二木字，皆田字）。田纳禾而成囷，田若无禾，复有何囷可指；人入田而为困，人求免困，唯有弃田而奔（田字中着禾字是囷字，田字中着人字是困字）。畊者必有井焉，可怜避田之人，甘作背井之客；民之为言甿也，只为惧田之故，遂有逃亡之民（畊字去井、甿字去亡，皆田字）。

闲话休题。且说梁生当日见村中冷静，没人可问，想道："这里村落无人，必走到官塘大路上去，方可寻人问路。且腹中已饥馁，也要觅个茶坊酒馆，弄些饮食充饥，才好行动。"

一头走，一头肚里寻思。只听得远远地一阵嘶喝之声，甚是热闹。梁生道："好了，那边是有人烟的所在了。"便依着这人声热闹处走将去。只因这一去，有分教：

颠连才子，忽遇着旧日知交；
奸险狂徒，又弄出偷天手段。

毕竟后事如何，且听下卷分解。

【素轩评】前卷以梁家之锦忽入于桑、以桑家之锦转入于梁，彼此交换，已为奇矣。阅至此卷，梁家之锦既入于桑，忽入于柳；桑家之锦既入于梁，忽入于栾，又将转入于杨。桑氏无父而有父，却又得夫而失夫；柳公无女而有女，却又得婿而失婿。至于杨家有子，便是栾家无子；杨氏有侄，即为赖氏无儿。栾云得锦，又思献锦，是得仍非得也；梁生赠锦，又复失锦，是失有两失也。种种变幻，总非人意想之所到。百忙里忽写唐末兵役之苦，胜读老杜《哀江头》及柳州《捕蛇者说》；其笑通谱文，又胜读《左传》晋重耳君臣论姓一段文字。不意间文中有此妙笔。

第七卷　才郎脱难逢故友　奸党冒名赚美姝

诗曰：

武士当年曾学文，相逢知己乐同群。

宵人何事谋偏险，欲窃襄王梦里云。

话说梁生要寻官塘大路，依着人声热闹处走将去。走够多时，渐觉那嘶喝之声近了。信步走出村口，果见一条沿河的大官塘，河里有无数兵船从上流而来；塘岸上都是些民夫在那里掌号扯纤，又有许多带刀的兵丁，拿着鞭子赶打那走得慢的，因此喧闹。

梁生正待上前问路，只见一个兵丁看着梁生叫道："好了，又有一个扯纤的人在此了。"说罢，抢将过来，把梁生劈胸揪住。

原来，这些兵丁乃是征西都督李茂贞发回去的客兵。初时，茂贞奉诏征讨杨守亮，朝廷恐他本部兵少，听许调用别镇客兵，他因在荆南镇上调兵五千去助战。谁想军饷不给，粮少兵多，茂贞只得仍将这五千兵发回荆南，一路着落所过州县，给与船只人夫应用。

州县官奉了都督将令，便捉拿民船与他，又派每鄙各出民夫几名，替他撑船扯纤。百姓们也有自去当差的，也有雇人去当差的，直要送过本地界口，才有别州县的民夫来交换。

这些兵丁又去搜夺民夫身边所带的盘缠。民夫于路要钱买饭吃，又饥又渴，走得慢了，又要打。熬苦不过，多致身死。有乖觉的，捉空逃走了。

兵丁见缺少了民夫，船行不快，又乱拿行路人来顶代，十分肆横。彼时，有古风几句，单道那唐末以兵役民之苦。其诗曰：

自昔兵民未始分，吁嗟此日分兵民。
分兵兵既夺民食，分民民又为兵役。
以民养兵民已劳，以兵役民兵太骄。
民役于官犹可说，民役于兵不可活。
民为役死役之常，役为兵死尤堪伤。

当下，梁生不知高低，只顾走上前去，被这厮们拿住要他扯纤。梁生嚷道："我是个秀才，如何替你扯纤？"那兵丁笑道："不妨事！便算你是秀才相公，今且权替我们扯了纤去，回来原是个相公。"

梁生待要挣脱时，哪里挣得脱？早被他把纤索拴在腰里，不由分说，扯着要走；不走时，便要打。梁生没奈何，只得随着众民夫一齐走动。有几句口号笑扯纤的秀才道：

白面书生知一舟，常横一笏在心头。
迢迢去路前程远，还看收绳向后投。

可恨这伙客兵，不但虐使民夫，又凌辱士子。梁生此时勉强走了几步，早走不动了。正没法处，只见远远地一个军官模样的人，手执令旗，一面骑着马，引着百十个军汉，飞也似跑将来。

这些兵丁相顾惊讶道："想是防御老爷有令旗来了，我们不要去惹他。"说罢，都四散去开走了。那军官跑马近前，一眼看见梁生头戴着巾，混在众民夫中扯纤，便指着喝道："这戴巾的，像一位相公，如何也在此扯纤？"

梁生听说忙嚷道："我是襄州学里秀才，在此经过，被他们拿住的。"那军官听得说是襄州秀才，即喝教随来的军汉把梁生解放了，请过来相见。梁生放了纤索，整一整衣冠，走到他马前称谢。

那军官在马上仔细看了梁生一看，慌忙滚鞍下马，纳头便拜。梁生愕然，待要答礼，那军官抱住梁生说道："官人不认得小人了么？"

梁生也仔细看了那军官一看，说道："足下其实是谁？我却一时认不出。"那军官道："小人就是爱童，官人如何不认得了？"

梁生听罢，惊讶道："原来是你！你如今长成得这般模样，教我哪里认得？我问你，几时在这里做了武官？"

爱童道："小人自蒙官人打发出来后，便投靠本州栾家。恰好赖官人在栾家处馆，小人指望求他在栾家主人面前说些好话，谁想赖官人倒不知去说了什么，撺掇他把小人逐出。小人没处投奔，只得随着调粮船上人，在船上做了水手。路经郧阳镇上，适值本镇防御使老爷新到任，出榜招募丁壮。小人便去投充营兵，官名叫做钟爱。蒙防御爷抬举，参做帐前提辖。今防御爷又新奉敕兼镇郧、襄两郡，驻节均州界上。近闻这些过往兵丁骚扰地方，因差小人传令来禁约，不想官人被这厮们所辱。不知官人为甚独自一个来到这里？"

梁生道："我的事一言难尽。我且问你，这防御使是谁？方才那些兵丁见他有令旗来，好不畏避！"

钟爱道："官人还不晓得，这防御爷就是当年在官人家里读书的薛相公。他原有世袭武爵，今他太老爷死了，他便袭了职，移镇此处。"梁生道："原来就是薛表兄，怪道他便肯抬举你。"正是：

昔被赖子侮后庭，今事薛郎为前部。

人生何处不相逢，忽合萍踪在中路。

当下，钟爱对梁生道："薛爷时常思念官人。近日移驻均州，与襄州不远，正想要来奉候。今喜得官人到此，可即往一见。"

梁生道："我也正要见他，诉说心中之事。"钟爱便把自己所乘之马请梁生骑坐。唤过一个随来的军士，将手中令旗付与他，吩咐道："你去传谕这些过往兵丁，说：'防御老爷有令：不许虐使民夫，不许抢夺东西，不许捉拿行人。如有不遵约束者，绑赴辕门，军法从事。"'那军士领命，引着众军士向前去了。

梁生恰待与钟爱行动，只见又有一簇军汉，抬着许多饭食飞奔前来。钟爱又唤来吩咐道："这是防御老爷的好意，恐民夫路上饥馁，故把这饭食给与充饥。你等须要好生给散，休被兵丁夺吃了。"众人亦各领命而去。

钟爱吩咐毕，转身替梁生牵着马，向均州镇上行来。行路之时，钟爱又叩问梁生：“为甚至此？”梁生把上项事细述了一遍。钟爱听说老主人、老主母都死了，欷歔流涕。又闻赖本初这般负心，十分愤恨。

说话间，早望见两面大旗在空中招展。钟爱指道：“这便是防御衙门了。待小人先去通报，好教薛爷出来迎接。”说罢，正要向前奔去，只听得鼓角齐鸣，远远地一簇旗幡，许多仪从拥着一个少年将军，头戴红缨，金兜鍪身，穿绣花锦征袍，扬鞭跃马而来。

钟爱道：“原来老爷恰好出来了。”便跑向马前跪禀了几句话，那将军满面笑容，勒马向前，望着梁生，拱手道：“贤弟别来无恙。”

梁生看时，正是薛尚文。慌忙也在马上欠身道：“恭喜表兄荣任在此，小弟今日幸得相会。”两个并马至府门下马，揖让而入。梁生看那军中气象，十分雄壮。但见：

兵威整肃，军令森严。辕门左右，明晃晃列几对缨枪；大寨东西，雄赳赳排两行画戟。建牙吹角，依稀光弼旌旗；喝号提铃，仿佛亚夫壁垒。守卫的，一个个弓上弦，刀出鞘，非此河上翱翔；防护的，一个个人裹甲，马加鞍，岂似军中作好？满营如荼，总奉元戎驱遣。班声动而北风起，诚堪令川岳崩颓；剑气冲而南斗平，洵足使云霞变色。真个宁为百夫长，果然胜作一书生。

二人逊入后堂，讲礼叙坐。尚文道：“不才自与表弟相别之后，即至先君任所，依旧弃文就武。先君为我联下一头姻事，乃同僚巫总兵之女。迎取过门不上半年，巫氏病故。先君、先母亦相继弃世。不才终制之后，便改名叫做薛尚武，袭了世爵，仍为兴安守将。适值彼处土贼窃发，不才设法剿平。朝廷录此微功，升为防御

使之职，移镇郧阳。近又奉敕兼镇襄郡，故驻扎于此。

“襄州去此不远，正拟躬候。只因到任未几，恰值征西都督李茂贞发回荆南的兵丁在此经过。茂贞约束不严，军无纪律，不才保护地方，不敢轻离孤守；又恐这厮们骚扰不便，特遣钟爱传令禁约。方才更欲亲往督促他们起身，不想却得与贤弟相见。请问贤弟为何来到这里，姨夫、母姨一向好么?”

梁生垂泪道：“先父、先母相继弃世，已将三年矣。”

薛尚武道：“原来姨夫、母姨俱已仙逝！不才因路途迢隔，失于吊奠，深为有罪。”梁生道：“小弟亦不知尊大人与尊夫人之变，甚是失礼，彼此疏阔。今日幸遇钟爱，遂得望见颜色。”

尚武道：“贤弟为甚身冒兵险来至此处?”梁生道：“只为自己婚姻之事，故冒险而来。”尚武道：“贤弟已联过姻了么?”

梁生叹道：“甫能联得一头姻事，不想又有许多周折。”尚武叩问其故。梁生先把赖本初忘恩负义，迁移去后不相往来，忽地为栾云来求买半锦、并不提起桑家姻事，直待张养娘报知，方得联姻的话说了一遍。

尚武道：“贤弟一向难于择配，今幸遇文才相匹的佳偶，又且两锦配合，天然凑巧，最是难得。可恨赖本初那厮，受了贤弟大恩，偏不肯玉成好事，反替他人做奸细。天下有这等丧心的禽兽，我恨不当时一拳打死了他！”说罢，气得咬牙切齿，怒发冲冠。

梁生道：“这还不足为奇，更有极可骇的事。”因又把梦兰小姐被逐，自己与梁忠买舟追来，于路遇了反人，失却半锦，主仆分散的情由细细说了。

尚武道：“此必赖本初因栾云谋姻不成，指唆他赶逐桑小姐。那中途骗锦的人，也定是本初所使。但可疑者，不是那人到你船里来骗你，倒是你去乘他的船，因而被骗，这便或者不干本初之事。如今也不难处，我既移镇此处，襄州也是我统辖之地，待我行文到彼，着落该州官吏查捉那姓景的公差来拷问，便知端的。”

梁生道：“多承美意！但今骗去小姐所赠之锦还不打紧，只不知小姐被逐到哪里去了！小弟一路寻来，并无踪影。”

尚武道："贤弟若寻到这里，却是走差了路了。这里一路兵丁充斥，男人尚且难行，女子如何去得?"

梁生道："小弟正恐她女子家不知利害，贸贸而来，故特地要追她转去。不想竟无下落。"

尚武道："这不难，待我替你寻访一个的实便了。"遂唤提辖钟爱付与令箭一枝道："你去查点那些过往兵船，可有女妇夹带。如有夹带都着留下，以便给还原主。并催促他们作速赶行，不得迟延停泊。"

又唤两个牙将，各赍令箭，分头前去查问沿塘附近的民居，可有别处女子流寓在此。若有时，都报名来。又把令箭一枝付与一个军官，教他往襄州查捉本州姓景的公差，解赴军前听审。一面探问梁相公家老苍头梁忠可曾回来，一面私访栾云、赖本初近日作何勾当。钟爱与牙将、军官各各领命去了。

尚武置酒内堂，请梁生饮宴。梁生想着梦兰，哪里饮酒得下？因尚武殷勤相劝，只得勉饮几杯，不觉沉醉。尚武命左右打扫一间卧房，请梁生安歇。梁生有事在心，如何睡得着？因见案上有文房四宝，遂题词一首，调《二郎神慢》：

心惊悸，问王女飘流何地？恨临去，曾无一语寄。前途远，风波足惧。

只愁你，遇强暴，弱质怎生回避？肝肠碎，天涯一望，徒积满襟珠泪。

题毕，伏枕而卧，翻来覆去，一夜不曾合眼。等到天明起来，梳洗罢，尚武请到内堂，相陪早膳。只见钟爱进来禀道："昨奉老爷将令，查点过往兵船，并无妇女夹带。"

梁生听说，心上略放宽了些，想道："且喜小姐不曾遇着兵丁，或者在半途避入民家去了。只等那两个牙将回报，便知分晓。"

过了几日，先有一个牙将回来禀复道："奉令查访民居，并无女子流寓。近因兵丁过往，本处妇女兀自躲开了，哪有别处女子流寓在此?"梁生闻言，万分愁闷。

次日，那一个牙将回来报说："小将奉令分头查访流寓女子，直查至二十里外一个荒僻所在。有一华州人桑继虚，同一中年妇人与一女子，流寓在彼。妇人姓赵氏，女子名梦蕙。"

梁生听说，喜道："此必梦兰也！她改名避难，故易兰为蕙，托言是华州人；那赵氏想就是钱乳娘；那桑继虚或即桑家戚属，护送小姐至此。吾当亲往访之。"尚武便教备马与梁生骑去。

梁生出了衙署，跨上马，叫牙将领着，径往那所在来。才行了半日，牙将遥指道："前面树林中，隐隐露出这几间茅屋，便是那桑家的寓所了。"梁生加鞭策马而进。

到得林中，下了马，至茅屋前探望。只见绕屋松荫、柴扉半掩，连叩数下并没人应。梁生唤牙将看着马，自己款款启扉而入，到草堂上扬声问道："这里是桑家么？小生梁栋材特来探候。"叫了几声，只是没人应。

梁生心疑，再走进一步张看时，只见里面门户洞开，寂然无人。梁生一头叫，一头直步进内里，却原来是一所空屋，并无一个人影。梁生惊讶，转身出外，问牙将道："莫非不是此间，你领差路了？"牙将道："小将昨日亲来过的，如何会差？"

梁生道："既如此，怎么并没一人在内？"牙将道："昨日明明在此的，怎么今日就不见起来？莫非倒因小将来查访了，她恐有什么扰累，故躲开去么？"

梁生跌足道："是了，是了！你昨日不要惊动她便好。"牙将道："小将不曾惊动她，原对她说明的。"

梁生道："说什么？"牙将道："说是老爷的内亲梁相公要寻一流寓的女子，故来查访，并无扰累。不知她怎生又躲了去。"

梁生沉吟道："若是梦兰，她晓得我来寻她，决不倒躲去。今既躲去，定不是梦兰了。想又另是个桑梦蕙，真个从华州来的。"徘徊了半晌，没处根寻，荒僻所在，又无邻里可问，只得怅然而返。

看官听说：那桑梦蕙不是别人，就是梦兰母舅刘虚斋之女刘梦蕙。这桑继虚，即乃兄刘继虚也。继虚在华州为赋役所苦，遂弃却田产，与妻子赵氏、妹子梦蕙一同逃避。这梦蕙生得聪明美丽，才貌也竟与表姊桑梦兰仿佛。年方十五，尚未字人。因父母早亡，随着兄嫂度日。

当下继虚夫妇挈了她逃离华州，意欲至襄州桑公任所暂住，一则脱避役累，二来就要桑公替梦蕙寻头好亲事。计算定了，径往襄州进发。又恐华州有人来追赶，他乃迂道而行。不想行至均州，闻知桑公已殁于任所。一时进退无路，只得就在均州赁屋居住。后因兵丁过往，又徙避荒僻之所。

那一日，忽见有防御使标下牙将赍着令箭来查访流寓女子，说要开报姓名去听凭什么梁相公识认。继虚恐有扰累，不敢说出真姓，因本意原为欲投桑公而来，故即假说姓桑。一等牙将报名去后，便连夜领了妻子、妹子另投别村暂寓，以避缠扰。

梁生不知其中就里，听得牙将回报，只道梦蕙真个姓桑，桑梦蕙即是桑梦兰，遂空自奔访这一遭。不唯真桑梦兰不曾寻见，连那假桑梦蕙也无影无踪，但闻其名，未见其面。正是：

梦兰梦蕙名相似，未知是一还是二。

纵然寻着也差讹，何况根寻无觅处？

梁生当日寻访桑家寓所，却寻了一个空。踌躇瞻望了一回，只得仍旧上马，同着牙将缓辔而归。真个乘兴而来，败兴而返。一路上，不住声的长吁短叹。到了衙署中，尚武接着问道："有好音否？"梁生把上项事述了一遍，咨嗟不已。

尚武道："贤弟不必愁烦，我料桑小姐决不到这里来。她向以归途难阻，故久居襄中，岂有今日忽欲冒险而归之理？吾闻桑老先生一向侨寓长安，今小姐一定仍往长安去了。贤弟若要寻她，须往长安去寻。况今当大比之年，贤弟正该上京应举，不但访问凤鸾消息，并可遂你鹏程鹗荐之志。"

梁生道："若寻不出鸾消凤息，便连鹏程鹗荐之志也厌冷了。"尚武道："贤弟高才，取青紫如拾芥，怎说这灰心的话？"

正谈论间，只见那差往襄州去的军官回来了，禀说："襄州的公差并没有姓景的，无可查解。梁家老苍头梁忠并不曾回来。栾云、赖本初都不在家里。近日郡中正在乡里举报科举，他两个却不候科举，倒出外游学去了。"

尚武听罢，对梁生道："失锦事小，只寻着小姐要紧。今郡中正报科举，贤弟决该入京应试，乘便寻访小姐。待我移文襄州，教他速备科举文书，起送贤弟赴京便了。”

梁生见尚武美意拳拳，又想：“此处寻不着梦兰，只得要往长安走一遭。”便依了尚武言语，打点赴京。尚武随又遣人赍文往襄州，要他举报梁生科举。不则一日，襄州的科举文书到了。梁生正待起身，不想忽然患起病来，起身不得。

原来，梁生自那日被蒙汗药麻翻，露宿了一夜，受了些寒；次日，又走了一早晨，受了些饥渴劳苦；到得官塘上，又受了兵丁的气；及到尚武府中，又因访不出梦兰消息，心里十分忧闷。为此染成一病，甚是沉重。慌得尚武忙请良医调治，自己又常到榻前用好言宽慰。过了月余，方才痊可。正是：

只为三生谋半笑，几将一命赴重泉。

梁生病体稍痊，便要辞别起身。尚武道：“尊恙初愈，禁不得路途劳顿。况今场期已逼，你就起身去，也赶不及考试了。不如且宽心住在此，等身子强健，那时径去寻访小姐未迟。”梁生没奈何，只得且住在尚武府中。尚武公务之暇，便与梁生闲谈小饮，替他消遣闷怀。

一日，正当月圆之夜，梁生酒罢归寝。见卧室庭中月光如昼，因步出阶前，仰视明月，心中想起梦兰，凄然流泪。徘徊了半晌，觉得身子困倦，回步入室，凭几而卧。才朦胧睡去，耳边如闻环佩之声。抬头一看，只见一个美人，手持一枝兰花，半云半露，立于庭中，指着梁生说道：“欲知桑氏消与息，好问长安旧相识。”

梁生听说，忙起身走上前去，要问个明白，却被门坎绊了一跤，猛然惊醒，乃是南柯一梦。看庭中月光依旧明朗，听军中金鼓已打二更。想道：“方才梦中，分明是一位仙女来指示迷途，但她言语不甚明白，只说‘桑氏消与息’。知是好消息，恶消息?”

又想道:“我从未到长安,有甚旧相识在那里,却教我去问他?”忽又想道:“前闻钱乳娘说桑小姐初生时,她母亲梦一持兰仙女,以半锦与她,说她女儿的婚姻在半锦上。今若就是这位仙女来教我,定有好处。”

却又转一念道:“梦中美人,我看得不仔细。莫非不是什么仙女,竟是桑小姐已死,她的魂魄来与我相会么?”左猜右想,惊疑不定,准准的又是一夜不曾合眼。

次日起来,把梦中之语说与尚武知道。尚武道:“我原教贤弟到长安去,这梦兆正与我意相合。”梁生道:“只是小弟从未到长安,哪有旧相识在彼?”

尚武道:“好教贤弟得知,今早接得邸报,前任襄州太守柳玭钦召还朝,仍授殿中侍御史,这难道不是贤弟的旧相识?”梁生道:“若柳公在长安,小弟正好去会他。但他自从华州入京,与桑小姐无涉,如何小姐的消息要向他问?”

尚武道:“梦兆甚奇,必然灵验,贤弟到彼自有分晓。”梁生道:“表兄说得是。”便收拾行李,即日要行。

尚武见他身子已强健,遂不复挽留,多将盘费相赠,治酒饯别。饮酒间,尚武道:“本该令钟爱服侍旧主到京,但我即日将兴屯政,发兵开垦闲田,要他往来监督,不便远差。待我另遣一人送你去罢。”

梁生谢道:“小弟只有一个老仆梁忠,不幸中途分散。今得表兄遣人相送,最感厚意。”尚武便唤过一个小校,给与盘缠,吩咐好生送梁相公到京。直待梁相公有了寓所,另寻了使唤的,然后讨取回书来复我。小校领诺。

尚武又教选一匹好马,送与梁生骑坐。梁生拜谢上马,尚武也上马相送,钟爱也随在后边,送至十里长亭。梁、薛二人洒泪,叮咛珍重而别。尚武自引着从人回去了。

钟爱又独自送了一程。梁生道:“你来得远了,回去罢。”钟爱涕泣拜辞,从怀中取出白银二十两奉与梁生,说道:“须些薄意,聊表小人孝敬之心。”

梁生道:“薛爷赠我路费已够途中用了,何劳你又送我银子。”钟爱道:“小人本该服侍官人去,只因做了官身,不得跟随。这点薄敬,不过聊表寸心,官人请勿

推辞。”梁生见他意思诚恳，只得受了。

钟爱道：“官人路途保重。到京之后，千万即寄书回复薛爷，教小人也放心得下。”又吩咐那随行的小校道：“你路上须要小心服侍，切莫怠慢，回来时，我自赏你。”说罢要行，却又三回四顾，有依依不舍之状。梁生见他如此光景，也觉惨然。正是：

逐去之童，能恋故主；

负心之人，不如奴子。

钟爱掩着泪去了。梁生在马上，一路行，一路想道：“我出门时，有老仆梁忠相随，谁想中途拆散，不知他死活存亡。今日倒亏逐去的爱童，在急难中救了我。”又想道：“当初薛表兄在我家，我父母待他不如赖本初亲热。谁想今日，他倒十分情重，偏是本初负义忘恩。”一路欷歔嗟叹。夜宿晓行，走够多日，渐近长安。

一日，正行间，只见路旁贴着一张纸儿。梁生一眼看去，却是刻的回文锦前半幅图样，乃惊讶道：“这半锦是我聘桑小姐的！谁人把来刊刻了图样，贴在这里？”

及看了后面一行大字，一发疑惑，想道：“如何说配得半锦的，到柳府相会？难道桑小姐的半锦也像我着了人骗，被什么柳家所得？若桑小姐不曾失此半锦，难道那柳府又别有半幅锦不成？若说就是桑小姐的锦，怎生桑忽变为柳？这柳府又不知是哪一家，难道就是柳老师？若就是柳老师，他又何从得这半锦？既是半锦在那里，不知人可在那里？人与锦不知在一处，在两处？”左猜右想，惊疑不定。有一曲《江儿水》，单写梁生此时的心事：

陌上桑，何处章台柳？可疑想，着我半图失却难寻取。莫非他，璇玑也被人窃去？因此上，代僵忽变桃为李。若说仍然是你，难道接木移花，恰与房氏莹波相类？

梁生心里猜疑，又见贴这张纸的不只一处。偶然行过一个茶坊，那随行的小校说道：“相公走渴了，在此吃杯茶了去。”梁生下马走进茶坊，拣副座头坐了，店家忙点茶来吃。

梁生抬头，见茶坊壁上也贴着这张纸儿，便问点茶的道：“这张纸是谁人贴在此的？”点茶的道：“前日柳侍御老爷上京，路过此处，他家大叔把这纸来贴在此的。”

梁生惊道：“原来那柳府就是柳老师。”又问道：“你可知柳府从何处得这半锦？”点茶的道：“柳府大叔前日也在这里吃茶，曾说起这半锦是他家小姐的。今为着婚姻事，要寻问那后半幅来配合。”

梁生听了，愈加疑怪道：“一向不闻柳公有女，如何今日忽有什么小姐？若说为婚姻事，一定就是桑梦兰了。但梦兰自从襄州入京、柳公自从华州入京，两不相涉，如何梦兰却在柳公处？”

因想起前日牙将所云，华州女子桑梦蕙或者原是梦兰托名的。忽又想起前日梦中仙女之言，笑道：“仙女梦中所教，今日应了！我只急急赶到京中拜见柳公，便知端的。”当下，还了茶钱，疾忙上马，偕着小校向前攒行。正是：

柳府何由有掌珠？几回猜度几回疑。

追思梦兆当非谬，且向京中问老师。

且不说梁生见了半锦图，急欲赶到京师。且说栾云、赖本初要投拜杨复恭，都冒姓了杨。栾云改名杨栋，赖本初改名杨梓。两个先认做兄弟，杨梓为兄，杨栋为弟，带了门客时伯喜，一齐进京。杨栋多备金珠礼物，与这后半幅回文锦，投献杨复恭门下。

复恭大喜，就收杨栋做了义儿，带挈杨梓也做了义侄。各与官爵：杨栋为千牛卫参军、杨梓为御马苑马监、时伯喜也充了杨府虞侯，好不兴头。当时有几句口号嘲笑栾、赖二人道：

栾子无兄忽有兄，复恭无嗣忽有嗣。

本初甘作三姓奴，守亮遥添两宗弟。

不比柳公收义女，不比梁公招赘婿。

并非接木与移花，只是趋炎并附势。

一日，杨复恭家宴，杨栋、杨梓都在旁陪侍。复恭问及这半锦从何处得来，又道：“可惜没有前半幅，不知如今可有处觅访了？”

杨梓便道："那前半幅锦，侄儿已见过，是襄州一个秀才梁栋材藏在家中。侄儿曾劝他献与伯父，他偏不肯。后闻蜀中女子桑梦兰藏着后半幅，梁栋材便与她结为婚姻。一个把前半锦作聘礼，一个把后半锦作回礼。今儿辈所献乃桑氏回赠梁生之物，是侄儿多方设计取来的。那前半锦尚在桑氏处。"

复恭道："如今桑氏在哪里?"杨栋接口道："这桑氏即原任礼部侍郎、谪贬襄州太守桑求之女。此女曾借住孩儿的房屋，孩儿因断弦未续，欲求她为室。她坚拒不允，被孩儿赶逐出屋，不知奔往哪里去了。"

杨梓道："今不消寻问桑氏。伯父若要完全此锦，只消出一谕单在外，如有人报知前半锦下落者，赏银若干。重赏之下，自然有人探知来报。那时半锦有了着落，桑氏也有着落，不但伯父所收之锦不致残缺，栋弟仗伯父神力，亦可重遂婚姻之愿矣。"

复恭道："我向欲求此锦，却不晓得桑侍郎藏着半幅。他为人倔强，所藏之锦不肯与我，无怪其然；何物梁生，亦敢藏匿不献，好生没礼！今若收得前半锦时，我作主把桑氏配与栋儿便了。"杨栋起身拜谢道："如此，多谢爹爹。"当晚席散。次日，复恭发出谕单一张，上写道：

内相杨府，向来购求回文古锦。今已收得后半幅，如有人将前半幅来献者，赏银一千两。如探知前半锦下落来报者，赏银一百两。特谕通知。

杨栋接着谕单，便教贴在内相府前；又遣人依样抄白几百张，去城内、城外各处粘贴。过了几时，并没踪迹。

忽一日，杨栋的家人在京城外揭得一张纸，来报杨栋道："前半锦已有着落了。"杨栋看那纸上，却刊刻着前半锦的图样，正与那后半幅恰好配合。后面明明写道："配得后幅者，至京师柳府相会。"下又细注一行道：

柳侍御今已到京，欲配锦者，速来无误。

杨栋看了说道："这柳侍御就是襄州前任的柳太守，新奉旨起用到京的，如何那前半锦却在他处?"便请杨梓来与他商议。杨梓遂同着杨栋入见复恭，具述其事。

复恭听说，皱着眉道："柳侍御这老儿又是一个倔强的。那半锦若在他处，他怎肯与我?”杨梓道:“这不难,侄儿有一计在此。”复恭道:“计将安出?”

杨梓道:“柳侍御在襄州作郡时,梁栋材是他极得意的门生。当时,侄儿也曾权姓了梁,认做栋材之兄,与他相知一番。今半锦既在柳府,桑氏亦必在柳府。彼欲求合得半锦者去相会,或者是寻梁栋材去成亲,也未可知。待侄儿如今去见他,只说杨栋就是梁栋材,赚他把桑氏嫁到这里来,不怕半锦不归伯父。”复恭与杨栋都道:“此计大妙,今可即去!”

杨梓道:“未可造次!伯父可发一个率儿杨栋的致意帖儿,先遣人去探问他半锦的来因。若桑氏果然在彼,方可行此计。”复恭依言,即遣一心腹人持帖往见柳公。杨栋又吩咐了他言语,那人领命,径投柳府。正是:

小人奸计,愈出愈奇;

假冒君子,羊质虎皮。

却说柳公自带了桑梦兰入京赴任后,日望梁生到来。不想场期已过,不见梁生来到,心中疑虑,恐他还在别处寻访。桑小姐因又于回文图后添注一行,遍贴京城之外,要他速来相会。

那日,适有人抄录杨复恭的谕单来看。柳公见了正在惊疑,只见门役禀说:“内相杨府差人求见。”柳公便教唤进。

那人叩了头,呈上名帖,禀道:“家内相爷致意老爷。闻老爷家藏半幅古锦,不知从哪里得的,特遣小人来叩问。”

柳公道:“我正要问你家这半幅锦从哪里得的?”那人道:“这是家大爷献与家内相爷的。”

柳公道:“哪个大爷?”那人道:“这名帖上讳栋的便是。”

柳公道:“可又作怪!那半锦是我家小姐与梁秀才回聘之物,如何却在你杨家的大爷处?”那人道:“家大爷原不姓杨。”

柳公道:“不姓杨,姓什么?”那人道:“不晓得姓什么,但晓得是襄州秀才来投拜家内相爷做义子的。”

柳公沉吟道:“若说襄州来的,难道你家大爷就是梁秀才不成?我今且不发回

帖，可请你大爷亲来一见，我有话要面说。”那人领命而去。

柳公入内，把这话述与梦兰知道。梦兰听罢，呆了半晌，不觉满面通红，潸然泪下道：“不意文人无行，一至于此！”

柳公道：“且慢着。我昔在襄州时，曾举报梁生两次科举，他为亲老，不以功名易其孝思，竟不赴试。从来求忠臣必于孝子之门，今若投拜欺君蠹国的杨复恭，便是不忠了！我料梁生决不为此。等那杨栋来见我，便有个明白。”

梦兰听说，暗猜道：“若说杨栋就是梁生，恐梁生未必如此无行；若说不是梁生，如何恰好讳栋，又是襄州人，又恰好那半锦在他处？”口中不语，心下狐疑。有一曲《红衲袄》，单道桑梦兰此时的心事：

只指望，合回文，谐凤鸾；又谁知，物虽存，人已换。不信他，弃前盟，轻将半锦捐；不信他，卖璇玑，让与他人倩。据着他，栋名儿，依然不改变。难道他，做螟蛉，也如我柳梦兰？纵使他，赋奏凌云，恰好与杨意相逢，也怎便，拜貂珰，把污贱甘？

次日，柳公正朝罢而归，门役禀称：“有一位杨爷来见。”柳公只道是杨栋，取帖看时却写着门生杨梓名字。柳公道：“我哪里有这一个门生？且请他进来，看是哪个。”门役领命传请。

柳公步出前堂，只见那杨梓顶冠束带，恭恭敬敬趋至堂前，纳头便拜。柳公扶起看时，认得是梁梓材。揖他坐了，问道：“足下不就是梁梓材么？”杨梓道：“门生正是。”

柳公道：“为何姓了杨？又几时得做了官？现居何职？”杨梓道：“不瞒老师说，门生近日投拜内相杨公门下，做了义侄，故姓了杨。现为御马苑马监。”

柳公听了，勃然变色道：“足下既投拜阉竖，老夫不好认你做门生了！且问你令弟梁栋材今在何处？”杨梓道：“舍弟也投拜杨公做了义子，现为千牛卫参军。昨曾有名刺奉候，只那杨栋便是他。”

柳公摇头道：“不信有这等事。令弟品行，老夫素所爱重。他初见老夫时，老夫即欲荐之于朝，他推辞不肯，愿由科目而进。今日何故屈就这等异路功名？”杨梓道："舍弟只为早岁错过功名，如今年已长成，急于求进，故尔小就。"

柳公道："纵欲小就，何至阿附权珰！若他果如此败名丧志，老夫请从此绝，切勿再认学生。"

杨梓连忙打躬道："大人息怒！舍弟今日特托不肖来拜见，专为要问桑小姐消息。舍弟向以回文半锦聘定桑小姐，今闻此半锦在大人府中，想桑小姐也在大人府中。大人虽怒绝舍弟，不认师生，还望完全了他的夫妇。"

柳公道："桑梦兰为栾云所逐，无可依归，实是老夫收养在此。但今既为老夫之女，决不招此无行之婿。"杨梓又忙打躬道："舍弟当时既已聘定，恐未便反悔，乞大人念婚姻大事，委曲周旋。"

柳公道："梦兰只许嫁梁孝廉之子梁栋材，却不曾许嫁杨太监义子杨栋。他既为婚姻大事，何不自来见我？"

杨梓道："他本欲亲叩台墀，一来为有微恙，不能出门；二来也为无颜拜见师台，故特托不肖来代叩。"

柳公沉吟道："我料梁生未必失身至此！他今若不自来，我只不信。"杨梓道："大人若不信时，现有桑小姐赠他的回文章句与诗词在此。"说罢，便从袖中取出呈上。

柳公接来看了，道："这些诗词果是梦兰赠与梁生的。但梁生既有回文章句，也有和韵诗词，若今杨栋果系梁生，教他录来我看。"杨梓应道："待不肖回去，便教他录来。"说罢起身，打躬告别。柳公也不举手，也不送他出门。杨梓含羞，踽踽而退。

柳公气愤愤地在堂上呆坐了一回，想道："倘然杨栋真个就是梁栋材，我虽拒绝了他，未知梦兰心里如何。或者儿女之情，未必与我一样念头。待我去试她一试。"正是：

试将己意律人意，未必他心是我心。

只因柳公要试梦兰心事，

有分教：

妖娆艳质，矢一片冰雪心肠；

锦绣回文，辨半幅风云变态。

毕竟后事如何，且看下卷分解。

【素轩评】此卷写薛郎交情、爱童仆谊，几令负心人愧苑至其间。层层曲折如梦蕙之名字，依稀桑氏之访求不遇；仙姬梦兆，殊费推详。半锦疑关，几为测度。又如栾氏冒名、本初设计，一个偶尔改云，忽然借栋；一个既已归杨，旋复假梁。诡幻至此，试掩卷猜之，真猜不到之奇文也。

第八卷 矢冰心桑氏羞郎 见苍头梁生解惑

诗曰：

仙池只许凤翱翔，桃在哪堪李代僵？一自裴航相见后，阿谁尚敢窃玄霜！

话说柳公当日要试梦兰的志气，便教乳娘钱妪请小姐出来，把方才杨栋之言细细说与她听了。梦兰低头无语，唯有吞声饮泣。

柳公佯劝道："从来有才之人，往往丧节；若要才节两全，原极不易。今事已如此，我只索嫁你到杨家去，你可看梁生文才面上，不要苛求罢。"

梦兰泣告道："爹爹说哪里话？丈夫立身行己最是要紧。他既不成丈夫，孩儿决不嫁此贱士！"柳公道："你若真个不肯嫁梁生，我替你别寻佳偶，另缔丝萝，何如？"

梦兰拭泪正色答道："爹爹勿作此想，孩儿既受了梁家的聘，岂可转适他人？自今以后，唯愿终身不字，以明吾志。"柳公道："梁生既已失身，你替谁人守节？"

梦兰道："孩儿当时许嫁的原是未失身的梁生；今梁生变为杨栋，只算梁生已死，孩儿径替梁生守孝便了。"柳公道："你休恁般执性，凡事须要熟商。"因吩咐钱乳娘："好生劝慰小姐回心转意，莫要误却青春。"说罢，步出外厢去了。

梦兰含泪归房，险些儿要把这半锦与诗词来焚烧，亏得钱乳娘再三劝住，梦兰啼哭不止。钱妪劝道："小姐须听老爷劝谕，不必如此坚执。"梦兰便不回言，取过一幅花笺来，仿着《离骚》体赋短章以明志。其词曰：

哀我生之不辰兮，悼遇人之不淑。初怀瑾而握瑜兮，倏败名而失足。莸不可染而成薰兮，兰乃化而为荃邪！不可强而使正兮，贤乃化而为奸。幼既好此奇服兮，何未老而忽改也？专唯始而无他兮，何忽变乎曩之态也？重日已矣，何嗟及矣！士也罔极，二三其德。女也有志，之死靡他。如可卷兮，我心匪席；如可转兮，我心匪石。期作清人之妇兮，誓不入膻士之室。愿从今独守乎空闺兮，皎皎然远混浊而孤存其洁白。

写毕，又在花笺后面题绝句一首道：

桑能依柳自成桑，梁若依杨愧杀梁。与我周旋宁作我，为郎憔悴却羞郎。

梦兰把这花笺付与钱妪，吩咐道："今后老爷若问你时，即以此笺回复便了。"钱妪依命，等得柳公入内，便将这笺儿呈与观看。

柳公看了，大加叹赏，随即请梦兰出来抚慰道："我本试你一试，不想你心如铁石、操比松筠，真不愧为桑远扬之女，亦不愧为我柳玭之女矣！巾帼女子远胜须眉丈夫，可敬可羡！但我料杨栋决不是梁栋材。今杨栋不来见我，其中恐有假冒。"梦兰道："他阿兄来说的，如何是假？"

柳公道："你不晓得，他兄弟两人薰莸不同。我昔在襄州作郡时，这梁梓材便奔走公门，日来谒见，不惮烦劳。梁栋材便踪迹落落，非公不至。我所以敬服其品，岂有今日阿附权阉之理？我适对杨梓说：'若杨栋果系梁生，教他录写梁生向日这些章句诗词来看。'今只看他录来不录来，便知真伪。"

正说间，门役早传进一封柬帖，说是内相杨府送来的。柳公拆开看时，正是抄录梁生的回文章句，却没有那和韵诗词。

柳公仔细看了一看，笑道："这不是梁生笔迹，可知是假的了。"梦兰接过来观看，果然与梁生所赠原笺上的笔迹大不相同。

柳公笑道："你可晓得么？梁生的回文章句，一向传诸于外，人多见过，故抄录得来；那和韵诗词并无外人看见，所以便抄录不出。这岂不是假的？"

梦兰道："莫说诗词抄录不出，即使连那诗词也抄录了来，亦或是他兄弟之间曾经见过，要抄录也不难。真伪之辨，只这笔迹上可见。今笔迹既不同，其为假冒无疑。但此既是假，则真者又在何处？"

柳公道："你且宽心，待我细访梁生的真实消息。少不得是假难真，是真难假，自然有个明白。”从此，梦兰略放宽了心，专候真梁生的下落。有一首《西江月》词，单说那赖本初脱骗可疑处：

若系门墙旧谊，也须亲谒师台。藏头掩面好难猜，知是张冠李戴。

章句差讹笔迹，诗词不见誊来。料应就里事多乖，且听下回分解。

不说柳公差人在外遍访梁生，且说梁生自从那日在茶坊中探知柳府消息，巴不得顷刻飞进京城谒见柳公。晓夜攒行，赶到长安城外。正要入城，只见一乘轿子从城中出来，轿前撑起一顶三檐青伞，轿边摆列着几个丫鬟女使，轿后仆从如云，簇拥到河口一只大船边。

住了轿，轿中走出一个浓妆艳服的妇人来。下船，船上人慌忙打起扶手，说道：“奶奶来了。”梁生看那妇人时，不是别人，却是表妹房莹波。

原来，莹波因丈夫赖本初做了杨梓，受了官职。带挈她也叫声奶奶，接至京师，同享富贵。那日，为欲往城外佛寺烧香，故乘轿出来下船，十分兴头。

说话的，常言道：“贵易交，富易妻。”赖本初既忘了贫贱之交，为何不弃了糟糠之妻？看官有所不知，若是莹波有良心不忘旧，要与梁家往来，也早被赖本初抛弃了。只因她却与丈夫一样忘恩负义，为此志同道合，琴瑟甚笃。

闲话休题。且说梁生当下见了莹波，惊道：“闻本初出外游学，却几时就做了官了？”忽又想起梦中仙女之言，教我来寻长安旧相识，莫非应在他身上？便策马近船边叫道：“莹波贤妹，愚兄在此！”莹波回头看了梁生一看，却只做不知，全然不睬，径自走入舱中去了。正是：

当年不肯做夫妻，今日如何认兄妹？

贵人厌见旧时交，不记旧恩记旧罪。

当下梁生见莹波不睬，只道她认不仔细，又策马直至船边，望着舱中高声叫道：“船里可是赖家宅眷么？”话声未绝，早有几个狼仆抢上前，将梁生一把拖下马来，喝道：“哪里来的狂贼？敢在这里张头探脑，大呼小叫！我们是杨老爷的奶奶，什么赖家宅眷？”

梁生听说，看那船上水牌，果然写着“御马苑杨”。懊悔道：“我认差了，想

是面庞厮像的！”忙向众仆赔话道：“是我一时错认，多有唐突，望乞恕罪。”众仆哪里肯住，一头骂，一头便挥拳殴打。

那随来的小校见梁生被打，急赶上前叫道：“这是襄州梁相公，打不得的。”众仆喝道：“什么粮相公、米相公，且打了再处。”

小校劝解不开，发起性来，提起拳头，一拳一个，把几个狼仆都打翻了，救脱梁生。恰待要走，怎当他那里人多，又唤起船上水手，一齐赶来，把小校拿住。一发夺了梁生的马，又要把索子来缚那小校，说道：“缚这厮们去见我老爷。”那小校夺住索子，哪里肯由他缚？两边搅做一团，嚷做一块。行路的人都立住脚，团团围住了看。

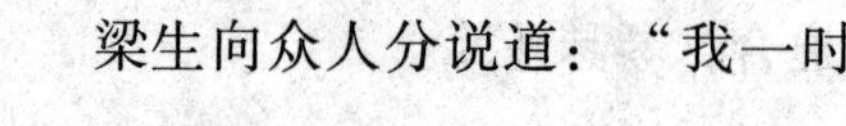

梁生向众人分说道：“我一时错认了船里坐的女眷是我家亲戚，因在船边误叫了一声，他们便把我殴辱，又夺我的马，又要拿我的从人。有这等事么？”那些看的人听说杨府里拿人，谁敢来劝？

梁生正没奈何，只见人丛里闪出一个穿青衣的人来，对杨家众仆说道：“念他两个是异乡人，放他去罢。”又指着梁生道：“况他是一位相公，也该全他斯文体面。”杨家众仆喝道：“放你娘的屁！我自拿他，干你甚事，敢来多口！有来劝的，一发缚他去见我家老爷。”

那青衣人大怒道：“你敢缚我么？我先缚你这班贼奴去见我家老爷。别的老爷便怕你杨府，我家老爷却偏不怕你杨府。”杨家众仆道：“你家是什么老爷，敢拿我杨府里人？”

青衣人道：“我家老爷不是别个，就是柳侍御老爷。你道拿得你拿不得你？”杨家众仆听说，都便哑了口，不敢做声。

原来柳公在京甚有风力，杨复恭常吩咐手下人道："若遇柳侍御出来，你们须要小心。"为此，当日听了"柳侍御"三字，便都软了。

那小校闻说是柳侍御家大叔，便道："我家相公正特地到京来拜见柳老爷的。"青衣人便问梁生道："相公高姓？何处人氏？"

梁生道："我姓梁，是襄州人。"青衣人道："莫不是讳栋材的梁相公么？"

梁生道："我正是梁栋材。"青衣人道："家老爷正要寻访梁相公，今便请到府中一会。"

杨家众仆听说梁生就是柳侍御的相知，愈加吃吓，便一哄的奔回船上去了。青衣人还指着骂道："造化你这班贼奴！"小校请梁生上了马，青衣人引着，径入城投柳府来。正是：

踏破铁鞋无觅处，得来全不费工夫。

梁生到柳府门前下了马，命小校于行囊中取出预备下的名揭，付与青衣人，央他传禀。青衣人入见柳公，将上项事禀知。柳公闻梁生已到，随即出来相见，讲礼叙坐。

梁生未及闻言，柳公先问道："有人说足下投拜杨内相，已做了官。为何今日倒被杨家人殴辱？"

梁生愕然道："此言从何而来？拜什么杨内相？做什么官？"柳公道："既不曾就异路功名，何故今科不来应试？"

梁生道："本欲应试，不幸为病所阻。现今襄州起送科举的文书还带在此，谅门生岂是附势求荣之人？不知老师何从闻此谤言？"柳公道："是足下令兄来说的。"

梁生道："门生从没有家兄。"柳公道："令兄梁梓材，昔年足下曾荐于老夫取他入泮的。如何说没有？"

梁生道："此乃表兄，不是嫡兄。昔年与他权认兄弟，其中有故。"柳公问："是何故？"梁生把父亲养他为子，又招他为婿的缘由说了一遍。

柳公点头道："原来如此。"梁生道："他曾到京见过老师么？"

柳公道："他今投拜杨复恭，做了假侄，改名杨梓，现为御马苑马监。"梁生惊讶道："这等说起来，门生方才所见的，原不曾认错了。"

柳公道："足下适见甚来？"梁生便把表妹房莹波的来因说与柳公知道；并将方才遇见不肯相认，反被殴辱的事细细述了。

柳公道："令表妹既不肯与足下认亲，为何令表兄又来替足下议婚，要求老夫小女与足下完秦晋之好？"梁生道："这又奇了！莫说表兄代为议婚出于无因，且向亦不闻老师有令爱。"

柳公道："老夫本无小女，近日养一侄女为女。意欲招足下为婿，未识肯俯就否？"梁生道："极承老师厚爱，但门生已聘定桑氏梦兰为室。今梦兰为强暴栾云所逐，不知去向。门生此来，正为寻访梦兰而来。若别缔丝萝，即为不义，决难从命！"

柳公道："足下寻访梦兰，曾有下落否？"梁生叹道："不要说起，只为寻访梦兰，不但梦兰寻不见，连梦兰所赠的回文半锦也都失去。"因把初时半锦交赠，后来中途被骗、失去半锦之事，细述与柳公听了。

柳公笑道："足下失了半锦，老夫恰好获得半锦。"梁生道："门生正要请问老师这半锦的来历。前在途中，曾见有前半锦图样贴着，后有柳府字样，此半锦正是门生聘桑梦兰的，不知何故在老师处？"

柳公笑道："岂特半锦在老夫处，即梦兰亦在老夫处！"梁生惊问道："如何梦兰亦在老师处？"柳公把收养梦兰为女的情由说了。

梁生以手加额道："原来梦兰已蒙老师收养于膝下。此恩此德，天高地厚，不但梦兰仰荷帡幪，门生亦感同复载矣！"柳公道："你且莫欢喜。老夫只因误信了令表兄之言，竟把梦兰错嫁了杨栋，如之奈何？"

梁生大惊道："哪个杨栋？老师怎生误嫁梦兰与他？"柳公把杨栋致帖、杨梓求亲的话说了一遍，说道："老夫当时只据了半锦在彼，误认杨栋就是足下。又以令兄之言为信，哪晓得梁梓材不是令兄，又哪晓得杨栋不是足下？"

梁生听罢，失声大哭道："老师也该详审一详审，既不曾见杨栋之面，如何便认做门生？谅门生岂有投拜阉宦，改名易姓之理？可惜把一个佳人来断送了。”说罢，捶胸顿足，十分悲痛。又咬牙切齿，恨骂赖本初。

柳公劝道：“事已如此，悔之无及。适所言，舍侄女与梦兰才色不相上下，可以续此一段姻缘，只算老夫误信的不是，赔你一个女儿何如？”

梁生含泪答道：“门生一向难于择配，除却梦兰，更无其匹。今生不能得梦兰为室，情愿终身不娶了。”

柳公道：“足下既如此情重，可收了泪，待老夫对你实说了罢。梦兰原不曾嫁去！”梁生道：“门生猜着老师要把令侄女当做梦兰来赚门生了。不瞒老师说，门生其实曾见过梦兰的面庞，须赚门生不得。”

柳公道：“我不赚你，料老夫岂肯招无行之婿，梦兰岂肯嫁失节之夫？”遂把梦兰矢志不嫁的话说与梁生听，梁生犹豫未信。

柳公道：“足下若不信，我教你看一件东西。”便传唤乳娘钱妪，教取小姐前日所题的诗笺来。

原来，此时梦兰已遣钱妪在屏后私听梁生之语。钱妪听得明白，正待去回复，却闻柳公传唤，随即取了诗笺，递将出来。

梁生见了钱妪，想道：“乳娘也在此，或者小姐真个不曾嫁去，亦未可知？”及接过诗笺，先看了那一篇仿《离骚》的哀词，又看了后面这一首绝句，认得是梦兰的笔迹，乃回悲作喜，向柳公称赞道：“如此，方不愧为梦兰小姐！真如空谷幽兰，国香芬馥。门生愿拜下风，当以师友之礼待之，何敢但言伉俪！”

柳公道：“佳人不难于有才，难于有志；文士既难于有品，又难于有情。今梦兰以丈夫失节，便愿终身不字；足下以佳人误嫁，亦愿终身不娶。一个志凛冰霜，一个情坚金石，真是一对佳偶！老夫今日替你成就好事罢。”言讫，起身入内，把上项话与梦兰说知。

梦兰道：“只可惜人圆锦未圆。”柳公道：“人为重，锦为轻。人既团圆，锦虽未合，亦复何害？”

梦兰道：“他既失去孩儿所赠之锦，今再教他赋新诗一篇，以当锦字何如？”柳公笑道："这个使得。"随即出来对梁生说了。梁生欣然命笔，题词一首：

文一处，人一处，拆散人文分两地。当年怀锦觅佳人，今日相逢锦已去。

人谁是，文谁是，仔细端详真与伪。人真何必更求文，聊赋新词当锦字。

柳公看了题词，叹赏道："有此新词一篇，当得璇玑半幅矣。"便付乳娘，传送小姐看了，教她也和一首来。少顷，乳娘送出词笺，果然小姐已依调和成一首。词曰：

图将合，人难合，何事才郎锦被窃？子都不见见狂且，前此睽违愁欲绝。

图虽缺，人无缺，今日相逢慰离别。新词一幅当良媒，抵得璇玑锦半页。

柳公看毕，赞道："两词清新，可谓匹敌。"梁生接来看了，说道："词中'良媒'之句，小姐已不以失锦为罪矣！未识可以早进合卺否？"

柳公道："明日是黄道吉日，我就与你两个了此一段姻缘便了。"

次日，柳公张乐设宴，招赘梁生为婿，与梦兰成就洞房花烛。正是：

女如德耀，男比梁鸿。假弟兄难乱真夫妇，新翁婿允称旧师生。当年赘赖于梁，岂若柳氏东床，冰清玉润；今日栽桑为柳，不比房家养女，金寒玦离。梦兆非虚，好消息不是恶消息；场期虽过，小登科绝胜大登科。

以才怜，非以色怜，不独倾国倾城汉武帝；以情合，又以道合，宁但为云为雨楚襄王。诚哉苏蕙复生，久矣窦滔再世。谁道天生彩凤难为匹？果然天产文鸾使与偕。

梁生于枕席之间，戏对梦兰说起前日改装窥看之事。梦兰笑道："那日，乳娘说了药婆的女伴当与你面庞相类，我便有些猜疑，原来果然是你。好笑你须眉丈夫，为何甘扮青衣女子！"

梁生道："我只为慕卿花容，偶尔游戏，无妨于事。如彼杨栋、杨梓为貂珰子侄，有忝须眉，乃是真正青衣下贱、真正巾帼女子耳。"正是：

昔日曾将女使装，文人游戏亦何妨？

哪知世上多巾帼，婢膝奴颜信可伤。

梁生既成了亲，把些银两打发随来的小校；修书一封，回复薛尚武；并寄信慰劳钟爱。小校拜谢了，自回均州不题。

梁生自此住在柳府中，日与梦兰诗词酬和，情好甚笃。只是梁生心里还有几件不足意的事。

你道哪几件？第一件是场期已过，未得掇取科名；第二件，两先人并岳父桑公的灵柩不曾安葬，今日夫妇两个又在异乡成亲，未及到灵前展拜；第三件，回文半锦尚然残缺；第四件，老仆梁忠不知下落。

算来这几件里边，功名一事，放着高才绝学，将来抡魁可决。今虽错了场期，未足为患。两家尊人虽未安葬，少不得窀穸有期，亦未足为忧。就是老仆梁忠失散，所系犹小。只有这半锦未全，那半幅又为杨复恭所获，急切难得重圆，岂不最为可惜？

自此，夫妻二人时常提起那失锦之事，大家猜想道："这骗锦的不知何人所使？若论栾云求婚不遂，疑是栾云使人骗去的，却如何又在什么杨栋处？那杨栋又不知何人，莫非杨栋亦属子虚乌有？全是赖本初要骗这半锦，捏出杨栋名字，也未可知。正是：

本谓栾云设诡计，突然杨栋来何处？

凭他几个莫不是，却猜不出这桩事。

一日，柳公于公事之暇，与梁生夫妇闲话，也提起这半锦，说道："不知杨栋这半锦是从何处得来，今必拿得那骗锦之人，方知端的。"

梁生道："前日表兄薛尚武曾差人到襄州查捉，却查不出。连老仆梁忠也不见回来，不知失散在何处？今若寻得着梁忠，他或者晓得些踪迹。"

正说间，只见门役传禀说："有梁相公家老苍头梁忠为要寻见梁相公，直访问到这里。今现在门首伺候。"

说话的，一向并不见叙梁忠下落，如何今日突然来到？殊不知梁忠自与梁生失散之后，话分两头。怎好那边说一句，这边说一句？自然先把梁生一边说得停当，然后好再叙梁忠一边。如今，梁忠既已来到了，待在下把他失散主人以后之事，细细补叙与看官听。

却说梁忠自从那日被时伯喜用蒙汗药麻翻，撇在沙滩上，直至四更，方才苏醒。爬将起来，只叫得连枝箭的苦。星光之下，摸来摸去，不见主人；叫唤时，也不见有人答应。

等得天明，在沙滩边东寻西觅，并无踪影。想道："莫非我官人被他抛在水里去了？"一头哭，一头叫，哪里有一些声息！沿岸寻了一早晨，指望等个过往船来问他，那河里却静悄悄没一个船儿来往。又想道："我官人平日并没甚冤家，或者未必害他性命，我还寻向前去。"便走离了沙滩，一步步往前而行。

行了半晌，远远望见前面有个茅庵。梁忠奔至庵前看时，见一老僧打坐在内。梁忠问道："老师父，可见有个秀才模样的少年到这里么？"老僧道："这里幽僻所在，哪有人到此？"

梁忠道："这里要到大路上去，从哪里走？"老僧用手指道："往这条路去，就是官塘大路。只是近日有兵丁往来，见了行路人，便要拿去推船扯纤，你须去不得。不如往那边小路走出去，前有个市镇，那里却没兵丁往来，可以安歇。"梁忠依言，便向着小路而走。

走出路口，果见有个小小的市镇在那里。梁忠又在市镇上寻问家主消息，却都问不出。腹中饥馁，只得投一个饭店歇下，教店主人做饭来吃。店主人道："客人要吃饭，请宽坐一坐。小店因内眷不在家，只有一个小厮同我在此支值，接待不周，休得见怪。"

梁忠道："宝眷为甚不在家？"店主人道："近有兵丁过往，这里虽是僻路，恐怕他也来骚扰，所以人家都把家眷暂移别处去了。"

梁忠听说，想道："看这般光景，桑小姐决来不得。我官人到这里来寻她，却不走差了路？如今官人或者知道这消息，径回乡去了。他是个秀才，就遇了兵丁不至啰唣。我却不可冒险而行，只得且在店中权住几日。等平静了，也寻路回家去。但行囊被劫，身边并无财物，如何住得在此？"

想了一回，想出个权宜之策，把实情细诉与店主人听了，因与商量道："我急切回去不得，又没处安身，你左右内眷不在家，店里没人相帮，我就帮你在店里做些生活，准折房钱、饭钱，等平静了就去。不识可否?”

店主人想道：“近日官塘大路上没人行走，客人到这里来的倒多。我和小厮两个，手忙脚乱，支值不来，得这老儿帮一帮也好。”便欣然应承了。

梁忠自此住在店中，替他打火做饭。凡遇来往客人，就访问梁生消息，却只没些影响。住过一月有余，听得往来客人说道：“如今好了，这些兵丁亏得防御使薛老爷差官押送他起身，今都去尽了。”

店主人便对梁忠道：“兵丁已去，我要闭了店去接家眷了，你须到别处去罢。”梁忠谢了店主人，出离店门。待要取路回乡，争奈身边没一些盘缠，只得行乞度日。

一日，行乞到一米店门首。那米店主人见他不像个乞儿，因对他说道：“看你老人家不像个行乞的，目今防御使薛老爷招集流民开垦荒地，少壮的荷锄负耒，老弱的担秧送饭。你何不到那里寻碗饭吃，却不强似行乞?前面现有薛老爷的告示挂着，你不曾见么?”

梁忠听说，便走向前去观看。果见有许多人在那里看告示，那告示上写道：

镇抚郧襄防御使薛示为屯田事：

照得均州等处一带地方，迩来屡遭凶岁，且有兵役之扰，百姓流亡，田亩荒芜，以致兵饷不给。今本镇已奏请，暂免本年田租，少转民困。至于兵食所需，本镇自择隙地可耕之处，发兵开垦，以充军饷。本处居民逃往他境者，可速归就业。其荒田无主者，招集流民，给与牛、种，使之耕治，另立民屯，以佐军屯。为此，特差标下提辖官一员，揆度便宜，往来监督。如有屯军欺凌百姓，及过往客兵扰乱屯政者，拿送辕门，按军法重处，决不姑贷。特示。

那张大告示后面，又有一张小告示，上写道：

防御标下提辖厅钟示为遵宪督屯事：

照得兴举屯政，乃宪台轸念兵民至意，凡尔屯军，各宜仰遵宪谕。其隙地可耕之处，须相视高下，丈量广狭，先将近水之地开垦，并穿渠凿沟，以便灌溉。其一应耕器，已经官给银两措办，不得擅取民物。所在屯舍，亦已官给木石盖造，不得擅住民房。至于民屯与军屯相佐，其荒田无主者，如原主既归，仍即给还，不许强占。如有他处流民逃入本境，该地方报名立册，以便给田、派耕。老弱不堪者，使充炊黍馈饷之役。其军民杂屯处，疆亩既判，屯军不许侵渔民田分数。以上条约，各宜遵守奉行；本厅不时巡视，如违，定行解宪，究治不恕。特示。

梁忠看毕，踌躇道："我若在此帮助屯田，几时得回去？不如一路行乞，以作归计。"正思忖间，忽见有三五个人骑马奔来，那些看告示的都让在一边。

梁忠看那前面马上一个戴钹帽、穿绿衣的人，认得就是前日在舟中赚他主仆的歹人。便赶上前，一把扯住，喊道："劫人的强盗在这里了，你好好还我主人来！"

众人都吃一惊，马上那人大喝道："我是内相杨府差出来采办的虞候。你哪里来的乞丐，敢认我做强盗！"说罢，提起鞭子乱打。

梁忠由他打，只是扯着不放，口里嚷道："你前日说是襄州的公差，姓景，如何今日又说是杨府虞侯？"那几个骑马的从人齐声喝道："好胡说！这是杨府的时虞侯，什么襄州公差？什么姓景？"便一齐挥鞭乱打。

正在争闹，只听得几声锣响，一簇人马喝道而来。前面打着一对旗，上书"督屯"二字。那些看的人都道："钟提辖来了。"便四散闪开。

梁忠见了便叫道："督屯老爷救命，有劫人的强盗在此！"马上那人道："谁敢诬我杨府虞侯为盗？正要送你去督屯厅里打你。"

道声未了，那钟提辖已到。听得喧嚷，住了马，喝问："何人？"梁忠禀道："小人是襄州梁秀才的家人。前日跟随家主出外，被这贼劫去行李，连家主不知坑陷在何处。今日在这里遇见，却倒恃强殴打小人，伏乞老爷做主。"

钟提辖听了，指着马上那人，正待发作，却把他仔细看了一看，惊问道："你

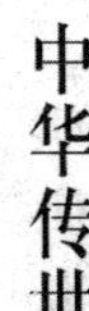

不是时伯喜么?"那人也看了钟提辖一看，笑道："原来是爱哥。"

钟爱道："你为甚至此?"伯喜道："我今做了内相杨府的虞侯。今奉杨爷之命，出来采买东西，现有牌票在此。"便向身边取出牌票，递与钟爱看。

钟爱见了，知是真的，便道："你们都到我公署里来。"言罢，同着时伯喜并梁忠一齐至督屯公署。

原来，此时钟爱便认得是梁忠；梁忠却认不出钟爱，心里倒怀着鬼胎道："不想那督屯官儿恰好是这厮的相识，今番我反要受累了。"到得公署中，又跪下禀道："督屯老爷救命。"

钟爱连忙也跪下扶起道："梁伯伯，你如何便认不得我爱童了?"梁忠吃了一惊，仔细把钟爱看了一看，跳起身来道："好了，既是你在这里做官，须拿住这劫人贼，究问主人下落。"

钟爱扯他过一边，附耳低言道："他是杨府虞侯，不便拿他。主人已有下落，我已见过，如今往长安去了。"

梁忠听说，才住了口。钟爱对伯喜笑道："难得今日两位旧相知叙在一处，大家不必争竞，且在我这里吃三杯，我和你两个笑开了罢。"便请伯喜上首坐定，自与梁忠下席相陪。命左右摆上酒肴，三人共饮。

伯喜问起钟爱做官之由，钟爱把遭际薛防御的话述了一遍，伯喜连声称贺。梁忠坐在一边，只把伯喜怒目而视，并不接谈。

伯喜笑道："老人家，你休怪我，我实对你说罢。前日之事，就是你家主人的亲戚赖官人替栾大官人定下的计策，教我来赚他这半幅回文锦。你要理论时，须去寻你们赖官人来对他说。"钟爱道："如今赖官人在哪里?"

伯喜道："赖官人与栾大官人都投拜了内相杨爷，一个改名杨栋，一个改名杨梓。一个认做义儿，一个认做假侄；一个做了千牛卫参军，一个做了御马苑马监，好不兴头。这半幅锦已献与内相杨爷，你主人有本事时，自去问杨爷讨便了。"

钟爱道："既是主谋自有主谋的，得物自有得物的，不干这里时虞侯事。梁伯伯只把这话回复主人便是。"当晚酒散，伯喜别了钟爱，自与从人去了。钟爱方把

梁生前日见了薛尚武，如今去谒柳侍御的话，细述与梁忠知道。

梁忠闻得主人无恙，十分欢喜。钟爱留梁忠在署中住了一日。次日，把些银两赠与他，教他不必回乡，径到长安柳侍御府中去访问主人。梁忠依言，谢了钟爱，取路往长安来。

途中见有柳府贴的前半锦图，他不晓得是柳公要寻梁生的，反认做梁生在柳府中要寻桑小姐的。因又想道："我官人的半锦已被人骗去献与杨太监了，如何在柳府中？难道杨太监把来转送与柳侍御了么？不然，只是刻个空图样儿寻访小姐，那锦自不在了？"左猜右想，却不曾想到前半锦已在桑小姐处，那骗去的倒是桑家的后半锦。正是：

不知桑是柳，翻疑柳是桑。

大家差误处，真堪笑一场。

不则一日，到了长安，一径至柳府门前访问梁生。门役道："梁相公已赘在我老爷家里做了女婿，你是何人？问他作什么？"

梁忠疑惑道："我官人不要寻桑小姐？如何今又娶了柳小姐？"因对门役道："我是他家老苍头梁忠，特地来要见主人的。"门役见说是梁家人，随即通报。

梁生正对柳公说要寻访梁忠、探问骗锦人的踪迹，恰好闻梁忠来到，不觉大喜，便教唤进梁忠入见。梁生夫妇与柳公听说途中遇见时伯喜的话，梁生方才省得杨栋就是栾云。

梁忠道："如今官人既娶了柳老爷的小姐，可还要寻问桑小姐了么？"梁生笑道："桑小姐已寻着在此了。"便也把柳小姐即是桑小姐的话对他说了。

梁忠方才省得柳即是桑，途中所见半锦图，不是梁生访小姐，倒是小姐访梁生的。正是：

主既怀疑，仆又添惑。

今朝相见，一齐俱释。

当下，柳公晓得了栾云冒名、本初设计的备细，不觉勃然大怒，道："赖子如此负心，栾云也敢来赚我！我当奏闻朝廷，诛此二贼！"

梁生劝道："此二人不足计较，岳父不必舍豺狼而问狐狸。目今杨复恭植党营私，欺君蠹国，为众恶之渠魁。当先除此贼，其余自灭。"柳公道："此言甚为有理。"便打点上疏，参劾杨复恭。只因这一番，有分教：

怀才文士，忽进一篇谋国至言；

含沙小人，再下一着中伤奸计。

未知后事如何，且听下卷分解。

【素轩评】写才女写她如三春柳不难，写她如岁寒松柏为难。裙钗鲜知大义，令观梦兰大义凛然，设使良人失身权贵，虽才如梁生，也索见弃。天下无义气丈夫见知，能不汗下乎？彼房氏莹波，忘其夫之辱，而自以为荣，较此不啻天渊矣！至于奇情奇事，处处解颐。前卷杨梓骗柳公不奇，后卷柳公骗梦兰、又骗梁生则奇；前卷爱童遇梁生不奇，此卷梁忠遇爱童、又遇伯喜则奇。御马苑水牌，梁生招成错认；督屯官旗号，梁忠连呼老爷。赖假冒梁，原是栋材赚老师在前；栾亦寄杨，却因伯喜骄梁忠而说。柳府相会，误疑柳是梁主人入赘，不知桑即柳。此等佳境，求之他传中未可多得。

第九卷 续春闱再行秋殿试 奏武略敕劝文状元

诗曰：

天朝吁俊网罗开，文武全才应诏来。

一岁两闱称盛事，伫看儒将凯歌回。

话说柳公正想要草疏参劾杨复恭，适值朝廷因李茂贞征讨杨守亮不下，欲以杨复恭为观军容使，前往督战，命众大臣廷议其事。

柳公即出班面奏天子道：“陛下欲以杨复恭为观军容使，臣窃议其有三不可。”天子问：“哪三不可？”

柳公奏道：“大将威行阃外，乃忽以一阉竖节制之，则军中之旗鼓不扬、士卒之锐气亦沮。昔肃宗时，以鱼朝恩为观军容使，遂致九节度皆无功。前事可鉴，一不可也。晋时，王敦作乱，其兄王导在朝，泥首阙下，肉袒待罪；今杨守亮系杨复恭之侄，守亮叛于外，而复恭傲然居内，出入自如。朝廷不以是罪之，而反加宠命，二不可也。李茂贞所讨者守亮，今反以守亮之叔节制其军，茂贞怀疑，必生他变，三不可也。

“况复恭欺君蠹国，罪不容诛。以臣愚见，莫若斩复恭以谢天下。倘陛下念系

老奴，不忍加刑，亦当谪逐远州，勿令在帝左右，则守亮之胆寒、茂贞之志奋，而兴元可以荡平，武功可以立奏矣。”天子闻言，沉吟半晌。乃降旨，停罢观军容使之命，却未便谪逐复恭，仍容他出入宫禁。

你道为甚缘故？原来，唐朝自穆宗以下几个皇帝，皆是宦官所立。这朝天子庙号昭宗，乃僖宗之弟，初封寿王，后登宝位，却是杨复恭迎立的。所以，天子念其定策功劳，不忍便谪逐他。

当下，柳公见天子不能尽听其言，心中怏怏，退回私第，想道：“我一人之语，未足感动天听。必得多官交章合奏，方可除此阉竖。”

正想间，恰好天象示变，有日食星陨之异，天子免不得撤乐减膳，诏求直言。柳公喜道：“好了，这番定有参劾杨复恭的了。”

谁想，唐末那些朝臣都是畏首畏尾，不敢轻触权阉。虽然应诏上书，不过寻些没甚关系的事情、没甚要紧的话头，胡乱塞责而已。有诗为证：

纷纷章疏总虚文，何异寒蝉声不闻！
日伏青蒲无切直，问谁折槛似朱云？

天子遍览众官奏章，这一本也是应诏直言事、那一本也是遵旨直言事，却都是些浮谈套语，没一个有肯明目张胆说几句紧要关切的话。最后，看到钦天监一本奏称：“文星昏暗，主有下第举子屈抑怨望者。”天子即传旨，特召柳公入对，把这话问他。

柳公奏道：“臣虽未知星象，但以日食论之，日为君象。若天子当阳，明四目、达四聪，如日光遍照，则日当食不食。今左右近习蒙蔽天子，使天子聪明壅塞，故上天乖象示警，欲陛下觉察蒙蔽耳。朝中既乏直言之臣，草野岂无深计之士？奈自刘蕡下第以来，试官阅卷，稍有切直犯讳者，即弃而不录，以致才俊阻于上达，安得不屈抑怨望？臣愿自今以后，举子对策，陛下必亲自检阅一番，务去谀而取直，庶几士气光昌，文星不晦，而日食之变，亦可弭也。”

天子听罢，点头叹息。即日降诏，追赠刘蕡为翰林学士，录其后人。

柳公随又奏道：“刘蕡曾孙刘继虚，向住臣乡华州，以务农为业。近为赋役所苦，弃田而逃，不知去向。”天子即又降诏访求刘继虚，使世袭五品爵，奉祀刘蕡香火，以其田为祭田，免其赋税。正是：

既赠其死，又录其孙。

追崇往昔，用讽来今。

原来刘继虚自与家眷寓居均州，因前日薛尚武查访流寓女子，怕有扰累，假姓了桑，又徙避僻村。过了几年，不见动静。适值尚武出榜招集流民屯田，他便再变姓名，姓了内家的姓，叫做赵若虚，编入流民籍中，受田耕种。今忽闻恩诏访求他，乃具呈防御衙门，说出真姓名。

尚武未知真假，不敢便具疏上闻。因想：“朝廷原因柳侍御之言，故有此恩诏。柳侍御是华州人，与继虚同乡，自能识认。”遂备文申详柳公，一面起送继虚赴京，听柳公查确奏报。继虚安顿了家眷，星夜往长安进发。

到得长安，即至柳府投揭候见。柳公出来接见了，认得正是刘继虚。讲礼叙坐，殷勤慰劳。继虚先谢了柳公举奏之力，然后备述当时挈家远遁，本欲至襄州，因闻桑公物故，遂流寓均州之事。

柳公笑道：“足下欲至襄州投奔桑公，不知桑公之女反至华州欲投奔令先尊，却不大家都投奔差了?”继虚惊问其故。柳公把收留梦兰与招赘梁生的情由，备细说知。

继虚称谢道：“先姑娘只此一女，不意流离在此，若不遇老先生，几不免于狼狈。今幸获收养膝下，且又招得快婿，帡幪之恩，死生均感。”说罢，便欲请梦兰夫妇相见。

柳公传命后堂。少顷，梁生先出，请礼毕。梁生询知继虚从均州来，便问薛防御近况若何，并问提辖官钟爱无恙否。叙话间，梦兰早携着钱乳娘和许多侍女冉冉而来。继虚慌忙起身，以中表之礼相见，共道寒暄。说及两家先人变故，各自欷歔流涕。

茶罢，梦兰辞入。柳公置酒后堂，与梁生陪着继虚饮宴。饮酒间，柳公极道梁生、梦兰之才，其所绎回文章句皆敏妙绝伦。

继虚道："晚生有一舍妹，粗晓诗词，亦最喜看那回文锦上的诗，也曾胡乱绎得数首，尝恨不得见先姑娘家所藏的半锦。今表妹与妹丈所绎佳章，乞付我携归，与之一读。"梁生谦逊道："率意妄绎，岂可贻笑大方？"

柳公道："奇文当共赏。况系中表，又是知音，正该出以请政。老夫居乡时，即闻刘家闺秀才能咏絮，今其所绎璇玑章句，必极佳妙，异日亦求见示。"继虚唯唯逊谢，当晚无话。

次日，柳公疏奏朝廷，言刘继虚已到，奉旨即日拜受爵命。继虚谢过恩，便辞别柳公并梁生夫妇，索了回文章句，复至均州，领了家眷仍回华州，复其故业。

那梦蕙见了梦兰与梁生的回文章句，欢喜叹服，自不必说。正是：

才子已无才子匹，丽人偏有丽人同。

从兹半幅回文锦，引出三分鼎峙风。

话分两头。且说天子既录刘蕡之后，一日，驾御便殿，柳公侍班。天子召问道："朕昨将今岁春闱取过的试卷复阅一遍，其中并无切直之言。想切直者，已为主司所弃。今将如卿前日所奏，亲策多士，以求真才。但若必待三年试期，不特士气不堪久攀，即朕求贤若渴之心，亦岂容久待？意欲即于今秋再行科举，卿以为可否？"

柳公奏道："此系陛下怜才盛心，特举创典。非但士子之幸，实国家之福也。"天子大喜，即传谕礼部，着速移文各州郡，举报士子赴京，听候天子临轩亲试。彼时有几句口号道：

一岁两开科，春秋双报捷。

钱粮不预征，进士却预撮。

当日，柳公朝罢回第，把圣谕述与梁生听了，教他打点应试。梦兰闻知这消息，喜对梁生道："郎君前因错过场期，不曾入试，甚是愁闷。今圣恩再行科举，且又临轩亲策，正才人吐气之秋，当努力文战，以图夺帜。"梁生亦欣然自喜。

他前日到京时，原有襄州起送科举文书带在那里，今日便把来投与礼部，报名入册。到得八月场期，随众赴考。各州郡起送来的士子约有千余人，是日黎明，都

集于午门外，听候天子命题亲试。正是：

济济衣冠集万国，重重阊阖启千门。

从来未睹皇居壮，今日方知天子尊。

日色初升，净鞭三响，众乐齐奏，天子升殿，卤簿全设。纠仪官先率众士子排班朝拜毕，然后礼部官唱名给卷。天子御笔亲书策题一道，宣付柳侍御，即命柳侍御巡场。

又传旨赐众士子列坐于殿陛之下，以便作文。柳公把御书策问，教礼部承应。各官立刻誊黄，每人各给一纸。梁生接来看时，乃是问安内宁外之策。其题曰：

问：古唐虞之世，舞干羽而有苗格，岂内治修而外乱不足虑欤？乃考诸《周书》所载，于四征弗庭之后，董正治官，又似乎宁外而后可以安内，其故何居？迨乎春秋，晋国大夫以为外宁必有内忧，至欲释楚以为奸惧，则又奚说？

自是以来，议者纷纷：或云以内治内，以外治外；或云以外治内，以内治外。究竟二者之势分耶？合耶？治之将孰先而孰后耶？后先分合之际，朕思之而未得其中。今欲内外交宁，策将安出？尔多士留心世务，当必有忠言至计，可佐国谟者，其各直抒所见，朕将亲览焉！

梁生看毕，便运动腕下珠玑，吐出胸中锦绣。磨得墨浓，蘸得笔饱，展开试卷，一挥而就。其策曰：

窃观今日天下大势，在内之患莫大乎宦官；在外之患莫大乎藩镇。二者其患相等，是不可不谋，所以治之。愿以宦官治宦官，而宦官不治，何者？以宦官治宦官，则去一宦官，复得一宦官，不可也。以藩镇治藩镇，而藩镇亦不治，何者？以藩镇治藩镇，则去一藩镇，复得一藩镇，不可也。

然则以宦官治藩镇，以藩镇治宦官，可乎？曰："又不可。"以藩镇治宦官而胜，其患甚于治宦官而不胜。夫藩镇不能治宦官，犹得借宦官以分藩镇之势。及宦官为藩镇所胜，而朝权悉归于藩镇，是制内之藩镇愈烈于制外之藩镇，而国危矣。以宦官治藩镇而胜，其患甚于治藩镇而不胜。夫宦官不能胜藩镇，犹得借藩镇以分宦官之势。及藩镇为宦官所胜，而兵柄悉归于宦官，是制外之宦官愈烈于制内之宦官，而国益危矣。

不治之以宦官，不治之以藩镇，则治之将奈何？曰："在治之以天子。"治之以天子者，宜徐审其分合之势，而善为之所。盖二者分而患尚小，二者合而患始大。当其分，则宦官欲动而牵制于藩镇，藩镇欲动而牵制于宦官。国虽未宁，而祸未至于大烈。造乎二者既合，则宦官倚藩镇为外援，虽未掌兵柄而无异于掌兵柄；藩镇恃宦官为内应，虽未秉朝权而无异于秉朝权。夫至内有遥掌兵柄之宦官，外有遥秉朝权之藩镇，国事尚忍言哉？此而不善为之所，则国将倾，而祸将不可救。乃所谓善为之所者，又不必天子亲治之，而在委其任于一大臣。

以大臣治宦官，则如《周礼》以阉人领之太宰，穆王以伯冏正于仆臣，而在内之朝权一。以大臣治藩镇，则如周公以硕肤正四国，吉甫以文武宪万邦，而在外之兵柄清。朝权既一，兵柄既清，于是，戮一宦官，而众宦官皆惧；诛一藩镇，而众藩镇咸宾。戮一藩镇所恃之宦官，而藩镇寒心；诛一宦官所倚之藩镇，而宦官戢志。将见宁内即为安外之功，外宁愈见内安之效，而周官董正之风可追，唐虞干羽之化可复矣。

今天子诚能求良弼、简贤辅，寄之以股肱心膂之任，而犹有二者之患贻忧君父，臣请即伏妄言之罪。草野疏贱，不识忌讳。区区管见，敢以为当？宁献谨对。

梁生写完，自己默诵了一遍，大是得意。纳了卷子，出了朝门，回至柳府，把文字录出，等柳公回来，呈与观看。柳公极口称赞，以为必掇高魁。梦兰看了，也料道必捷。但恐其中有命，文齐未必福齐，乃私唤钱乳娘，到门首去听一个谶儿。

钱妪领命，走至门首，只见两个人在门首走过。后面那人对前面那人道："你要问时，只看那大桥堍下月饼店招牌便是。"原来前面那人要问卖月饼的张家住在何处，故后面那人答他这句话。

钱妪出来，恰好听着了这二句。正在惊疑，却值老苍头梁忠走来。钱妪便把听谶之意说与知道，教他去桥堍下看月饼店招牌。

梁忠听说，便往大桥边走去，果见桥堍下有个月饼店。此时天色已暮，店前所挂招牌已取放柜上竖着。那招牌上本来有十个字，乃是：

张家加料中秋状元月饼

看官，你道中秋卖月饼，竟是中秋月饼便了，为何添这“状元”二字？只因京师旧例，凡遇科举之年，有赶趁科场生意的，不论什么物件，都以“状元”为名。卖纸的叫做状元纸，卖墨的叫做状元墨，卖笔砚的叫做状元笔、状元砚，甚至马也是状元马，驴也是状元驴。为此，卖糕的也是状元糕，卖饼的也是状元饼。

闲话休题。且说梁忠去看张家的招牌，那招牌已竖在柜上。招牌边有一只篮儿挂着，把招牌上“张家加料”四字遮了。柜上又堆着一堆月饼，把招牌上“月饼”二字也遮了，单单只露出“中秋状元”四个大字。

梁忠见了满心欢喜，忙回报钱乳娘。钱妪回报小姐梦兰，咄咄称奇，说道：“如此看来，梁郎稳中状元的了。这‘中秋状元’四字，该把‘中’字念作去声，将‘秋状元’三字连看，正应梁郎不曾中得‘春状元’，今当中个‘秋状元’之兆。此谶甚为奇妙。”

钱妪听了，十分欣喜。过了几日，天子阅卷已毕，亲定甲乙，颁下黄榜，梁栋材名字果然高标第一，状元及第。正是：

后时获隽，破格成名。占春魁却在桂月，报秋元不是鹿鸣。至尊握鉴，御笔司衡榜。杨复恭有门生天子，梁栋材为天子门生。

梁生既得抡元，即入朝谢恩。天子见他人物俊伟，龙颜大悦，敕赐御酒、宫花一样，琼林赴宴，游街三日。这一番增出来的秋殿试，却是天子亲自衡文取中的，比往常的状元加一倍荣耀。正是：

春风得意马蹄疾，他把秋风权当春风。偏比春风时，愈觉得意。

一色杏花红十里，他把桂花权当杏花。偏比杏花时，愈觉光彩。

柳公与梦兰欢喜自不必说；只是愧杀了房莹波，羞杀了赖本初，急杀了栾生栋，恼杀了杨复恭。莹波自从那日在城外遇见梁生，不肯相认，反纵家人啰唣，却被柳府中把梁生接去。

莹波回家与本初说知，本初晓得柳公已识破机关，好生惶愧。后闻梁生与梦兰成亲，今又见他中了状元，如何不羞？栾云自从时伯喜采办回来，晓得他在途中遇着梁忠，已说明赚锦之事。今见梁生高中了，怕他要报仇，如何不急？杨复恭见梁状元策中之语，句句骂他，又明明说杨守亮与他结连的隐情，如何不恼？恼的恼，羞的羞，急的急，三人共议：不如先下手为强，要寻个法儿处置梁生。

正商议间，天子却又依了梁状元策中所言，欲选一大臣，委以安内宁外之任。遍视满朝臣宰品望，无有过于柳侍御者，便拜柳公为左丞相兼大司马，并理太仆卿事，尽夺杨复恭之权。复恭倍加愤恨，遂和杨栋、杨梓算出一个大逆无道的计策来。

他因与杨守亮认为叔侄，一向声息相通，书札来往。今议欲修书密致守亮，教他诱降李茂贞，合兵犯阙。那时，里应外合，以图大事。又恐茂贞未必肯反，乃讽朝臣弹劾之，以激其变。

朝臣中有与复恭一党的，便上疏参“茂贞按兵不进，虚靡粮饷。乞差重臣一员，前往督战，限日奏功，迟则治罪”。

天子览疏，便召柳公问道：“先朝宪宗之时，吴元济作乱，全赖相臣裴度督师，方能讨平。今守亮叛于兴元，无异元济叛于淮蔡，朕意欲命卿以裴度之事，卿能为朕一行否？”

柳公奏道：“臣蒙圣眷，忝备枢机，敢不竭忠尽力，以报陛下？”天子大悦，即命柳公以使相统京兵一万，往兴元督战。又赐尚方剑一口，面谕道：“卿到彼可以便宜行事，如茂贞不奉约束，先斩后奏。”柳公谢恩，出朝打点，领兵起身。

杨复恭又讽几个心腹朝臣，交章奏道：“昔年淮蔡功成，虽系朝臣裴度之谋，实赖李愬赞襄之力。今茂贞不能用命，元老赞助无人，新科状元梁栋材才兼文武，可参帷幄，宜使为元老辅行。”天子准奏。

即日，降诏赐梁状元金印一颗，以翰林学士兼行军祭酒，协同柳丞相督师讨贼。正是：

策中所献，请自试之。

建言之难，从古如斯。

命下之日，柳公对梁生道："老夫久荷国恩，今日之役，义不容辞。贤婿以新进书生，何堪遽当军旅之任？老夫当荐举一武臣，以代贤婿。"

梁生道："不遇盘根错节，无以别利器。既蒙诏旨，即当勇往，未知岳父欲荐何人相代？"柳公道："郧襄防御使薛尚武治军有法，甚著威名，我意欲荐他赴军前效用。此人可以代贤婿。"

梁生道："小婿倒不必求代，但今心腹之患不在外而在内。杨复恭虽谢朝权，尚侍君侧，若不提防，恐变生时腋。以小婿愚见，当令薛尚武入卫京师，保护天子，提防复恭。庶吾等出师之后，可无内顾之忧。"柳公闻言，点头称善。

随即，奏请圣旨，遣使持节至均州，拜薛尚武为总制京营大将军，即日赴京。正是：

若欲宁外，先求内安。

状元韬略，早见一斑。

柳公既举荐了薛尚武，内顾无忧，便与梁生商议点兵起程。梁生道："须待薛尚武到来，把京营的兵符军册交付与他，方可起程。"柳公道："此言极是，但军马须先点定操演。"

梁生道："朝命统兵一万前去，愚意以为不必许多，只须挑选精兵一千足矣。兵贵精而不贵多，用多不如用少。若多兵必须多饷；兵多则饷必不支，饷既不支，则兵不奉令，此茂贞之所以无成功也。从来兵多而不烦转饷者，唯有屯田一法。然兵之居者可使屯，兵之行者不可使屯。此但可施之于守御之日，不可用之于督战之时，与薛尚武在均州之势不同，故愚意以为用多不如用少耳。"柳公道："贤婿所言最为高见。"便将此意具疏上闻。

天子命柳公与梁状元亲赴校场，召集在京各卫军士，听凭挑选精壮千人，并着于御马苑中选良马千匹，给赐众军。柳公领旨，即日与梁生至校场演武厅点选军马。那千牛卫参军杨栋、御马苑马监杨梓理合都来听候指挥，只得大家写了脚色手本，惊惊惶惶的到演武厅叩谒。

柳公见了手本，回顾梁生，微微冷笑了一声，便喝叫二人站过一边伺候。少顷，军政司呈上各卫军士花名册，柳公与梁生按册点名。点到千牛卫管辖的军士，却缺了大半。

原来平日参军作弊，侵蚀军粮，有缺不补，每到散粮之日，雇人点名支领。因此册上虽列虚名，行伍却无实数。及查点御马苑马匹，也缺了若干匹。亦为马监平日虚支马料钱粮之故。

柳公大怒，喝令刀斧手将杨栋、杨梓绑了，要按军法斩首示众。梁生劝道："二人本当按法枭示，但今出兵之始先斩二人，恐于军不利。况此二人又适有几番脱骗之事，得罪岳父与小婿，今日若杀了他，不知者只道借公事报私仇了。还求免其一死。"

柳公听罢，叫刀斧手押转二人，喝骂道："我听梁状元之言，权寄下你这两颗驴头。但死罪饶了，活罪饶不得：发去军政司，各打四十，追夺了参军、马监的印，逐出辕门。"正是：

穰苴诛庄贾，孙武斩宫嫔。

令出如山岳，威行骇鬼神。

当日，柳公与梁生点选军马已毕，只等薛尚武到京，交付与京营兵符军册，便好起程。此时，薛尚武在均州，已闻梁生中了状元，十分欢喜。及奉诏命着他入卫京师，又知梁生做了行军祭酒，即日将与柳公同行。恐不及相会，忙将防御使的印务交付郧、襄两郡太守，又另委标官一员，监督屯政，替回提辖钟爱，教他带着亲随军校，一同星夜进京，与梁生相见。

梁生谢了尚武前日资送到京之德，并慰劳了钟爱一番，又唤过前日跟随入京的那个小校来，把些金帛赏赐了他。尚武谒见柳丞相，柳公把提防杨复恭的话，密密嘱咐了，尚武一一领诺。

梁生便与柳公辞朝出师。兵虽不多，却是人强马壮。临行之日，天子车驾亲自送出都门，文武各官尽出城候送，军容甚整。正是：

当年扯纤一书生，今日承恩统众兵。
电闪旌旗云际展，风吹鼓角马前鸣。
民人街巷争瞻仰，天子都门自送行。
伫俟捷音传报后，王朝勒石纪勋名。

原来，梁生于未行之前，先打发家眷回乡，命梁忠与钱乳娘并柳家奴仆，一同服侍梦兰小姐取路回襄州。临别时，梦兰勉励梁生道："郎君王命在身，当以君事为重，切勿以家眷系怀。妾回襄州，专望捷音。"梁生洒泪分手。

钱乳娘和梁忠等众人即日护送梦兰，往襄州进发。梦兰虽以大义勉励丈夫，不要他作离别可怜之色，然终是口中勉强支持，心中暗地悲切。一来念梁生以书生冒险，吉凶未保；二来新婚燕尔，骤然离别，哪得不悲！因此离京未远，遂不觉染成一病，行路不得，只得安歇在近京一个馆驿中调养，等待病愈，然后动身。有一首《西江月》词，单道梦兰此时愁念梁生的心事：

虎节应分将领，龙泉怎问儒家？官袍才赏曲江花，忽把戎衣来挂。
鸳侣近抛绿鬓，马蹄远走黄沙。闺中少妇每常嗟，泪落朝朝盈把。

话分两头。且说杨栋、杨梓缺了该管的军马，本当按法处斩，倒是梁生劝止了柳公，免了死罪，止于捆打、夺官。他还不知感激，反十分怨恨。

探听得梁生打发家眷起身，杨梓便与杨栋商议："要遣个刺客，到半路去刺杀梦兰小姐。不但可以报己之怨，又可以取她的半锦；且梁生闻知家眷被害，必无战心；柳丞相没人帮助，断不能成功。岂非一举三得之计？"二人商议定了，把这话告知杨复恭。

此时，复恭只因朝廷信任了柳丞相与梁状元，指望弄了这二人出去，可以唯我所欲为。不想又被柳公弄一个薛尚武来做了京营总制，京兵都属他管辖。晓夜提防，一毫施展不得。假子、假侄又早被柳公夺职、捆打，坏尽体面。正想要出这口气，听了杨梓行刺之计，便大喜道："此计甚妙！但不可在近京馆驿中刺她，须到近襄州的所在，去等她来行刺。”

杨栋道：“爹爹此是何意?”复恭道：“若就在近京馆驿中刺杀了她，梁状元知道，定猜着是我所使；不如到襄州地面去行刺，梁状元只认做兴元使来的刺客，决不疑是我了。”杨栋、杨梓齐声道：“大人所见极高。”

复恭即唤平日养在门下的一个刺客，叫做赛空儿，着令到襄州路上等梦兰小姐来行刺，吩咐要取她行囊中半幅回文锦来回话。事成之后，重重有赏。赛空儿领命，星夜往襄州跑去了。正是：

初时骗物骗人，后来愈狠愈恶。

不能窃凤偷箫，便想烧琴煮鹤。

看官，听说那赛空儿若真个有赛过空空儿的本事，何不就叫他去刺了梁状元、刺了柳丞相？即使刺薛将军亦无不可，如何只令他去刺一个梦兰小姐？

原来，这赛空儿原不是什么剑客，不过杨内相府中平日蓄养的一个健儿。他比别个健儿手脚快些，故起他这“赛空儿”的混名。论他的本事，原只好使他去刺一个女郎。若柳相府中，侯门似海；将军营里，守卫森严。他如何去得？

然虽如此，若令他去刺梁状元、刺柳丞相、刺薛将军，便去不得。今只令他去刺一个女郎，有何难处？便是一百个也刺杀了。只为杨复恭不教他到近京馆驿中去刺，偏教他到襄州路上去等，这便是天相吉人，其中有数。

说话的说到此处，唯恐梦兰小姐的病好得快，倒愿她恹恹常病，不要动身便好。哪知梦兰的病终有好日，刺客赛空儿却又不曾空回白转。只因这一番，有分教：

张冠换李戴，终建腾蛟舞凤之奇；

东事出西头，再看覆雨翻云之事。

毕竟后事，且看下卷分解。

【素轩评】前卷阅至成亲，疑是结矣，不想又有应试一段文字在后。此卷阅至及第，又疑是结矣，不想又有出征一段文字在后。观其写至尊礼轩，多临对策，天语皇皇，忠言款款，如入宗庙见礼乐器。及观元老麾旄，王师整旅，旌旗闪闪，剑戟森森，如入武库五兵纵横。始奏以文，复乱以武，已为奇观；孰意览至末幅，忽然又是女郎憔悴，怨粉愁香；忽然又是剑客飞腾，驰鹰走兔。何变化之不一其端也！

第十卷 运妙算书生奏大功 泄诈局奸徒告内变

诗曰：

轻裘缓带自翩翩，帷幄谋臣一着仙。

从此妖魔难遁迹，捷书遂共反书传。

话说赛空儿自往襄州路上去，等候梁家宅眷来行刺，梦兰小姐自在近京馆驿里养病。

看官牢记话头，今且按下这两边，单表梁状元那一边。梁生自从与柳公辞朝出京，领军前进，一路禁约兵丁。所过地方，秋毫无犯，百姓无不欢喜，俱备香案迎接。不则一日，行近武都时，李茂贞正屯兵武都界上。柳公乃离武都百里远近下住营寨。

梁生对柳公道："岳父以使相之尊，奉旨督师，李茂贞合当远接。今旌旆已至此，茂贞犹不来，其意可知。"柳公道："贤婿料茂贞之意若何？"

梁生道："茂贞久出无功，今闻朝廷一旦遣重臣督责之，彼必心怀疑惧。惧则生变，势将与杨守亮相合矣。且朝臣纠劾茂贞逗留之罪，此必系杨复恭所使。正欲激变茂贞，使降守亮，合兵以拒我耳。"

柳公道："似此，将何法以处之？"梁生正低头思计，忽有伏路军士擒获奸细一名，并私书一封，解进寨来。柳公拆开那书看时，却是杨复恭亲笔写与杨守亮的反书。其书曰：

愚叔复恭拜白：

前屡书奉寄，其中机密想俱鉴悉。承天门乃吾隋家故业，诚宜早图恢复。吾向从荆榛中策立寿王，今既得尊位，辄欲废定策国老，有如此负心门生天子！贤侄其

速厉兵秣马，并诱降李茂贞，合军诣阙，吾为内应，大事可成也。

柳公看了，拍案大怒道："逆阉狂悖至此，吾当将此书奏闻朝廷，立诛此贼！"梁生便道："岳父且勿奏闻，此正可将计就计。"柳公问："计将安出？"

梁生附耳低言道："岳父可遣使行一角公文至茂贞营中，公文上多用恐吓、切责之语。小婿却扮作书生先往茂贞处，与他说明就里，教他见了公文假意发怒，竟将公文扯毁，绑缚来使，然后往兴元诈降守亮。那时，小婿拿着复恭这封反书，再如此如此；岳父这里须恁般恁般，便可使积寇立除，大功立奏。"

柳公听罢，大喜道："贤婿此计，虽孙吴复兴、良平再出，不是过矣。"遂依计而行。其所擒奸细，密行斩讫。一面又传檄附近关津、城堡，加意盘诘奸细。

看官听说，梁生所言之计，说话的只说得一半，还藏着一半，何不就于此处一齐说明？不知兵机用阴，到得茂贞去诈降之后，还有许多怪怪奇奇的事。此处不能一齐说明，且到后文，自然明白。正是：

兵机秘密无人觉，妙算神奇只自知。

直待临期观变态，始明定计在先时。

梁生商议已定，辞了柳公，扮作书生，乘着快马，悄地离了大寨，径往茂贞军中来。

却说茂贞与守亮相持日久，未有功绩。一来为军饷不敷，军士不肯向前；二来见守亮之叔杨复恭现居君侧，即使灭了守亮，适遭复恭之忌。为此，把征进的念头都放懒了。

今忽闻柳丞相奉了诏命，受了尚方剑，同着梁状元前来督战，限日奏功。他心里着惊，寻思无策。欲待投降守亮，其实不甘；欲不投降时，又急切胜他不得。

正踌躇未决，忽守营军士入报道："有一书生自言有机密事，要见都督。"茂贞听说，想道："此必杨守亮遣来的说客，要说我去投降的了。"因问军士："可知那书生从何处来的？"

军士道："他说从长安来。"茂贞又想道："若从长安来，必是杨复恭遣来说我投降杨守亮的了。且看他将何辞说我。"便教请那书生进来相见。只见那书生昂然而入，器宇非凡。

茂贞不敢怠慢，以礼相待，请他坐了，问道："不肖奉命出征，未有胜算，劳而无功。近蒙严旨特遣重臣督战，不佞正在进退两难之际。先生远来，必有高见，开我茅塞。"

那书生道："愚生有一密计，愿献之都督。请屏左右，当以相告。"茂贞即喝退左右，请问密计。

那书生笑道："且教都督看一件东西。"说罢，于袖中取出金印一颗，付与茂贞观看。茂贞接来看时，却是行军祭酒之印，大惊道："原来是钦差参谋梁殿元，末将失敬了。"

梁生摇手道："都督噤声，且勿泄漏。下官此来特奉柳公之命，教都督诈降守亮，以成大功。"茂贞道："要末将行诈降之计却也不难，只恐他未必肯信。"

梁生道："柳公正恐守亮不信，有个计较在此，特命下官先来对都督说知。"茂贞道："有何计较？"梁生将毁书缚使之计，对他说了。

茂贞道："若如此做作，便不由守亮不信。"梁生道："然虽如此，还恐他未肯深信，今更有一妙计。"茂贞道："更有何计？"梁生便取出杨复恭的反书来。

茂贞看了惊道："此书从何而来？"梁生道："此系伏路军士所缉获。我今拿着此书，将计就计，如此如此。那时，都督到彼诈降，一发不由他不信了。"

茂贞大喜道："此计甚妙！末将只因叛帅阴结逆珰，故举动掣肘，久出无功。今有了这封反书，不特叛帅可以计擒，即逆珰亦授首有日矣。便当依命而行，候柳公引兵至兴元城下搦战时，末将即为内应便了。"

梁生笑道："若如此，又觉费力。今不消柳公到兴元城下搦战，径要赚守亮到柳公营中就擒。"茂贞道："怎生赚他？"

梁生附耳道："须恁般恁般。"茂贞欣喜道："如此，真不费力。"两个密谋已定。当晚，梁生就在茂贞营里歇了。

过了一日，忽有一差官飞马至营前，对守营军士道："我乃柳老爷的差官，赍捧公文在此，快请你主将出来迎接。"军士快报入营中。

茂贞怒道："柳丞相的差官不是天使，柳丞相的公文不是诏书，如何要我出营迎接？好生无礼！"吩咐军士阻住差官在营外，不许放进，只将他公文取进来看。军士领命，取进公文呈上。茂贞拆开看时，上写道：

敕命总督征西军马赐尚方剑左丞相兼太仆卿兵部尚书柳，檄谕征西都督李茂贞知悉：

照得兴元积寇未平，皆因该都督逗留不进之故。今本阁部奉旨前来视师督战，乃犹置若罔闻，其平日怠玩可知。为此，差官传檄，仰该都督速赴军前自行回话。如敢迟延，定按军法治罪，决不姑恕！

茂贞看罢，勃然大怒，将公文扯破，喝令军士拿那差官进来。众军士得令，便把差官横拖倒拽拿至面前。差官嚷道："我是柳老爷的差官，如何敢拿我？"

茂贞大喝道："柳老爷便怎么？量他不过是个文官，怎敢如此小觑我？我今先把你这厮砍了，看他怎的！"便喝刀斧手将他绑出辕门，斩讫报来。

差官着了急，大叫道："这是柳老爷之命，须不干我差官之事。"茂贞道："既如此，且把你这厮监禁在此，待我明日先砍了那柳老爷，然后砍你未迟。"于是，将差官软禁后营，随即密修降书一封，差一的当军官，星夜赍往兴元城中杨守亮军前纳款。

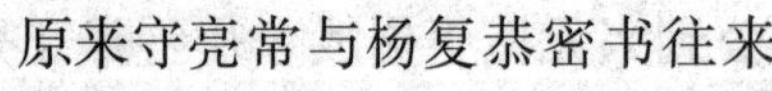

原来守亮常与杨复恭密书往来已久，欲诱降茂贞，时时使细作刺探。忽一日，报说茂贞营中有个长安来的书生献甚计策，守亮便猜是复恭所使。及接得茂贞降书，书中备言不甘受柳公侮慢，因愿投降，并述毁书缚使之事。守亮半疑半信。

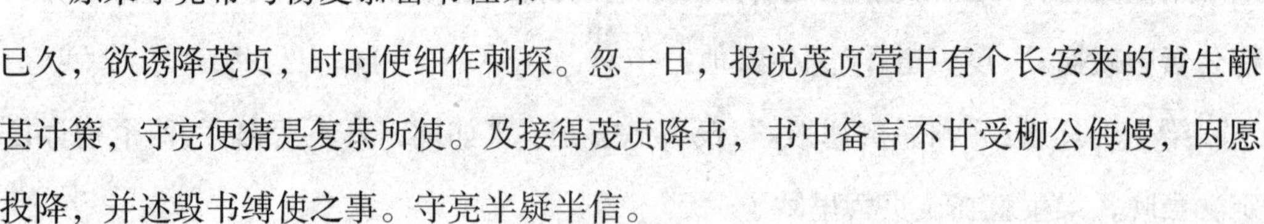

正在踌躇，忽守城军士来报，城外有一书生模样的人骑着匹马来叫门，口称是参军杨栋，有机密事特来求见。守亮虽不曾与杨栋识面，然已闻杨栋是复恭新收的

义儿，现为参军，原系秀才出身。今听说有书生自称参军杨栋，便认做复恭遣他改装来面议军情的，遂亲自骑马上城来看。

只见那书生人物轩昂，仪表非俗；又且匹马而来，别无从骑，一发不疑。便开城放进，同至府中以弟兄之礼相见，揖让而坐。

守亮道："久闻大名，今日幸会。不识内相老叔近履若何？有书见寄否？"那书生道："前屡书奉寄，想俱入览。今更有密书一封，不敢托外人传达，特遣小弟亲赍至此。"说罢，便取出这封反书来。

守亮接来细细看了，认得是复恭亲笔，如何不信！哪晓得书便是真，人却是假？这书生并非杨栋，却就是梁生冒名来赚他的。正是：

贤名每为奸冒，奸名何妨贤窃？

杨栋曾冒梁生，只用复恭一帖；梁生今冒杨栋，也用复恭一札。彼此互相脱骗，可谓礼无不答。虽然连我机谋，只算抄他文法。

当下，守亮误认梁生是杨栋，置酒相待，极其款洽，说道："老叔书中之意，教我作速诱降李茂贞。近闻茂贞营中，有长安书生来献计，不知是何书生？所献何计？今茂贞忽地使人来献降书，因未卜其中真伪，不敢便信。"

梁生笑道："献计书生不是别人，即小弟也。小弟奉内相大人之命，往说李茂贞，使纳款麾下耳。"

守亮抚手道："我原猜想这献计的必恰系内相老叔所使，果不出吾所料，但不想那书生就是贤弟。如此说时，茂贞请降是真情了？"梁生佯问道："他降书上如何说？"守亮便将降书取出与梁生看。

梁生道："小弟前日说他，他已首肯。今又被柳丞相侮慢，一时愤怒，毁书缚使，事已成骑虎之势，不得不归命于我，其请降的系真情。若兄长未敢轻信，只须与他相约，勿带部卒，但单骑来投便了。"守亮闻言，点头称善。即唤过那献书的军官，依着梁生言语，遣发去讫。

次日，李茂贞果然一人一骑，身边不带寸铁，手中执着降旗，

直来兴元城下庆叫开门。军士报入府中，守亮同着梁生登城审看明白，然后开

门放入。茂贞见了守亮，下马拜伏于地，说道："末将进退维谷，愿投麾下，荷蒙不弃，铭感无任！"守亮慌忙扶起。

茂贞见了梁生，假意道："原来杨参军又早在此了。"当下，三人并马入府，守亮请茂贞坐了。茂贞细诉柳公侮慢之故，取出那角扯毁的公文来与守亮观看。

守亮看了，对茂贞道："你和我都是武臣，我也只为受不得文官的气，故兴动干戈。昨家叔内相，特命舍弟参军，赍密书至此，教我结连都督，合兵诣阙，他便为内应。今既得都督相助，即日合兵前去，先斩了柳玭、梁栋材；然后大驱士马，直指长安，何患大事不成？"

茂贞佯唯唯听命，梁生却假意沉吟不语。守亮问道："贤弟为何沉吟？"

梁生道："柳、梁二人虽系文臣，颇知韬略，不可力敌，只可智取。愚有一计，不费分毫之力，可使二人之头旦晚悬于帐下。"守亮忙问："有何妙计？"

梁生道："昨李都督毁书缚使，柳、梁二人尚在未知。兄长可即统领城中精锐，打了李都督旗号，径到他营前，只说李都督亲来迎接，彼必不疑。那时兄长突人其营，取二人首级，岂不易如反掌？"守亮大喜道："妙计！妙计！"

梁生又背着茂贞，私对守亮道："茂贞新降，其心未定。若兄长假扮了他，去赚了柳、梁二人，也不得不死心塌地投顺，更无反复矣。"

守亮听说，愈加欢喜。只道杨参军是一家人，故作此肝膈之言，一发倾心相信，便将城中兵符印信都付与梁生，教他代守城池。一面倒教李茂贞星夜回营，把所部兵将尽收入兴元城中，帮梁生守城。自己却假扮做李茂贞，领精兵三千，打着征西都督的旗号。

是夜，初更时分，潜地开城而出，连夜趱行。至次日午牌以后，早望见柳公大寨。到得寨前，见寨门大开，守亮先令人通报，说都督李茂贞特来迎候。

少顷，闻寨内传呼道："着李茂贞人营参见。"守亮便率众一齐鼓噪而人，却见帐前并没一人，只有柳丞相纱帽、红袍，端坐帐上，巍然不动。守亮赶上前，挺枪直刺，应手而倒。

看时，却是一个草人，吃了一惊，叫道："不好了，中了计了！"忙回身出寨，只听得寨后一声炮响，寨门左右一齐呐喊，弓弩乱发，箭如飞蝗。守亮躲避不迭，身上早中了两箭，几乎坠马，舍命夺路而走。随行军士，大半中箭着伤。

行不上十余里，只见前面左右两路尘头乱起，喊杀连天，鼓角齐鸣，旌旗杂举，正不知有多少伏兵杀来。后面，柳公又亲自统军追赶。守亮惊慌无措，落荒而奔。军士自相践踏，死者甚众。正慌急间，忽探马飞报道："兴元城已失陷了。"

守亮大惊，问："怎生失陷?"探子道："那杨参军原来不是杨栋，却就是梁状元假扮的。如今占了城池，城上都插了大唐旗号，使李茂贞领大兵杀出城来也!"

守亮闻报，寻思四面受敌，进退无路，仰天长叹道："吾命休矣!"遂拔剑自刎而亡。柳公随后追至，见守亮已死，即下令招安余众。那些败军，蛇无头而不行，尽都降顺。

看官听说，这都是梁生与柳公预先定下的计策。梁生先扮了杨栋去赚守亮，却教守亮扮了茂贞来赚柳丞相。柳公却束草为人假坐帐上，自己先伏寨后，将二百兵分作两队，各带弓弩，伏于寨门两旁。只听炮响，一齐放箭。又将五百兵亦分作两队，多带金鼓旗幡，离寨十里之外左右埋伏。只等守亮奔回时，一齐摇旗擂鼓，追杀败兵。

随后，又亲统精兵三百呐喊追赶，合来只一千军马，却像有数万甲兵之势，所谓用多不如用少也。从来将在谋而不在勇，兵贵精而不贵多。柳公此番用少取胜，全赖梁生用谋之巧。正是：

本是我赚他，反教他赚我；
教他来赚我，便是我赚他。
到得他赚我，我又去赚他；
始终我赚他，他何尝赚我?

当下，柳公枭了杨守亮首级，部领众军往兴元而来，早有李茂贞领兵前来接应。原来，梁生在兴元城中，自守亮去后，一等李茂贞领兵入城，便传下号令，教茂贞军士分守各门，将守亮帐下头目杀了一半、降了一半。围住守亮私第，把他全家老幼尽俱诛杀。一面出榜安民，一面使茂贞领大兵前来接应柳公。

柳公见了茂贞，用好言抚慰。及到兴元，百姓俱执香迎拜马前，梁生亦出城迎谒。柳公拱手称谢道："若非贤婿良谋，安能成功如此之速？"梁生逡巡逊让。当日，官府中大排庆功筵席，军中齐唱凯歌。彼时军中有几句口号道：

一纸真公文，一个假书生；一封真反书，一个假参军；一面真旗号，一个假茂贞；一座真营寨，一个假大臣。柳家兵杀人如草，杨家将认草为人。柳丞相忽然有假，李都督到底无真。不但寨前迎帅的茂贞，固是假扮；即城下叫门的茂贞，岂是真情？若非状元郎一番用计，安得兴元郡一路太平？

说话的，梁生这场功绩，纯用诈谋骗局而成。这样诈谋骗局，唯赖本初最用得惯。看他骗成亲、骗入泮、骗馆、骗银、骗锦，无所不用其骗，亦无所不用其诈。梁生是正人君子，如何也去学他？不知兵不厌诈，从来兵行诡道，孙吴兵法、良平妙算，往往用此。

只要把这诈谋骗局，正用之人用之，便可上为国家去害，下为百姓除凶。那赖本初却把这术数去欺亲戚、谤师友，青天白日之下，更无一句实话。可惜孙吴兵法、良平妙算，被他邪用了、小用了。所以，君子之智，误用即为小人；小人之谋，善用即为君子。

话休絮烦。且说柳公入城之后，尽发府库钱粮，犒赏军士，赈济小民；又籍没守亮所藏资财，及一应违禁之物，检得杨复恭与他往来的书柬不只一封，都是同谋造反的。柳公便与梁生计议，要将这些书柬并前日这封反书与告捷表文，一同奏闻天子。

梁生道："岳父未可造次！贼在君侧，除之甚难。倘彼自知谋泄，忽生他变，便将忧及至尊。以小婿愚见，可修密札一封，将捷表与逆书都寄与薛尚武。托他善觑方便，先设法拿下杨复恭，然后把捷表、逆书奏闻，方是万全之策。”

柳公点头道：“贤婿此言真老谋深计。”便密密修书，遣使寄往长安。正是：

灼蠹恐株焚，熏鼠惧社坏。

外寇甫能平，又须防内害。

不说柳公一面寄书与薛尚武，且说杨复恭自遣赛空儿去行刺之后，即与杨栋、杨梓商议了，亲笔写下反书，差人寄往兴元。因久不见回报，放心不下，又遣一心腹家丁到彼探访，并打听柳、梁二人军中消息。

那家丁去不多时，便回来禀复道：“近日柳丞相传下檄文，一路关津城堡都要加意盘诘奸细。凡兴元人到长安来的，或长安人往兴元去的，更难行动。小人恐有差失，不敢前往，只得走回。于路倒打听得一件奇事，正要报知老爷。”

复恭道：“有甚奇事？”家丁道：“小人前日偶从凤翔府经过，见府门前一簇轿马，甚是热闹。小人问时，都说道：‘本府的太守今日备酒，请两个过往的京官，一个是参军杨爷，一个是马监杨爷。因奉内相杨老爷之命出京采办，路过此处，特来拜望太守说情，故此请他。’

“小人听了暗想：‘我出京时，不闻两位大爷有奉命采办之事。’心中疑惑，走入府里探看，见后堂排着三桌酒筵，太守坐了主席，上面客位坐着两个峨冠博带的人，却是面生人，并不是两位大爷。小人情知是光棍假冒，等太守起身更衣，便把这话密密禀知。

“那太守点头道：‘我近闻你家两位大爷缘事免官，今他两个公然冠带来见我。我原有些疑惑，及诘问他，他说正为免官之后，在京无聊，故奉内相之命出来采办。我因看内相面上优礼待他，不想竟是两个光棍。便喝令衙役登时捉下，拷问起来，招出真名姓。一个叫做空心头发贾二，一个叫做三只手魏七，其余随从的都招出姓名。这两个光棍已不知在外假名冒姓做过了多少偷天换日的事。现今，本太守把他监禁在本府狱里。”’

复恭听说，大怒道：“什么光棍，直恁大胆！”当时杨栋在旁听了，也怒道：“这厮们冒着孩儿辈名色在外招摇，不特坏了孩儿辈的体面，并损了爹爹的身名，十分可恶！可令那太守把这干人犯解到这里来严审。”复恭依言，便行文到凤翔府，提这一干人犯。

太守遂把众犯解到长安内相府中，复恭即委杨栋勘问。杨栋领命坐了前厅，左右将贾二、魏七押到阶前。

杨栋不看犹可，看时吃了一惊。原来那两个不是别人，这贾二就是当年卖科场关节的聂二爷，这魏七就是当日来捉科场情弊的缉事军官。

杨栋认得分明，猛然醒悟，大骂道：“你这班光棍！今日扮假官的是你们，前日扮聂二爷与缉事军官的也是你们！你骗了我三千二百两银子去，今须追还来。”

原来，贾二、魏七一向只晓得杨栋、杨梓是杨复恭的认义子侄，哪知即栾云、赖本初改名改姓的。今日，跪伏阶下，听得提起前因，方才抬头。把杨栋仔细一看，认得就是栾云。两个面面厮觑，做声不得。

杨栋喝令左右将二人掩翻，先打一顿毒棒，打得皮开肉绽，鲜血迸流。二人哀告道：“当初哄骗大爷，不干我二人之事，实是大爷家里的门客时伯喜并馆宾赖本初约我们来的；所骗三千二百金，原分作三份均分，小人们只得一份，伯喜、本初倒得了两份去。”

杨栋听说，大怒道：“不信有这等事！”便教拿时伯喜来对质。原来，伯喜此时正为前番出外采办之日，干没了复恭的银子，近被复恭查出，打了一顿，锁在府里。当下就在府里牵将过来，一见了贾二、魏七，吓得面如土色。

贾、魏二人齐指着伯喜叫道：“时伯喜，当初哄骗大爷，可是你与赖本初造谋的？你两个分了大半银子去，今日独累我们受苦。”伯喜虽勉强抵赖，到底口中支吾不来，被杨栋翻转面皮，用严刑拷讯，只得招出实情，把赖本初当日同谋分赃的情由，尽都说了。

杨栋不胜愤恨，吩咐将三人监候，随即入见复恭，备诉前事，要求复恭处置赖本初。

复恭向来原只受得杨栋的金珠贿赂，这假侄杨梓不过从杨栋面上推爱的，今既知他不姓杨，又曾哄骗杨栋许多银子，便对杨栋道：“他既是个别姓光棍，你如何与他认弟兄？据他如此造谋设局，十分奸险，我也难认他为侄，悉凭你拿他来追赃报怨便了。”杨栋得了这话，便立刻差人擒捉赖本初。正是：

当年计策甚精，今日机关漏泄。
既与君子凶终，又与小人隙末。
好时认作兄弟，恶时便成吴越。
通谱至于如斯，岂不令人笑杀？

当下，杨栋差健卒数人，赶至赖本初私宅擒捉。少顷，回报说：“赖家私宅已寂然无人。不但本初不知去向，连他家眷也不知避往何处。”杨栋愈加愤怒，遣人四处缉拿，却并没踪影。

看官，你道赖本初哪里去了？原来他前日一闻假官光棍是贾二、魏七，便料得旧事必露。欲待劝杨栋不要提这二人来亲审，却又劝他不住。寻思无计，想道：“不如先下手为强。前杨复恭写与杨守亮的反书草稿有在我处，我今拿去官司出首，免得明日倒受杨栋之辱。”

又想道：“各衙门都有杨家心腹人布置在内，唯将军薛尚武处杨家人不敢去惹他，我须到他那里去首告。他当初虽与我有些口面，今为着首告机密而往，料不难为我。”

却又想道：“尚武见了我首呈，必要奏闻天子，方好奉旨拿人。少也要等几日，我便躲过了，倘杨栋来拿我家属，如何是好？须先打发家眷出京，方保无事。”

算计已定，便把这话细说与妻子莹波知道，教她收拾了些细软，雇下车儿，带了从人、仆妇，连夜起身。又恐杨府差人追缉，吩咐她出京之后，不可说是赖家宅眷，亦不可说是杨家宅眷，只说是梁家宅眷，径取路往襄州进发。正是：

小人之险，自相屠戮。
忽戚忽仇，何其狠毒！
小人之巧，转变甚速。
忽赖忽梁，何其反复！

本初打发家眷起身后，即写下首呈一纸，取了杨复恭的反书草稿，潜往薛尚武

辕门伺候。恰值提辖钟爱在辕门上点收各处公文，本初挨上前，叫声："钟提辖。"

钟爱抬头一看，认得是赖本初，便笑道："赖官人，你如今做了杨老爷了，却来这里做什么？"本初道："休要见笑！我今有一机密事，欲见你薛老爷。"

钟爱道："有事不消面见，只写封书来，我替你传达罢。我是不偷换人书柬的。"本初明知讥诮他，却只做不知，说道："事情重大，必须面见，相烦引进。"

钟爱笑道："引便引你进去，只莫在薛老爷面前说我不好！他耳朵硬，不像别人肯听人撺唆哩！"本初闻言，羞得满面通红。

少顷，尚武升帐，军吏参谒过了，钟爱叫本初报名入见。本初还指望尚武念中表之亲，稍如礼貌，不想才进辕门，早听得吆喝一声，奔出四五个穿红军健，将本初如鹰拿燕雀的一般，提至阶下跪着。

本初心惊胆战，伏地告道："有机密事，特来呈首，乞屏退左右，然后敢说。"尚武笑道："我左右都是心腹人，你有甚机密事，但说不妨。"

本初便把首呈，并杨复恭的反书草稿献上。尚武此时已接得柳公密札，今看本初所首，正与柳公所获反书相合。因对本初道："所首虽真，但你本与反贼同谋。今事急，方来首告谋叛重情，道不得个自首免罪。"本初无言抵对，只是叩头。

尚武笑道："你前日道我连夜做了武官，也管你不着，今日如何到我这里来？"本初惶愧无地，哀告道："当初有眼不识泰山，伏乞将军老爷看亲情面上，饶恕则个。"

尚武听说，拍案大怒道："你不说亲情犹可，你若提起'亲情'二字，教我毛骨悚然。你当时偷换荐书赚我，其罪犹小，还可恕得；你受了梁用之乔梓厚恩，不思报效，反帮了别人要夺他的姻事，又赚他的半锦。险谋奸计，不一而足，亲情何在？你这厮丧心如此，本该立斩，今且先示薄惩。"便喝左右，将本初捆起，用大棍重责三十。

本初再三哀告，尚武道："我今为着梁用之乔梓打你，正是敦厚亲情。"喝令左右加力重打。打完了，吩咐把他锁禁马坊中听候发落，不许泄漏。当日有几句口号嘲他道：

昔把养娘当马骑，后到长安做马监。

今朝锁禁马坊中，一生常与马作伴。

当下尚武既得了柳公密札，又见了本初首呈，正要设计擒捉杨复恭，忽报朝廷有谕旨到。尚武忙排香案迎接。谕旨道：

诏谕总制京营大将军薛尚武：

向来京师单弱，为藩镇所轻，皆因武备废弛之故。今闻尔受任以来，训练有法，旌旗壁垒为之一新，朕甚嘉焉。次日，将亲幸校场阅武，以壮军容，尔其陈军以俟。特谕。

尚武接了谕旨，想道："我正好趁此机会斩除凶逆。"便传下号令，各营兵将俱于三更造饭，四更披挂，五更时分都随着尚武到校场中，各依队伍排列停当，金鼓旗幡十分齐整。演武厅上施设盘龙锦帐、金床玉几，等候圣驾临坐。

辰牌以后，天子亲率文武诸臣，并杨复恭等一班内侍驾幸校场。尚武领着众军将山呼，迎拜天子至演武厅，升帐坐定。文武诸臣鹄立左右，内侍们奉侍帐前。尚武又命提辖钟爱统率护驾军士拥卫阶下。但见：

羽卫云腾，霓旌星列。虎门开处，层层仪仗拥銮舆；龙骑来时，济济衣冠随辇毂。校场中，轰轰吻吻，数声炮响似雷霆；将台前，整整齐齐，千队高呼震山岳。煌煌金鳥，恍若周王会猎讲东都；袅袅玉鞭，俨如汉君按辔行细柳。赭黄袍，前后左右，森森严严，大半兜鍪围绕，岂止内竖趋跄？彤芝盖，南北东西，灿灿烂烂，唯见甲胄鲜明，足令中官惕息。大纛旗下，排列着羽林军、期门军、控鹤军、神策军，一军军皆桓桓武士，洵堪夸风虎云龙；演武厅边，分布着金吾卫、拱日卫、千牛卫、骠骑卫，一卫卫尽赳赳武夫，哪怕他城狐社鼠。剑戟重重遮御驾，大将军八面威风；斧钺团团拱翠华，圣天子百灵呵护。莫道主德无瑕，阉宦习今朝帝座压旄头；漫说天颜有喜，近臣知此日紫微临武曲。且喜得，旌旗日暖蛇龙动，全不似宫殿风微燕雀高。

三通鼓罢，尚武登了将台，把令旗招展，将众军分作五队，按青、黄、赤、黑、白五方旗帜逐队操演。每一队演过，放炮三声，掌号呐喊一遍。

天子见军容整肃，坐作进退悉如法度，心中欢喜。尚武操演既毕，趋下将台，径至演武厅前，俯伏奏道："君侧之贼，不可不除。臣今日请为陛下除心腹之害!"奏罢，便跃起身，亲自将杨复恭劈胸一把提下阶墀，教提辖钟爱用绳索绑住。

众侍官俱相顾错愕，天子亦失惊道："卿未奉朕旨，何故擅拿内臣?"尚武奏道："有人首告复恭交通叛帅杨守亮谋反。"

天子问："首人是谁?"尚武道："即复恭假侄杨梓，原名赖本初。"复恭听说是赖本初，便大叫冤枉，奏称："本初挟仇诬告。"

天子正在疑惑，尚武从容奏道："赖本初原系同谋，今因事急，故先出首。本初虽不能无罪，而复恭反情是真。陛下如未信，现有兴元告捷表文及复恭亲笔反书，与本初出首呈词并反书草稿在此，乞陛下一一电览。"言讫，遂于怀中取出献上。

天子先看了捷表，龙颜大悦。及看了首呈与反书，赫然震怒，指骂复恭道："老奴悖逆至此，罪不容诛!"即传旨将杨复恭就校场中凌迟处死示众。于是，文武诸臣与大小三军齐呼："万岁!"

尚武一面使人将赖本初带到，一面遣兵围住杨复恭私第，把他全家老少并假子杨栋，及时伯喜、贾二、魏七一干人犯，俱拿解御前，候旨发落。

天子命将复恭家口尽行处斩，家资什物籍没入宫，假子杨栋亦即处斩，其首人赖本初并时伯喜、贾二、魏七等押赴狱中监候，另行分别议罪。处分已毕，天子问尚武道："兴元捷表何不即奏闻，却先到卿处?"

尚武奏道："柳玭、梁栋材恐复恭自知反书宣露，至生内变，故先以密札寄臣，使臣先擒复恭，然后奏闻陛下。臣因思复恭日侍君侧、出入宫廷，擒之非易，必须于臣民观瞻之地、圣驾临御之时，乘彼趋跄供奉之顷，出其不意，与众共执之，方保无虞。正尔踌躇，适蒙圣谕驾幸校场演武，臣遂得乘机除此凶逆。此皆社稷之幸、陛下之福也。"

天子闻奏，嘉叹道："柳玭、梁栋材临事好谋，以定外乱；卿复深计周密，善觑方便，以除内奸。尔三臣之功可谓大矣！朕既诛元恶，宜奖元勋。"当晚，排驾还宫。

次日，即降诏封薛尚武为护国大将军、忠武伯，仍总制京兵。又遣使赍诏至兴元，封柳玭为秦国公，具原官如故；封梁栋材为武宁侯，仍兼翰林学士，加兵部尚书；封李茂贞为荡寇伯，留守兴元；其余将校俱论功行赏。正是：

捷书将到未央宫，犹虑奸珰伏禁中。

君侧今朝能靖辑，方开麟阁奖元功。

柳公与梁生受诏谢恩毕，把兴元的兵符、印信交付李茂贞，正要班师回京，天子又特降敕谕："以兴元初定，命柳公与梁生权镇彼处，李茂贞仍听节制。"茂贞闻诏，心中甚是怏怏。

柳公、梁生奉了敕谕，便一同料理军务，稽查钱粮；又招集流亡，修筑城堡，诸事粗备。梁生乃上疏，乞假还乡葬亲，天子准奏。即以子爵追赠梁孝廉，并追赠母窦氏为一品太夫人，又诰封妻桑氏为一品夫人。

柳公又上疏奏称："已故礼部侍郎桑求，因触忤杨复恭，贬死襄州。今复恭既诛，宜追赠桑求，以奖忠直。"天子随又降诏："追赠桑求为礼部尚书，赐葬、赐祭。"

此时，绵谷一路已皆平静。梁生一面先遣人往襄州，扶桑公灵柩至绵谷，以便与元配刘夫人合葬；一面择日起马回乡葬亲。柳公置酒饯行，嘱咐道："贤婿葬亲既毕，便可同小姐到来，万勿久羁，使老夫悬望。"梁生领诺，驱马往襄州进发。只因这一去，有分教：

多情才子，悲思奔月仙姬；

避难佳人，引出知音女伴。

未知后事如何，且看下卷分解。

【素轩评】前卷既有小人假君子之事，此卷忽有君子假小人之事，又忽有小人假小人之事，如兴元城下有一假杨栋，凤翔府中又添一个假杨栋，再贴一个假杨梓，是也其最奇处。写杀守亮，则反游戏三昧，不费大力；写诛复恭，则反深计万全，纯用小心。视象如兔，视兔如象。至于聂二爷一事，已隔数卷，到此陡然照应。方知前文不是闲笔。

第十一卷 真强盗幻杀负心女 假姊妹订配有情郎

诗曰：

只道中途讣信真，哪知别有代僵人。

不唯琴瑟还依旧，更喜丝萝添缔新。

诂说梁生自兴元起马，驰驿还乡。马前打着两道金牌、两道绣旗。牌上一书“奉旨葬亲”，一书“功成给假”；旗上一绣“钦简及第”四字，一绣“奏凯封侯”四字。路上看的人莫不称羡。

襄州城里城外都哄然传说，梁孝廉之子梁神童，如今中了状元，又封了侯，驰驿荣归，十分光耀。当年，有初时求亲、后来冷淡的，皆咄嗟懊悔，以为错过了一个拜将封侯的状元女婿。

梁生既至襄州，一时儿童、妇女都填街塞巷的来观看。见梁生衣锦簪花，乘轩张盖，音乐前导，仪从簇拥，真似神仙一般，无不啧啧赞叹。

谁想得意之中，又生失意。梁生进了襄州城，却不见老苍头梁忠与柳家众仆来迎接，心中疑惑。及到家中，只有梁忠的妻子和张养娘两个迎门拜候。

梁生人至中堂，拜过二亲灵柩，便取些金帛，赏赐张养娘和梁忠的妻子，用好言慰劳了一番。因问：“梁忠如何不见?”梁忠妻子道：“他自从随了主人出去，至今未回。”

梁生道：“可又作怪！我未到兴元之前，便先打发他同柳府仆从，并钱乳娘，随着桑氏夫人回家了，如何此时还未回?”张养娘道：“并不见桑氏夫人到家。”

梁生惊讶道：“这等毕竟路途中有些耽搁了。”又想道：“梦兰出京时，有柳家从人，随后或者倒先往华州柳府去，亦未可知。”便唤过几个家人，教他分头去迎

候，一往长安一路迎去；一至华州柳府探问。家人领命，分头去了。

梁生一面经营葬事，卜得城外原吉地，筑造坟茔。本欲等梦兰到来一同送葬，因恐错过了安葬的吉期，只得先自举葬，将二亲的真容重命画工改画。梁孝廉方巾道袍的旧像，改画做玉带蟒衣；窦夫人荆钗布裙的旧像，改画做凤冠霞帔。铭旌上写了诰赠的品爵。治丧七日，然后发引。地方官府并缙绅士夫，吊送者不计其数。人人都道梁状元这番显亲扬名，无人可及。

哪知梁生心里却悲喜交半："喜的是二亲得受皇封，不负了生前期望孩儿之意；悲的是子欲养而亲不在。但荣其死，未荣其生。况二亲在日，常以孩儿姻事为念，今幸得梦兰为配，却在长安成亲，未曾至灵前拜得舅姑。及安葬之时，又不得媳妇来一送。"有这许多不足意处，因此一喜又还一悲。正是：

到得身荣心未足，从来乐极每悲生。

梁生葬事既毕，只等梦兰归家，便要同赴兴元任所。过了几日，那差往华州的家人，先回来禀复道："小人到华州柳府门首，见门上贴着封皮，还是柳老爷钦召赴京的时节封锁在那里的。并无家眷在内。"梁生惊疑道："夫人既不曾往华州，如何此时还不到襄州？"

正猜想间，只见梁忠的妻子进来报道："梁忠回来了。"梁生便教唤入。只见梁忠同着那差往长安去的家人一齐入来叩见。

梁生问道："夫人在哪里？"梁忠哭拜在地，一时间答不出。梁生惊问："何故？"

梁忠哭道："老奴不敢说，说时恐惊坏了老爷。"梁生一发慌张，忙教快说。梁忠一头哭，一头禀道："夫人自从那日离了长安，行不过百十里路，忽然患起病来，上路不得。只得就在近京一个馆驿里歇了，延医调治。"

梁生惊道："莫非夫人因这一病有甚不测么？"梁忠大哭道："若夫人那时竟一病不起，倒还得个善终，如今却断送得不好。"梁生大惊道："如今却怎么？"

梁忠哭禀道："夫人病体虽沉重，多亏医人用药调理。过了几时，身子已是康健，便要起身。不想老奴也患病起来，不能随行，只有钱乳娘同柳府从人随着夫人前去。老奴在馆驿中卧病多时，直至近日方才痊可。

“正待趋行回家，只听得路上往来行人纷纷传说：梁状元的夫人被兴元遣刺客来，刺杀在商州城外武关驿里了。老奴吃了一惊，星夜赶至商州武关驿前探问。恰好遇着老爷差往长安去的家人，也因路闻凶信，特来探听。

“那驿里驿丞、驿卒俱惧罪在逃，不知去向。细问驿旁居民，都说：‘兴元刺客只刺得夫人一个，劫得一包行李去，其余众人不曾杀害，只不知夫人骸骨的下落。’老奴与家人们又往四下寻访，并无踪影。”

梁生听罢，大哭一声，蓦然倒地。慌得梁忠夫妇与张养娘一齐上前扶住，叫唤了半晌，方才苏醒。正是：

痛杀香消与玉碎，彩云易散琉璃脆。

芳魂疑逐剑光飞，徒使才郎挥血泪。

梁生醒来，放声大哭，张养娘等再三苦劝。梁生哭道：“红颜薄命，一至于此！若使中途病故，还得个灵柩回家；今不唯生面不可得见，并死骨也无处寻求。岂不令人痛杀我！早知如此，当时便不去应举也罢；应举及第之后，辞了行军祭酒的印也罢；只为状元及第，拜将封侯，倒把一个夫人活活的断送了。”辗转追思，愈悲愈痛。有一曲《瑞鹤仙》，单道梁生心思梦兰之意：

最苦红颜命，纵杨妃马践，也留残粉。偏伊丧骸骨，便孤坟一所，无缘消领。早知如此，悔佐征西军政。倒不如不第，拚了偃蹇，免卿焚眚。

梁生日夜悲啼，寝食俱废，恹恹成病。张养娘道：“老爷不必过伤。我想起来，

既是刺客只刺得夫人，其余钱乳娘等俱未遇害，如何一个也不回来，莫非此凶信还未必真？”

梁生听说，沉吟道：“他们知我在兴元，必然到往兴元报信去了。但不知他们可曾收得夫人骸骨在那里？我本当即赴兴元任所，奈病体难行，今先修书报知柳公，就探问钱乳娘等下落，便知端的。”

计议已定，即修书遣使，赍往兴元。自己只在家中养病，把梦兰所绎回文章句，及平日吟咏的诗词，时常悲讽。床头供着梦兰牌位，常对她叫唤、对她言语、或对她哭泣，直把牌位当做活的一般。那牌位上写道：

诰封夫人先室柳氏桑梦兰之位

张养娘看了问道：“夫人本姓桑，如何倒写柳字在上面？”梁生道：“你不晓得。夫人当日逃难华州，投奔母舅不着。此时若非柳老爷收养，性命已不保，不到今日才死了。夫人十分感激，久已认柳老爷为恩父，今岂可不称柳氏？”

张养娘嗟叹道：“夫人与老爷一样知恩重义，比着赖官人与莹波小姐，真是天差地远了。却恨天道无知，偏不使你夫妻白头偕老。”梁生闻言，又满眼流下泪来。

看官，听说赖本初夫妇一样忘恩负义的人，故笃于琴瑟；梁生夫妇一样知恩重义的人，一发笃于琴瑟。梁生既不忘柳公，何忍忘了桑小姐？若今日得志，便把旧时妻室的存亡死活看得轻了？难道拜将封侯、衣锦荣归的梁状元，与前日入赘柳府的梁秀才不是一个人、却是两个人不成？

可笑襄州城中这些势利人家，不知就里，闻梁状元断了弦，巴不得把女儿嫁他为继室，便做偏房也是情愿，都要央媒说合。那两个惯做媒的矮脚陈娘娘、铁嘴邹妈妈，当初不肯替梁生说亲，如今却领着一班媒婆，袖着无数庚帖，来央浼张养娘，要她在主人面前撺掇。便是那女医赵婆子，也寻了几头亲事，来对张养娘说。张养娘被央不过，只得把这话从容说与梁生知道。

梁生恻然道：“此言再也休提！夫人为我而死，我终身誓不再娶。”张养娘道：“老爷不娶正夫人，也娶个小夫人，以续后嗣。”

梁生道：“我昔难于择配，幸遇梦兰小姐才貌双全，两锦相合，得谐伉俪；不想又中途见背，是我命中不该有连理，何心再去问旁枝？”张养娘听说，料梁生志不可移，便回绝了这些做媒的。正是：

若兰虽已死，不忍觅阳台。

笑彼窦家子，何如梁栋材？

梁生既谢绝了说亲的，每日只对着梦兰的牌位，悲思涕泣，专望兴元柳公处有回音来，便可知钱乳娘等在何处，就好寻取梦兰骸骨。

不想那差往兴元的家人回报说：“钱乳娘等众人，并没一个到兴元。柳老爷也直待见了老爷的书，方知夫人凶信，十分悲痛。寄语老爷休要过伤，可早到任所去罢。现有回书在此。”梁生拆书观看，书曰：

我二人既已为国，不能顾家。只因誓讨国贼，遂使家眷不保。老夫闻梦兰之死，非不五内崩裂，但念事已如此，悲伤无益。愿贤婿以国事为重，节哀强饭，善自调摄，速来任所，慰我悬望。相见在即，书不尽言。

梁生看罢，涕泪交流，想道：“钱乳娘等众人既不至兴元，又不回襄州，都到哪里去了？梦兰的骸骨，教我从何处寻觅？”又想道：“刺客既像杨守亮所遣，现今守亮余党，大半招安在兴元，我何不依着柳公言语，早到兴元任所。那时，查出刺客姓名，缉拿究问，便知梦兰骸骨的下落了。”

千思百虑，坐卧不定，是夜三更，朦胧睡去。恍忽见前番梦中所遇的持兰仙女，走到面前。恰待上前去问，他陡然惊觉，听得耳边如有人说道：“欲知桑氏踪与迹，再往兴元问消息。”

梁生惊异，披衣起视，但见床头所供梦兰灵座上，孤灯煌煌，室中并无一人。梁生想道：“前番梦中仙女之言，已真验驗；今番似梦非梦，更为奇异。所言断然不差，我须急往兴元任所，查问消息。”

次日，便束装起马，带了张养娘，并梁忠夫妇和众家人，取路往兴元来不题。

且说柳公在兴元，自梁生去后，即着人赴京迎取家眷至兴元公署。又接得邸报，朝廷以刘继虚为兴元太守，即日将来赴任。

柳公欢喜道：“继虚与我同乡，又是我所举荐，又与梁生夫妇有亲谊，今得他

来，同宦一方，正可相助为理。”自此，专望梁生葬亲事毕，与梦兰同来相叙。

不想忽接梁生书信，备言梦兰途中遇害、自己因哀成病之故。柳公放声大哭道：“我命中原不该有儿女！幸收养得梦兰这一个女儿，招赘得梁生这一个女婿，不意却弄出这一场变故来。”

哭了一回，又恐梁生过于悲痛，为死伤生，遂修书付与来使持归，教他到任所来调理。来使去后，柳公自想道：“梦兰虽遇害，钱乳娘与我家奴仆俱无恙，怎并没一个来报我？”

又想道：“我前日出师之时，一路盘诘奸细，那杨复恭遣往兴元的人也被拿住了，如何兴元的刺客偏会到商州行刺？”左猜右想，惊疑不定。

看官，听说梦兰为柳公假女，不比房莹波负义忘恩。柳公收得这女儿，虽不姓柳，却与姓柳的一般亲热。这真是无心插柳柳成荫了。今忽遭变故，到底是有意种花花不活，岂不可悲可悼？说便这等说，看官且莫认真。若使那负义忘恩的房莹波倒得夫妇双全，偏这知恩重义的桑梦兰倒教杀她死于非命、夫妻拆散，是老天真个不曾开眼了。不知人事虽有差池，天道必无外错。

当下，柳公正在猜疑，左右传禀道：“新任兴元太守刘继虚候谒。”柳公方待出堂接见，宅门上忽传云板报说：“老爷家眷到了。”

报声未绝，只见钱乳娘同着一班从人，欣欣然的前来叩见，说道：“小姐已到。”柳公此时喜出望外，真似拾了珍宝一般。正是：

只疑兰已摧，哪识桑无恙？

到底柳成荫，谁道花不放！

看官，你道梦兰既不曾死，一向躲在何处？那路上被刺的梁夫人，又是哪个？原来，梦兰在近京驿馆中养病之时，正值房莹波假称梁家宅眷，匆匆出京。彼因恐杨栋差人追赶，于路不敢停留，晓夜趱行，直至商州武关驿里。约莫离京已远，方才安心歇下。

驿丞闻说是梁爷宅眷，只道是梁状元的夫人，十分奉承。莹波正为连日劳顿，身子困倦，落得将差就错，借这驿里安歇几日。因想：“出京时，只带得随身细软，撇下偌大家业在长安城里，如何舍得？且料丈夫将反书出首了，朝廷自然捉拿杨栋父子，我那时仍回长安，却不是好？”

又想：“前日在京时，闻杨复恭遣刺客往襄州界上等梁状元的夫人来行刺。我今既假冒了梁家内眷，如何敢到襄州去？不若且在此暂住，等候京师消息。”算计定了，便只住在武关驿中，更不动身。

哪知人有千算，天只一算。赛空儿到襄州界上等了许久，不见梁家宅眷到来，心中焦躁，恐误了大事，违了杨复恭之命，便离却襄州，一路迎将转来。闻人传说梁状元的夫人现在商州武关驿中安歇。他想：“商州离长安已远，我不就那里下手，更待何时？”遂潜至武关驿左近幽避处伏下，觑便行事。

原来，驿里这些承应的驿卒，初时小心勤谨，彻夜巡逻，后因莹波多住了几日，渐致怠缓。那夜三更以后，都去打号睡了。

赛空儿趁此机会，怀着利刃，悄的爬入驿后短墙，径到莹波卧所。撬开房门，抢将入去，见桌上还有灯光。莹波在梦中惊醒，只叫得一声“有贼!”赛空儿手起刀落，早把莹波砍死。摸着了床头这一包细软，料道那半幅回文锦一定在内，便提着包儿，飞步而出。惊动了几个使女，一片声喊起贼来！外面家人和驿卒们听得，忙掌起火把来看。

赛空儿已腾身上屋，手中拿着明晃晃钢刀，大声喝道：“我乃兴元杨帅爷遣来的刺客，专来刺杀梁状元夫人的，你们要死的便来。”说罢，踊身往黑影里一跳。众人见他手持利刃，不敢近前，早被他从驿后旷野中一道烟走了。

到得报知驿丞，点起合驿徒夫，各执器械赶将上去，哪里赶得着？驿丞见拿不着刺客，梁状元的夫人在他驿里遇害，干系不小，慌了手脚，先自弃官而逃。众驿卒乱到天明，见驿丞先走了，便也各自逃避。

那些家童、女使们，见莹波已死，亦各逃散。只剩得两个家人私自商议道：“主母本为避仇而归，故冒称梁家内眷；今兴元刺客认假为真，竟来刺死，此事须报官不得。不如把尸首权埋于此，且到长安报知主人，另作计较。”私议已定，遂将莹波尸首秘密的藁葬于驿旁隙地，星夜入京报与赖本初去了。

看官听说，赖本初使尽奸谋，倒杀了自己之妻。房莹波十分乖觉，倒替了梦兰之死。此岂非人有千算，天只一算？当时有几句口号道：

天道甚正，有时用诡。即以恶而治恶，即用彼而治彼。本初既为杨家侄，倒做了杨太监的对头人；莹波不认梁家亲，反做了梁夫人的替死鬼。刺客本出杨梓之计，房莹波如吃丈夫之刀；栾云欲灭本初之家，赛空儿如受杨栋之委。害人者见之，当咋舌而摇头；负心者观此，亦缩颈而伸嘴。

这边假梁夫人被杀；那边真梁夫人在近京馆驿里养病好了，收拾起行。因梁忠患病，吩咐他且在驿中调理，一面自与钱乳娘并众奴仆起身上路。正行间，听得路人纷纷传说："兴元叛师杨守亮遣刺客来，把梁状元的夫人刺杀在商州武关驿里了。"

梦兰吃了一惊，对钱妪道："反贼怪我相公与爹爹督师征讨他，故使刺客来害我们家眷，不知是哪个姓梁的替我们挡了灾去。恐怕他晓得杀差了，复到襄州一路来寻访真的，如何是好？"钱妪道："这等说，我们不如且莫往襄州，仍到华州柳府去罢。"

梦兰沉吟道："就到华州也不可仍住柳府，只恐刺客还要来寻踪问迹。我想，表兄刘继虚现在华州，不若潜到他家暂避几时，等兴元贼寇平定，然后回乡。"钱妪道："小姐所见极高。"

梦兰便命钱妪密谕众人，拨转车马，往华州进发。又吩咐："于路莫说是梁爷家眷，亦莫说是柳爷家眷，只说是刘继虚老爷的家眷便了。"众人一一依命而行。

说话的，那赛空儿本不是兴元差来的，又没甚大手段，他既刺杀了一人，也未必又来寻趁了，梦兰何须这等防他？不知唐朝藩镇多养剑客在身边，十分厉害。如史传所载击裴度而伤其首、刺元卫而殒其命、红线绕田氏之床、昆仑入汾阳之室，何等可畏！梦兰是个聪明精细、极有见识的女子，如何不要谨慎提防？正是：

剑客纵横不可测，精精神妙空空疾。

往来如电又如风，闻者寒心宜避迹。

梦兰既至华州，将到刘家，先叫钱乳娘同两个家人去见了刘继虚夫妇说知就里。继虚喜道："请也难得请到此。我家梦蕙小姐，自从见了你家小姐的回文章句，日夜想慕，思得一见。今日光降，足遂她平生之愿了。"便命夫人赵氏携着梦蕙小姐，同到门首迎接。

梦兰入内，各相见慰问毕，即设席款待。一面打扫宅后园亭一所，请梦兰居住；柳家众仆别有下房安顿。又吩咐家人不许在外传说梁夫人在此。有人问时，只说均州来的内眷。为此，华州城里并没一人知觉。所以，梁生遣人到华州探问，竟不知消息。正是：

梦蕙曾借桑姓，梦兰又托刘名。
彼此互相假借，谁能识此奇情？

且说梦兰当日见了梦蕙，看她姿容秀丽、风致非常，暗暗称奇道："我向以才貌自矜。今梦蕙才调不知如何；若论容貌，公然不让于我。"这里梦蕙已向服梦兰之才，今又见梦兰之貌，愈加欣羡。

赵夫人见她两个彼此相爱，便道："小姑向闻桑家姑娘才貌双全，又见了回文章句，思慕已非一日；今得相逢，深慰饥渴。"

梦兰道："非才陋质，何足挂齿！今睹表妹姿容，不胜珠玉在前之叹。闻表妹也绎得回文章句，愿求一观。"梦蕙道："小巫见大巫，固当退避；但欲就正，敢辞献丑？"便取出所绎章句，递与梦兰观看。

梦兰看了，惊喜道："这回文诗句，愚夫妇各出臆见，互相细绎，窃谓搜索殆尽，已无剩文。今观佳制，又皆我两人寻味所未及。此非贤妹心思之巧，安见璇玑含蕴之弘？"

赵氏听了，笑道："据此说来，姑娘与姑夫所绎章句，已称双绝；今得我小姑，却是鼎分三足了。"梦兰道："何敢云'鼎分三足'？实是后来居上。"梦蕙敛容逊谢。

梦兰取出梁生所赠半锦，与梦蕙赏玩了一番，因说起自己赠与梁生半锦、被栾云骗去献与杨复恭，致使此锦未能配合，又大家叹息了一番。当晚席散，赵氏与梦蕙亲送梦兰到后园安歇。

自此，梦蕙每日到梦兰那边相叙，梦兰亦有时到梦蕙房中闲玩，或互赓新词、或各出旧咏。其相爱之情，胜过亲姊妹一般。有《鹧鸪天》一词为证：

道韫多才疑未然，崔徽艳冶恐虚传。今朝得睹芙蓉面，方信嫦娥下九天。
同袅袅，共娟娟，瑶池洛水两神仙。卿须怜我频携手，我亦怜卿欲并肩。

一日，梦兰偶与赵氏闲话。赵氏说起梦蕙年已长成，姻事未就，他哥哥常以此为念，争奈他志愿甚高，难于择配。梦兰问道："表妹志愿若何？"赵氏道："她要也像她绎得回文章句出的，方肯与之作配。你道急切里，哪得便有这般一个才子？"

梦兰听说，便把这话记在心里，暗想道："她若要嫁这般一个才子，除却我梁家郎，更没第二个了。我与梁郎昔年择配，各怀此志。今她既与我两人有同志，何不说她也嫁了梁郎？那时，一才子两佳人，共聚一室，岂非千古风流胜事？"私忖已定。

次日，便步到梦蕙房中来。恰值梦蕙在兄嫂处，房中没人，但见案头放着两幅诗笺。梦兰展开看时，乃即自己与梁生所绎的回文章句，就是前日刘继虚索来与梦蕙看的。

梦兰细细展看，见每首都有圈点评赞；看至后幅，原来有诗一首题在上。其诗曰：

回文隔代久驰神，章句传来更见新。
却念才郎难再得，羡君捷足已先人。

梦兰看罢，笑道："表妹芳心已露，吾说得行矣。"正看间，梦蕙走来，见了赧然含笑道："一时戏笔，岂堪污目！"

梦兰便道："'才郎难再得'，此言非虚语也。窃闻贤妹难于择配，也要能绎回文章句的方许配合。愚姐昔年亦怀此志，幸遇梁郎，得谐伉俪。我想，天地生才最少，女子中倒还有我姊妹二人，互相唱和。若要在男子中更求奇才，如我梁郎者，恐未可得矣。"

梦蕙叹道："佳人得遇才子，原非易事。姐姐获谐良偶，可谓福慧兼全。小妹薄福，如不遇其人，愿终身不字。"

梦兰道："贤妹何必太执？从来天最忌才，亦最爱才。唯忌才，故有时既生才子，偏不生佳人以配之；唯爱才，故有时生一才子，偏不只生一佳人以配之。贤妹诚能仰体天公爱才之心，则才郎不烦再得，而捷足可勿羡人也。"说罢，便取过案头笔砚，依她原韵，和诗一首道：

敢矜章句已如神，更羡卿家才藻新。

同调应知同一笑，三生石可坐三人。

梦蕙见诗，两颊晕红，沉吟半晌，徐徐说道："三生石上若容得三人，苏若兰的回文锦也不消织也。吾观姐姐与姐夫赠答的诗，有'如此阳台暮雨何'与'更觅阳台意若何'之句，只怕但可有二，不可有三。"

梦兰道："贤妹差矣！赵阳台但能歌舞，初无才思，设使她亦有织锦之才，若兰自应避席。今高才如贤妹，岂可以阳台相比？"

梦蕙道："一阳台果不足见容；倘两若兰亦必至于相厄，为之奈何？"

梦兰笑道："文章之美，吾愿学若兰；度量之狭，吾不愿学若兰。使我遇阳台，我自擅文章，她自擅歌舞，各擅其长，何妨兼收并蓄？况才过阳台，与我相匹者乎？贤妹不必多疑，我和你情投志合，不忍相离。你若果有怜才之心，与我同归一处，得以朝夕相叙，真人生乐事。如肯俯从，当即以梁郎聘我的半锦权为聘物，代梁郎恭致妆台。"

梦蕙道："蒙荷姐姐美意，但我女孩儿家，怎好应承？须告知兄嫂，听凭裁酌。"梦兰见她有依允之意，满心欢喜，当晚辞归后园。

明日，正要把这话告知赵氏，烦她转对刘继虚说，恰好赵氏走到花园来，对梦

兰道："我报姑娘一个喜信。你表兄适阅邸报，知杨守亮已败死，逆珰杨复恭亦已伏诛，梁姑爷与柳丞相讨贼功成，加官进爵。今奉旨留镇兴元，想即日要来迎接家眷了。"

梦兰听说，十分欣悦。因便将欲聘梦蕙之意，说与赵氏知道。赵氏道："此姑娘美意，但不知她哥哥有否？"

梦兰道："表兄处全仗嫂嫂婉转。"赵氏应诺，便去对刘继虚说知此意。继虚沉吟未允。

赵氏道："她两个情意相投，讲过不分大小，同做夫人；况梁状元今已封侯。天子有三十六宫，诸侯也该有三宫六院，便把小姑嫁去，有何不可？"继虚听了，方才依允。

赵氏回复梦兰，梦兰便把半锦代梁生聘定梦蕙，约与梁生说过了，便来迎娶。正是：

梁锦已归兰，兰锦转赠蕙。

半幅断回文，聘却两佳人。

梦兰既聘定了梦蕙，因闻梁生已留镇兴元，遂不复回襄州，打点要往兴元去，适值京报人来报刘继虚钦擢兴元太守。继虚既奉朝命，择定吉期，挈家赴任。梦兰便携了钱乳娘等众人，同着刘家宅眷一齐起行。将近兴元，方知梁生已告假归葬去了。

梦兰想道："既已至此，且到兴元城中拜候了柳公，然后回乡未迟。"于是趱行入城，与柳公相见。

当下，柳公见了梦兰，问知备细，便把梁生误认梦兰已死、因哀致病的话述了一遍。因说道："今不唯孩儿无恙，且又替梁郎聘定了刘梦蕙，真乃万千之喜。"钱乳娘在旁接口道："今可作速报知梁爷也，教他欢喜。"

梦兰沉吟半晌，笑对柳公道："爹爹，且未可与梁郎说明。今梦蕙已随兄至此，爹爹可便迎接了她过来，也认为义女。等梁郎来时，只说孩儿既死，劝他续娶梦蕙，看他如何？他昔日求婚之诗，有'伉俪得逢苏蕙子，敢需后悔似连波'之句，今看他于苏蕙既死之后，果能始终敦伉俪之情否?”

柳公笑道：“此言正合我意。他前番初到京时，我只略试得他一试；今可更一试之。”便吩咐家人：“若梁状元来时，不许说小姐在此。”一面传请刘继虚后堂相见，说明要接取梦蕙，权认义女之义。继虚欣然应诺。

柳公即命车舆仆从，迎接梦蕙至衙署中。拜见过了，与梦兰一同住下，专候梁生到来，便要托言去试他。正是：

善谑不为虐，说明便少味。梁家、柳家，业已教他两处无寻；柳氏、刘氏，何妨再用一番游戏。赖本初之假冒，固为反复无情；柳丞相之相瞒，倒也风流有趣。不是侮弄才郎，正要试他真意。

且说梁生带了张养娘和梁忠夫妇等，自襄州起身赴兴元，所过地方，官员迎送，概不接见。星夜趱行，至兴元，刘继虚率官吏出郭迎接，梁生亦不及相见，一径到柳公府中。见了柳公，哭拜于地。

柳公扶起劝道：“此是小女没福，不能与君子偕老。亦因老夫没福，不能招这一个女儿。贤婿且免愁烦。”

梁生流涕道：“人生断弦，亦是常事。独梦兰死于非命，并骸骨亦不可得，此恨如何可解？小婿此来，正欲究问杨守亮余党，查出刺客姓名，根寻小姐骸骨。”

柳公道：“我和你前日出师时，严查奸细，兴元刺客料不能到商州去。我已问过守亮余党，据云守亮当日并未遣甚刺客。”

梁生道：“刺客若非杨守亮所遣，定是杨复恭所遣了。今当奏闻朝廷，拷讯复恭余党，务要缉擒此贼，碎尸万段，以雪吾恨!”

柳公道：“梦兰既死，即使缉擒刺客，加以极刑，已无益于死者了。贤婿且自排遣。老夫今日特具一杯水酒在此，一来为贤婿接风；二来为贤婿收泪。”说罢，命左右摆设酒席，请梁生饮宴。

梁生不好拂柳公之意，只得勉饮几杯。酒过数巡，柳公道：“老夫有一言即欲面陈，未识可否?”梁生道：“岳父有何见谕?”

柳公道：“死者不可复生，断者不可不续。老夫近日收养一表侄女在膝下。她

本姓刘，今改姓柳，与梦兰一例排行，取名梦蕙，才貌与梦兰仿佛。愚意欲为贤婿续此一段姻缘，不知尊意若何？”

梁生听说，凄然流泪道：“小婿痛念梦兰之死，已誓不再娶。前在襄州时，也曾有人来议续弦，小婿已概行谢绝。今岳父所言，实难从命！”

柳公道：“琴瑟之情虽笃，箕裘之计难忘。贤婿当为后嗣计，曲从吾言。况贤婿如此青年，岂有不再娶之理？”

梁生道：“小婿自梦兰死后，肝肠寸断，恨不从游地下。觉此身已为余生，又何暇为后嗣计乎？况死者骸骨未寻，生者丝萝别缔，于心实有所不忍，愿岳父谅之。”柳公道：“贤婿既未肯便允，且再作计较。”

当晚席散，梁生欲告归公署。柳公道：“尊恙初愈，哀情未忘，料也无心理事。贤婿不必回公署，且在老夫衙里权住几日，少散闷怀，何如？”梁生应诺。

柳公即命左右携灯引梁生至卧房安歇，另拨府中童婢，早晚服侍。其张养娘和梁忠夫妇，并一应从人，俱只在外厢安顿。只因这一番，有分教：

悼亡奉倩，忽遇佳人再来；

托体云华，更睹原身无恙。

未知后事如何，且看下卷分解。

【素轩评】此卷初读之为才女悲悼，陡然一接，方知不死；继读之，为才女欣幸，顿然一变，又如未生。其更奇者，梁生失了一个夫人，倒得了两个失人，却又未曾会得一个；柳公失了一个女儿，倒得了两个女儿，却又偏要瞒过一个。至于房莹波忽杨忽梁、桑梦兰忽柳忽刘、刘梦蕙忽桑忽柳，写来直是一样，却又断断不是一样。事诚妙事，文亦妙文。

第十二卷 乔装鬼巧试义夫 托还魂赚谐新偶

诗曰：

疑生疑死是耶非，引得才郎笑与啼。
乐莫乐于增丽偶，难之难者遇贤妻。

话说梁生当晚即宿于柳公衙署中，左右引至卧房。只见那房中铺设整齐，瓶里花芬袭人，案上炉烟袅袅，甚是清幽可爱。童子添香送茶毕，自出外去了。梁生独坐房中，想起初来入赘之时，已如隔世，不觉潸然泪下。因口占哀词一阕，调名《高阳台》。词曰：

彩凤云中，玉箫声里，秦楼曾其明月。何意芳兰，顿遭风雨摧折？追思半幅璇玑字，痛人琴，一旦同灭。想花容，除非入梦，再能相接。

梁生吟罢，凄其欲绝。自想："此来本欲查问梦兰骸骨下落，今据柳公说来，竟无可踪迹，难道前日梦中仙女之言就不准了？"愈想愈闷，不能就寝。因起身散步，秉着灯光，遍看壁间所贴诗画。看到一幅花笺上，有绝句二首，后书"柳梦蕙题"。

其一

谁云锦字世无双，大雅于今尚未亡。
移得琼枝依玉树，欲将蕙质续兰香。

其二

娥皇有妹别名英，凤去宁无凤继鸣。
若使阳台才似锦，肯将伉俪让苏卿。

梁生看毕，想道："适间柳公说这梦蕙文才与梦兰相似；今观此二诗，词意清新，字画又甚妩媚，果然才藻不让梦兰。但我既立意不再娶，虽有如云，匪我思存矣。”

忽又想起前日在均州时，曾闻有一流寓女子桑梦蕙，不意今日这里又有个柳梦蕙，却又不是柳公亲女，说她本姓刘。因又长叹道：“梦蕙虽非柳公亲女，还是表侄女；若梦兰，不过是认义女儿，所以，柳公今日略无悲死悼亡之意。一见了我，便劝我续弦，且又故意教梦蕙题诗在此。诗中之语，分明是挑逗我的意思。待我如今也题词一首，以明我誓不续弦之心。”便就灯光之下，展纸挥毫，题《减字木兰花》词一首。其词云：

寻寻觅觅，吁嗟洛佩今无迹。冷冷清清，除却巫山岂有云？

莺莺燕燕，纵逢佳丽非吾愿。暮暮朝朝，唯染啼痕积翠绡。

题毕，勉强就寝。次早起身，梳洗罢，只见柳公入来，笑问道：“贤婿，昨夜曾见梦蕙小女所题诗否？”梁生道：“曾见来。”

柳公道：“其才比梦兰何如？”梁生道：“与梦兰之才实相伯仲。”

柳公道：“足见老夫昨日所言不谬，贤婿今肯允我续弦之请否？”

梁生敛容正色道：“小婿一言已定，誓不更移。昔日岳父假云梦兰为杨栋娶去，便说有令侄女欲以相配。小婿尔时即以不得梦兰，情愿终身不娶。况今梦兰已配而死，岂忍反负前言？”

柳公笑道：“前日所言侄女，本属子虚，不过戏言耳。今这梦蕙小女，千真万真。况诗词已蒙见赏，何必过辞？”

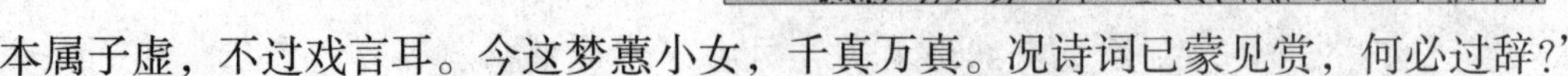

梁生道：“昔梦兰错认小婿失身宦竖，便愿终身不字，誓不再嫁。是梦兰昔日不负小婿之生，小婿今日何忍反负梦兰之死？”因取出昨夜所题词笺，呈与柳公道：

“小婿亦有拙咏在此，岳父试一观之，便知小婿之志矣。”

柳公看了，叹道：“贤婿诚有情人也！但贤婿若别缔丝萝，或疑于负心；今依旧做老夫女婿，仍是梦兰面上的瓜葛。死者如果有知，必然欣慰；如死者而无知，贤婿思之亦复何益？”说罢，自往外厢去了。

梁生见柳公说出死者无知一语，十分悲惋，想道：“梦兰生前何等聪明，何等巧慧！难道死后便无知了？”痴痴的想了一日。正是：

冉冉修篁依户牖，迢迢星汉倚楼台。

纵令奔月成仙去，也作行云入梦来。

常言道：“日有所思，夜有所梦。”梁生是夜朦胧伏枕，恍惚见梦兰走近身边，叫道：“郎君别来无恙？”

梁生忙向前执了她的手，问道：“你原来不曾死，一向在哪里？”正问时，却被檐前铁马“叮当”一声，猛然惊醒，原来捏着个被角在手里。梁生欷歔叹息。天明起来，题《卜算子》词一首，以志感叹。词曰：

执笔想芳容，欲画难相似。昨夜如何入梦来？携手分明是。

却恨去匆匆，觉后浑无味。安得幽灵真可通，好向醒时会。

梁生题罢，想道：“可惜我不善丹青，画不出梦兰的真容；若画得个真容在此，当效昔人百日唤真的故事，唤她下来。”

又想道：“今虽无真容可唤，我于风清月白之夜，望空叫她，她若一灵不泯，芳魂可接，与她觌面，徘徊半晌，却不强似梦中恍惚？”

踌躇了一回，等到天晚，恰好是夜月色甚明。梁生便凭窗对月，连声叫唤，叫几声：“梦兰小姐！”又叫几声：“柳氏夫人！”又叫几声：“桑氏夫人！”夹七夹八的叫个不住。或高叫几声，或低叫几声，或款款温温的叫几声，或凄凄切切的叫几声。早惊动了钱乳娘并众女使们，潜往报知梦兰去了。

梁生直叫到月已沉西，身子困倦，方才就寝，却又一夜无梦。明日起来，想道：“如何昨夜倒连梦也没有了？待我今夜如前再叫，看是怎么。”

到得夜间，果又如前叫唤。是夜，月光不甚明朗，梁生坐在窗内，叫了半晌，忽听得窗外如有人低低应声。推窗看时，月色朦胧之下，见一女郎冉冉而来，低声说道："郎君叫妾则甚?"

梁生见了，还疑是柳府侍儿们哄他；及走近身一看，果然是梦兰小姐。惊喜作揖道："今夜果得夫人降临!"

梦兰道："郎君靠后些，妾今已是鬼了，难道你不害怕么?"梁生道："自夫人逝后，我恨不从游地下。死且不惧，岂惧鬼乎?"言罢，即携梦兰入室，同坐就灯下，仔细端详。

梁生道："夫人花容比生前愈觉娇艳了。"梦兰道："妾自弃世以后，魂魄游行空际，随风往来。适闻郎君频唤贱名，故特来一会。但幽明相判，未可久留，即当告退。"

梁生道："幸得仙踪至此，岂可便去?我正要细问夫人如何遇害，刺客是谁?"梦兰道："此皆宿世冤愆，不必提起了。妾忆生前常与郎君诗词唱和；今郎君若欲留妾少叙，或再相与唱和一番，何如?"

梁生道："如此甚好。"梦兰道："请即以'幽明感遇'为题，各赋一词。郎君先唱，妾当奉和。"梁生便在案头取过文房四宝，题《临江仙》词一首：

梦接芳魂疑与信，觉来别泪空盈。欲从醒里会卿卿。故于明月下，叫出断肠声。

幸得仙踪来照证，今宵喜见三星。莫嫌彼此别幽明。饶君今是鬼，难道鬼无情!

梦兰见梁生词中之意十分情重，又见他亲亲昵昵，全没一些害怕之状，心中感激。即依调和词一首：

泉下虚游环佩影，拖残半幅回文。夜台愁对月黄昏。忽闻呼小玉，密地叩君门。

昔日秦楼箫已冷，多君犹忆前情。怜予形去只魂存。今看郎意重，不觉再销魂。

梁生看词，见"形去""魂存"之句，挥泪道："他人形存魂去，偏卿形去魂存。我欲收卿骸骨，无处可寻。今乞明示其处。”

梦兰道：“红粉骷髅，古今同叹。妾今已脱壳而去，还问骸骨怎的？愿郎君今后勿以妾为念，早续丝萝以延宗祀。爹爹所言梦蕙姻事，可即从之。”

梁生道：“夫人说哪里话？我有心恋旧，无意怀新。但愿夫人弗忘旧好，时以芳魂与我相接。明去夜来，常谐鱼水之欢，吾愿足矣！”

梦兰笑道：“郎君差矣！量妾岂肯以鬼迷人，误君百年大事？君勿作此痴想。”梁生道：“若芳魂不肯常过，我即孤守终身。续弦之说，断难从命。”因取出前夜所题《减字木兰花》词与梦兰看。

梦兰道：“极感郎君多情，但妾意必要你续娶了梦蕙妹子，我在九泉亦得瞑目。”说罢，便取过纸笔来，也依调和成《减字木兰花》词一首道：

幽明已判，须知人鬼终非伴。暂接芳魂，难侍檀郎朝与昏。

自怜薄命，君休为妾甘孤零。莫负青年，早把鸾胶续继弦。

梦兰题毕，掷笔拂衣而起，说道：“郎君休要执迷！须听吾言，早续梦蕙姻事，妾从此逝矣。”言讫，望着窗儿外便走。梁生忙起身挽留，哪里挽留得住，只见她从黑影里闪闪的去了。

梁生忽忽如有所失，呆想道：“适间所见，莫非仍是梦里么？若说不是梦，如何忽然而来，又忽然而去？若说是梦，现有所题词笺，难道也是虚的？若说她不是鬼，分明是云踪雾迹，全然不可捉摸。若说她是鬼，却又如何挥毫染翰，竟与生人一般无二？”左猜右疑，一夜无寐。次日起来，复题《卜算子》一词，以记其事：

昨夜遇仙娃，曾把银缸照。有缝衣衫影射灯，岂曰魂儿杳？

留赠柳枝词，再赓生前调。若说相逢在梦中，笔墨宁虚渺？

题毕，又呆呆的想了一回，自言自语道：“莫非不是梦兰魂魄，是花妖月魅假托来的？不然，如何问她刺客姓名与骸骨下落，都含糊不言？”又想道：“若是花妖月魅来迷惑我，如何不肯留此一宿，却倒频频劝我续弦？我看她容貌与梦兰生前无二，此必真是梦兰魂魄，可惜我不曾留住她。待我今夜仍前叫唤，倘再叫得她来时，定不放她便去，必要与她细叙衷情，重谐欢好。”踌躇再四，因又于词笺后再

题《减字木兰花》一词，云：

重泉愿赴，英灵幸接何惊怖？云鬓如新，花比生前一样春。

来生难待，芳魂且了相思债。不久同归，化作阳台雨齐飞。

是夜，黄昏人静。梁生仍向灯前叫唤梦兰名字，只道昨夜已曾降灵，今夜必闻声即至。谁想直叫到三更以后，并没有一些影响。

梁生无可奈何，只得和衣而卧，终宵辗转。至次日，呆想道：“怎生昨夜竟叫她不应？芳魂不远，难道就不可再见了？莫非她要我续弦，故不肯复以魂魄与我相叙么？我想断弦若可别续，岂断锦亦可别配？除却梦兰的半锦，配不得我的半锦。然则除却梦兰，也配不得我了。”因望空长叹道：“梦兰，梦兰，你魂魄虽不来，我终不再娶。若要我再娶，除非你再还魂。”说罢，取笔向白粉壁上题《菩萨蛮》词一首，道：

曾将锦字同紬绎，捧读遗文衫袖湿。何忍负知音，冰弦续断琴！

佳人已难再，苟令愁无奈。若欲缔新婚，除还贾女魂。

梁生呆坐至夜，但斜倚窗前，沉吟默想，也不再叫唤了。黄昏以后，只见梦兰忽从窗外翩然而至。梁生喜出望外，道：“夫人，昨夜呼而不来，今夜不呼自降，想必怜我岑寂，许缔幽欢了？”

梦兰道：“妾今此来，特欲问君续弦之意，决与不决耳？”梁生便指着壁上所题《菩萨蛮》词，说道：“夫人但观此词，即可知吾志矣。”

梦兰看了，笑道：“奇哉，此词！贾女还魂之句，竟成谶语。”梁生道：“如何是谶语？”梦兰且不回答，向案头取过笔来，也依调和词一首，道：

佳人莫道难重见，何必哀伤如奉倩。别泪洒重泉，幸逢天见怜。

云华将再世，当与郎君会。若见旧姮娥，宁云新茑萝？

梁生看词，惊问道：“夫人真个要还魂了么?”梦兰道：“好教你欢喜！上帝怜君多情，悯妾枉死，特赐我还魂。与君再续前缘，你道好么?”

梁生大喜道：“若得如此，真万幸矣。”梦兰道：“只是一件，妾骸骨已无，魂魄无所依附，今当借体还魂。正如昔日贾云华故事。”

梁生道：“夫人将借何人之体?”梦兰道：“不借别人，就借梦蕙妹子之体，三日后便有应验。郎君到此时，切不可又推辞了。”言讫，即起身欲去，梁生再三挽留。

梦兰道：“妾与君相叙之期已不远，来日以人身配合，不强似在此鬼混么?”说罢，仍向窗外黑影里去了。

梁生惘然自失，想道：“梦兰此言果真么?”又想道：“若待美人再世，至少要等十五六年。今如借体还魂，却胜似汉武帝钩弋夫人，并韦皇、玉环女子的故事了。但今梦蕙小姐好端端在那里，梦兰如何去借她的体？三日后，如何便有应验？可惜方才不曾问她一个明白。”是夜，猜想了一夜。

至次日，只听得府中丫鬟女使们说道：“梦蕙小姐昨夜忽然染恙，至今卧床未起。”梁生闻了这消息，暗自惊异。

看看过了三日，到第四日，只见柳公入来说道：“老夫报你一件奇事。”梁生问：“甚奇事?”

柳公道：“梦蕙小女于三日前抱病卧床，蒙蒙眬眬，不省人事。今朝顿然跃起，口中却都说梦兰的话，说是梦兰借体还魂，要与贤婿续完未了之缘。你道奇也不奇?”

梁生听了，正合前夜梦兰所言，不觉失惊道：“不信果然有这等奇事。”便把梦兰魂魄曾来相会的话，备细说知，并取出唱和之词与柳公看。

柳公佯惊道：“不想倩女兴娘之事，复见于今。老夫前日明明的失了一个女儿，得了一个女儿，今却暗暗的失其所得，而得其所失，真大奇事。然若非梦兰魂魄先来告知，贤婿今日只道老夫假托此言，赚你续弦了。”

梁生道："情之所钟，遂使幽明感遇。魂既可借还，缘亦当借续。小婿愿即聘娶梦蕙小姐，以续梦兰小姐之缘。"

柳公笑道："贤婿如今肯续娶梦蕙了么？体虽梦蕙之体，神则梦兰之神。虽云'新茑萝'，实系'旧姮娥'。贤婿不必复致聘，老夫即当择吉与你两个重谐花烛便了。"梁生欣喜称谢。

柳公选定吉期，张宴设乐，重招梁状元入赘。花烛之事，十分齐整，自不必说。

梁生与梦蕙拜堂已毕，众女侍们簇拥着共入洞房。合卺之际，梁生见梦蕙姿容美丽，心中暗喜道："梦兰借体还魂，我只恐她神虽是而形不及。今幸借得这般一个美貌女郎，真与梦兰无异了。"

梦蕙也偷眼窥觑梁生。见他人物风流俊爽，果然才称其貌，私心亦甚欣慰。须臾，合卺已罢，众女侍俱散去。梁生起身，携着梦蕙拥入罗帏，梦蕙十分羞涩。

梁生低低叫道："夫人，我和你今宵虽缔新欢，不过重谐旧好，何必如此羞涩？"梦蕙听说，暗自好笑，却只含羞不语。梁生此时不能自持，更不再问，径与她解衣松带，一同就寝。此夜恩情，不能尽述。正是：

一个冒桑作柳，一个认蕙为兰。一个半推半就，乍相逢此夜新郎；一个又喜又惊，只道续前生旧好。一个絮絮叨叨，还要对夫人说几句鬼语；一个旖旖旎旎，未便向状元露一片真情。一个倚玉偎香，何幸遇再还魂的倩女；一个羞云怯雨，怎当得初捣药的裴航？流苏帐中，妄意欢联两世；温柔乡里，哪知别是一人！不识巫山峰外峰，笑杀襄王梦里梦。

合欢方毕，早已漏尽鸡鸣，两个起身梳洗。梁生在妆台前看着梦蕙，说道："且喜夫人后身美丽，不异前身，我和你两世姻缘，只如一世了。"梦蕙微微冷笑。

梁生又道："夫人，你前日再三劝我续娶令表妹刘梦蕙，今日神是夫人之神，体借梦蕙之体，也算我与令表妹有缘了。"梦蕙只是冷笑，更不应答。

梁生问道："如何夫人只顾冷笑，并没半语？"梦蕙忍耐不住，笑说道："我原是梦蕙，不是梦兰。郎君只顾对我说梦兰姐姐的话，教我如何答应？"

梁生道："夫人休要戏我！你前夜明明说借体还魂，如何今日又说不是梦兰？"梦蕙笑道："生者自生，何体可借？若死者果死，何魂可还？郎君休要认错了。"

梁生惊讶道："这等说起来，夫人真个不是梦兰小姐，原是梦蕙小姐了？难道梦兰哄我不成？"梦蕙笑道："哄与不哄，妾总不知。"

梁生呆想了一回，跌足道："是了！梦兰劝我续娶梦蕙妹子，因我不从，故特把借体还魂之说来哄我，托言复还旧魂，使我更谐新好。"又沉吟道："但岳父如何也是这般说？莫非梦兰也现形，去与他说通了，一同来哄我的？"

梦蕙笑道："郎君不必多疑。我且问你，如今可怨悔么？"梁生道："此乃令姐美意，如何敢怨？况小姐才貌与令姐一般，我今得遇小姐，亦是三生有幸，岂有怨悔之理？"

梦蕙道："郎君既不怨悔，今可还想梦兰姐姐么？"梁生听说，不觉两泪交流，说道："新欢虽美，旧人难忘。况令姐死于非命，骸骨无存，此情此恨，何日忘之？"

梦蕙道："郎君真可谓多情种子！妾虽不曾借得姐姐的魂魄，却收得姐姐的半锦在此，郎君今见此半锦，便如得见姐姐了。"说罢，即取出那半锦来。

梁生接过来看了，睹物伤情，泪流不止。因问道："这半锦是我昔年聘令姐的，如何今却在小姐处？莫非也是令姐的魂魄来赠你的么？"梦蕙笑道："魂魄如何可赠得我？且问郎君前夜所见梦兰姐姐，毕竟是鬼不是鬼？"

梁生道："令姐既已亡过，如何不是鬼？"梦蕙笑道："若姐姐果然是鬼，只好夜间来与你相会，日里必不能来相会。待我如今于日里唤她来，与郎君一会，何如？"

梁生道："你如何唤得她来？"梦蕙起身向房门外叫一声："姐姐，快来！"叫声未绝，只见钱乳娘和众女使簇拥着梦兰冉冉而来。

梁生大惊，忙上前扯住道："夫人，你毕竟是人是鬼？"梦兰笑道："你今既续娶了新人，还管我是人是鬼怎的？"

梁生携着梦兰的手，说道："夫人，你莫非原不曾死，快与我说明了罢。"梦兰不慌不忙，把前日路闻刺客，暂避刘家，因将半锦转聘梦蕙的事，细细说了。

梁生如醉方醒，如梦初觉，以手加额道："原来夫人无恙，谢天谢地！只是夫人如何不便与我说明，却以人装鬼，这般捉弄我？"

梦兰笑道："郎君昔日曾以男装女，难道我今独不可以人装鬼乎？"梁生听说，也笑将起来。钱乳娘在旁听了，亦哑然失笑。

梁生因指着钱乳娘，笑说道："你家小姐捉弄得我好，你如何也瞒着我，不来报我知道？"钱妪笑道："柳老爷和小姐都吩咐我，教我不要去与状元说，我只得不来说了。"

梦兰道："我前日不就与郎君说明，不是故意捉弄你。一来要试你念我的真情，二来也要玉成妹子的好事耳。"因即取出梦蕙所题这一首绝句，并自己和韵的诗，与梁生观看。

梁生看到"才郎难再得"之句，回顾梦蕙，说道："多蒙小姐错爱！这一段怜才盛心，使我铭感不尽。"又看了"同调应知同一笑，三生石可坐三人"之句，复向梦兰谢道："多感夫人玉成好事！如此贤德，岂苏若兰所能及？才虽相匹，度实过之。"

梦兰笑道："郎君今日也不可无新婚诗一章。"梁生道："今日不但庆贺新婚，更喜得逢旧侣。待我依着贤姊妹的原韵，和诗一首罢！"便取笔题道：

从前疑鬼又疑神，今日端详旧与新。

半幅璇玑合二美，一篇文锦会三人。

题毕，递与二位夫人看了。梦兰道："妹子所题壁上二绝句，郎君已曾见过，却未曾和得；今日也须一和。"梁生依言，即续和

其一

一兰一蕙本成双，误认从前兰已亡。

今日重逢连理秀，始知非续断头香。

其二

欣瞻蕙蕊比兰英，彩凤双飞乐共鸣。

漫羡窦家一织女，何如我遇两苏卿！

梦兰、梦蕙看了，大家称赞。梦蕙看着梦兰笑道："前日小妹所题这二绝句，原是姐姐强我做的。今日姐姐岂可独无和乎？"梦兰听说，也便依原韵和成二绝：

其一

兰英蕙蕊自双双，未许郎知兰未亡。

不是一番桃代李，怎教分得荀衣香？

其二

当年妫汭降皇英，谁道双鸾不共鸣！

羡有文才过赵女，敢无度量胜苏卿？

梦蕙看诗，点头称叹。梁生接来看了，笑道："夫人度量果胜苏氏，令妹文才亦非阳台可比。我只道失却一凤，何期倒遇双鸾？但恐福浅，消受不起耳！"

当下三人说说笑笑，十分欢喜。遂相携出房，请柳公出来拜谢了。梁生唤过张养娘与梁忠夫妇，并众家人都来参拜两位夫人。梦兰、梦蕙各出金帛犒赏，梦兰又梯己赏赐了张养娘。

柳公大排庆喜筵席，为梁生称贺。饮宴间，柳公笑对梁生道："一向不是老夫故意相瞒。因见贤婿有荀奉倩之癖，未肯便续新弦，故特作此游戏耳。今梦兰既度过苏氏，梦蕙亦才过赵姬，贤婿又义过窦滔，真可称三绝矣。"

梁生再三称谢，因说起前日在均州时，闻有一流寓女子桑梦蕙。彼时疑即梦兰小姐改名，曾往访之，未得相遇；不意今日却又遇一刘梦蕙小姐。"

梦蕙听了，笑道："昔日之桑梦蕙，即今日之刘梦蕙也。"梁生怪问其故。梦蕙把前事细说了一遍，梁生方才省悟。

柳公笑道："梦蕙避迹均州，假称桑家女子；梦兰避迹华州，又假称刘家宅眷。你两个我冒你姓，你冒我姓，今日却大家都姓了柳了。"

梁生与梦兰、梦蕙亦齐称谢道："我三人姻缘，俱荷大人曲成之德，铭感五内。"柳公道："此皆天缘前定，老夫何德之有？"梁生又说起仙女两番托梦，俱极灵验，大家叹异。当晚席散。

次日，梁生暂辞柳公，携着家眷赴自己衙署中料理公事。刘继虚写了脚色手本，到衙门首候。见梁生请入后堂，不要他以属官之礼参谒，只叙郎舅之情。也说起昔在均州时，曾来相访之事，互相欢笑。当日设席款待，极欢而罢。

自此，梁生公事之暇，唯与两夫人吟风弄月。三人相得，情如胶漆。正是：

同林偏栖三鸟，比目不只双鱼。蕙非兰，兰非蕙，未始还魂，两人原合不上去；妹即姐，姐即妹，若论恩谊，三人竟分不开来。天生彩凤难为匹，哪知匹有二匹；必产文鸾使与偕，谁料偕不一偕。半锦已亡，且喜失而又得；佳人可遇，何幸去而复来！新欢方足，既看双玉种蓝田；旧好重联，又见一珠还合浦。

一日，刘继虚以公事入见，梁生留进私署与他小饮。叙话间，梁生说起自己两段姻缘都亏半幅回文锦作合。继虚因问道："那后半锦向闻为奸人窃去，献与杨复恭。今复恭已诛，不知此半锦又归何处？"梁生道："复恭家资俱籍没入宫，想此半锦已归宫中矣。"

继虚道："此锦本系宫中之物，偶然流落民间，不知何时分作两半，却倒与人成就了许多好事。今两家姻缘已成，独此两半回文反未配合。妹丈何不将这半锦献与朝廷，使异宝得成完璧？"

梁生道："老舅所言极为有理。得鱼可以忘筌，何必留此半锦，致使璇玑分而不合？他日回京，即当面献天子。"继虚又道："妹丈他日回京，还有一件该做的事。"

梁生问："是何事？"继虚道："须严查那商州行刺的奸徒。这刺客既非兴元贼党，必系杨复恭所使。表妹幸未遭其毒手，正不知哪个梁家宅眷误被刺死，真乃李代桃僵。今必查出刺客，明正典刑，庶使死者含冤得雪。"

梁生道："老舅见教极是。小弟也当想那被刺的不知是谁家女子，如何也称做梁夫人，致为所害。待明日究问刺客，方知端的。"正是：

假托梁生是杨栋，假托夫人又是谁？

冒名赚婚不足怪，冒名替死更为奇。

梁生与继虚正叙话间，只听得宅门上传梆，递进报帖，报说梁老爷钦召还朝。梁生看那报帖时，上写道：

吏部一本，为礼、刑二部尚书员缺，请旨特简贤能补授事：

奉圣旨：武宁侯梁栋材本系词臣，懋著勋绩，向留边镇。今可召还，以原官兼理礼、刑二部尚书事。该衙门知道。

梁生看了，即起身望阙叩谢。继虚拱手称贺。只见左右又递上报帖一纸，说道："这是京报人附录来报的。"梁生接过来观看，上写道：

总制京营兵马护国大将军忠武伯薛尚武题，为请行屯政以足兵食事：

臣惟屯田之制，既可以裕军需，即可以舒民力，法至善也。昔臣防御郧、襄，驻镇均州，曾行此法，兵民便之。其时度地课耕，往来监督，使法行而无弊者，皆标员提辖钟爱之力。

今郧、襄防御久已缺官，窃恐屯政亦因之不振。臣请即以钟爱为郧襄防御使，俾得踵昔所行，无致废弛。庶前功不堕，而后效愈彰。抑臣更有请者，屯政之善，不特当行于一方，宜即通行于天下，仰所致谕各镇武臣，悉照郧、襄所行事例，相度土宜，兴举屯法，行之久而荒地尽熟，仓廪充盈，则军士无庚癸之呼，小民亦稍免挽输之苦矣。

如果臣言不谬，伏乞睿鉴施行。奉圣旨，钟爱着即擢为郧襄防御使，兼理屯田事，写敕与他，余依议行。户、兵二部知道。

梁生看罢，笑道："不想钟爱竟大大的做了官了。"继虚道："这钟爱可就是妹丈所云，在均州时遇见的旧仆么？"

梁生道："便是旧仆爱童了。"继虚点头道："此人恋恋故主，饶有义风。只看他能忠于家，自必能忠于国。薛将军荐之，洵不谬也。"当下，梁生便请两位夫人

出来，说知钦召还朝之事。

梦兰道："郎君可与梦蕙妹子先行。妾尚欲亲往绵谷，料理二亲葬事；二来柳家爹爹现有侍妾怀孕在身，不知是男是女，也要在此看她分娩了，方可放心回京。"

梦蕙便道："姐姐的父母，就是妹子的姑娘、姑夫，这葬事合当相助料理。姐姐若到绵谷去，妹子即愿同行。"

梁生听说，便对刘继虚道："岳父、岳母葬事，小弟本当亲往料理；奈王命在身，不敢羁迟。今令表妹与令妹去时，还望老舅替她支持为妙。"继虚道："此是先姑夫与先姑娘的事，小弟自当效劳。"

梁生大喜，随即同了两位夫人与刘继虚一齐上轿。到柳公府中，柳公向着梁生称贺。梁生把梦兰、梦蕙欲同往绵谷葬亲的话说了。

柳公道："桑公奉圣旨赐葬，坟茔之事，地方官自然料理。今得二女到彼主持，十分好了。但老夫也该亲往灵前拜祭；争奈有守土之责，不便远行，只得转托刘太守代致诚意罢。"刘继虚与梁生夫妇俱起身称谢。柳公当日设宴庆贺。

次日，恰好吏部咨文到了。梁生便打点起身，叮嘱两位夫人："一等葬亲事毕，并候了柳公弄璋之喜，即赴京师，幸勿久羁。"又向梦蕙索取半锦，要把去献与天子。

梦蕙笑道："此锦在郎君与姐姐则得之已久，赏鉴非一日；在妾则得之未久，尚欲从容把玩。乞再暂留妾处，待妾回京之日，然后奉还郎君把去进献，何如？"

梁生点头依允。当下拜辞柳公，别了梦兰、梦蕙，发牌起马，驰驿回京。随行只带几个亲随家人；其梁忠夫妇和钱乳娘、张养娘，并众家人仆妇们，都留下服侍两位夫人。

刘继虚率官吏出郭拜送。柳公亦亲送出郊外，珍重而别。只因这一去，有分教：

假鬼引出真鬼，实听一番鬼话稀奇；

见神不是装神，又闻一段神道显应。

未知后事如何，且看下卷分解。

第十三卷 负心贼梦游地府 高义翁神赐麟儿

诗曰：

事到迷时真亦梦，人当醒处梦皆真。

莫言疑鬼因生鬼，道是无神却有神。

话说梁生到了长安，入朝见驾谢恩。天子深加慰劳，赐宴于便殿。宴毕，梁生叩辞。天子道："逆珰杨复恭家首人赖本初，并奸徒时伯喜等一干人犯，俱未经分别定罪。今卿既兼理刑部之事，可即会同将军薛尚武审究明白，拟罪奏闻。"

梁生领旨出朝，即赴礼、刑二部衙门到任。在京文武大小官员，俱来相见称贺；薛尚武也来拜望。此时，钟爱已往郧、襄赴任去了，不及候梁生到来参拜，即恳薛尚武代为致意。当下，梁生延请尚武入内宅，讲礼叙坐。

尚武称赞梁生剿灭杨守亮的智谋，梁生也称赞他擒拿杨复恭的权略。因说道："适奉圣谕，命我会同表兄审问赖本初一案。我闻本初因局骗栾云事露，故把复恭反情出首。我想他既与栾云同附复恭，如何又是他局骗？又是他首告？"

尚武道："总是赖本初这厮奸险叵测，罪不容诛。闻他昔日曾与时伯喜、贾二、魏七设局哄骗栾云，吓诈多金。后来贾二、魏七不知杨栋、杨梓即栾、赖两人，复假装二杨在外招摇，被杨复恭家人缉知，报与复恭拿住，至内相府审问。栾云认得二人即昔日骗他的棍徒，因而拷讯出赖本初、时伯喜同谋的情弊。伯喜已被栾云锁禁，本初着了急，故把杨复恭的反书草稿到我衙门里来首告，指望借此免祸。我正恼恨他，当时被我捆打了一顿。你道这厮可不奸险么？"

梁生听说，不胜嗟叹。尚武叙话了半晌，起身告别。

次日，即治酒私第，为梁生接风。饮宴间，梁生询知尚武还未续弦，因说道：

"看有好姻事，小弟当为作伐。"又自述梦兰路闻刺客杀人，避入刘家，因得聘娶梦蕙的事。

尚武拱手称贺道："贤弟昔年艰于择配，不意今日佳配不一而足，可喜可羡！"因问："这杀人的刺客，可晓得他的踪迹否？"

梁生道："正为不知刺客踪迹，连那被杀的女子也不知是谁。我疑这刺客必是杨复恭所使。"

尚武道："若是杨复恭所使，明日只问赖本初便知端的了。"当晚宴罢，梁生辞别，约定尚武来日到刑部堂会审赖本初等一干人犯，不在话下。

且说赖本初自与时伯喜、贾二、魏七一齐下狱，受苦异常。这魏七熬禁不起，先自见阎罗去了。本初闷坐狱中，好生难过。又想："妻子莹波，在路上不知平安否？她是乖觉的，于路随机应变，料无他虞。"又想道："她若闻得我监禁在此，或者潜回京来看顾我，也未可知。"正想念间，早有两个家人到狱门首来报信，备说莹波途中被刺、藁葬驿旁之事。

本初吃了一惊，欷歔涕泣，暗自懊恨道："我本替杨复恭造谋，要害梁用之的夫人，谁想倒害了自己的妻子，却不是自算计了自？"辗转思量，怨悔无及。

过了几时，忽闻朝廷钦召梁状元回京，兼理礼、刑二部事。本初听了这消息，吃惊不小，跌足道："如今不好了，我的死期到了。我久已该定罪处决，只因刑部缺官，未经审结，故得苟延残喘。我还指望新官来审录，或者念我出首在先，从轻问拟。今不想恰遇梁家这个冤对来做了刑部，我在他面上积恶已深，他怎肯轻轻放我？"正是：

只因恩处将仇报，今日冤家狭路逢。

本初正惊慌不了，忽又闻说，朝廷命梁状元会同了薛将军公审他这一案。本初愈加着急道："这一发不好了！梁家这对头结怨已深，他却还是个忠厚人。前在校场点选军马之时，柳丞相要杀我，倒亏他劝免了。今我这一案，若单是他一个审问我，拚熬他一顿夹打、或者看我哀求不过，还肯略略念些亲情，未必即置重典。薛家这对头，他好不狠辣！前日，我好端端去出首，被他平白地打得个半死。今番又

撞在他手里，这条性命断然要送了。”

又想：“我若受刑而死，身首异处，反不如魏七先死于狱，倒得个全尸了。”想到痛苦处，不觉泪如雨下。

等到晚间，意欲寻个自尽，争奈那些狱卒，因他是奉旨候审的钦犯；又且梁状元与薛将军即日要来会审了，怎敢放松？早晚紧紧提防，至夜间将他手脚捆缚住，才许他睡。

本初没法奈何，悲叹了一回，哪里睡得着？挨到三更以后，方得朦胧睡去。只听得狱门外，人声热闹，忽然赶进五六个穿青的人来。将他一把扯起，便取铁索套颈，说道：“奉梁老爷钧旨，特来拿你。”说罢，押着便走。

本初听说是梁老爷拿他，只道那梁老爷就是梁状元，想道：“梁状元等不到明日，却半夜三更来拿我，一定要立刻处死我了。”心里惊慌，恨没地孔可钻。

那些青衣人把本初如牵羊的一般牵出了狱门，只顾向前行走。行了半晌，渐觉风云惨淡，气象幽晦。此身如行烟雾之中，隐隐望见前面有一座虎头城子。

本初惊疑道：“长安城中，没有这个所在；又不是皇城，又不是刑部衙门，却是什么去处？”及走至城边，抬头一看，见门楼牌额上有四个大字，乃是：

幽冥地府

本初见了，大惊道：“罢了，我竟到阴司里来了！只是阴司里如何也有什么梁老爷？”心中十分疑惧。但到了此际，却不由你做主，早被那些青衣人驱进城中。你道那城中怎生光景？但见：

阴风扑面，冷气侵人。阴风扑面吹将来，毛骨生寒；冷气侵人触着时，心胆俱颤。钢刀利刃，几行行排列分开；马面牛头，一个个狰狞险恶。迎来善士，引着宝盖长幡；拿到凶人，尽是铜枷铁锁。文书公案，量不比人世糊涂；词讼刑名，用不着阳间关节。正是：人生到此方回首，悔却从前枉昧心。

本初被驱进城，又行了多时，来到一座殿宇之前。那殿宇金碧辉煌，极其巍焕。左右侍卫盛威整肃，殿门牌匾上大书五个金字道：

森罗第一殿

本初随着众青衣人走进殿中，只见殿前大柱上悬挂着两扇板对，上写道：

人负人，天不负人，是是非非终有报；

鬼畏鬼，人何畏鬼，清清白白可无忧。

众青衣人将本初押至丹墀下跪着，遥望殿中公座上，不见有甚神道。青衣人高声禀道："犯人赖本初拿到！"须臾，殿上传呼道："大王有旨，教将赖本初带进后殿，与夫人同审。"

道声未了，两旁闪出七八个鬼卒，把赖本初如蜂攒蝶拥，直提至后殿阶陛之下跪倒。殿前垂着珠帘，鬼卒向帘内跪下，禀道："赖本初当面。"殿中传呼："卷帘。"鬼卒便退立阶下伺候。

本初望那殿上，正中间设着两个高座，左边座上坐一个戴冕旒、穿衮服的大王，右边座上坐一个顶珠冠、垂璎珞的夫人，两旁侍立着许多宫娥、太监。本初低头俯伏，不敢仰视。只听得那大王厉声喝道："赖本初，你这畜生抬起头来！你可认得我夫妇二人么？"

本初战战兢兢，抬头仔细一看，原来那大王不是别人，就是义父梁孝廉；那夫人也不是别人，就是母姨窦氏。本初见了，吓得通身汗下，连连叩头，不住声叫："恩父、恩母，孩儿知罪了。"

梁公骂道："你这负心贼子！你既认得我两个是恩父、恩母，却如何恩将仇报，几番帮着栾云要谋夺我孩儿梁栋材的姻事？又帮着杨复恭要谋害我媳妇桑梦兰？今日到此，有何理说？"

本初叩头道："孩儿早知今日，悔不当初！还望恩父大王爷天恩饶恕。"梁公怒喝道："你这禽兽，还想饶恕么？杀人可恕，情理难容。"

本初见梁公不肯息怒，乃向着窦夫人叩头哀告道："恩母夫人，乞看先母之面，

饶恕小人则个。”夫人也不回言，只点头嗟叹。

梁公喝令阶下鬼卒：“将赖本初绑起，先打他铁鞭三百，然后再问别事。”鬼卒得令，恰待动手，只见窦夫人对梁公道：“赖家这禽兽忘恩负义，也不只是他一个人的罪，多半是他妻子房莹波负心之故。如今我这里不必处治他，还送他到别殿去发落罢。”

梁公沉吟道：“这厮本因栾云在第五殿告了他。第五殿大王道他与我有些瓜葛，故移文到我这里来拿问，我如今仍送他到第五殿去发落便了。”说罢，即命鬼卒带本初出去，着落本殿判官押送他到第五殿大王处听审。

鬼卒领命，把本初带出前殿，押至左廊下一个小小公署之中。见有一位官人，皂袍角带，坐在那里。鬼卒向前禀道：“奉大王令旨，教判爷押送犯人赖本初到第五殿去，听候审问。”

那判官看了赖本初，连声叹息。随即起身，走出殿门，唤左右备马来骑了。教鬼卒把本初带在马前，一直往北而走。那判官在马上唤着本初，问道：“你可晓得我是何人？”

本初道：“犯人向未识认判爷，不知判爷是谁。”那判官道：“我非别人，就是你妻子房莹波的父亲房元化。因生前没甚罪孽，又蒙梁大王看亲情面上，将我充做本殿判官。”

本初听说，便向马前双膝跪下，告道：“判爷既是犯人的亲岳父，万乞做个方便，救我一救。”

房判官喝道：“都是你这忘恩负义的贼，害死了我的女儿！我正怨恨着你，你反要我替你做方便么？”本初只是跪着哀告。

房判官道：“你休得胡缠！莫说我不肯替你做方便；就是我要做方便时，阴司法律森严，不比阳间用得人情、弄得手脚，我也方便你不得。你冤自有头，债自有主。那栾云既在第五殿告了你，少不得要去对理。”

本初道：“岳父可晓得栾云为什么在第五殿告我？”房判官道：“他告你哄骗了他许多资财，又引诱他去依附逆珰。后来，又是你去出首他谋反，致使他身首异处，他好不恨你哩！只怕如今梁大王便饶恕了你，栾云却不肯饶恕你。”

本初道：“我方才在梁大王处已得幸免刑罚，只不知那第五殿大王比第一殿可差不多否？”房判官摇首道：“厉害哩！你道那第五殿大王是谁，便是在阳世做过礼部侍郎的桑老爷。”

本初惊问道：“哪个桑老爷，不是讳求号远扬的么？”房判官道：“不是这个桑老爷，还有哪个桑老爷？”

本初听罢，吓得心胆俱碎，跌倒在地，口中叫苦不迭，说道：“我今番坏了！那桑老爷就是桑梦兰小姐的父亲。我昔日曾教栾云赶逐梦兰，又与杨复恭谋刺梦兰；今日桑老爷见了我，却是仇人相见，怎肯干休！”

房判官道：“这都是你从前做过的罪孽，如今懊悔也无及了。常言道：‘丑媳妇少不得要见公婆。’还不快去！”鬼卒便向前拖起本初，厮赶着叫：“快走！”

本初走一步，抖一步。走过了三个殿门，看看又走到一座殿宇之前。那殿宇门楼牌额上，也有五个大金字道：

森罗第五殿

房判官将到殿门，便下了马，吩咐随来的鬼卒，只在门外伺候。自己带着本初。正待报名进见。只见正西上有一个差官打扮的人，手持一封公文，骑着一匹快马，奔至殿门首。也下马报名，说是巡视西岳神将薛老爷差来投递公文的。守殿门的鬼判便接了他的公文，引着那差官；一面教房判官带了赖本初，一齐走进殿门。

本初看那殿中规模体势更是森严，左右两旁排列的鬼卒不计其数，无不狰狞可畏。殿前大柱上也挂着两扇板对，上面写道：

九地法轮常转，唯升善士到天堂；

一天明镜无私，每送恶人归地狱。

本初心惊胆颤，跪伏丹墀。偷眼看殿上时，只见那桑大王头戴冕旒、身穿衮服，南面据案而坐。鬼判先引差官上前叩见了，将公文呈上。桑公把来递与旁边侍立的判官，教拆开读与我听。那判官接过公文，拆开封皮，高声读道：

敕命巡视西岳神将薛，咨移森罗第五殿大王桑案下，为阳官懋积阴功，冥府宜

昭福报事：

看得阳世丞相秦国公柳玼，素行忠直。近奉君命，征讨叛帅，能以不杀为威，兴元一路，全活生灵甚多，功德不浅，当获福报。今查柳公尚未有子，相应即赐佳儿，俾得永延宗祀，以昭作善降祥之理。本神将巡视所及，合具咨文移会，仰烦贵殿照证施行，须至咨者。

判官读罢，仍将公文呈放案上。桑公提起笔来，不知写了些什么。那判官又高声传宣道："大王有旨：咨文内事理，即付该司议行。来差暂留公馆，候发回文。"差官答应了一声，仍随着守门鬼判出外去了。

房判官方才转过殿阶前，呼名参拜。拜毕，跪禀道："第一殿大王差小判押送犯人赖本初在此候审。"只听得桑大王道："房判官，既是梁大王差你押送赖本初到此，你可站在一边。看我审明了这宗公案，好去回复你梁大王。"房判官应诺起身，向殿柱边立着。

本初此时惊慌无措，却又想道："既是就要审问，如何原告栾云还不到来？"正惶惑间，只见桑公怒容可掬，喝令左右将本初提至几案前，指着骂道："你这恶贼，你今日也不消与栾云对簿。纵使栾云不来告你，你负了梁家大德，恩将仇报，这等灭绝天理，便永堕阿鼻。我且问你，我女梦兰与你初无仇怨，你为何帮着栾云造谋设局？逼婚不就，遂肆赶逐之计于前；骗婚不成，又施行刺之谋于后。奸险狠毒，一至于此！我看你生平口中并没有一句实话，该受剜舌地狱；胸中并没一点良心，该受剖心地狱！"

说罢，便吩咐鬼卒："快把赖本初这厮剜舌剖心，以昭弄舌丧心之报。"那些鬼卒得了大王令旨，便一拥上前，将本初跣剥了衣服，背剪绑在殿柱上。一霎时，拿铁钩的、持利刃的，团团围住。本初连声哀叫，号哭求饶。众鬼哪里肯睬你一睬？正是：

阎罗铁面，威如雷电。

恶有恶报，非修私怨。

当下，众鬼卒绑住了本初，剖心的要来剖心、剜舌的要来剜舌，本初大哭大叫。正在危急之际，只见守门的鬼判，从殿门外跑将进来，手中拿着一个柬帖儿，到殿前跪禀道："九天修文院仙官刘老爷来拜。"

桑公听说，喝教鬼卒："且把赖本初带在一边，待我接见仙官过了，然后用刑。"众鬼卒得令，放起本初，押去殿侧，跪伏伺候。

桑公走下殿阶，迎接那刘仙官进来。本初偷眼看那刘仙官，只见他峨冠博带，昂然而入。桑公延至殿上，与他讲礼毕，逊他上坐，自己主席相陪。茶罢。刘仙官对着桑公不知讲些什么，桑公都唯唯领命。叙话良久，方才起身作别。桑公直送出殿门外。

本初乘间私问房判官道："这刘仙官是谁，桑大王这般敬礼他?"房判官道："此非别人，即昔年下第举子刘蕡也。上帝怜他有才不遇，又触邪而死，故敕他做了九天修文院仙官。他是忠直之人，又且爵列天曹，官居仙品，桑大王安得不十分敬礼?"本初听说，点头称叹。正是：

峨峨冠带降层云，玉殿仙官体势尊。

昔日人间曾下第，今朝天上掌修文。

桑公送过了刘仙官，回入殿中坐定，即唤本殿判官过来吩咐道："方才刘仙官老爷也说，丞相柳玭为人忠直慈祥，不当无嗣。为此特来拜我，要我送个佳儿与他，正与神将薛老爷的移文一样意思。

"我想，柳丞相原系先贤柳公绰之孙，本当有后；况他又品行兼优，功德懋著，允宜早赐麟儿。但为柳丞相之子者，必须生平行善之人，方可去得。今有已故善士刘虚斋，即刘仙官之孙，他今现在转生司，听候转生。

"我意欲便把他转生到柳家去。适间曾对刘仙官说过，仙官已经许诺。你今可将长幡宝盖到转生司，去迎请刘善士送往兴元柳府投胎受生；一面具文回复薛神将老爷，即给发来差赍回便了。"判官领命，下殿而去。

众鬼卒仍把赖本初押到殿前，正待绑缚用刑，桑公喝教且住，唤过房判官来吩咐道："适才刘仙官老爷对我说：'赖本初这厮，若只将他在阴司里剜舌、剖心，阳世无人知道，不足以惊惕奸顽；不若放他回转阳间，教他在阳世受此现报，方可警

世。'我思此言甚为有理，你今可将他仍旧押回长安狱中，且待明日再着栾云去勾拿他未迟。"房判官领了钧旨，叩辞了桑公，趋下殿庭，带了赖本初，依先走出殿门外。正是：

鳌鱼暂脱金钩，到底难逃罗网。
只图少缓目前，未必便能长往。

房判官带本初出了殿门，仍唤原随来的鬼卒押着，自己依旧上马而行。一头走，一头对本初说道："你今日到此，方知善有善报，恶有恶报。柳丞相是好人，一时神将移文、仙官降语，都要送个佳儿与他。像你这般作恶，桑大王就要把你剜舌、剖心，方才若非刘仙官到来，你此时已舌烂心销矣。"

本初闻言，低头嗟叹，因问道："那刘仙官我已问知是刘蕡了，不知这薛神将又是何人?"

房判官道："你还不晓得?这薛神将就是你姨夫薛振威了。他的祖先薛仁贵，现为神霄值殿大将军。他以世荫，又且生前曾在陕西地界中做过镇将，故上帝即敕他巡视西岳。"本初听说，惊讶道："原来就是薛家姨夫。"

正说间，早来到一个所在。但见阴云惨惨、黑雾漫漫，耳边时闻啼哭之声。房判官指道："此乃枉死城也。"道犹未了，路旁忽闪出一群女鬼，内中一个妇人，走近前来，将本初一把扯住，叫道："你害得我好苦!"

本初定睛一看，认得是妻子房莹波。见她破衣跣足，满身血污，不觉心中惨伤，抱住大哭。莹波却柳眉倒竖、杏眼圆睁，指着本初骂道："都是你要害梁状元夫人，致使我误死于赛空儿之手。你今还要哭我怎的?你这天不盖、地不载、忘恩负义的贼!"

本初道："你休骂我！虽是我忘恩负义，我当初要离别梁家时，也曾请问你的主意。后来，我骗锦、骗婚许多事情，你都晓得。你当时若有几句正言规劝我，我也不到得做出这般不是来。”

莹波听罢，把本初连啐了两啐，说道：“你做了男子汉大丈夫，没有三分主意，倒埋怨我妇人家不来规劝你。可不惭愧死人！”

本初道：“你不规劝我也罢了；只是你前日在长安城外，遇见了梁用之，为甚不肯认他，反纵容家人去殴辱他？这难道到不叫做忘恩负义？”

莹波见说，又羞又恼，两个互相埋怨，唧唧哝哝聒个不了。房判官焦躁起来，勒马上前喝道：“总是你夫妇二人一样忘恩负义。夫也休埋怨着妇，妇也休埋怨着夫。各人自做下的孽，各人自去受罪便了，只管聒絮些什么！”说罢，喝令鬼卒赶开莹波，押着本初向前而走。

又走不多几步，只见一个吏员打扮的人，手中捧着一束文书，忙忙的走将来。见了本初，即立住了脚，指着喝道：“你这不干好事的畜生，今日来了么？”

本初抬头看时，却原来就是父亲赖君远。便上前扯住衣襟，跪下大哭道：“爹爹，救孩儿则个！”

赖君远喝骂道：“你造下弥天大罪，还要认我做父亲么？我当初去世之后，你伶仃孤苦，亏得梁家的姨夫、母姨看你母亲面上，养你为子、收你为婿。你不思报效，反起歹心，罪孽已深，难逃恶报。你目下的罪正受不了，来生的债正还不尽。你今日既这般慌张，何不当初不要作恶？”

本初哭道：“孩儿自知罪大，只求爹爹念父子之情，救孩儿一救。”赖君远喝道：“你自作自受，我如何救得你？”

本初哭道：“爹爹既在这里做个吏员掌管文书，便可善觑方便，怎的救不得？”

赖君远骂道：“你这畜生休胡说！我今也蒙梁大王念亲情上，把我充做本殿书吏。阴律森严，岂容徇情？就是你岳父现做判爷，也救你不得；我怎生救得你？况你这畜生，不但是梁家罪人，亦是赖家贼子。你投拜逆珰，改名易姓，既非梁梓材，并非赖本初，却是杨梓了，与我赖君远什么相干？就使做得方便时，我也不肯救你。”

本初径跪到地上，啼哭恳求。房判官喝教："起来，快走!"

本初只是跪着啼哭，却被赖君远扠开五指，望脸上劈脸一掌。本初负痛，大叫一声，蓦然惊觉，乃是南柯一梦。身子原捆缚在狱中土床上，吓得浑身冷汗。听狱门外，更鼓已打五更了。

他凝神细想，梦中所见所闻，一一分明，十分警悟。欷歔叹息道："善恶到头终有报！梁家姨父、母姨是个善人，人虽负了他，天却不肯负他，如今都做了神道。桑公、刘公、薛公都是正人，便也为神的为神、为仙的为仙。柳公正直，便送个佳儿与他。如我从前这般造孽，到底有甚便宜处？我今虽追悔已无及了。"

左思右想，自己埋怨了一番。又叹道："我当初每听人说阴司果报，只道是无稽之谈，渺茫难信。直至今日，方知不爽。阎罗老子何不在我未曾造孽之前，先送个信儿与我，也免得我造下这般恶孽。"正是：

初疑死后无知，谁料空中有镜。

若还未到时辰，说杀也无人信。

次日，辰牌时分，只见狱官领着许多狱卒来，说道："今日梁老爷、薛老爷要会审你们这一干人犯了，快打点到刑部衙门首听候去。"

本初听说，涕泣自忖道："我犯下罪孽，被阴司拿去，就是生身的父亲在那里做书吏、嫡亲的岳丈在那里做判官，也不能救我。况梁状元、薛将军两个是我冤对，今日料无再活之理。"

又想道："若论梁公、桑公做冥王，尚肯放我转来，或者今日梁状元、薛将军也肯释放我，亦未可知。"又寻思道："梦中明明说，教我在阳世受剜舌、剖心的现报，今日定然凶多吉少。"

又想起："桑大王放我时，曾说明日再着栾云来拿我。若我既在阳世受了现报，如何又要栾云来勾捉？正不知今日是好死，是恶死？"心里惊慌不定，好像十七八个吊桶在胸前一上一下的一般。

当下，狱官把本初上了刑具，并时伯喜、贾二一齐带出狱门，到刑部堂前听审。只因这一番，有分教：

堂上三尺幸免，举头三尺难逃；

目下一波未平，向后一波复起。

不知后事如何，且看下卷分解。

【素轩评】古来多缺陷之事。尝读李义山《哭刘蕡》诗，曰：“上帝深宫闭九阍，巫咸不下问衔冤。”今观此卷中所述，其亦《五色石》之遗意欤？前卷假鬼，此卷真鬼。前卷旖旖旎旎，如对新花嫩柳；此卷凛凛烈烈，如遇苦雨凄风。及观莹波夫妇互相埋怨一段，与赖君远诟詈其子一段，正如欲觉晨钟，发人深省。

第十四卷 栾生栋活追赖本初 赛空儿嫁祸时伯喜

诗曰：

世情倾险胜风波，叹息人间负义多。
哪识天公原有报，恶人自有恶人磨。

话说赖本初同了时伯喜、贾二，随着狱官、狱卒来到刑部衙门首听审。梁状元等薛将军到了，一齐坐堂。各员役参拜毕，狱官将犯人解进。

本初与时伯喜、贾二进了仪门，只见堂陛前对立着许多雄赳赳、横刀挺戟的军健，堂檐下分列着许多恶狠狠、持棍带索的皂快，堂前站着几个捧文书的吏典、执令旗的军官，殿上排设着许多刑具。堂中两个高座上，一边坐着梁状元，一边坐着薛将军，森森严严，就如神道一般，与梦中所见阎罗王也差不远。本初战兢兢的俯伏阶下，不敢仰视。

梁生一眼看见本初囚首囚服、恐惧觳觫之状，便先有几分不忍，暗想道："他和我们一样中表兄弟，如今我与薛表兄高坐堂上做问官，他却匍伏阶前做囚犯。虽是他自作之孽，然亦深可怜悯。"因又想起当初先人收养他在家里，中表三人一处读书的时节，不觉惨然伤感。便不等薛尚武开口，即吩咐左右把赖本初带过一边，先唤时伯喜与贾二过来审问。

时伯喜跪近案前，梁生仔细看了他一看，问道："当初假扮公差，诈称姓景，在舟中把蒙汗药麻翻我主仆二人，盗去回文半锦的，就是你么？"

伯喜连连叩头道："犯人当日有眼不识泰山，罪该万死。但此系栾云所使，又是赖本初主谋的，实不干犯人之事。"

薛尚武便接问道："你这厮既为栾云鹰犬，得做杨府虞侯，却又怎的与赖本初、

贾二及已故犯人魏七等同设骗局，吓诈他银子，以至事露，被他拷打拘禁？这段情由，可从实细细招来。”

时伯喜只得将昔年诈称科场关节、同谋骗银，后因贾二等假官事发、究出旧弊的情由，说了一遍。

梁生骂道：“你这没良心的狗才！你若但奉栾云之命，将我诳骗，还只算桀犬吠尧，各为其主。原来你未骗我之前，先已骗过栾云。这等奸险，好生可恶！”伯喜告道：“这也非止犯人一人之事，也是赖本初主谋的。老爷不信，只问贾二便知。”

薛尚武便喝令左右带过贾二来，问道：“我问你，前日如何诈称聂二爷？赖本初如何主谋？后来你又如何假充杨栋在外哄人？都要从实招供。若有一字不实，便要夹打了。”贾二不敢抵赖，把前后情由尽行供出。

梁生骂道：“你这光棍，诈称桑侍郎的舅子，敢于污玷桑老爷，十分大胆。纵使没有后面假官一事，也该重处了。”贾二道：“这都是赖本初设下的计策。当时所骗银两，犯人与魏七只分得一份，倒是赖本初和时伯喜得了两份去。”

薛尚武道：“前事纵然不论，但论贾二假借杨栋名色，不知在外骗诈了多少人！时伯喜做了杨府虞侯，也不知在外诈了多少赃物！你两人总算是逆阉一党，都该问个死罪。”贾二、时伯喜听说，一齐叩头哀告道：“犯人等罪固当死，只求老爷天恩方便，笔下超生。”

梁生对尚武道：“这两人罪犯固当重处，但念贾二虽借杨栋名色在外骗人，然复恭谋反与彼无涉；时伯喜虽为杨家虞侯，反书一事，彼所未知。姑免其一死，各杖一百，发配边远足矣。”尚武指着二人说道：“梁老爷这般断决，造化了你两个狗才。”二人叩头感谢。正是：

不遇来侯无死法，幸逢徐杜有生机。

当下，薛尚武叫左右带过时、贾二犯，把赖本初押将过来。本初捏着两把汗，跪到案前。梁生问道：“你当初既不顾亲情，专做栾云的谋主，替他骗锦、替他赚婚，又与他认为兄弟、同拜逆珰，这般亲热。却又如何骗银于前、出首于后，反复至此?”本初无言可答，只是叩头。

尚武对梁生道：“他受了姨夫、母姨何等大恩，尚且恩将仇报，何况栾云?”本初哀告道：“犯人自知罪重，悔已无及，只望两位老爷格外垂仁。”

梁生道：“我且问你，表妹房莹波今在何处?”本初哭道：“前日打发她回乡，不想被人刺杀在途中了。”

梁生惊问：“何人所刺?”本初把杨复恭遣赛空儿到襄州行刺，却误将莹波刺死于商州武关驿的缘故，细细说了。梁生方知前日刺客，果系杨复恭所使。替死的梁夫人就是房莹波，不胜嗟讶。又问道：“我当时只道被刺的真个是我家内眷，曾遣人到彼寻取骸骨，为何并无踪迹?”

本初哭道：“当时两个家奴见主母被刺，只因是冒名逃难的，不敢说出真名，不便报知地方官府，私将尸首藁葬于驿旁隙地，所以无可寻问。”

梁生点头嗟叹，对尚武道：“念我两先人将莹波表妹收养膝下，何等珍重！谁想今日却出这场结果。她前在长安城外与我相遇，不肯认亲，何期后来倒替了我内人一死。”

尚武道：“复恭遣人行刺，定然也是赖本初造谋，哪晓得倒害了自己的妻子！可见天网恢恢，疏而不漏。”

本初道：“我赖本初今日方知，鬼神难欺，天道不爽。只是懊悔已无及了。”因便把昨夜梦中之言略述几句，早被尚武呵喝道：“公堂之上，谁许你说鬼话！’’本初便住了口，不敢再说。梁生听得说着他的父母，遂对尚武道：“且容他说完。”

本初乃细述梦中所见梁公夫妇与桑公、房元化、房莹波、赖君远之事。并说薛神将移文冥王、刘仙官降临地府，与所闻薛仁贵在神霄值殿、刘虚斋往柳家托生的话。但说到桑公放回他的时节，却把阳间受报之说隐过了；只说是刘仙官讲情分上，故此放回的。

尚武听罢对梁生道："休听他这些鬼话！纵然阴司饶了他，我这里阳间断不饶他。"本初听说，吓得伏地再三哀求。梁生见他这般光景，便对尚武道："他虽为复恭假侄，姑依自首免罪之例，饶他一死，也问个边远充军罢。"

尚武道："复恭谋反，已非一日。反书草稿既在他处，为何一向不即首告，直待栾云要拿他，方才事急出首？恐难从自首免罪之例。"

梁生道："他虽灭亲背义，我和你还须念母党之亲，看姨夫、母姨面上，姑宽一线。"尚武闻言，亦只得道："既如此，即依尊意断决便了。"

本初见尚武口角已转，连连叩头谢道："多蒙两位老爷不念旧恶，万代恩德。"正是：

故者无失其为故，亲者无失其为亲。

小人不肯饶君子，君子偏能恕小人。

梁生与尚武判断已毕，吩咐狱官仍将人犯收监，等候申奏朝廷，请旨定夺。狱官领令，把本初和时、贾二人带下堂来。本初才走下堂，忽然大叫一声，往后便倒。

狱官连忙扯起他来，只见本初咬牙睁眼，转身朝上跪下，口中叫道："梁老爷、薛老爷，我乃栾云是也！赖本初坑陷了我多少资财，又害了我性命！是他诱我投拜杨复恭，又是他出首致使我身首异处。他今却要保全首领而去，两位老爷便饶了他，我栾云断不饶他。我今奉桑大王钧旨，着我将他剜舌、剖心，以昭现报。"

说罢，立起身，向阶前军校手中夺过一把刀来，厉声道："赖本初，我先割你舌，然后再剖你心，看你心肝五脏怎样生的。"言毕，便自己扯出舌头，一刀割去半段；随又扯开胸膛，把刀向肚子上只一划，只听得"賂喳"一声，血漉漉滚出肚肠来，呜呼死了。堂上、堂下看的人，无不骇然。正是：

不用君子杀他，却用恶人杀他。

又非别的来杀，仍然自杀自家。

尚武与梁生见了，十分惊讶。梁生对尚武道：“适间，本初公堂上述梦，是人说鬼话；今看栾云白日里报冤，却是鬼作人言了。鬼神之事不可信其无。”尚武道：“若论情理，原不该怨他。今虽幸免官刑，到底难逃鬼责。”

当下，梁生叫左右将本初尸首用棺木盛殓了，传令着赖家仆人把他灵柩移至莹波藁葬之所。掘起莹波骸骨，亦用棺木盛殓。合葬驿旁，筑个墓道，立碑其上。题曰：

赖本初暨元配房氏之墓

正是：

既赦之于生前，又葬之于死后。

恶人到底是薄，善人到底是厚。

梁生既遣人葬了本初夫妇，当时的人多有晓得梁、赖两家根由始末的，编成一篇口号，单说本初夫妻的以怨报德处。道是：

房氏善忘，赖子会赖。只为赖其本，而忘其初；遂使梁被摧，而栋被坏。夫妻两两寡情，男女双双无赛。若一人稍有良心，不到得这般毒害。一个天不盖，一个地不载。倒不如逐去的奴子，能将故主恋；反不若赶出的养娘，尚把旧家戴。亏杀非子非婿的薛郎，救了表弟灾，又赖非亲非故的柳公，留得梦兰在。偏是恩深反负恩，究竟害人还自害。奉劝世上负心人，果报昭然须鉴戒。

梁生与尚武将所定各犯罪案，并赛空儿一事，都具疏奏闻天子。圣旨道：

赖本初、魏七已死，勿论。贾二、时伯喜，依拟发配。赛空儿着严缉正法。该部知道。

梁生奉了圣旨，即于狱中取出时伯喜、贾二，依律决遣，两个都发配剑南卫充军。差人管押去讫，一面行文各府、各镇，缉拿赛空儿，不在话下。

且说赛空儿自从刺杀假梁夫人之后，劫了这一包细软，奔至没人之处，打开看时，都是些金珠首饰，却不见什么回文半锦。他想道：“我虽不曾取得半锦，人却被我刺杀了，也好去内相府里请功。”

不意赶到长安城外，忽听杨复恭已为反情败露被朝廷杀了，他便不敢进京。东逃西窜了几时，后闻朝廷差钟爱做了郧襄防御使，在均州募民屯田。他即改了姓名，叫做倪宝，径至均州，混入流民籍中，受田耕种。

后来，又打听得前日刺杀的不是真梁夫人，倒是赖本初的妻子，他遂放宽了念头。哪知梁生遍行文书，要缉拿他？文书行至郧襄防御衙门，钟爱接着，留心查访，却不晓得倪宝就是赛空儿，哪里查访得着？

谁想赛空儿原是内相府中军健出身，平日在外杀泼放肆惯了，到底旧性不改。一日，走到一酒店中买酒吃。那酒店主人，就是前日在村镇上开饭店、梁忠曾在他家住过的。今因地方平静了，故搬到官塘大路来卖酒营生。

当下，赛空儿来到店中，吃了酒。店主人问他讨酒钱，他取出一只小小的金钗来，付与店主人道：“权把这钗当在此，明日将银来赎。”店主人看了说道：“不知这钗是真金的，假金的？我不要它。”

赛空儿便厉声道：“你这村人，好不识货！怎么这钗是假的？”店主人道：“莫管它是真是假，总是我们开店的要卖现钱，不要首饰抵当。”

赛空儿睁着眼道：“我今日偏没现钱，你若不要这钗时，我便收了去。酒钱且赊着，慢慢的还。”店主人嚷道：“客官，你要用强，白吃人的东西么？”

赛空儿喝道：“我就用强了这一遭儿，也不打紧。”说罢，抢了这钗，往外就走。店主人一把拖住，哪里肯放？

赛空儿发起性，把店主人一推一跤，一发将他店里家伙什物打得粉碎。店主人大嚷大叫，里面妻儿、老小也都赶出来叫骂。惊动了地方邻里，一时尽走将拢来。见赛空儿杀泼，都道：“我这里防御钟老爷法令极严，便是兵丁也不许在外强买东西。你是哪里来的野人，直恁放肆？”

赛空儿还睁目攘臂，口中乱嚷道：“什么钟老爷、鼓老爷，我偏不怕！”众人愤怒，便同着店主人一齐把他扭结住了，拥至防御衙门前。正值钟爱开门坐堂，众人齐声喊禀。

钟爱传令唤进，先叫店主人并众人上前，问了情由，乃喝问赛空儿道："你是何处强徒，敢来这里放泼？"赛空儿道："小的是流民倪宝，入籍在此耕种的。"

钟爱道："你既入籍在此，岂不知我的号令？屯军强取民间一物便要重处，你是流民，倒敢大胆白吃人家的酒，又打坏他家伙。该当得何罪？"赛空儿道："小的原不白吃他的酒，原把金钗当钱，那主人家道是假的，偏生不要，为此争闹。"

钟爱叫："把钗来我看。"赛空儿把钗呈上，钟爱取来细细看时，只见那钗儿上鉴着"莹波"两字，心里惊疑道："莹波乃我梁家房小姐的小字，如何她的钗却在此人处？"因问赛空儿道："此钗你从何处得的？"

赛空儿突然被问，一时回答不出，顿了一顿口，方才支吾道："是小人买得的。"

钟爱见他这般光景，一发心疑，便喝道："这钗上明明鉴着'莹波'二字。那莹波乃梁状元表妹房小姐的小名。房小姐近被贼人赛空儿刺死于路，劫去行囊。现今梁状元题了疏，奉了旨，行文在此缉捕。今这钗子在你处，莫非你就是赛空儿么？"

赛空儿被他猜破，不觉面如土色，口中勉强抵赖。钟爱喝教左右，动起刑来。赛空儿料赖不过，只得供吐真名，招出实情。钟爱便教押去监禁，听候备文解送梁老爷问罪，金钗置库。

赛空儿分辩道："小人原不曾触犯梁老爷的宅眷，刺杀的乃赖本初之妻，即杨内相义侄杨梓的奶奶。杨家是梁老爷的对头，如何梁老爷倒要缉拿小人？"

钟爱喝道："杨梓之妻须是梁老爷的表妹；况你行刺之时，还是认着杨家宅眷、赖家宅眷刺的，还是认着梁家宅眷刺的？"赛空儿无言可答。

钟爱将他下狱，一面差人查他住处，却没有妻小，只有被囊包裹，并几件粗重什物，便把来给与酒店主人，赔偿他打碎的家伙。店主人与众人都拜谢而去。

钟爱即日备下文书，狱中取出赛空儿，上了长枷；差两个亲随军校，一个叫孙龙、一个叫郑虎，解送赛空儿到京师刑部衙门，听候梁状元发落。正是：

刺客杀人虽有误，当官捉贼更无差。

孙龙、郑虎领了公文，押着赛空儿随即起程。因知他是个刺客，恐怕他有手脚，一路紧紧提防。

晓行夜宿，不则一日，行至商州界上。孙龙、郑虎对着赛空儿说道："这里是你前日行凶的所在了。"赛空儿也不回言，低着头只顾走。

到得城外，日已傍晚，三人便投客店宿歇。那店里各房都有客人住满，只有近门首一间小房还空着，里面设下两个草榻、两个草铺。店小二引三人到那房中歇下。

孙龙便叫打火造饭。郑虎道："有好酒可先取来吃。"店小二道："小店只有村醪，不中吃。要好酒时，客官可自往前面酒店中去买。"

郑虎听说，便一头向招文袋中取银子，一头喃喃讷讷的道："我们晦气！解着这个囚犯，一路来水酒也不曾吃他一杯，日日要我们赔钱赔钞。"孙龙接口道："他劫掠人的东西，只会自己换酒吃。前日这样金钗儿，何不留几只在身边，今日也好做东道请人。"

赛空儿只做不听得，由他们自说。两个唧哝了一回，郑虎问主人家讨了个酒壶，正待去买酒，只见店小二引着一个客人进来。口中说道："客官，你来迟了。我家客房都已住满，只这房里还空着一个草铺，你就和这三位客人同住罢。"

那客人道："罢了，只要有宿处便了。"说毕，把背上包裹安放草铺上，向孙龙等三人拱了一拱手，便去铺上坐下。

孙龙看着那客人，私对郑虎道："这客人面庞有些厮熟，好像在哪里会过的。"郑虎点头道："便是我也觉道面熟，只记不起是谁。"

正说间，只见赛空儿坐在旁边草铺上，忽地对着那客人笑道："你敢是杨府虞

侯时伯喜么?”孙龙、郑虎听了齐声道:“是也,是也!正是时虞侯!我说有些面熟。”

那客人涨红了脸,忙起身摇手道:“我不是什么时虞侯,我自姓景,你们莫错认了。”

孙龙道:“我记得钟防御老爷做提辖的时节,我们曾在督屯公署中见过你,你正是时虞侯。如何认错?”郑虎道:“赛空儿和你同在杨府勾当的,难道他也认错了?”那客人见赖不过,乃低声道:“我实是时伯喜,望你三位不要声张。”

赛空儿道:“闻你已发配剑南去了,今几时赦回来的?”伯喜道:“不瞒你说,我与贾二都问了剑南卫充军。贾二已经道死,我却从半路逃回。变了姓名,叫做景庆,逃到此处。幸遇一个财主看顾,容我在门下走动,胡乱度日。目下,托我出去置买些货物,故在此经过,不想遇着你们三位。万望你们不要说破,遮掩则个。”

孙龙笑道:“我和你无怨无仇,没来由说破你做什么?”郑虎指着赛空儿道:“我们自不说破,只要他也放口稳些。”

赛空儿便道:“时虞侯,我被防御钟爷拿了,要解送长安。身边没有盘费,你若肯资助我些,我便不说破你。今两位长官在此,也要你替我做个东道,请他到酒馆中吃三杯。”

伯喜道:“这个容易。”便打开包裹,取出一锭银子来,说道:“便请三位到前面酒馆中一坐,何如?”郑虎正想要买酒吃,听说请他吃酒,如何不喜?孙龙也应允了。

伯喜拉着三人一同走出客房,把房门带上。吩咐店小二照管房中包裹。四个人一径走到酒馆，占了一副座头。伯喜请孙龙、郑虎上首坐定，自己与赛空儿下首相陪。叫酒保有好酒好肉只顾取来，四人尽量畅饮。孙龙、郑虎并时伯喜都吃得酩酊大醉。

赛空儿有心不肯多吃，却倒装做十分醉态。伯喜见郑虎善饮，临起身又劝了他两杯，方才算还酒钱。一齐走出酒馆，踉踉跄跄回到客房，教店小二点上灯火。赛空儿假醉佯颠，一进房便向草铺上一骨碌睡倒了。伯喜也就在自己铺上和衣而卧。

孙龙、郑虎醉眼蒙眬，见赛空儿已睡倒，便也放心去睡。孙龙还醉得略省人事，把腰里挂刀和腰牌都解下撇在榻上，脱去上盖衣服，除了帽，又脱了脚上快鞋，然后倒身而睡。郑虎却十分大醉，连衣帽也不除，腰牌挂刀也不解，横卧榻上，竟似死狗一般。

赛空儿假睡在旁，偷眼看他三个睡得甚浓，想道："我一路来常想要逃走，却被这两个鸟男女紧紧提防，脱身不得。难得今夜这好机会，趁此不走，更待何时?"

挨到三更以后，合店客人都已睡熟，他便悄悄爬起来，将颈里长枷扭开，抖擞身体，恰待要行，又想道："我这般蓬头跣足，腌腌臜臜到路上去，明是个逃犯模样，岂不被人拿了？有心逃走，须要走得冠冕。"便剔亮了桌上灯火，轻轻走到孙龙榻边，把他除下的帽儿戴了，鞋儿穿了，套了他的衣服；又探手去榻上取他的腰牌、挂刀，紧缚在自己腰里；再去时伯喜铺上取了他的包裹，然后掇开房门，轻轻走出。

且喜这房原近着店门，两三步就走到门首，"呀"的一声把门开了。店小二睡在门房里，听得门响，问道："可是哪位客人出去解手么？进来时，可仍把门关好。"赛空儿含糊答应了一声，径一道烟走了。正是：

虽无空空手段，也有小小聪明。

不杀防送军校，便是他的美情。

次日天明，店小二起来，见门儿半掩，说道："昨夜不知哪个客官出去解了手，竟不把门关上!"道犹未了，只听得客房里一片声嚷将起来道："不好了，走了犯人了!"

店小二吃了一惊，忙奔去看时，早被孙虎劈胸揪住，嚷道："犯人在你店里走的，是你的干系！"

店小二慌道："昨夜三更后，听得门响，只道是哪个客官出去解手，谁知走了犯人！这是你们自不小心，与我店家什么相干？"

众客人听得喧闹，也有走来劝的，也有怕事先起身去的。孙龙只是扯住店小二不放。

郑虎道："孙哥，这不干店家事。据我看来，多因是时伯喜这厮和他一路，故灌醉了我们，放他走了。"孙龙道："说得是！"便放脱了店小二，一把扯住时伯喜。

郑虎便取过索子来，将伯喜缚起。伯喜叫屈道："连我的包裹也被他偷了去，如何说我和他一路？"

郑虎道："你和他原同是杨太监府里的人。今日做下圈套，放他逃走，先把包裹寄与他拿去，你却空着身在这里白赖！"

孙龙道："如今不要闲讲了，径拿他去禀知地方官，着在他身上还我赛空儿来便了！"伯喜着了急，呼天叫地，真个浑身是口难分说。正是：

常将药酒麻翻人，今被好酒误了事。
生平惯会弄机关，谁料又遭人弄去。

当下孙龙、郑虎押着时伯喜，径至商州衙治前。候州官升堂，进禀前情，指称："剑南卫逃军时伯喜，与犯人赛空儿是一路，设计放他走了。"

伯喜分辩道："赛空儿乘间脱逃，与小的无干。小的若与他一路，何不就同他一齐走脱？乞老爷详情。"

州官道："你发配剑南，也逃了回来，量你也不是个善良。这顽皮赖骨，不拷如何肯招？"便喝教左右将他夹起来。夹得伯喜杀猪也似叫，却只不肯招认。

州官唤过孙龙、郑虎来，吩咐道："你两个押解重犯，如何不小心，被他走了？本当责治，姑念是钟老爷的军校，且不深究。时伯喜这厮就不放走赛空儿，他是逃军，少不得也要问个重罪。我今权把伯喜监禁在此，一面出个广捕文书付你，想赛空儿还走不远，你两个可往邻近地方用心缉捕。如毕竟缉捕不着，那时径把伯喜解送京师去便了。”

孙龙、郑虎叩头领命。州官便将伯喜下狱，当堂签押公文，付与孙、郑二人前去缉拿逃犯。正是：

屈事世间原不少，从来折狱最为难。

话分两头。且说赛空儿脱逃之后，忙不择路，东奔西避，幸得身边有孙龙的腰牌为记，没人盘问；又得了时伯喜包裹内的东西，一路上买酒、买肉吃，好不受用。

一日，来到凤翔府河桥驿前，只见人烟热闹，像要迎接什么官府的。询问旁人，说道：“今日梁状元老爷府中两位夫人要到驿里停宿，故在此准备迎接她。”

赛空儿听了这消息，忽然起一个凶恶念头，想道：“我前日并不曾刺着真梁夫人，梁状元却苦苦要拿我，害得我几乎丧命。今日恰遇真的到此，何不刺杀了她，出我这口恶气！且又可取她些东西去前途用度。”算计已定，便到驿中去投宿。正是：

前误刺的是假，今要刺的是真。

假的只害一个，真的要害两人。

赛空儿来到驿中，见了驿丞，只说是钟防御打差出来的军校孙龙，要在驿中借宿一宵。驿丞验了腰牌，认道是真，不敢不留。但吩咐道：“今晚梁府中两位夫人要来这里安歇，你只可在驿门首耳房中权宿，休得惊动！”赛空儿应诺，便去耳房中住下，专等梁家两位夫人来，就要行刺。只因这一番，有分教：

灾星过度，忽然绝处逢生；

恶曜来时，又见凶中化吉。

毕竟后事如何，且看下卷分解。

【素轩评】 苏子瞻好听人言鬼，每日妄言妄听，然言之太妄不足听也。今日人梦鬼，弄出鬼附人。鬼而入梦则罔，鬼而附人则真矣。至于读书有快处，有吓处；不吓则不快，不甚吓则不甚快。此卷阅至后幅方一快，又是一吓；快不了，吓亦不了，真读书最乐事。

第十五卷 老判官显圣报往德 小白马救主赎前辜

诗曰：

谁道苍苍报每偏，做天未始不周旋。

请看怪怪奇奇事，方信停停当当天。

话说赛空儿伏于馆驿中，只等梦兰、梦蕙来，便要行刺。你道梦兰、梦蕙为甚来到这驿里？原来她两个同往绵谷，完了桑公与刘夫人的葬事，回至兴元。且喜柳公侍妾已生下一位公子，那公子生于夜半子时。临产之际，柳公得一梦，梦见门前一派鼓乐之声，一簇人拥着一位官人进来。前面一对长幡引道，幡上大书两行字云：

九地法轮常转

一天明镜无私

那官人走至堂上，柳公看时，认得是刘虚斋。正待与他施礼，只见虚斋径往内室走去。柳公猛然惊觉，恰好侍妾产下孩子。柳公明知他是刘虚斋转世，便取乳名叫做刘哥。又将梦字排行，取学名为柳梦锡。有一篇口号为证：

刘氏先人，柳家后嗣。今世父亲，前生友谊。此日孩儿，昔年交契。梦兰本甥女而为姐姐，梦蕙本亲爹而为弟弟。梁栋材的小舅实系岳翁、舅翁，柳梦锡的姐夫却是甥婿、女婿。想来天地生人，不过换来换去，古今人数有限，哪得多人与世？换世便是造物之能，换人将穷造物之技。只因糊糊涂涂，忘却面目本来；遂尔颠颠倒倒，一任形骸所寄。若教尽识前生，移换正非一处；偶然泄漏机关，辄共惊为怪异。哪知本是轮回之场，何必认作骇人之事。

说话的，柳公盛德，不宜无后，故天赐佳儿，此固理之当然。那桑公未尝不是

正人，却如何有女无子？看官有所不知。桑公虽无子，其宗祀原未断绝。他有个侄儿叫做桑维翰，初因避乱，徙居他乡；后来功名显达，延了桑门一脉，子孙繁衍，正与柳家一般。此是后话，传中不能尽载。

且说柳公当日把梦中所见藏在肚里，并不向人提起。梦兰、梦蕙见柳公生子，十分欣喜。弥月之后，各出珠玉锦绣为刘哥作庆。柳公大排筵席庆喜，就为梦兰、梦蕙饯行。

饮酒间，柳公对二女道："常言：'无官一身轻，有子万事足。'我向来艰于得嗣，今幸生此儿，吾事已足。即日当上表乞身，告归林下。你两个先往长安；我上表后，亦将入京面谢天子，相会当不远也。"

梦蕙道："梁郎既蒙钦召，爹爹不日也要还朝。"梦兰道："爹爹好生保护幼弟，孩儿们此去京师，专望爹爹到来相会。"当晚席散，即收拾行李。

次日，拜别柳公，带了从人起身上路。刘继虚亲自送出境上，珍重而别。梦兰此番有梦蕙作伴，一路上说说笑笑，所过山水胜景各有题咏，互相唱和，甚不寂寞；比前番慌慌张张，藏名隐姓，避入刘家之时，大不相同。经临馆驿无不小心承应。

那一日，来至凤翔府河桥驿中，天色已晚。驿丞接着梦兰、梦蕙，吩咐今晚即于本驿安歇，明日早行。从人领命，各自四散歇宿。梦兰、梦蕙同住一房，钱乳娘等一班女侍，因路途辛苦，到得黄昏都想要睡了。梦兰打发她们先睡，自己与梦蕙挑灯对坐，分韵赋诗，且自得意，哪晓得有人在那里暗算她。正是：

前闻路有歹人，故特避入他所。

今番出其不意，祸到临头怎躲？

且说赛空儿等到二更以后，悄的拿了腰刀潜至驿后，飞身上屋，盘过了几带房子，直至梦兰、梦蕙卧房屋上，轻轻撬开瓦楞，往下张看。只见两位夫人还在灯下闲话，兀自未睡。赛空儿不敢惊动，且蹲伏在屋檐边，要等她睡后，方才下手。

少倾，梦兰、梦蕙赋诗已完，大家吟诵称赞一回，觉得夜深了，才携灯就寝。刚刚伏枕，灯尚未灭，两个似梦非梦，大家都见灯前现出一位神人，绿袍象简，好似判官模样，指着她两个说道："两位夫人好大胆，外边现有刺客要害你，如何便睡？我今特来救你。我乃森罗第一殿判官房元化是也。小女房莹波负了你夫家梁氏大恩，蒙梁状元不念旧恶，将他骸骨改葬，故我今来报德。但你那半幅回文锦，须权付我拿去，异日送还。"说罢，转身向外便去。

梦兰、梦蕙正要问时，忽听得屋上有人大叫一声，"扑"的一响，像有人跌落地的一般。两个一齐惊觉，连钱乳娘等一班女侍也都吓醒，忙起身掌灯向庭巾看时，只见一人倒在地下，身边撇下钢刀一把。

原来赛空儿在屋上窥见两位夫人睡了，正待下屋行刺，忽见屋檐前闪出一位神人，把手中象简向他顶门上狠打了一下，一时疼痛难禁，忍不住一声叫喊，不觉连身跌落地来。正是：

神威显吓，鬼事惊心。昔日一小姐月下装魔，不过一戏再戏；此夜两夫人灯前见鬼，却是千真万真。信乎人忘德，鬼不忘德；果然人负人，天不负人。若说打倒赛空儿的手段，只算为女儿报怨；为何刺杀房莹波的时节，偏不见判官显灵？总为公义所动，非因私恨欲申。莹波替死，或倒是房判官从空转移，弃舍己女；判官救命，安知非房莹波有心赎罪，叮嘱父亲？今日馆驿中梦兆，昭然可据；前日公堂上鬼话，岂是无因？

当下，钱乳娘等一片卢叫："有贼!"惊动了外面巡更的驿卒，拿着火把器械一齐拥进，把赛空儿拿住，用绳绑缚了。梦兰传唤驿承过来，责骂他巡逻不谨，容歹人直入卧内行刺，好生可恶。慌得驿丞连连叩头，禀说："这厮自称钟防御老爷标下打差官军，有腰牌可据，故留他在驿门首耳房中暂歇，实不知他是歹人。"

梦蕙道："既是钟防御的打差官军，为何却到此行刺？今即着你将这厮缚送该

地方官勘问。我们要紧进京，不在这里等回话了。勘问明白，解他到京发落罢。”驿丞叩头领诺，即命驿卒将赛空儿押去空房中吊着，等天明解官。

梦兰、梦蕙自与从人收拾行李，打点起身。检看囊中，那半幅回文锦已失其所在。大家惊叹梦中神语之奇，不在话下。

且说驿丞至明日，锁押了赛空儿，一步一棍，解到凤翔府里。那凤翔知府就是昔日捉拿贾二、魏七的张太守，当下听了驿丞禀词，便把赛空儿用刑推问。

赛空儿不肯说出真名姓，只招做钟防御标下打差官军孙龙，为一时见财起意，欲劫梁夫人行李，因忽中恶跌倒，致被捉获。太守录了口供，一面备文申报钟防御；一面点差解役解犯赴京。这张太守前番遇了个假杨梓、假杨栋，今日又遇着这假孙龙。正是：

又一番李代桃僵，辨不出指鹿作马。

时伯喜报屈无申，真孙龙受诬怎解？

事有凑巧！此时真孙龙同着郑虎，领了商州广捕文书，缉查赛空儿踪迹。恰好也走到凤翔地方，忽闻街坊上人传说钟防御的标兵孙龙，在馆驿里做强盗打劫梁夫人，被驿丞拿住，解送本府审明，今日要起解赴京哩。

孙龙、郑虎听了这话，十分惊疑，忙奔到府前打听。只见几个公差锁押着一个犯人，从府门里出来。仔细看时，那犯人正是赛空儿。孙龙、郑虎便赶上前，将赛空儿劈胸抓住，喝道：“逃犯在此了，不要走！”众公差一齐嚷将起来道：“这是解京重犯，你们是什么人，敢来拦抢？”

孙龙、郑虎道：“他正是重犯赛空儿。我们奉钟防御老爷之命，正要拿他到京去。”众公差喝道：“胡说！这是盗犯孙龙，什么赛空儿？我晓得了，这孙龙原系钟防御老爷的标兵，你们想是他同伴，要来用强抢劫么？”

孙龙叫屈道：“哪里说起？只我便是孙龙。奉本官钧旨，着我与同伴郑虎解送这杀人重犯赛空儿赴京，不想行至商州被他脱逃。彼时便禀知州官，现蒙给发广捕文书，在此捕他。今日幸得捕着，如何倒说他是盗犯孙龙？难道我孙龙是做强盗的？”

众公差听说，惊疑道："不信有这等事。"便喝问赛空儿道："你这厮真个是孙龙，不是孙龙？"赛空儿低着头，只不做声。郑虎道："列位不必猜疑，我们现有本官的解文与商州的捕牌在此，快到当官审辨去。"说罢一齐拥到府堂之上。

张太守尚未退堂，孙龙、郑虎跪上前，将上项事细细禀知；又取出两处公文呈验。太守喝骂赛空儿道："你这逃犯，盗了孙龙的腰牌，假称孙龙。在外为非作歹，又累那时伯喜替你吃打，十分可恶。今真孙龙在此了，你还不从实供招么？"

赛空儿料赖不过，只得把前后实情招了。太守道："这厮前既误杀假梁夫人，今又欲害真梁夫人；前既假冒兴元刺客，今又假称防御兵丁，真是罪上加罪了。"

沉吟片刻，便吩咐书吏："一面追转申报钟防御的文书；一面另备公文，差衙役一名，协同孙龙、郑虎押送赛空儿至商州，与时伯喜对理明白，以便解京发落。"

孙龙、郑虎领了公文，同了差役，押着赛空儿，星夜投商州来。禀知州官，于狱中取出时伯喜，当堂判问。伯喜见了赛空儿，指骂道："你这厮便逃走了，却连累得我好苦！"

州官喝问赛空儿道："你前日逃脱时，可曾与时伯喜同谋？"赛空儿道："犯人实不曾与他同谋。"伯喜哀告道："小人的冤情已白，求老爷天恩释放。"

州官道："你二人一为逃犯，一为逃军，虽罪有重轻，都释放不得。"便命左右一面备文给发凤翔府来差，回复张太守；一面仍令孙龙、郑虎押着赛空儿，另差兵快二名押着时伯喜，一齐解京。正是：

一谋人命一谋财，漏网终难免祸灾。
人会使乖脱得去，天教假手捉还来。

孙龙、郑虎和那两个兵快将时、赛二人都用囚车装钉了，即日起行。时伯喜叫苦不迭，一路上怨恨赛空儿无端连累。赛空儿又说他是逃军，合该受罪的。互相争骂，伯喜愤了一口气，又在州里受了一番拷打；今又路途跋涉，熬禁不起，染成一病。才到长安，呜呼死了。兵快只得将空文呈报。孙龙、郑虎自把赛空儿解送刑部听候梁状元发落。

此时，梦兰、梦蕙已到京师，与梁生相见，备述途中险遭刺客，幸得房判官显

灵相救，并失去半锦之事。梁生不觉骇然，始信前日赖本初所云房元化做了判官，其言不谬。但想："那回文半锦，正欲上献天子，不意又被神人取去。不知神人要此半锦何用？甚可怪异。"

梦兰、梦蕙又把柳公弄璋之喜对梁生说知。梁生便将赖本初所言梦中仙官送子之说，述与两位夫人听了。

梦兰惊讶道："不信刘哥就是我母舅投来的？"梦蕙也愕然道："难道这小孩子却是我爹爹转世？"梁生道："岳父取他乳名为刘哥，恰与刘姓相合。想命名之意，必然有为。"

三个正谈论间，堂候官传进两角公文：一是商州呈解逃军时伯喜，今已病故；一是郧襄防御使呈解犯人赛空儿，听候发落。梁生看了其中情节，方知驿中行刺者即赛空儿。便升堂给发批，回付两处解役回去讫，将赛空儿下狱，候旨定夺。

发遣方毕，忽有礼部司官禀事。原来天子有庶姑蓝田郡主，年方及笄，旨下礼部，命于朝臣中选青年无偶者尚配。梁生闻了此信，便想着薛尚武断弦未续，要把这段佳姻作成他。

次日入朝面君，先陈奏赛空儿之事。天子传旨："将赛空儿即日腰斩于市。"梁生谢恩毕，天子留于便殿赐茶，问道："柳丞相久镇外藩，朕甚念之。今彼上表乞归，朕欲召还京师，听其朝夕论思之益。但兴元无人镇抚，卿以为谁可代此任？"

梁生奏道："薛尚武文武全才，可当此任。"天子道："若尚武出镇兴元，京营兵马又当以何人总制之？"

梁生道："郧襄防御使钟爱，忠诚可用。"天子准奏。

梁生又俯伏奏道："从来武臣专治一方，易起朝廷之疑。若重以天家姻娅，庶上下情孚，猜嫌尽释。今薛尚武青年失偶，而皇姑蓝田郡主正在择配。臣愚以为何不即配尚武，使以藩臣而兼国戚，则既假之以威权，又申之以婚媾，尚武益将竭忠尽力以报国家矣。"

天子闻奏，大喜。即降诏以蓝田郡主下嫁薛尚武，择吉成婚。梁生谢恩出朝，便往尚武府中称贺。尚武再三致谢。成婚之日，礼仪华盛，自不必说。

尚武于府中张筵设乐，以郡主命邀请梁家两位夫人赴宴。梦兰、梦蕙应命而往。见那郡主仪容端丽，真乃金枝玉叶。尚武得谐这段佳姻，好不欢喜。正是：

天家赐配奖元功，从此丝萝缔九重。

虎节分时占跨凤，豹韬展处庆乘龙。

尚武成婚后，天子即传旨，命其出镇兴元，节制彼处将军，替回柳公；召钟爱入掌京营。尚武等钟爱入京交割兵符、印信毕，因询知他尚未婚娶，便将郡主媵嫁的一个宫嫔叫做吕悦娘，送与为室；钟爱十分欣喜。正是：

被逐当年嗟馆仆，得时今日配宫娥。

且不说尚武领了家眷赴任。且说李茂贞向在兴元，因柳公、梁生位居其上，受他节制，心怀不平。近见梁生已钦召还朝，柳公又乞请致仕，正喜“自今以后，兵权总归于我，可以独霸一方”，不想朝廷又命薛尚武来代柳公之任，节制诸军。

茂贞闻了这消息，勃然大怒，顿起叛逆之意。便唤过两个心腹将校来商量。那两个将校，一名许顺，一名褚回。这二人却倒有些忠肝义胆的。

当下，茂贞与他计议道：“柳、梁二人虽系文官，然当时平定兴元，实是他两个运筹决胜，我便受他节制也罢了。那薛尚武与我一般是武将，我杀杨守亮时，他并无半箭之功，如今怎敢来节制我？不若乘他未入境之先，只设置酒为柳丞相饯行，却先埋伏下刀斧手，赚得柳丞相来，即便杀了。那时，取了他的符敕印剑，分兵据守险要，不容薛尚武入境，岂不强似受制于人？”

许顺谏道：“都督所见差矣。薛尚武能除君侧之恶，勇而有谋，不可轻觑。今欲与彼相拒，恐多未便。”褚回亦谏道：“都督若害了柳丞相，朝廷怎肯干休？必将使梁状元督师前来问罪。以梁状元之才，又有薛尚武助之，恐难抵敌。”

茂贞大怒道："我意已决！你两个却敢阻我，好生可恶！"喝令左右："将二人绑出斩首。"原来，茂贞部将都是与许顺、褚回相好的，今见主将要杀他，便一齐跪下讨饶。

茂贞怒气未息，吩咐把二人绑缚在营中，待我明日杀了柳丞相，然后和他计较。至次日，果然虚设酒席，命刀斧手埋伏停当，使人邀柳公赴宴。只等柳公到来，即欲加害。正是：

前日教他假投降，今日却是真谋反。

这场变故意外生，只怕柳公不能免。

却说柳公奉旨召还京师，专候薛尚武来到了任，便要起身。忽闻李茂贞治酒奉饯，只道是好意，便不疑虑，欣然欲行。才走出内宅门，只见庭中跑过一匹小白马来，把柳公衣襟一口衔住。

原来，那小白马乃几月前厩中新生下的。柳公见其体状神骏，毛色可爱，另养于内厩。那日，忽从厩中跑出，迎着柳公，衔住衣不放，左右鞭叱不开。柳公立住了脚，那小白马方把衣襟放了。柳公才一步动，小白马又将衣襟衔住，跳跃嘶叫，如有哀诉苦留之状。

柳公见它这般光景，甚是骇异，想道："从来良马性灵，或者晓得些吉凶。它不要我去赴宴，莫非李茂贞有异心，此去凶多吉少么？"便一面发帖辞了茂贞，一面密差家丁前往探听。

少倾，回报说："茂贞营中秣马厉兵，若将有征战之事。"柳公一发惊疑，即檄谕各城门守将加意防守，并添兵护卫府前府后。

过了一日，只听得府门外一片声喧嚷，守门将卒传报说："李茂贞谋反，被部下将士所杀。今将首级来投献。"柳公吃了一惊，连忙唤入，备问缘由。

原来，李茂贞因那日柳公不来赴宴，又闻传檄守城、添兵护府，料道机谋已泄。必是部下人走漏消息，便要将许顺、褚回并前日替他讨饶的一班部将尽行斩首，然后发兵攻劫柳公。那些部将心中愤恨，一时鼓噪起来，竟把许顺、褚回解放了。

许顺、褚回攘臂大呼道："柳丞相威德素著，我等义不背叛。李茂贞逆天谋反，当众共殛之以报朝廷。"于是，众将一齐拔剑奋击。茂贞措手不及，早被诛杀。许顺、褚回枭了他首级，带领众将，同至柳公府中投献。正是：

独谋难成，众怒难犯。

妄生异心，自贻伊患。

当下，柳公询知备细，抚慰了众人，随即具表申奏朝廷。薛尚武于路闻知茂贞兵变，兼程赶至兴元，与柳公相见了。领受符敕印剑讫，柳公治酒与尚武接风。

饮宴间，备言小白马灵异之事，尚武咄咄称奇。便问："此马何在？乞赐一观。"柳公即命左右牵出。

只见那小白马走到柳公面前，长嘶一声，就地下打了几个滚，忽然口作人言道："我乃赖本初的便是。只因前世负恩反噬，今生罚我为马，本要补报梁状元。今救了梁状元的恩人，便如补报了梁状元一般。这一场孽债完了，我今去也。"言罢，又连打了几个滚，即伏地而死。正是：

人为鬼语犹疑妄，畜作人言信是真。

前世为人不若畜，今生做畜胜如人。

柳公与尚武及两旁看的人，无不骇然。尚武因将前日公堂审录时，赖本初被栾云鬼魂附体、借手自杀之事细述一遍，众皆错愕。

柳公道："鬼附人身，还毕竟人自人，鬼自鬼；今马作人言，则马不是马，马即是人，更为奇绝。本初今世之功，可赎前生之罪。古人云：'敝帷不弃为埋焉也！'今此马有功于我，尤不可不葬。"

尚武笑道："晚生昔年与本初同学之时，曾戏作小词嘲他。今本初既化为异类，老师相又怜之而赐葬，晚生不可无文以祭之。遂口占祭文一篇，云：

呜呼，本初！受报不爽，以今忠贞赎前欺罔。今为善马能救君子，胜作马监甘附奸珰。将人作马，前世风流；做马报人，今生勇往。忽杨忽梁，前世多谋；是人是马，今生无妄。宿罪可除，新功堪奖。奠汝一觞，呜呼尚飨！

柳公听罢，抚掌大笑。吩咐左右，将此文写出焚化于小白马葬处，以酒奠之。

当晚席散。

次日，柳公辞别尚武，携着家眷，起马赴京。尚武设宴于皇华亭作饯，又率领各将校并大小三军，送至境上。刘继虚亦率领各属有司官候送。兴元百姓执香叩送者，不计其数；柳公一一慰劳而去。只因这一去，有分教：

九重丹诏，从天降赐三人；

半幅璇图，立地凑成完璧。

毕竟后事如何，且看下卷分解。

【素轩评】房判官突如其来，小白马陡然一接，皆在极危急时转出生路，诚非人意料之所能及，尤妙。在元化报德、本初赎罪，偏不于梁状元处见之。一则见之于桑、刘二小姐，一则见之于柳丞相，奇幻绝伦。又真刺客弄做假兵丁，假投降弄出真谋反。种种奇幻事，令人应接不暇。至于尚武联姻帝室，钟爱得配宫娥，与前文眼热本初成婚及煎茶哭诉后庭，相映成趣，尤为周致。

第十六卷 一封柬送半旋图 三人诗合双文锦

诗曰：

文士才堪任栋梁，佳人质比蕙兰香。龙章宠赐侯门日，留得声名万古扬。

话说兴元自柳公去后，百姓感念其德，建祠立碑，以志慕思。不一日，朝廷降诏，以李茂贞谋反理当诛戮；其部将去逆从顺，免其擅杀主帅之罪，悉拨与薛尚武管辖。尚武抚慰许顺、褚回，擢为上将，其余将校仍前委用。凡一应经略事宜，遵照柳公旧规，更不改变。又见太守刘继虚廉谨爱民，常请他到帅府共商政务。自此，军民悦服，兴元一路安堵无事，不在话下。

且说柳公奉旨还朝，将到京师，梁生出城迎接，设席邮亭，把盏贺喜。柳公命将公子刘哥抱出，与梁生看。梁生见他生得眉清目秀，相貌不凡，拱手称贺。因述昔日赖本初所言刘仙官送子之梦。柳公暗自惊异，便也把梦见刘虚斋来托生之话，述与梁生听了，且嘱梁生不可道破。梁生听说，咄咄称奇。正是：

再世重来旧地，转生不认前人。梦兰托梦蕙之身，偶尔假言借体；刘公入柳公之室，俨然另自投胎。收他人之女为己女，不过接木移花；取他人之父为我儿，真正属毛离里。栾云之为杨栋，螟蛉虽续箕裘；虚斋之化刘哥，熊罴实承堂构。朝廷录刘氏之后，本是柳公福之子孙；鬼神延柳公之宗，即使刘氏继其香火。桑公送

子，以报今生养女之恩；梦锡认亲，却忘前世赠祖之德。一天明镜高悬，果然是是非非无爽报；九地法轮常转，哪知明明白白有源头。

闲话休烦。却说柳公当日入朝面君，便欲拜还相印，告老归乡。天子再三慰留，柳公固辞。天子乃命梁生权署相印，柳公暂假休沐五日，一至朝堂议事。于是，柳公即将家眷寓居梁生府第，就于府中大排筵宴，与梁生夫妇欢叙。

饮宴之间，柳公说起小白马救主之异，梦兰、梦蕙亦述房判官显圣之奇，各各惊叹。柳公闻说回文半锦为神人取去，因对梁生道："贤婿双姝并合，可谓喜上添喜；偏是那两半回文，不但不能成双，连这一半也失去了。"

梁生道："想此锦本系神物，故仍为神人取去。"柳公道："若云神物不留人间，何不连那半幅也取了去？今只留半锦于宫中，竟使璇玑图不成完璧？"梦兰、梦蕙道："神人取锦之时，原许异日送还，或者此锦终须复合。"

正议论间，忽见梁忠拿着一封柬帖进禀道："门役传报说，外面有个老和尚，口称奉神人之命，特将这柬帖来送与状元爷。"

梁生疑异道："却又作怪！是何神人，怎生有柬帖送我？"忙接来拆开看时，内中并没甚柬帖，却封着一件东西。你道是甚东西，原来就是前日失去的回文半锦。众俱惊喜，梁生便命传唤那老和尚进来。

少顷，门役引那和尚至后堂，打了问讯，立于阶下。梁生正欲询问，只见梁忠站在旁边，把那和尚仔细看了一看，说道："这和尚好生面熟。"

那和尚便看着梁忠笑道："梁大叔还认得贫僧么？贫僧原是襄州人，俗姓赖，排行第二，赖君远即我族兄。我当初因欲送侄儿赖本初到府上，曾相浼你过来。"梁忠点头道："原来就是赖二老。"

梁生道："既是赖二老，与我有亲谊。"便命梁忠看坐来，与他坐了。问他："这回文半锦是何人叫你送来的？"

和尚道："贫僧不晓得什么回文半锦。只因前日在城外化斋，路遇一位官人，将这封柬帖付我，说道：'你拿去送与梁状元，管教你下半世吃着不尽。'言讫，忽然不见。我料这官人必是神人，故依他言语，特来奉献，却不知其中是甚东西。"

众人听说，互相惊愕。

梁生细问赖二老：“你因何出家？叫甚法名？几时到此？挂搭何处？”

和尚道：“贫僧当初原靠手艺过活，后因年老眼昏，做不得手艺，无可营生。闻侄儿本初做了秀才，馆谷甚丰，家道小康，特地去投奔他。不想他不肯收留。没奈何，只得在襄州普济寺里削发为僧，法名叫做真行。只因不会念经、礼忏，只做得个粗使僧人。后来遇一云游和尚，法名不昧禅师。他来到本寺，与合寺僧人都不相合，独喜贫僧老实，收为徒弟，随他云游至此。今现在京城外净心庵中栖止。”

梁生道：“那不昧和尚，为甚与普济寺众僧不合？”

真行道：“他初到寺中，见众僧都在那里念佛，他打个问讯道：‘远方僧人特来投斋。’众僧只顾念佛，并不睬他。他又合掌道：‘你我都是出家人，何故相拒？’众僧中一个厉声答道：‘你要吃斋，须不是我们作主，你自去问当家师父。我们要紧念佛，你莫来缠扰。’他听了这话，微微含笑，随口说出四句言语道：‘出家又曰当家，试问家于何有？念佛非云诵佛，还恐念不在斯。’众僧听说，怪他出言讥刺，故都与他不合。”

柳公点头道：“听他这四句言语，定是个有意思的高僧。”因问：“他今为何不到城中大寺里来，却在城外小庵中住？”真行道：“他不喜热闹，故拣僻静处结庵。每日只在庵中坐禅，贫僧却在外抄化斋粮度日。”

梁生点头称善，便道：“你今后不消在外抄化，我自使人送斋粮供给你师徒便了。”真行合掌道：“若蒙状元爷如此喜舍，神人所言‘吃着不尽’，信不谬矣。”

梁生吩咐左右，准备素斋与真行吃了。随遣人挑着米、背着钱，命梁忠押着，送往净心庵中。真行拜谢而去。

梁生仍把半锦付与两位夫人。梦兰道：“妾家后半锦得之于天，君家前半锦得之于人。今前半锦为神人取去，又为神人送来，也算天之所赐了。”梁生道：“向恨全锦两分、半锦又失，今幸半锦失而复得，真乃奇事。”正是：

只疑簪向少原失，谁道珠还合浦来。

不说梁生庆幸半锦重来。且说梁忠押着钱米，同了真行，来到净心庵，见了那

不昧禅师，却也有些面熟。想了一回，忽然记起，原来就是昔年均州界上主仆失散之时，在草庵中指路的那个老和尚。

当下，梁忠叙了些旧话，送上钱米，回至府中，述与梁生知道。梁生道："此僧在干戈抢攘之日，只在草庵中独坐；今在京师繁华之地，也只在草庵中独坐，定是个清凉法师，与那些趋炎附势的俗僧大不相同。"

柳公听说，因对梁生道："我感仙官送子、神马报应之事，意欲延请高僧启建道场，酬答神明默佑之德，并追荐那一班横死孤魂。今就请这不昧禅师证盟法事，了此愿心，何如？"

梁生道："岳父所言，正合鄙意。小婿窃念房判官既已报德，莹波代死，实为可怜。赖本初既被鬼诛，白马补债，亦为可哀也。须超度他一番，使脱离苦海。至于栾云、时伯喜、赛空儿、贾二、魏七等诸人，彼此牵连，冤冤相报，何日是了？就是杨复恭、杨守亮、李茂贞，并兴元被杀的许多叛兵，虽是他自作之孽，或亦劫运所使，仁人悯焉！岳父若建设法会，超度孤魂，诚非常善果，宜速行之。"于是，柳公即遣人邀请不昧禅师，到府商谈。

不昧使真行来回复道："本师好静恶嚣，不愿入城。若柳爷欲兴法事，请即就庵中结坛。"柳公听罢，益服其高淡，便同梁生亲往净心庵拜望。

只见那不昧禅师状貌清奇，神情潇洒，果不似俗僧行怪。相见毕，说起荐度孤魂之意，并述赖本初梦游地府之事。不昧道："有罪孤魂固当超度，即彼正直先贤或掌修文院、或作阎罗王、或爵列天曹、或职领方岳，然毕竟未免轮回。贫僧还愿他离神入圣，超仙证佛，方为上乘。"

梁生点头道："大师高论，开我茅塞。想我先人生平行善，本无罪可忏。然人子无穷之思，岂能免于荐度？”柳公见不昧言论高妙，因问：“善恶报应之理，毕竟如何？”

不昧道：“善恶报应之说，原为下乘人设法。今俗僧偏好言报应，诱人喜舍以求福报。及至祸福不齐，或君子数奇、或恶人漏网，便疑果报无准，反足灰人修德之心。殊不知冥冥之中，不在一时一世算账也。有消除前孽，也有受报来生，是以达人但辨善恶，不言祸福。只净持一心，使心上打得过、放得下便了。”

柳公点首道：“吾师庵名净心，号取不昧，果然名称其实。”梁生请问：“法事中应用僧众几何？庵地窄小，可要搭盖敞宇？”

不昧道：“凡修法事者，外相庄严不若内心清净。相公不必广招僧众，华饰道场，只须贫僧净心观想，持念真经，每夜施放法食，忏罪度亡。如此九昼夜，足矣。”

梁生依言，只就净心庵建坛供佛。柳公每日同梁生亲至庵中，拈香礼拜，至第九日圆满。城外男女诸人，多有来随喜者，弄得净心庵甚是热闹。

圆满后次日，柳公、梁生再往庵中称谢，却只有真行出来迎接。那不昧禅师已不知云游到哪里去了，连真行也不晓得他的踪迹。柳公、梁生嗟叹不已。正是：

禅室从来尘外赏，香台岂是世中情？

梁生就于净心庵旁启建祠堂一所，前堂之中供养刘藖神位，东西两座供养梁公窦夫人、桑公刘夫人神位，以便岁时瞻礼；傍座设立房元化夫妇、赖君远夫妇灵位。念房、赖两家无后，命真行和尚逢节致祭，并附祭赖本初夫妇灵魂。后堂中间供养柳公绰、薛仁贵神位，傍座供养薛振威夫妇神位，岁时祭祀。

祠后又另起一阁，供养窦滔、苏若兰神位，俱令真行侍奉香火，每月给与斋粮。逢朔、望日，梁生必到祠拈香。柳公与梦兰、梦蕙亦常来瞻礼，连钟爱也常到祠中梁公夫妇神位前叩拜，都有钱米给与真行。

后来，薛尚武、刘继虚闻祠中有他祖父神位在内，亦常遣人赍礼来致祭，也都有香火钱给赐真行。这和尚真个吃着不尽！他虽不及不昧禅师的清高，却倒是个老实禅和子，守着这些斋粮，十分够足。更不去哄人布施，也不会讲经，也不会设法。若有人把佛法问他，他只将侄儿赖本初、侄妇房莹波的事，当做一段因果说与人听，劝人休要负心；又述柳丞相、梁状元的善报，劝人力行好事。

看官听说，天下忘恩负义的人颇多，凭你终日把《人兽关》传奇演与他看，他到底要负心，反道做传奇的做得刻毒碍眼。譬如妒妇一般，看了《狮吼记》，倒骂苏东坡不干好事；看了《疗妒羹》，倒怪杨夫人不近人情。这恶性儿终究不改，唯有和尚说因果可以劝化得转。

你道这是何故？原来世上欺心男子、狠心女子，把恩人当做仇敌、把亲人当做冤家。若遇着寺院，偏肯烧香；遇着和尚，偏肯施舍。所以，真行说的因果，听者倒大半回心转意，这真行和尚反有莫大功德。正是：

不学赵州茶，不仿临济喝，不添拾得足，不饶丰千舌。只述现前因果，便是真正佛法。以彼不惑因果，固为悟通；若云不信因果，又堕恶孽。既有了净禅师的妙解能空，少不得真和尚的实话来说。

不说祠堂得真行看管，香火流传。且说桑家这些旧仆，闻梦兰小姐十分荣耀，都来投奔梁府，希图复用。梦兰道："当初父亲殁于任所之时，他们尽散去，只剩乳娘一个作伴；今见时移势转，又来相投。这班无义奴才，断难复用。"

梁生劝道："人情势利，衣冠中人尚然不免，何况此辈？昔杨复恭擅权之日，满朝文武半附权珰；今见我与岳父当朝，又皆来纳交献媚。若拒之，则不可胜拒；责之，又何可胜责？只得优容他些，使他改邪从正便了。"

梦兰依言，仍复收用。于是，梁家旧仆打听得梁生不念旧恶，也来恳求复用。梁生也都收了，只是不肯重用。却念梁忠患难相随，始终如一，老成可任，替他报名户部，擢为掌京库的库官。与钟爱两个，一管京营兵马，一管京库钱粮，一样荣贵。

至于府中大小家务，仍着梁忠妻子和钱乳娘、张养娘三人分理。凡重来的旧人，与新收的童仆都要服他三人调遣。此皆梁生赦过录功处。自此，一门上下无不欢喜。但梦蕙小姐未膺封诰，回文半锦尚未团圆，只此二事是阙典。

一日，梁生取了半锦入朝，面献与天子。天子看了，问道："此锦原系宫中之物，则天皇后曾为作序。后遭天宝之乱，散失民间，购求未得。近因籍没杨复恭家资，收得此锦之半，正惜其不全，不知卿又于何处得此半幅?”

梁生奏道：“复恭这半锦，亦从臣处窃去的。臣向非敢怀而不献，因臣婚姻在此半锦之上，欲待婚姻既遂，然后献上，故尔迟迟。”天子道：“卿婚姻如何却在半锦上?”梁生把前前后后情由，备细奏闻。

天子道：“原来卿以半幅回文，两谐佳偶。今桑氏已锡诰命，刘氏尚未受封。既俱系名贤之后，又同为柳丞相义女，当一体锡诰褒荣。但卿夫妇三人所绎回文章句，可即录出，与朕一观。”梁生叩首称谢。

天子即降敕，并封刘梦蕙为一品夫人。一面取御案上螽管、龙墨、玉砚、花笺赐与梁生，即于殿侧录诗呈览；一面命内侍于宫中取出那半幅回文锦来，铺放案上。将梁生所献半幅配合而观，恰是一幅全锦。龙颜大悦!

少顷，梁生录出所绎诗句献上。天子取来，对着锦上文字细细观看，果然一字无差。却又出人意表，因咄咄叹赏道：“朕只谓苏若兰之才不可无一，不容有二；今得卿夫妇三人，不唯有二，又有三矣。况从来才人与才女，往往相须之殷，而相遇之疏。至于才女与才女，又往往相妒者多，而相悦者少。卿何幸与桑氏相遇，又何幸桑氏与刘氏相悦？真古今最难得之事。”

梁生奏道：“臣与桑氏既聘而相离，几番阻隔，几不能配合。臣与刘氏，初亦落落难合；今日相聚，诚非偶然。”便把梦兰错认杨栋、矢愿不嫁，自己误闻凶信、誓不续弦之事，又细细奏闻。

天子道："据卿所奏，卿夫妇三人往复的诗词甚多，可尽录与朕观之。"梁生道："儿女子唱和之词，不敢上渎圣览。"

天子道："朕欲观卿夫妇才藻，不妨奏献。"梁生只得把前后诗词尽行录奏。

天子看了，笑道："卿之才，朕所素知；但恐桑氏、刘氏其文词，未必遽臻此极。从来才媛未必皆贤，贤媛未必皆才。卿莫非为细君作东里润色耶?"梁生道："此实系各人自作，臣岂敢欺诳陛下!"

天子道："朕今即以'苏氏回文锦'为题，命卿夫妇各咏回文诗，如能立就，朕当以全锦为赐。"于是，一面命梁生当殿赋诗，一面遣内侍赍花笺赴梁府，立候两位梁夫人赋诗奏览。

梁生承命，染翰挥毫，顷刻赋成五言、七言回文绝句各一首。其五言绝句云：

多文奏短幅，妙语写深情。
孤镜伤鸾舞，远天悲凤鸣。

倒读：

鸣凤悲天远，舞鸾伤镜孤。
情深写语妙，幅短奏文多。

其七言绝句云：

肠断当时妾忆君，别离怅望一天云。
行行字就流珠泪，缕缕愁成织锦文。

倒读：

文锦织成愁缕缕，泪珠流就字行行。
云天一望帐离别，君忆妾时当断肠。

天子览毕，大加叹异。须臾，内侍复命，将桑、刘两夫人诗笺献上。天子展开看时，也是五言、七言回文绝句各一首，却是两夫人交互联成的，一吟上句，一吟下句，都注明桑氏、刘氏字样。其五言绝句云：

香罗绮绣合（桑），丽锦织文回（刘）。
长恨幽人别（桑），永怀天女才（刘）。

倒读：

才女天怀永，别人幽恨长。

回文织锦丽，合绣绮罗香。

其七言绝句云：

天上飞仙飞下天（桑），世人留得锦来传（刘）。

篇分字读章分句（桑），千万诗成愁万千（刘）。

倒读：

千万愁成诗万千，句分章读字分篇。

传来锦得留人世，天下飞仙飞上天。

天子看了，抚掌称叹道："卿夫妇三人，皆旷世逸才，罕有其匹！这回文二绝，不让卿作。"说罢，把诗递与梁生看。

梁生接来细看多时，奏道："臣妻所联七言一绝，不只二首诗在内。以臣意绎之，可得诗词十数首。"天子道："卿试奏来。"梁生便取纸笔，一一绎出，写道只将四句中三句回环读之，又成二首：

天上飞仙飞下天，世人留得锦来传。

传来锦得留人世，千万诗成愁万千。

倒读：

千万愁成诗万千，世人留得锦来传。

传来锦得留人世，天下飞仙飞上天。

将四句中每两句回环读之，又成二首：

其一

天上飞仙飞下天，世人留得锦来传。

传来锦得留人世，天下飞仙飞上天。

其二

千万愁成诗万千，章分句读字分篇。

篇分字读章分句，千万诗成愁万千。

只将第四句与第二句回环读之，又成一首：

千万愁成诗万千，世人留得锦来传。
传来锦得留人世，千万诗成愁万千。

用仄韵读之，又成二首：

其一

天上飞仙飞下天，传来锦得留人世。
千万诗成愁万千，篇分字读章分句。

其二

千万愁成诗万千，篇分字读章分句。
天下飞仙飞上天，传来锦得留人世。

不拘拈读之，又成二首：

其一

天上飞仙飞下天，千万愁成诗万千。
传来锦得留人世，句分章读字分篇。

其二

世人留得锦来传，千万诗成愁万千。
篇分字读章分句，天下飞仙飞上天。

于四句中任取三句，不拘拈读之，又成四首：

其一

天上飞仙飞下天，千万愁成诗万千。
传来锦得留人世，天下飞仙飞上天。

其二

千万愁成诗万千，天下飞仙飞上天。
传来锦得留人世，千万诗成愁万千。

其三

天上飞仙飞下天，千万愁成诗万千。

篇分字读章分句，天下飞仙飞上天。

其四

千万愁成诗万千，天下飞仙飞上天。

篇分字读章分句，千万诗成愁万千。

将四句衍成八句读之，可作古风一首：

天上飞仙飞下天，千万愁成诗万千。

句分章读字分篇，世人留得锦来传。

传来锦得留人世，篇分字读章分句。

千万诗成愁万千，天下飞仙飞上天。

每句各减二字读之，成五言二首：

其一

飞仙飞下天，留得锦来传。

字读章分句，诗成愁万千。

其二

愁成诗万千，句读字分篇。

锦得留人世，飞仙飞上天。

各减二字用仄韵读之，又成五言二首：

其一

飞仙飞上天，锦得留人世。

愁成诗万千，字读章分句。

其二

愁成诗万千，字读章分句。

飞仙飞上天，锦得留人世。

每句各减三字任意读之，成四言一首：

天上飞仙，留得锦传。

分章读句，成诗万千。

将四句任意各减一字读之，可成三言八句：

天上仙，飞下天。

诗千万，愁万千。

章分句，字分篇。

留得锦，世人传。

将四句任意增减伸缩纵横读之，可得长短句词调共六首：

一剪梅

世传天上下飞仙，传得诗千，传得愁千。

句分章读字分篇，留得篇传，留得仙传。

长相思

章万千，句万千，天上飞仙飞下天，锦留人世传。

分锦篇，读锦篇，世人留得锦来传，天仙飞上天。

昭君怨

天上飞仙下世，留下锦分章句。章句世分传，字字仙。

分得诗成千万，读得愁来千万。仙锦得人留，字字愁。

减字木兰花

飞仙下世，传来仙锦分章句。章句分留，千万诗成千万愁。

愁千愁万，分章读得诗千万。锦得人传，天下飞仙飞上天。

虞美人

天仙锦字留人世，传读分章句。分来章句世人留，千万诗成留下万千愁。

菩萨蛮

天上飞仙飞下世，传来仙锦分章句。章句得人留，诗成字字愁。

愁分字千万，读得诗千万。锦字世分传，天仙飞上天。

梁生写毕，献上龙案。天子看了，惊叹道："不想二十八字之中，藏着如许章句！任读者纵横颠倒，增减伸缩，无不成文，又成一幅苏氏璇玑图矣。"梁生奏道："据此看来，臣两妻之才，十倍于臣。臣实不及。"

天子笑道："非才女不能作，非才人不能绎。卿能绎之，才正相敌。这回文锦乃稀世之宝，必归于希世之才。朕今将此全锦赐卿夫妇。"梁生再拜受锦，谢恩而出。

回至府中，见了柳公与梦兰、梦蕙，述说绎诗赐锦之事。大家欣幸道："且喜今日锦与人俱得团圆。"遂将红绫一方，把两半幅回文锦用彩线缝缀于上，依然一幅圐圙璇玑图，不见合缝之痕。

柳公、梁生、梦兰、梦蕙无不欢悦，连钱乳娘与张养娘见了，也十分欣喜。当晚，大排筵宴庆贺。自此，凡遇宾朋宴会，便将此锦出来赏玩，不比前番私藏在家不敢示人。今乃御赐之物，正欲使人人共赏。

看官，听说凡天下才女、才郎，有离必当有合。这回文锦是才人造下的异宝，既分开两下，也如夫妇一般，亦必有离终有合。它的离合，又关系才郎、才女的离合。当年织成一幅，亏它合了窦滔夫妇两人。今分作两半幅，又亏它合了梁栋材夫妇三人。比当年更自有功，岂不是千古风流佳话？后来，梁生夫妇偕老之后，子孙传此异锦为镇家之宝，亦尝肯出以示人。

一日，正把来与宾朋赏玩。忽然，仙乐鸣空，彩云来集，一阵香风过处，此锦遂飞入空中而去。可见，异宝不留人世，奇文终还太虚。此是后来传闻的话，未知有无。当日只有一篇古风，单道此锦初时分开、后复配合的情由。其诗云：

锦心织就回文图，当年苏蕙感连波。

夫妻相感赖文字，才不可已如是夫。

文字相传数百祀，又为人间合伉俪。
伉俪之合合尤新，残文断字皆奇珍。
图欲圆兮人未合，人既圆兮图又缺。
离离合合不可知，生生死死两猜疑。
初被宵人窃锦去，后逢君子巧相试。
美哉夫义遇妻贤，旧弦未断添新弦。
新旧和谐称姊妹，妹胜阳台姊胜蕙。
奇情异采动君王，半图从此得成双。

【素轩评】一部十六卷书，以回文起，以回文结，首尾回环，织成一片，亦谓之一幅璇玑图可也。中间乍离乍合，疑死疑生。忽而盗贼，忽而战斗，忽而鬼物显灵，忽而比邱说法，令人目眩神摇，无非惊世醒世。至于末幅四句回文诗，愈出愈奇。最后七言一绝䌷绎不尽，几欲分若兰之席。嗟乎！作者有才如此，乃未获吐其胸中锦绣以黻黼皇猷，徒寄藻思于稗官之末，可胜叹哉！